VOLKHARD HANNS

Drachenberg

Im unterirdischen Land

in Farbe und Bunt

Verlag Björn Sülter

Originalausgabe | © 2023
in Farbe und Bunt Verlag
Am Bokholt 9 | 24251 Osdorf

www.ifub-verlag.de
www.ifubshop.com

Herausgeber: Björn Sülter
Lektorat & Korrektorat: Telma Vahey
Satz, Cover- & Innenseitengestaltung: EM Cedes
Coverillustrationen: Stefanie Kurt
Innenseitenillustrationen: Volkhard Hanns

Print-Ausgabe gedruckt von:
Bookpress (Polen)

ISBN (Print): 978-3-95936-463-8
ISBN (Ebook): 978-3-95936-464-5
ISBN (Hörbuch): 978-3-95936-465-2

Wunsch für eine Welt,
welch seltsame Wesen,

Aus dem Tagebuch von Adalbert

06.09.1887
Es ist so weit, ich habe es gefunden …
ich hatte recht, die ganze Zeit …

09.09.1887
Was für eine Welt,
welch seltsame Wesen,
ich bin ganz überwältigt …
Hier unten ist es WUNDERvoll ...

14.09.1887
DRACHEN!!
Beinah gestorben, schrecklich …

18.09.1887
Morgen zum Boss … Angst …

20.01.1888
Krieg, alles in Gefahr, muss die Oberwelt
warnen, sie graben sich durch …

Adalberts Kartenkiste

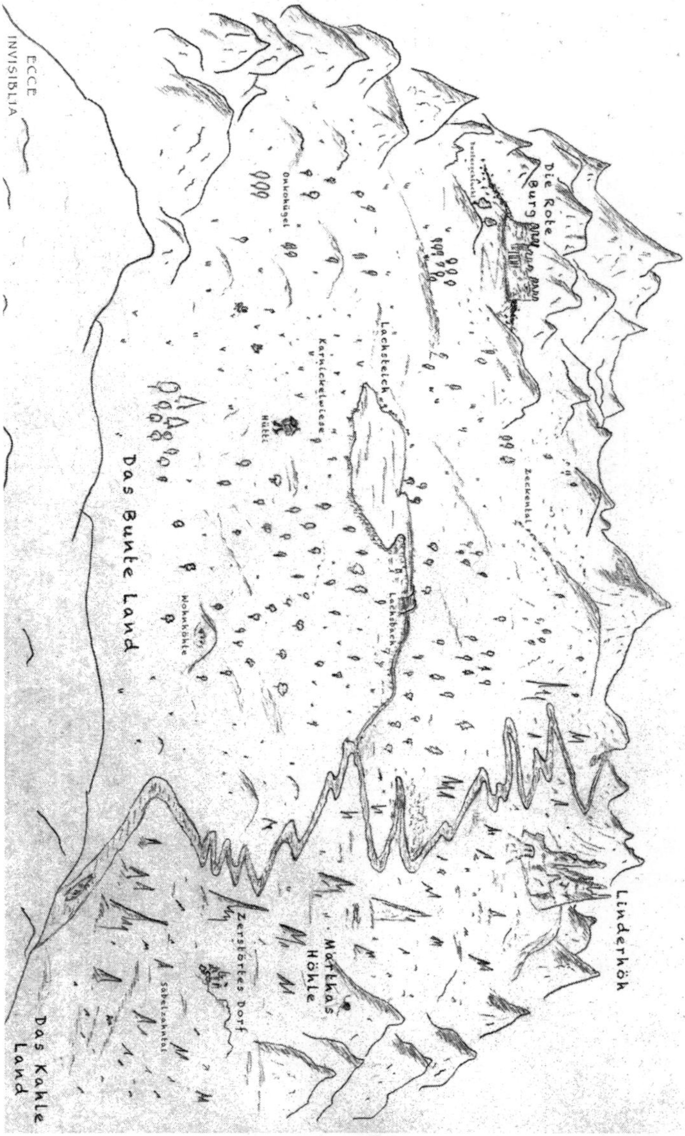

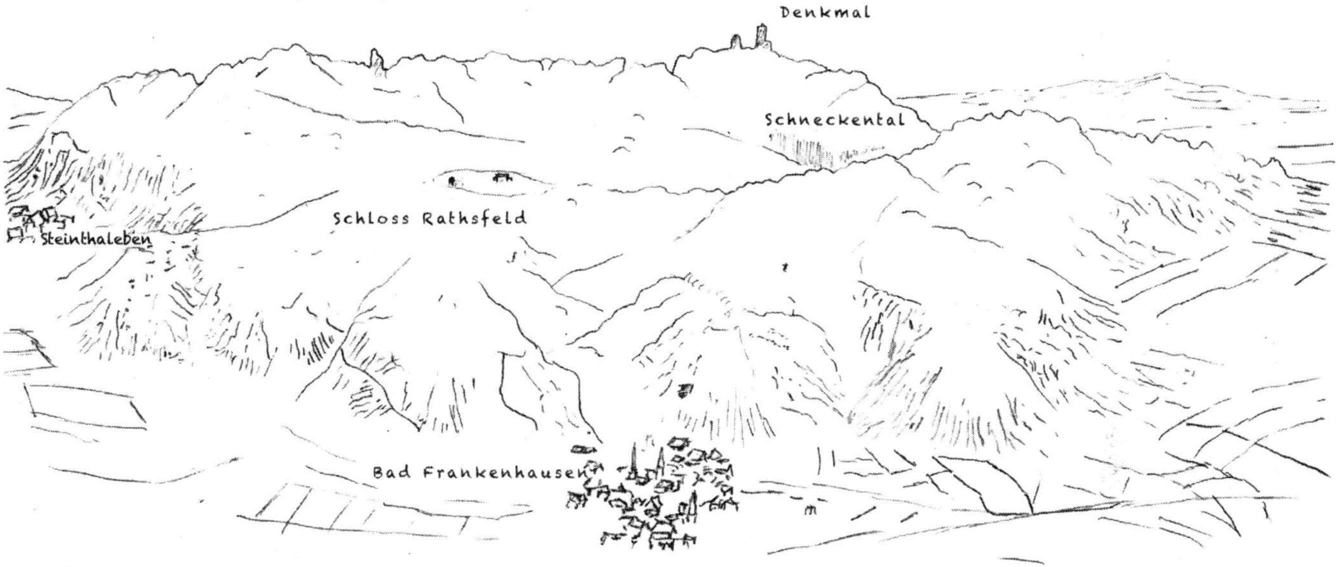
Denkmal
Schneckental
Schloss Rathsfeld
Steinthaleben
Bad Frankenhausen

Kapitel 1

Grüne Haare & Hühner

Es war heiß. Seit Wochen hatte es nicht geregnet. Die Straße flirrte, und der Asphalt kochte. In einem alten Linienbus, der sich durch die kurvigen Straßen des Kyffhäusergebirges quälte, starrte ein vierzehnjähriger Junge trübsinnig aus dem verstaubten Fenster.

Der Junge hieß Fiete und schwitzte vor sich hin. Im Bus war die Klimaanlage ausgefallen, wenn es denn überhaupt eine gab. Vielleicht hatte der unfreundliche Busfahrer sie auch einfach nicht eingeschaltet. Zuzutrauen wäre es ihm. Dass der Bus mit Ledersitzen ausgestattet war, half ebenfalls nicht weiter. Der Körper klebte an der Kleidung, und die Kleidung klebte am Sitz.

Im Bus befanden sich nur wenige Fahrgäste. In der ersten Reihe saß ein Bauer mit seiner Frau. Fiete war nun endgültig klar, dass er sich weit weg von Zuhause befand. Wer trägt denn heutzutage noch braune Cordhosen? Oder einen Haushaltskittel, blau mit Blümchenmuster? Echt jetzt.

Auf seinem Schoß balancierte der Mann einen Käfig. Gackernde Hühner streckten ständig ihre Hälse heraus und pickten nach allem und jedem. Das wirkte eigentlich ganz possierlich, passte der Bauersfrau aber gar nicht, da sie sich in der Reichweite der Hühner befand. Schließlich erwischte ein Huhn den massigen Oberarm der Frau. Ihr greller Schrei gellte durch den Bus. Noch während sie schrie, verpasste sie ihrem Mann einen heftigen Stoß in die Rippen.

»Erhard, kannst du nicht besser aufpassen?«, zischte die Frau aggressiv. »Ottilie hat mich schon wieder gepickert.«

»Pass doch selber auf!«, brummte Erhard unwillig und rieb sich die Seite. Das brachte seine Frau allerdings erst so richtig auf die Palme. Er bekam noch einen Hieb verpasst.

»›Pass doch selber auf, pass doch selber auf‹«, äffte sie ihn nach. »Meine Mutter hatte mich gewarnt, dich zu heiraten. Hätte ich nur auf sie gehört. Das wäre besser gewesen.«

Erhard seufzte kraftlos und nickte zustimmend.

Direkt hinter den beiden saßen zwei Mädchen, die ihren Spaß hatten und die ganze Zeit herumkicherten. Das lag aber nicht nur an den Hühnerbesitzern, sondern vor allem an dem Jungen, der hinter Fiete saß. Für Fiete interessierten sich diese Kichererbsen natürlich nicht, aber der coole Typ in der letzten Reihe war genau die Art Junge, nach dem sich Mädchen im Bus umdrehen, aufgeregt flüstern und kichern: grüne Haare, richtig gut gebaut und gar nicht schlaksig.

»Hey«, ertönte es plötzlich von hinten. Fiete zuckte zusammen. Der Grünhaarige hatte sich vorgebeugt und versuchte, mit ihm Kontakt aufzunehmen. Das hatte ihm gerade noch gefehlt. Er hatte eigentlich beschlossen, diesen Typen nicht zu mögen, wegen der Kichererbsen und so. Jetzt wusste er nicht, was er davon halten sollte, dass der ihn anquatschte. Daher tat er so, als würde er es nicht bemerken. Der Grünhaarige ließ jedoch nicht locker: »Hey Kumpel, pennste oder wat? Haste wat zu beißen?«

Ein etwas übertrieben wirkender Berliner Dialekt war unüberhörbar. Fiete wusste nicht so recht, was er tun sollte. Er stellte sich daher weiterhin taub, allerdings ohne Erfolg. Der Grünhaarige schwang sich auf den freien Platz neben ihm und strahlte seinen neuen Sitznachbarn mit hellen Augen an.

»Jut'n Morjen, Sonnenschein! Na, haste wat zu beißen?«

»Äh, nein«, kam es zögernd zurück.

»Echt, haste nichts mehr zu essen? Vorhin haste noch jespachtelt wie bei ›Biggest Loser – Preview‹. Sei doch nich so. Ick hab echt Kohldampf.« Dabei tat der Grünhaarige so, als ob er verhungern würde. Fiete musste grinsen.

»Na ja, okay«, gab er schließlich nach, holte ein Paket aus der Tasche und gab es weiter. »Guten Appetit!«

»Bist'n echter Kumpel! Ey, super. Salami! Icke sterbe für Salami.«

»Eigentlich ist das Tomate-Mozzarella.«

»Och jut, icke sterbe für Tomate-Mozzarella.«

Während der Grünhaarige schmatzend und krümelnd das Brot hinunterschlang, hatte Fiete Gelegenheit, ihn genauer zu betrachten.

Das grüne Haar war extrem verstrubbelt und sah wirklich cool aus. Es wirkte unwahrscheinlich, dass da in den letzten Jahren ein Kamm oder eine Bürste drangekommen war. Aus dem sommersprossigen Gesicht strahlten zwei spitzbübisch dreinschauende Augen, die zu allem Überfluss ebenfalls grün waren, katzengrün sogar. Der

Mund wirkte leicht spöttisch und besaß etwas zu dünne Lippen. Im Übrigen war der Grünhaarige sportlich und kräftig. Die beiden Jungen waren in etwa gleich alt, was aber auch schon die einzige Gemeinsamkeit gewesen sein dürfte.

Fiete war nicht sonderlich sportlich. Sportliche Betätigungen beschränkten sich bei ihm auf den Jedi-Fecht-Club. Eher nerdig als cool. Verstrubbelt waren seine braunen Haare auch nicht. Kein Topfschnitt, aber auch nichts Besonderes. Standard eben. Seine Mutter würde ausrasten, wenn er mit grünen Haaren herumlaufen wollte. Bestimmt war der Berliner in der Schule echt angesagt, was man von Fiete nicht behaupten konnte.

Inzwischen war bereits das zweite Brot in Rekordzeit verschwunden. Der Grünhaarige leckte sich noch einmal die Lippen und plapperte fröhlich los.

»Super Kumpel, cool, du hast mir das Leben gerettet. Wenn der mir nix gibt, hab ick jerade gedacht, wenn der mir nix gibt, denn is das meen Tod. Aber du lässt keenen Kumpel sterben, du nich!« Zufrieden mit seinem Spruch reckte er sich und rieb sich den Bauch.

»Icke bin Luke. Aus Berlin. Du bist och nich von hier. Oder? Hast ja auch keene Cordhose an. Verstehste?« Dabei nickte der Berliner augenzwinkernd in Richtung des Hühnerbauern, der gerade erneut von seiner Frau geschlagen wurde. »Der Hammer, der Typ! Also, wo kamste jetzt her?« – »Hamburg«, antwortete Fiete.

»Hamburg, kiek an. Da sin wir ja fast Nachbarn. Beide Städte am gleichen Fluss und so?«

»Die Elbe fließt nicht durch Berlin.«

»Nu‘ sei mal nich‘ so kleinlich. Die Fische pinkeln in detselbe Wasser! Einen Namen haste och?«

»Fiete. Also eigentlich Friedrich.«

»Wat? Friedrich? Da ham sich deine Eltern ja was einfall'n lassen. Bionadetrinker, was? Habt ihr auch ein getöpfertes Namensschild an eurem Reihenhaus?«

Fiete verzog das Gesicht gequält: »Es nennen mich sowieso alle Fiete.«

»Keen Stress Alter, fahr mal gar nicht erst ruff. Fiete find ick och viel besser. War nich so jemeint. Anjenehm, dich kennenzulernen. Hab‘ ick mir gleich jedacht, dass de nich‘ so ne Landpomeranze bist. Und dass de Kummer hast, sieht man an der Nasenspitze. Ick heeße eijentlich Lukas, aber du kannst mich Luke nennen. Wegen Star Wars und so. Verstehste? Möge die Macht mit dir sein.«

Fiete mochte Star Wars auch und fuhr tatsächlich wieder runter, obwohl er sich doch schon ziemlich geärgert hatte. Vor allem darüber, dass Luke gar nicht so falsch lag. Sie hatten tatsächlich ein selbstgetöpfertes Namensschild an der Haustür. Fietes Mutter besuchte an der Volkshochschule Töpferkurse, und da war es natürlich unvermeidlich, dass überall zuhause Getöpfertes herumlag. Sogar die Frühstücksbrettchen waren keine hölzernen Brettchen, sondern selbstgetöpferte Ungetüme.

Fiete hätte das nie zugegeben, aber die Töpferei nervte echt, wie eigentlich auch sein Name. Niemand in der Schule hieß Friedrich. Oder Fiete. Er galt sowieso als unerträglicher Streber, da half so ein Name nicht wirklich. Ganz im Gegenteil.

Luke saß immer noch neben Fiete und blieb da auch sitzen, obwohl er nun satt war. Sein Mund stand allerdings selbst nach dem Essen nicht still. Der Berliner plapperte und plapperte. Und mit jeder Kurve freute sich Fiete immer mehr über die Reisebekanntschaft. Auf einmal störte ihn die Hitze gar nicht mehr so sehr. Hier zu sitzen und sich Lukes Gequatsche anzuhören, war ganz in Ordnung. Luke war witzig. Außerdem drehten sich die Kichererbsen von vorne nun auch nach ihm um. Da war es gar nicht schlimm, dass er selbst kaum zu Wort kam. Nur die Frage nach seinem Reiseziel hatte er kurz beantworten können. Ansonsten redete Luke.

Der Bus rumpelte währenddessen immer weiter über die schlechte Straße und war zum wiederholten Mal in ein Schlagloch gefahren. Und nun wieder. Der Busfahrer blökte seinen Unmut über die Straßenqualität durch den ganzen Bus: »Wozu zahle ich eigentlich Steuern? Da kann man ja wohl ordentliche Straßen verlangen.«

»Genau so isses!«, bestärkte Hühnerhalter Erhard den Busfahrer, während Huhn Ottilie erneut versuchte, den Arm der Bäuerin zu erwischen.

Beim nächsten Schlag krachte das alte Gefährt besonders besorgniserregend und bremste zu allem Überfluss auch noch kräftig ab. Dabei schlingerte der Bus so stark, dass sich die Insassen krampfhaft irgendwo festklammern mussten. Luke beachtete das alles nicht weiter, er lauschte konzentriert und starrte nach draußen: »Hörste das?« Jetzt hörte Fiete es tatsächlich: Feuerwehrsirenen!

Der Bus hielt rechts an. Vier Feuerwehrwagen rasten in waghalsiger Fahrt vorbei, wobei sich der Sirenenton schaurig verzerrte. Fiete schaute der Feuerwehr mäßig interessiert hinterher, ganz im Gegensatz zu den anderen Fahrgästen. Kaum war der Feuerlöschzug den Blicken und Ohren entschwunden, schien es, als ob alle im Bus zu neuem Leben erwacht wären. Sie tuschelten und flüsterten. Vielsagende Blicke wurden ausgetauscht. Fiete schaute nur verständnislos in die Runde. Hatten die hier noch nie eine Feuerwehr gesehen?

Luke schaute aus dem Fenster und suchte die Umgebung ab. Er spähte sogar in den Himmel, während der Bus anfuhr. Das aufgeregte Getuschel setzte sich noch einige Zeit fort. Irgendwann wandte Luke sich Fiete zu, der ihn schweigend, aber auch ein wenig belustigt beobachtet hatte. Das bekümmerte diesen aber nicht. Er plapperte einfach los, als hätte es keine Unterbrechung gegeben. Oder zumindest fast.

»So, deine Großeltern wohnen in Rathsfeld. Klasse, das alte Schloss? Das hätte was, in so einem alten Schloss Ferien zu machen.« Luke hatte den Gesprächsfaden mühelos wieder aufnehmen können. Seine Stimme klang aber verändert, gar nicht mehr so unbeschwert wie vorhin noch. Und sein Gesicht wirkte, als hätte jemand mit einem alten, kreidigen Schwamm drüber gewischt.

»Ist alles okay?«, fragte Fiete besorgt.

»Was? Wieso? Na klar. Alles paletti! Wie heißen sie denn? Deine Großeltern, meine ich.«

»Na ja, ich soll sie Oma Frieda und Opa Friedhelm nennen, obwohl ich sie eigentlich gar nicht so gut kenne!«

Luke wirkte verblüfft: »Echt jetzt? Frieda und Friedhelm? Und du heißt Friedrich?«

»Fiete!«

»Also, eure Familie hat echt ein Händchen bei Namen! Und so kreativ! Wie heißt denn dein Vater? Friedbert? Oder Fridolin? Da kannste echt nich meckern! Und du wohnst im Schloss?«

»Nee! Meine Großeltern wohnen im Haus nebenan. Das Schloss ist Schrott. Alles verfallen und so.«

Luke grinste breit: »Und wieso fährste alleene?«

»Meine Eltern, na ja, haben Stress miteinander. Und da …«

»… hamse dich abgeschoben?«

Fiete nickte, und er spürte einen dicken Kloß im Hals.

Luke schlug Fiete, wenngleich etwas zu heftig, auf die Schulter. »Okay, vergiss die Frage! Meine Eltern haben sich auch scheiden lassen. Der Spruch von eben tut mir leid! Bin ja sensibel. Verfallen also? Also das Schloss meine ich. Nicht die Ehe deiner Eltern … Warum ist das Schloss eigentlich Schrott? Letztes Jahr war noch alles okay.«

Fiete zuckte mit den Schultern: »Was weiß ich? Es hatte wohl gebrannt. Vor ein paar Wochen oder so.«

Luke schaute Fiete angestrengt an. Erneut dieser merkwürdige Gesichtsausdruck.

In diesem Moment wurde der Bus heftig abgebremst, er wankte ein weiteres Mal hin und her. Sie fuhren plötzlich durch dicke, schwarze Rauchwolken. Augenblicklich brach allgemeine Verwirrung aus. Erschreckte Ausrufe und ängstliches Stöhnen waren von den Fahrgästen zu vernehmen.

»Meine Hühner! Meine armen Hühner!«, rief Erhard in Panik.

»Vergiss die Hühner! Rette mich!«, erregte sich seine Frau. Mit diesen Worten rammte sie ihren Ellenbogen in Erhards Bauch, weswegen dieser gequält aufstöhnte.

»Wo ist mein Handy?«, kreischte eine Kichererbse und warf sich auf den Boden. Luke drängte sich an Fiete vorbei ans Fenster. Aber auch Fiete wollte wissen, was los war, und quetschte sich daneben. Gemeinsam schauten sie nach draußen.

Zwischen den Rauchschwaden konnte man erkennen, wie der Wald neben der Straße an mehreren Stellen brannte. Mindestens sechs, sieben Bäume standen lichterloh in Flammen. Das Feuer griff bereits auf Büsche, Gräser und andere Bäume über.

Doch richtig gefährlich wurde es nicht. Der Busfahrer hatte schnell seine Überraschung überwunden und beschleunigte den Bus. Beim Vorbeifahren konnte man beobachten, wie die Feuerwehr versuchte, die einzelnen Brandherde zu löschen. Ein besonders dicker Feuerwehrmann rannte hektisch hin und her. Er gab seinen Kollegen Befehle, wobei sein putziger Schnurrbart aufgeregt wackelte. Schließlich bog der Bus um die nächste Ecke, und es gab nichts mehr zu sehen.

»Was war das denn?«, fragte Fiete verwirrt.

Luke hatte sich umgedreht und starrte nach hinten: »Na was wohl? Noch nie einen Waldbrand gesehen?«

»Nein, habe ich nicht!« Fiete hatte etwas zu laut gesprochen. Alle Fahrgäste im Bus drehten sich zu den beiden um, was Fiete durcheinanderbrachte: »Äh, ich meine ja nur … Wie konnte es dazu kommen?«

Luke zuckte mit den Schultern: »Bleib locker, das war nur ein kleines Feuer. Vielleicht hat irgend so ein Vollidiot eine Kippe im Vorbeifahren aus dem Autofenster geworfen. Oder vielleicht gibt es hier Drachen?« Bei den letzten Worten hatte Luke breit gegrinst. So richtig überzeugend wirkte er dennoch nicht.

»Drachen? Ich bin vierzehn. Und Harry Potter habe ich auch nicht gelesen.«

»Echt schade, klasse Bücher, ich meine Filme. Ich lese ja nicht sooo viel. Aber die Filme sind ganz okay. Mit Hermine würde ich schon mal ausgehen. Also, die sieht scharf aus.«

Fiete rollte mit den Augen. Da gerieten sie in einen Waldbrand, und Luke dachte an nichts anderes als an ein Mädchen aus einem Film. Da sich aber auch alle anderen Fahrgäste beruhigt hatten, entspannte sich Fiete ebenfalls. Er ließ nun auch die Armlehne los, an die er sich gekrallt hatte.

Der Bus wurde erneut langsamer, er musste diesmal aber nur an einer Baustellenampel halten. »Andauernd Baustellen, müssen die überall gleichzeitig die Straßen aufreißen?«, donnerte der Busfahrer ungehalten. »Ich habe einen Fahrplan einzuhalten.«

Luke grinste Fiete an: »Echt durchgeknallt, der Typ.«

Fiete nickte und grinste zurück. Da fiel ihm etwas auf: »Sag mal, kommt mir das nur so vor, oder berlinerst du gar nicht mehr?«

Luke wirkte ertappt: »Okay, ich habe mit dem Dialekt ein bisschen übertrieben. Nach der Scheidung meiner Eltern bin ich mit meiner Mutter nach Berlin. Eigentlich komme ich aus der Gegend hier. Ich berliner' ganz gerne, wenn ich ein bisschen … na ja.«

»Wenn du ein bisschen aufschneiden willst!«, been dete Fiete den Satz.

»Bist nicht auf den Kopf gefallen, was?« Luke lächelte verlegen und gab Fiete erneut einen Klaps auf die Schulter, was nun diesen wiederum ganz verlegen machte.

»Und? Was machst du hier? Besuchst du deinen Vater?«

Aber Luke kam nicht mehr dazu, auf Fietes Frage zu antworten. Der dicke Busfahrer brüllte erneut durch den Bus: »Rathsfeld kommt gleich! Nicht bummeln beim Aussteigen! Das ist nur eine Nebenhaltestelle. Hier muss ich gar nicht halten! Bin ich nicht dazu verpflichtet. Ist mein Ermessensspielraum! Ermessensspielraum bedeutet, ich kann machen, was ich will.« – »Wir wissen, was Ermessensspielraum bedeutet«, rief Luke nach vorn.

»Super Service«, murmelte Fiete.

»Willkommen in Thüringen«, feixte Luke, »hier gibt es keine feinen Displayanzeigen wie in der Hamburger U-Bahn. Stattdessen gibt es Anschnauzer von dicken Busfahrern.«

»Passt schon«, lächelte Fiete und packte seinen Kram zusammen.

Nach wenigen Minuten tauchte eine große Lichtung auf. Auf dieser thronte Schloss Rathsfeld. Es wirkte immer noch beeindruckend, obgleich es tatsächlich völlig heruntergekommen war. Offensichtlich waren große Teile durch einen Brand zerstört worden, es stand nur noch der Westflügel. Vielleicht hundert Meter entfernt entdeckte Fiete das ehemalige Verwaltungsgebäude, in welchem seine Großeltern wohnten.

»Alter«, sagte Luke geschockt, »du hast voll recht gehabt, das Schloss kriecht auf dem Zahnfleisch. Da spukt nicht mehr viel.«

»Oder vielleicht gerade.« Fiete zuckte mit den Schultern. Es war Zeit auszusteigen. »Dann mach‘s mal gut, war nett mit dir«, sagte er ein bisschen traurig.

Der Bus hatte an einer kaum zu erkennenden Haltestelle gestoppt. Der Motor dröhnte bedrohlich, und der Busfahrer schaute grimmig in den Fahrgastraum. Fiete stand schnell auf, winkte zum Abschied und bewegte sich zur Tür.

Plötzlich spürte er an der Schulter einen harten Griff und drehte sich um. Luke stand da und schaute ihn mit geweiteten Augen an. Fiete wurde es bei diesem Anblick ein wenig unheimlich. Selbst die Mädchen, welche die Szene natürlich beobachteten, hörten auf zu kichern.

»Pass auf. Es kann sein, dass ich … also …« Ihm fehlten offensichtlich die Worte, was nun gar nicht zu Luke passte. Da er etliche Sekunden brauchte, sich zu sammeln, explodierte der Busfahrer: »Nu' sieh man zu, dass du Land gewinnst! Ich hab' Silvesterkarten!«

»Also, ich muss dann«, meinte Fiete verlegen und nickte in Richtung des Fahrers.

»Nee, warte doch mal! Ich habe da echt ein Problem. Ich könnte vielleicht … also, ich brauche sicher Hilfe … meinst du vielleicht, dass du …?« Der Tonfall klang etwas theatralisch, aber es war sicher keine Show. Fiete lächelte. Es schien so, als ob er den Sommer doch nicht ganz allein verbringen würde.

»Kein Problem, ruf an! Meine Mutter hat gesagt, es gibt nur einen Telefonanschluss in Rathsfeld. Das wird wohl rauszukriegen sein.«

»Klasse Mann, ich hab' ein IPhone. Das neueste. Deine Nummer recherchier' ich in nullkommanichts. Hoffentlich habt ihr Strom!«

Fiete grinste und stieg aus. Draußen, auf der glühenden Straße, schaute er dem Bus hinterher, der mit ächzenden Stoßdämpfern die nächste Kurve nahm.

Kapitel 2

Waschbär & Knopf

Eigentlich hatte Fiete erwartet, dass ihn jemand vom Bus abholen würde. Da lag er wohl falsch. Es war niemand da. Unschlüssig stand er ein wenig abseits der aufgeheizten Straße und schaute sich um.

Gegenüber der Bushaltestelle döste das Schloss vor sich hin, und nicht weit davon entfernt befand sich das Haus seiner Großeltern. Schloss und Nebengebäude lagen auf einer großen Lichtung, welche von der Landstraße zerschnitten wurde. Ansonsten gab es nur Wald.

Die Vögel zwitscherten, und unwillkürlich vermisste Fiete die Möwen. Gerade jetzt fehlte ihm Hamburg so sehr. Die Sonne brannte, und man konnte die Luft in Scheiben schneiden. Unerträglich.

Der Junge setzte sich missmutig in Bewegung und zog seinen Koffer lustlos hinter sich her. Da die Sonne blendete, kniff Fiete die Augen zusammen. Dabei döste er fast schon im Gehen und trottete langsam vor sich hin.

Das ging ein paar Minuten so weiter. Plötzlich stolperte er. Da er immer noch beide Hände am Koffer hatte, gelang es dem Jungen nicht, den Sturz mit den Händen abzufangen. So knallte er der Länge nach auf die Straße. Der Schmerz ließ nicht lange auf sich warten: Knie, Gesicht, Brust … alles tat weh. Fiete schnürte es die Luft ab. Er war noch nicht einmal in der Lage, einen Ton von sich zu geben. So lag er einfach nur mit geschlossenen Augen auf dem heißen Boden und keuchte. Doch er war nicht allein. Er öffnete die Augen und richtete seinen Kopf, so gut es ging, ein wenig auf.

Vor ihm stand ein Waschbär. Wirklich, ein waschechter Waschbär. Sprachlos starrte Fiete auf die Erscheinung. Das Tier stand auf zwei Beinen, es trug merkwürdigerweise eine kleine, blaue Hose und ein rotgestreiftes Matrosenhemd. Der Waschbär schaute dem immer noch auf dem Boden liegenden Jungen direkt in die Augen. Jetzt begann er, seine Fäustchen zu schütteln und machte ein sehr böses Gesicht, soweit das einem niedlichen Waschbären möglich war. Offensichtlich war er extrem verärgert, und er machte daraus keinen Hehl.

»Du dummer Nichtsnutz! Hast du keine Augen im Kopf? Aber klar, du bist ja groß, du bist ja toll, da muss man nicht auf kleine Waschbären achten. Auf denen kann man prima herumtrampeln. Du intellektueller Mistkäfer! Schau mich nicht so dämlich an! Entschuldige dich wenigstens!« – »Du … du sprichst!«, stotterte Fiete.

»Oh, Sherlock lebt!«, schimpfte der Waschbär weiter, »natürlich spreche ich, du sprichst doch auch. Also, wenn man dein Gestotter als Sprechen bezeichnen möchte! Aber vielleicht verstehst du diese Sprache besser!« Mit diesen Worten trat der Waschbär an Fietes Gesicht heran und boxte ihm auf die Nase.

»Aua!«

»Entschuldige dich, habe ich gesagt! Sonst kriegst du noch einen auf deine dumme, lange Menschennase!« Dabei drohte der Waschbär mit seinem Fäustchen, bereit, erneut zuzuschlagen.

»Entschuldigung«, presste Fiete daher heraus; er lag immer noch wie gebannt auf der Erde.

»Ah, jetzt verstehen wir uns! Pass in Zukunft besser auf!«, meinte der Waschbär grimmig, wirkte dabei aber weiterhin extrem niedlich. Schließlich klopfte er sich den Staub vom Körper und trappelte mit wackelndem Popo ins nächste Gebüsch. Fassungslos schaute Fiete ihm hinterher und blieb einfach liegen. Er brauchte einige Minuten, um das Geschehene zu begreifen. Das Ganze wirkte ohne Zweifel echt. Das konnte er nicht geträumt haben. So etwas fiele ihm nicht einmal im Traum ein. Und außerdem tat die Nase immer noch weh.

»Sonnenstich … vielleicht habe ich einen Sonnenstich bekommen. Oder ich bin auf den Kopf gefallen«, murmelte Fiete ratlos. Er richtete sich auf und schaute sich um. Alles wirkte wieder normal. Keine sprechenden oder boxenden Waschbären waren zu sehen.

Schließlich stand er ächzend auf und betrachtete seine blutigen Knie. »Na super«, murmelte er unglücklich, »das fängt ja gut an.«

Da entdeckte er auf dem Boden einen Knopf. Er sah so aus, als stamme er von der Hose des Waschbären. Fiete brummte zufrieden. *Nun habe ich wenigstens den Beweis, dass ich mir das nicht eingebildet habe,* dachte er und steckte gedankenverloren den Knopf ein.

Dann ging er weiter, beziehungsweise humpelte er unbeholfen los und achtete dabei sehr genau auf den Weg

Kapitel 3

Flucht vom Klo

Während der Bus wieder anfuhr, sah Luke aus dem Fenster. Fiete verschwand schnell aus dem Blickfeld. *Der ist in Ordnung,* dachte er und betrachtete durch die verstaubten Fensterscheiben die Ruine des Rathsfelder Schlosses. Die Plauderei mit Fiete hatte ihn kurze Zeit vergessen lassen, in welcher verzweifelten Lage er sich befand.

Seine Schwester Lina war verschwunden. Die letzten Wochen waren in quälender Ungewissheit vergangen. Alles zog an seinem inneren Auge vorüber: der Anruf seiner Stiefmutter mit der schrecklichen Nachricht, die Gespräche mit der Polizei, die Zeitungsberichte, die dummen Bemerkungen seiner Mitschüler, die Artikel und Blogs im Internet. Sogar in der Tagesschau hatten sie über Lina berichtet. Es war schrecklich. Niemand wusste, wo sie abgeblieben war. Seine Schwester war aus dem Haus gegangen und nie zurückgekehrt. Alle Recherchen, Fahndungen sowie die größte Suchaktion aller Zeiten in Thüringen waren letzten Endes vergebens geblieben. Sie blieb verschwunden.

Seit der Scheidung der Eltern wohnte Lina beim Vater, hier in Thüringen. Luke hingegen war mit seiner Mutter nach Berlin gezogen. Als dann letztes Jahr der Vater bei einem Autounfall verstorben war, blieb Lina wegen der Schule und der Freunde hier, bei der Stiefmutter. So hatte er seine Schwester nur noch in den Ferien gesehen. Und nun war sie verschwunden.

Nach zwanzig Minuten erreichte der Bus Steinthaleben. Das kleine Dorf kam Luke noch öder als früher vor.

Erinnerungen stiegen hoch, an seinen Vater, an Lina, an die Stiefmutter. Er war fast dankbar, als ihn der Busfahrer mit dem bekannten Gebrüll aus seinen Gedanken riss: »Steinthaleben! Und mach ein bisschen schneller als dein Kumpel, sonst ziehe ich dir die Ohren lang. Dann siehste aus wie ein Osterhase!«

Luke hätte sich sowieso beeilt, auszusteigen. Endlich war er da. Nun musste er nicht mehr zu Hause hocken und auf Nachrichten warten. Nun konnte er selbst etwas tun. Euphorisch verließ der Junge den Bus, und dann … verschlug es ihm die Sprache. Er wurde erwartet, und zwar mit einem Donnerwetter.

»Da bist du ja, du Pfeife! Und spar dir irgendwelche Kommentare, du Nichtsnutz! Du bist genauso unzuverlässig wie dein Vater.«

Seine Stiefmutter stand an der Haltestelle. Damit hatte Luke nicht gerechnet. »Big fail!«, murmelte er nur.

»Dein Französisch hilft dir auch nicht weiter!«

Viola war eine füllige Mittvierzigerin mit beingroßen Oberarmen und säulengleichen Beinen. Ihr bemerkenswerter Oberlippenbart wucherte über wulstigen Lippen.

Schon früher hatte Luke vermutet, dass sie diesen kämmte. Ihre kleinen Schweinsäuglein starrten hasserfüllt aus einem fettig glänzenden Gesicht. Insgesamt machte die Frau einen brutalen und primitiven Eindruck.

Luke hatte nie so richtig verstanden, was sein Vater an ihr gefunden hatte. Na ja, vor ein paar Jahren war sie noch schlanker und halbwegs hübsch gewesen. Aber dennoch, er hatte es nie verstanden …

Was jetzt kam, war so klar. Viola geriet in Fahrt. Die schrille Stimme der Stiefmutter donnerte gewaltig und einer Feuerwehrsirene nicht unähnlich über den Dorfplatz: »Deine Mutter ist außer sich vor Sorge. Ach ja, und ich auch. Wie konntest du nur … Erst haut deine verzogene Schwester ab, diese dumme Göre, und jetzt du. Na ja, der Apfel fällt nicht weit vom Stamm. Zumindest so ein fauler Apfel wie du. Komm mit, du jämmerliche Made, wir rufen deine Mutter an! Was sie von dir übrig lässt, nehme ich mir dann vor.«

Luke blieb nichts anderes übrig, als der wutentbrannten Frau zu folgen. Seine Rettungsaktion hatte er sich natürlich ganz anders vorgestellt. Er wollte auf eigene Faust nach seiner Schwester suchen und eben dort beginnen, wo sie verschwunden war. Dass er seiner Stiefmutter, eigentlich ja seiner Ex-Stiefmutter, in die Arme fiel, war eine Katastrophe. So verschwitzt, wie die aussah, musste sie den ganzen Tag an der Haltestelle gewartet haben. Dementsprechend mies war ihre Laune.

Mit Luke im Schlepptau stampfte Viola durch das Dorf und wirbelte dabei sehr viel Staub auf. Luke vermochte ihr kaum zu folgen, denn trotz ihrer enormen Körperfülle legte die Frau ein beachtliches Tempo vor. Der Junge hatte in diesem Moment das Gefühl, selbst gerettet werden zu müssen.

Zu Hause kippte die stämmige Frau erst einmal eine Flasche Bier auf ex. Luke bekam immerhin ein Glas Wasser. Das war allerdings der einzige Akt von Freundlichkeit, den er erwarten konnte. Denn statt wie angekündigt die Mutter anzurufen, zog Viola es vor, Luke selbst zur Schnecke zu machen.

Dabei wurde sie immer lauter und schriller. Am Ende erreichte die Stimme eine selbst für ihre Verhältnisse extreme Höhe. Luke starrte, während er das Geschrei über sich ergehen ließ, auf sein Wasserglas. Er wartete darauf, dass es zersprang. Diesen Gefallen tat ihm das Glas aber nicht, was schade war. Das hätte Viola zumindest für einen Moment abgelenkt. Das Glas klirrte, aber es hielt. Auch Lukes Kopf hielt, was eigentlich viel erstaunlicher war.

Irgendwann war Viola der Meinung, dass es reichte, und rief in Berlin an. Nun musste Luke mit seiner Mutter telefonieren. Das war tatsächlich noch unangenehmer als Violas Gekreische.

Seine Mutter schrie nicht, ganz im Gegenteil. Sie schwieg die meiste Zeit. Manchmal schluchzte sie in sein Ohr. Luke versank vor Scham und Schuldgefühlen im Boden. Viola hatte sich in der Zwischenzeit mit einer zweiten Flasche Bier gestärkt und entriss ihm den Telefonhörer.

»Du hast den Jungen verzärtelt«, schrie sie in den Hörer, »kein Wunder, dass aus dem nichts wird. Und wie der aussieht. Grüne Haare, kaputte Hose und überhaupt, diese Schlamperklamotten. Wenn ich das schon sehe. Ein Penner, wie er im Buche steht. In der Schule nur Scheiße bauen, und dann wird gehartzt. Kennt man ja!«

Das war zu viel. Luke platzte der Kragen. Er zitterte am ganzen Körper und wurde nun selbst sehr laut: »Hör auf, sie anzuschreien! Was spielst du dich denn so auf? Das geht dich doch alles gar nichts an. Du gehörst doch gar nicht zur Familie. Sag mir lieber, was mit Lina ist. Das will ich wissen! Warum ist sie denn weg? Und ich habe ein Recht, das zu wissen. Verstehst du das denn nicht?«

Nein, Viola verstand das nicht. Dem ausdruckslosen Blick und den wutverzerrten Mundwinkeln nach zu urteilen, verstand Viola gar nichts.

Luke schmiss das Wasserglas gegen den Kamin und flüchtete aufs Klo. Er schloss die Tür hinter sich ab, vergrub das Gesicht in den Händen und heulte los. Viola war ihm wütend gefolgt. Als sie die Tür verschlossen vorfand, schlug sie energisch mit beiden Fäusten dagegen. Weil das nichts half, versuchte sie sogar, die Tür mit ihrer Schulter aufzuwuchten.

Luke war klar gewesen, dass sich seine Mutter große Sorgen machen würde. Einfach nach Thüringen fahren? Auf eigene Faust? Sicherlich, das war nicht in Ordnung. Und außerdem war ihm natürlich bewusst gewesen, dass er seine Schwester wahrscheinlich nicht finden würde. Hunderte Polizisten und Feuerwehrleute hatten wochenlang nach ihr gesucht. Kein Stein war auf dem anderen geblieben. Und dann kommt der clevere Luke aus Berlin und findet seine Schwester, gesund und munter, einfach mal so? Natürlich nicht.

Aber in Berlin bleiben? Nichts tun? Einfach so weiterleben, als wäre nichts geschehen? In die Schule gehen? Mit seinen Freunden rumhängen? Alles so wie immer? Das ging gar nicht.

Wie oft hatte es deswegen mit seiner Mutter Streit gegeben? Sie verbot ihm, irgendetwas in dieser Sache zu unternehmen. Nach Thüringen fahren durfte er schon gar nicht. Er hatte gefragt, gebettelt, geweint und sie angefleht. Es war nichts zu machen gewesen. Sie blieb dabei. Aber seine Verzweiflung blieb auch. Jetzt kam er sich jedoch sehr dumm vor. Wie konnte er in Violas Arme laufen? Es hätte ihm klar sein müssen, dass sie ihn erwarten würde. Und wie die Sache jetzt aussah, war sein Abenteuer zu Ende, bevor es begonnen hatte.

Viola machte sich am Türschloss zu schaffen. Sie hatte sich Werkzeug besorgt und versuchte, damit die Tür zu öffnen. Luke hielt von innen den Schließknopf fest und ließ sich auch nicht von den erneut einsetzenden Faustschlägen umstimmen. Ganz im Gegenteil. Er hatte vielmehr das Gefühl, dass es lebensgefährlich wäre, jetzt da hinauszugehen.

Schließlich gab Viola zähneknirschend auf, ging nach unten und rief erneut Lukes Mutter an. Mit sich überschlagender Stimme, die im gesamten Haus widerhallte, beschrieb sie die Situation und vergaß natürlich nicht, ihrer Gesprächspartnerin erneut schwere Vorwürfe über den missratenen Sohn zu machen.

Schließlich verabredeten sie, dass Viola den Jungen am nächsten Tag nach Berlin bringen würde. Persönlich, mit dem Auto.

Nach einem zehnminütigen Telefonat, bei dem fast ausschließlich Viola redete oder eher schrie, ging die füllige Frau mit schweren Schritten nach oben. In ihrer Hand trug sie einen Vorschlaghammer. Damit würde sie die Tür schon aufbekommen. Voller Tatendrang schwang sie ihn hin und her. Der Hammer kam jedoch nicht zum Einsatz, denn die Klotür stand sperrangelweit offen. Luke war nicht mehr da.

Viola brüllte wütend los: »Nicht schon wieder! Na warte, du entkommst mir nicht.« Dann hetzte sie durch das Haus, rannte durch den Garten und suchte den Jungen. Ohne Erfolg.

Sie schrie voller Wut und warf den schweren Vorschlaghammer in eine Ecke. Eine Gartenbank ging zu Bruch, was Luke allerdings auch nicht zurückbrachte. Auch auf der Straße war von dem Jungen keine Spur. Er war weg.

Während Viola wütend das Dorf absuchte, rannte Luke bereits durch den nahegelegenen Wald. Seinen Rucksack hatte er mitnehmen können, und er wusste genau, wohin er wollte.

Kapitel 4

Die halbe Kuh

In der Nähe von Steinthaleben stand Kommissar Lautenberg auf einem niedergebrannten Bauernhof. Seine mit Schweißperlen übersäte Glatze glühte in der Sonne.

Der Polizist konnte nicht glauben, was er sah. Hier befand sich kaum mehr ein Stein auf dem anderen. Solche Verwüstungen kannte er nur aus dem Fernsehen, von Bildern aus Kriegsgebieten. Alle Gebäude des Hofes waren zerstört, alle Kühe verschwunden. Dutzende von Kühen, einfach weg. Keiner konnte sich das erklären. Menschen waren nicht zu Schaden gekommen. Die meisten Beschäftigen waren zum Zeitpunkt des Brandes mit Erntearbeiten beschäftigt gewesen, und die anderen hatten sich retten können. Einen genauen Überblick über die Geschehnisse hatte noch niemand. Keiner hatte eine Idee, wie es zu dieser Katastrophe kommen konnte.

Es hatte in letzter Zeit oft gebrannt, aber solch ein Feuer war nicht dabei gewesen.

Der Chef des Hofes, Herr Sichelferkel, ein massiger Mittfünfziger, kratzte sich das speckige, unrasierte Doppelkinn und überlegte. Kommissar Lautenberg hatte ihn gerade etwas gefragt. Offensichtlich war Herr Sichelferkel nicht der Schnellste, daher ließen die Antworten einige Zeit auf sich warten. Die Sekunden vergingen. Schließlich kam dann doch noch etwas: »Also, hm … ich habe Abrechnungen gemacht.«

»Okay«, versuchte Lautenberg seinen Zeugen zu ermutigen. »Kelber, schreiben Sie gleich mal mit, was Herr … na ja, was der Herr hier zu sagen hat!«

Der Angesprochene, ein hünenhafter Zweimetermann mit einfältigem Gesicht, eilte herbei und zückte ein Tablet.

Lautenberg seufzte: »Können Sie das nicht in ein Notizbuch schreiben, wie alle anderen auch?«

»Man muss mit der Zeit gehen, Herr Kommissar«, erwiderte Kelber mit glänzenden Augen, die eifrig auf das neue Tablet gerichtet waren. »Das ist moderne Polizeiarbeit! Polizeiruf 2.0 sozusagen.« Kelber kicherte bei dem Witz vor sich hin.

»Verstehen Sie, Herr Kommissar? Wie Polizeiruf 110, nur eben 2.0, Internet und so. Den Witz habe ich mir selber ausgedacht«, verkündete er zufrieden und kicherte weiter.

Lautenberg warf Kelber einen unfreundlichen Blick zu, grummelte etwas vor sich hin und wischte sich mit einem Taschentuch den Schweiß vom Gesicht. Das Grummeln klang ein bisschen danach, als könne sich Kelber seine moderne Polizeiarbeit irgendwohin stecken und das Tablet gleich hinterher. Kelber bemerkte es gar nicht und hämmerte ungelenk auf dem Gerät herum. In der Zwischenzeit schien Herrn Sichelferkel etwas eingefallen zu sein.

»Also, wie ich da so bei den Abrechnungen sitze, da wache … da schrecke ich auf, und alles brennt. Und ich denke noch …, also ich denke …«

Es dauerte aber noch, bis der Kommissar erfuhr, was Herr Sichelferkel dachte. Der hatte nämlich erneut eine Denkpause eingelegt und dachte darüber nach, was er gedacht hatte.

Lautenberg blickte den Zeugen missmutig an. Der Kommissar kam sich vor wie in einem schlechten Film. Alles hier war zerstört und qualmte vor sich hin. Mittendrin stand Herr Sichelferkel, dachte und schwieg. Manchmal gab er einen kleinen piepsigen Laut von sich und … schwieg und … überlegte. Dann brummte er nachdenklich und wackelte dabei mit dem Kopf. Währenddessen wischte Kelber immer hektischer über das Display seines Tablets.

Schließlich hielt es Lautenberg nicht mehr aus, er platzte los: »Was haben Sie denn gedacht?«

Herr Sichelferkel erschrak und antwortete endlich: »Ich habe mir so gedacht, das riecht hier aber angebrannt. Vielleicht grillen die Jungs, habe ich gedacht. Aber die haben gar nicht gegrillt. Bei dieser Hitze grillt man doch nicht. Na ja, oder vielleicht gerade. Und dann bin ich raus, nein, erst habe ich aus dem Fenster geschaut. Und da denke ich so, das brennt ja überall. Und wissen Sie was? Das brannte auch überall.«

Lautenberg schnaufte ungeduldig, während Kelber immer nervöser tippte und wischte. Der Bauer ließ sich davon nicht beirren. Er konzentrierte sich voll und ganz auf seinen nächsten Satz. Bedächtig und mit einigen Pausen sprach er weiter: »Und dann, ja … und dann habe ich mir so gedacht: ›Was ist denn mit den Kühen?‹«

Herr Sichelferkel holte Luft und schaute zum Himmel. Kelber blickte inzwischen panisch zu Lautenberg und flüsterte: »Chefchen, ich komme nicht mit.« Lautenberg ignorierte Kelber und fragte den Bauern: »Was war denn mit den Kühen?«

»Äh …«

Kelber unterbrach: »Nicht so schnell, ich bin auf den falschen Button gekommen!«

Lautenberg zischte Kelber an, damit er still blieb. Dann forderte er mit einem Kopfnicken den Landwirt auf, sich weiter zu äußern.

»Nichts war mit den Kühen. Haben keinen Ton mehr von sich gegeben. Das ist doch merkwürdig, habe ich gedacht, dass die Kühe so still sind. Kühe, die sind doch nicht still. Also am Tag, da sind die nicht still. Das habe ich gedacht. Dann bin ich raus, brannte ja auch alles. Und alle weg!«

»Die Kühe?«

»Ja, die Kühe!«

»Vielleicht sind sie alle verbrannt. Bis auf die Asche«, mutmaßte Kelber.

»Kelber! Ich führe die Befragung!«, bellte Lautenberg, »und davon mal abgesehen, Kühe können nicht einfach verbrennen, zumindest nicht so, dass sie spurlos verschwinden. Was hatten Sie früher in Physik?«

»Welche Klasse? Also in der fünften Klasse. Quatsch, da hatten wir ja noch kein Physik …«

»Hören Sie auf zu plappern, Kelber!«

»Aber Sie haben mich doch …«

»Kelber!«

Der Bauer glotzte ungläubig von einem Polizisten zum anderen: »Äh. Brauchen Sie mich noch? Ich muss hier ein bisschen aufräumen.«

»Nein, danke! Und aufräumen können Sie erst dann, wenn ich Ihnen das erlaube. Wir müssen noch Beweise sichern«, blaffte Lautenberg. Verwirrt und deutlich beleidigt trollte sich Herr Sichelferkel davon.

»Was soll ich denn jetzt schreiben, Chef?«, fragte Kelber kleinlaut.

»Haben Sie denn nicht zugehört? Er ist über den Abrechnungen eingeschlafen, und als er munter wurde, da waren die Kühe weg, und der ganze Laden brannte.«

»So habe ich das auch notiert! Also gleich. Jetzt!«, freute sich Kelber und speicherte. »Das geht sofort in die Cloud! Toll!«

Lautenberg seufzte und wandte sich ab, um zuzusehen, wie der Bauer hilflos einen herumliegenden, angesengten Besen in die Hand nahm. Dann schaute dieser verunsichert zum Kommissar hinüber und ließ ihn wieder fallen. Lautenberg fragte sich laut: »Was ist hier nur geschehen?«

Auch wenn die Frage gar nicht für Kelber gedacht war, fühlte sich der Assistent des Kommissars angesprochen.

»Ja also, nach dem Zustand der Gebäude oder, besser gesagt, Zustand der Vernichtung, weil ja die Gebäude eigentlich … Sie sehen ja selbst …«

»Kelber!«

»Entschuldigung, ja, der Brandoberinspektor, Schnurhahn heißt der oder so, hat gesagt, das Feuer müsse eine enorme Temperatur gehabt haben. Er notiert das wohl auch im Brandprotokoll.«

Bei den letzten Worten huschte ein spöttisches Lächeln über Kelbers Gesicht. Der Kommissar bemerkte dies allerdings nicht.

»Wodurch verursacht?«

»Das weiß er wie bei den anderen Feuern auch nicht. Wir wissen nur, dass alle Kühe weg sind. Spurlos verschwunden. Bis auf eine. Also, fast alle weg.«

Lautenberg schaute Kelber verblüfft an. »Eine Kuh hat überlebt?«

»Nein, das nicht«, stotterte Kelber, »vielleicht wollen Sie mitkommen? Das müssen Sie sich angucken. Möchten Sie?«

»Ja, das möchte ich!«

Kelber war noch nicht lange Lautenbergs Mitarbeiter. Es wäre wohl besser gewesen, er wäre es nie geworden. Aber es war nicht so einfach, auf dem Land geeignetes oder sogar gutes Personal zu finden. Überdies schien Kelber ganz scharf auf den Job gewesen zu sein. Und bei den Feuern zeigte er eine Energie, die manchmal seltsam anmutete.

Kelber ging voran. Er hatte allerdings Probleme, die gesuchte Stelle zu finden. Schließlich fand er sie doch. Ein paar hundert Meter abseits des Brandes lag der Kadaver einer Kuh. Genauer gesagt war nur eine halbe Kuh zu sehen. Offenbar war die Kuh in der Mitte zerrissen worden.

»Meine Güte!« Lautenberg hielt sich ein Taschentuch vor das Gesicht, der Kadaver war bereits voller Fliegen. »Eine halbe Kuh? Wie geht das denn?«

Kelbers Augen funkelten einen Moment fast fiebrig, was seinem Chef aber entging, da er die tote Kuhhälfte begutachtete: »Na ja, aber nicht böse werden, Chefchen, es sieht aus wie ein Biss.«

Lautenberg schnaufte entrüstet. Aber nach einigen Sekunden wurde ihm klar, was Kelber meinte. Es waren wirklich Bissspuren erkennbar. Oder vielmehr eine einzige Biss-Spur, eine ungeheuer große. Brandverletzungen gab es gar keine. Das Tier war offensichtlich nicht durch den Brand zu Schaden gekommen. Lautenberg war ratlos. Es musste eine andere Erklärung geben. Kein Tier, das er kannte, war in der Lage, eine Kuh durchzubeißen.

Dem Kommissar wurde übel, und das rührte nicht nur vom Gestank sowie dem Anblick des Kadavers her. Er befand sich in einem Albtraum. Seit mehreren Wochen war er bereits in diesem gefangen. Es hatte mit kleineren Bränden angefangen und wurde immer schlimmer. Erst brannte eine Wanderhütte, dann immer wieder ein Stück Wald, am Ende sogar ein Schloss und eine Klinik. Bei dem Brand in der Klinik war eine Patientin verschwunden. Kurz darauf wurde auch ein Kind vermisst. Und nun der zerstörte Bauernhof und diese halbe Kuh!

Lautenberg war ratlos. Wie passte das alles nur zusammen? Es musste eine Erklärung für all das geben. Aber er hatte keine Ahnung, wie sie aussehen könnte.

Da ihm nichts anderes einfiel, gab er Kelber ein paar Anweisungen. Es war nie verkehrt, seinem Assistenten etwas zu tun zu geben: »Die Kuh muss ins Labor! Ich will wissen, was dieses Tier getötet hat!«

Kelber tippte begeistert in sein Tablet. Lautenberg beobachtete ihn dabei, und ihn beschlich die Vorahnung, dass das Labor auch dieses Mal nichts Brauchbares herausfinden würde. Beim Brand in der Klinik hatte es einen Meteoriteneinschlag vermutet.

Kelber plauderte los, während er weiterhin ungelenk sein Tablet quälte: »Die Leute hier in der Gegend erzählen, sie haben Drachen in Verdacht.«

Lautenberg seufzte. Diese Geschichten hatte er auch schon gehört. Es riefen ständig Menschen bei der Polizei an, die meinten, ein Drache wäre an allem schuld. Hin und wieder waren Bürger darunter, die er als sehr vertrauenswürdig kannte.

Alle berichteten Ähnliches. Nein, gesehen hätten sie den Drachen nicht. Aber gefühlt: Hitze, eine Druckwelle, Flügelschläge seien zu spüren oder zu hören gewesen. Ein paar weniger vertrauenswürdige Bürger wollten sogar einen Drachen gesehen haben. Die Beschreibungen ähnelten aber eher einem Habicht oder einer Ringelnatter. Aber es gab noch verrücktere Geschichten: Eine Frau schwor, sie habe gesehen, wie ein Phönix aus der Asche ihres Kamins entstiegen war und alle ihre Ingwerkekse gefressen habe. In Steinthaleben hatte sich sogar ein Verein mit dem klingenden Namen »Kyffhäuser Drachenzähmer und Kinderhüter« gegründet.

Lautenberg schaute noch einmal angeekelt auf die Kuh und spuckte aus: »Kelber, die Drachentheorie stellen wir zurück.« Kelber nickte abwesend und tippte weiter.

»Versuchen Sie lieber, endlich bei den Sachverständigen herauszubekommen, wodurch diese Feuer eine solche Hitze entwickeln konnten! Vom Stall sind alle Stahlträger geschmolzen. Geschmolzen! Es muss hier einen ganz besonderen Brandbeschleuniger gegeben haben. Und ich will wissen, was diese Kuh zerrissen hat! Morgen, spätestens übermorgen sind die Ergebnisse auf meinem Tisch.«

»Morgen wird knapp, Chefchen. Sind nicht die schnellsten, unsere Kollegen im Labor, und ich glaube, der dicke Eddi ist krank. Und übermorgen ist doch unser Betriebsausflug! Mit Führung und so. Toll!«

Den Quatsch hatte Lautenberg ja völlig vergessen: ein Betriebsausflug zum Kyffhäuserdenkmal. Der Kommissar seufzte genervt: »Dann legen Sie mir das Ganze auf den Tisch, bevor der Mist losgeht!«

»Alles klar! Und weg ist die Mail! Alles geregelt, Chef! Machen Sie sich keine Gedanken, das Labor kriegt das schon raus, die Labortypies haben ja ...«,

Kelbers dümmliches Gesicht verzog sich zu einem Grinsen, »einen hohen IKuh!« Dabei begann er erneut, merkwürdig zu kichern: »Den habe ich mir auch selber ausgedacht. Lustig, was?« Er hörte gar nicht mehr auf zu kichern und blickte auf, um zu sehen, wie dem Kommissar der Witz gefiel.

Lautenberg war jedoch schon auf dem Weg zum Auto. Gar nicht enttäuscht schaute Kelber ihm hinterher. Für Bruchteile einer Sekunde verwandelte sich sein Gesichtsausdruck. Hart und hasserfüllt blitzte sein Blick auf und wanderte zum Kadaver: »Besonderer Brandbeschleuniger? Da kannst du eine halbe Kuh drauf verwetten, du dummer Fettsack! Moment mal. Was ist das?«

Kelber hatte etwas entdeckt. Er näherte sich dem Kadaver und untersuchte ihn genau. Auf allen Vieren beugte er sich über das tote Tier. Es sah ein bisschen aus, als wolle er die Kuh küssen.

Die Fliegen wurden aufgescheucht und umschwärmten ihn. Aber Kelber kümmerte sich nicht darum. Schließlich klaubte er etwas aus dem Fell der Kuh. Aufmerksam betrachtete Kelber seinen Fund. Mit einem triumphierenden Grinsen zog er sein Taschentuch hervor und verwahrte das Etwas darin.

Kapitel 5

Pferd & Hund

Fiete war bei Oma Frieda in ihrem kleinen Häuschen angekommen. Und sie war großartig. Es kam es ihm so vor, als wäre er jedes Jahr zu Besuch gewesen.

Er wurde auf das Allerherzlichste begrüßt, seine Verletzungen wurden versorgt, und es gab leckeres Essen. Von seiner seltsamen Begegnung mit dem Waschbären hatte er ihr vorsichtshalber nichts erzählt. Manche Erlebnisse behält man besser für sich.

Das Wichtigste aber war: Alles war gut. Er saß am Küchentisch auf einem etwas zu kleinen Plastikdrehstuhl. Fiete konnte durch das Fenster in den Garten blicken: zwei schief gewachsene Pflaumenbäume, ein Gartenhaus, ein Vogelhäuschen, eine Hecke, dahinter verschiedene Kräuterbeete. Seine Oma stand am Herd und wirbelte in erstaunlich vielen Kochtöpfen und Pfannen herum. Einige Töpfe standen übereinander und bildeten absurd hohe Türme. Die Küche war klein, aber gemütlich. Es störte auch nicht, dass überall Melissenkraut zum Trocknen herumhing.

Das Essen schmeckte super, wie ein Mittagessen bei Oma eben so schmeckt. Es gab Schnitzel mit Bratkartoffeln, Blumenkohl und sehr viel Soße. Es war ein Schmaus fast wie im Schlaraffenland. Fiete hatte einen Riesenhunger, aber der war dann doch irgendwann gestillt. Daher lehnte er nach dem dritten Schnitzel einen weiteren Nachschlag höflich ab.

»Danke, Oma, aber ich kann echt nicht mehr.«

Frieda verzog ein wenig den Mund und schüttelte unzufrieden den Kopf: »Kein Wunder, dass du so abgemagert bist.«

Mit diesen Worten stellte sie eine riesige Schüssel Schokoladenpudding auf den Tisch, mit sehr viel Sahne und Vanillesoße. Cola bekam er auch. Zuhause gab es immer Theater, wenn Fiete Cola trinken wollte. Industriezucker ist böse, hieß es dort. Koffein ist auch böse, und deshalb ist Cola so richtig böse.

Oma interessierte das gar nicht, ob Cola gesund oder ungesund ist. »Wenn du schwarze Füße bekommst, dann hörst du auf«, meinte sie nur dazu. Und da Fietes Füße nachweislich nicht schwarz wurden, trank er Cola ohne Ende. Alles war perfekt. Beinahe.

Mit am Tisch saß der Großvater. Fiete war vorgewarnt. Seine Mutter hatte ihm ausschweifend erklärt, dass es seinem Opa gesundheitlich nicht so gut gehe. Sie hatte, während sie ihm das mitteilte, auf ihre Schläfe gezeigt und dabei ihren Zeigefinger einen Kreis drehen lassen.

Opa Friedhelm wirkte verhärmt und schaute schweigend aus dem Fenster. Seit Fietes Ankunft hatte er noch nichts gesagt, geschweige denn, dass er seinen Enkel begrüßt hätte. Er blickte einfach nur die ganze Zeit aus dem Fenster, summte dabei ein wenig und streichelte abwesend die Katze.

Die Katze hatte ihren eigenen Stuhl und ließ sich die Liebkosungen gern gefallen. Wenn der Großvater einmal kurz aussetzte, dann stupste sie ihn ungeduldig an. Falls er dann immer noch nicht reagierte, fuhr sie ihre Krallen aus, um weiter gestreichelt zu werden.

Nach dem Essen nahm Oma Fiete beiseite. Sie gingen ins benachbarte Wohnzimmer. Oma roch nach Melisse, allerdings roch die gesamte Küche danach. »Ihm geht es nicht besonders. Schon länger nicht …«, begann sie zögerlich. Ihre Lachrunzeln um die Augen herum wirkten seltsam unpassend angesichts ihres traurigen Blickes.

»Ist schon gut«, warf Fiete ein, dem das Thema unangenehm war. Sein Magen grummelte plötzlich seltsam. »Mama hat mit mir gesprochen.«

Die Oma wirkte überrascht: »Hat sie das?« Dann schaute sie aus dem Fenster und wischte sich geistesabwesend über die Stirn.

»Na ja, immerhin«, murmelte sie, mehr zu sich selbst. Dann fuhr sie fort: »Aber etwas hören und es selbst erleben, das sind zwei Paar Schuhe.«

Oma seufzte und wirkte dabei sehr müde. »Er war nicht immer so. Und seit ein paar Wochen ist es ganz schlimm. In einem Moment ist alles gut, und dann schreit er wirres Zeug. Er bringt eben einiges durcheinander. Besonders nach dem Angriff auf das Schloss!«

Fiete stutzte. Hatte sie gerade Angriff gesagt? Aber seine Oma verbesserte sich sofort: »Unglück, meine ich natürlich! Wie auch immer, die Anfälle treten eben manchmal auf. Das war auch der Grund, warum wir dich nicht mehr zu Besuch hatten. Deine Eltern und auch ich, wir hielten es für besser … Das ist aber alles egal. Du bist ja endlich hier. Und das freut mich so.« Oma nahm Fiete in die Arme. Die Geste wirkte natürlich und schön. Vielleicht war es doch eine gute Idee, hier zu sein. Vielleicht aber auch nicht.

Denn gerade meldete sich nebenan der Großvater zu Wort. Schrill tönte es aus der Küche: »Hör auf die

Waschbären, hör auf die Waschbären! Wenn es brennt oder wenn du in Gefahr bist, suche die Waschbären!«

Fiete wurde starr in Omas Armen. Waschbären? Großmutter ließ Fiete los und seufzte: »Er redet gern mit dem Hund. Oder mit der Katze. Und dann geht es immer um das Gleiche: Feuer und die tollen, hilfsbereiten Waschbären … und übrigens, so hilfsbereit sind sie nun auch wieder nicht.«

Fiete stutzte erneut. Hatte er das richtig verstanden? Ihm lag etwas auf der Zunge: »Vielleicht redet er auch mit Waschbären?«

Er sprach diese Worte ganz vorsichtig. Seine Oma schaute ihn einen Moment mit einem durchdringenden Blick prüfend an, dann zuckte sie mit den Schultern. »Vielleicht. Ich rede nicht so gern mit Waschbären. Sie sind mir zu anstrengend.« Bei diesen Worten zwinkerte sie schelmisch.

Fiete dachte an seinen Waschbären und überlegte, ob er vielleicht doch von der Begegnung mit dem sprechenden Tier erzählen sollte. Er schob den Gedanken aber schnell beiseite. Also fragte er nur: »Kann man denn da nichts machen?«

Oma Frieda schaute Fiete an. Sie verstand die Frage nicht, sodass der Junge ergänzte: »Ich meine, wegen seiner Verwirrung und allem …«

»Nein. Eher nicht. Dein Großvater will keinen Arzt sehen. Er meint, er wäre nicht krank. Vielleicht hat er auch recht, nicht zu den Ärzten zu gehen. Die Sache ist, wenn er in ein Krankenhaus oder so etwas muss … Das überlebt er nicht.«

Eine verschwörerische Stimme drang aus der Küche. »Hör jetzt auf! Sie hören uns noch. Er gräbt neue Pforten, eine nach der anderen. Wenn du unten bist und es Ärger gibt: Meide die rote Burg und traue den Zwergen nicht. Sie drehen völlig durch, seit Maximilian weg ist.« Man konnte das klirrende Geräusch zerbrochenen Porzellans hören.

»Ich geh‘ mal besser rein«, meinte Oma. Sie wirkte plötzlich sehr müde. »Du wirst hier trotzdem schöne Ferien haben. Trotz Friedhelm und der Sache mit deinen Eltern.« Sie lächelte ihn warmherzig an und ging.

Fiete schaute seiner Oma verblüfft hinterher. Das Theater zu Hause hatte er völlig vergessen. In der letzten Zeit hatte er eigentlich fast jeden Moment daran denken müssen, dass sich seine Eltern scheiden lassen würden. An das Geschrei und das Werfen von Gegenständen, sogar Eier waren geflogen. Aber seit er aus dem Bus gestiegen war, war das alles aus seinem Kopf verdrängt worden. Und er war sich nicht sicher, ob das richtig war.

Am nächsten Morgen stand er um elf Uhr auf. Weit weg von der Großstadt und den sich streitenden Eltern hatte Fiete so gut geschlafen wie lange nicht. Absolute Ruhe. Und Oma hatte ihn schlafen lassen. Das passierte ihm zu Hause nicht einmal sonntags. So hatte er einmal um die Uhr geschlafen. Um elf abends ins Bett, elf Uhr morgens aufgestanden.

Nach einem üppigen Frühstück sollte er mit dem Hund im Wald spazieren gehen. Der Großvater übergab ihm den Hund an der Leine und schaute Fiete mit überraschend klaren Augen an: »Wenn was schief geht, such die Waschbären! Grüße sie von mir, dann helfen sie dir auch! Versprich es mir!«

Fiete lächelte verlegen, dachte erneut an ›seinen‹ Waschbären auf der Landstraße und versprach es.

»Gut!« Nun blickte der Alte den Hund an. »Das gilt auch für dich! Sie helfen. Sie kennen sich aus! Und geh nicht mit ihm runter. Es ist zu gefährlich!«

›Er redet wirklich mit Hunden‹, dachte Fiete. Der Hund hechelte, und es schien, als ob der Großvater vom Hund eine Antwort erwartete. Fiete ertappte sich dabei, wie er den Hund anschaute und ebenfalls wartete. Schließlich lächelte Fiete verlegen und sagte nur: »Na ja, bis dann!« Dann ging er mit dem Hund in den Wald.

Auch dieser Tag war flirrend heiß. Die Sonne stand an ihrem höchsten Punkt, und am Himmel ließ sich keine einzige Wolke blicken. Im Wald konnte man es noch am besten aushalten. Es war dort kühler, aber dennoch drückend. Es fühlte sich so an, als ob die Hitze von unten käme. Aber wenigstens war es hier schattig. Kleine Wanderwege führten durch die gescheckte Dämmerung des dichten Buchenwaldes, ab und zu gekreuzt von Tierpfaden.

Pelle, so hieß der Hund, war gemütlicher, als sein Äußeres vermuten ließ. Der große Rottweiler ging folgsam an der Leine und trottete dabei mit hängender Zunge vor sich hin. Mal hielt er sich links, mal rechts und erschnüffelte den Waldboden. Fiete versuchte ebenfalls, die Zunge heraushängen zu lassen. Es half aber nichts.

Dennoch war der Spaziergang in Ordnung. Die Gegend war sehr schön. Ab und zu lichtete sich der Wald, dann eröffnete sich ein faszinierender Blick in eine Schlucht oder auf eine benachbarte Bergkuppe. Fiete kannte so etwas gar nicht. Seine Eltern machten fast immer nur Städteurlaube: Rom, Florenz, Madrid. Es ödete ihn so an.

Alles war so ungewohnt ruhig, kein Mensch war unterwegs. Dafür ließen sich manchmal Tiere sehen: Rehe, ein Mäusebussard, Eichhörnchen. In der Ferne hämmerte ein Specht. Pelle schien sich nicht weiter darum zu kümmern. Er schaute kaum hoch und schnüffelte unermüdlich den Waldboden ab. Fiete ließ ihn daher schon bald von der Leine. Seine Oma hatte ihn zwar ausdrücklich davor gewarnt, aber Pelle wirkte extrem gutmütig und pflegeleicht.

»Du machst doch keinen Unsinn, oder?«, fragte er den Hund. Dieser bellte, und einen Moment glaubte Fiete, er habe aus dem Kläffer ein ›Nein‹ herausgehört. Er musste an den Waschbären denken, schüttelte dann aber den Kopf. »Das muss diese verdammte Hitze sein«, murmelte er vor sich hin.

Dennoch warf er Pelle prüfende Blicke zu. Wenn es hier sprechende Waschbären gab, wieso sollte dann nicht auch ein Hund sprechen können? Pelle kümmerte sich jedoch um seinen Hundekram, und Fiete war ihm dafür sehr dankbar. Noch mehr verrücktes Zeug konnte er nicht gebrauchen.

Nach gut einer Stunde war es an der Zeit, eine Rast einzulegen. Oma hatte ihnen ein enormes Fresspaket mitgegeben. Mit diesem Paket könnte man eine ganze Schulklasse ernähren. Er blieb stehen und schaute sich nach einem geeigneten Plätzchen um. Pelle wedelte glücklich mit dem Schwanz. Er hatte Fietes Absicht erraten und freute sich auf die Schnitzelbrote.

Es fand sich schnell eine Stelle, und als erstes bekam der Hund zu trinken. Schüssel und Wasser hatte er dabei. Oma hatte an alles gedacht. Der Hund schlappte glücklich, und Fiete durchstöberte seinen Proviant. Das sah alles so appetitlich aus. Und es roch so gut. Er nahm ein besonders großes Brot und wollte gerade hineinbeißen, da geschah es.

Eine gewaltige Hitze- und Druckwelle raste über ihn hinweg, und die Bäume bogen sich unter der Krafteinwirkung. Fiete wurde ebenso wie Pelle zu Boden geworfen, er bekam kaum Luft. Heißer Staub wirbelte umher, die Bäume ächzten unter der Belastung.

Pelle rappelte sich auf und stürmte jaulend davon. Fiete war nun ebenfalls wieder auf den Beinen und blickte verwirrt umher. Ihm war so gewesen, als hätte er etwas Riesiges am Himmel gesehen. Jetzt war nichts mehr zu erkennen. Er begriff nicht, was hier geschehen war. Da vernahm er hinter sich rasantes Hufgetrappel, das schnell lauter wurde. Der Junge drehte sich um.

Ein großes Pferd galoppierte mit einer beängstigenden Geschwindigkeit direkt auf ihn zu. Es war bereits bis auf wenige Meter herangerast und drohte ihn zu überrennen. Im letzten Moment warf sich Fiete zur Seite. Noch im Fallen gelang es ihm, einen Blick auf den Reiter zu werfen. Es war ein Mädchen. Sie saß auf dem Pferd und kümmerte sich scheinbar nicht weiter um Fiete. Ihr Zopf winkte ihm spöttisch zu, als sie schließlich hinter der nächsten Kurve verschwand.

Das Hufgetrappel verlor sich in der Ferne. Langsam legte sich der aufgewirbelte Staub, und es wurde still. Lediglich Fiete war zu hören. Er versuchte, sich aus dem Gestrüpp zu kämpfen, in das er gesprungen war.

»Verdammter Mist nochmal!«, fluchte er mit schmerzverzerrter Stimme, »ich bin noch nicht einmal einen Tag hier, und ständig lande ich in der Scheiße.« Allerdings waren es eher Brennnesseln, in denen Fiete gelandet war, als er sich vor dem Pferd hatte retten müssen. Fietes Haut, sofern sie nicht durch seine Kleidung bedeckt wurde, war innerhalb von Sekunden gerötet. Schnell bildeten sich Pusteln. Er trug ja nur ein T-Shirt und eine kurze Hose. Bei der Hitze logisch, aber nun wünschte er sich, er hätte Winterklamotten getragen.

Mühsam krabbelte er aus den Brennnesseln. Vom Hund fehlte jede Spur. Es blieb dem Jungen nichts weiter übrig, als in die Richtung zu humpeln, in die Pelle verschwunden war. Ohne den Hund konnte er wohl schlecht nach Hause kommen. Er griff nach seinem Zeug und nahm die Verfolgung auf.

Nach wenigen Minuten hörte er erleichtert von weit her Pelle aufgeregt bellen. »Ich komm ja schon, du Superhund!«

Es war leicht, den Hund aufzuspüren, bei dem Rabatz, den der machte. Leider reagierte Pelle auf Fietes Rufe oder Befehle überhaupt nicht.

»Von wegen pflegeleicht«, schimpfte Fiete vor sich hin. Er ärgerte sich aber in erster Linie über sich selbst. Er hätte besser aufpassen müssen und vor allem den Hund nicht von der Leine nehmen dürfen. Den Fehler würde er nicht wiederholen, sobald er den Hund wieder bei sich haben würde. Das war aber dann doch nicht so einfach wie zunächst gedacht.

Als Fiete meinte, den Hund bald erreicht zu haben, tat sich plötzlich eine tiefe Schlucht auf. Die Wände der Schlucht verliefen ziemlich steil nach unten. Von ganz unten kam das Bellen. Der Junge war mit seinen Nerven am Ende: »Pelle, du gehst mir so auf den Keks!«

Für einen Moment wurde es ruhig, dann setzte das Bellen erneut ein. Wie sollte er aber bloß zu dem Hund kommen? An einen direkten Abstieg war nicht zu denken. Es lag jede Menge Laub herum, und meist war der Hang sehr abschüssig, von den vielen rutschigen Stellen mit Moosbewuchs ganz zu schweigen. Das Tal zu umgehen, um eine bessere Möglichkeit für den Abstieg zu finden, drohte eine langwierige Angelegenheit zu werden. »Mist«, entfuhr es ihm, »Oma wird sich Sorgen machen, wenn ich nicht rechtzeitig zurück bin.«

Wie auch immer, es half alles nichts. Fiete wagte den Abstieg und begann vorsichtig hinunter zu klettern.

Insgesamt ging es eigentlich ganz gut. Ab und zu geriet er ins Rutschen, aber er fing sich immer. Schritt für Schritt wagte er sich in das Halbdunkel der Schlucht, während unten der Hund weiterhin unermüdlich lärmte. »Ist ja gut, ich komme ja schon. Guter Hund, Pelle! Guter Hund!«

Plötzlich mischte sich in das Bellen eine tiefe Stimme: »Runter, runter!« Die Stimme schien von einem Mann zu stammen, aber irgendetwas an der Stimme wirkte ungewöhnlich. »Hallo?«, rief Fiete nach unten. »Ist da wer?«

»Ich hier, komm runter, runter! Ich nicht schaffen hoch. Steil. Sehr steil. Runter ging besser.«

»Was? Wer?«, Fiete wurde die ganze Sache langsam mulmig, aber jetzt war nur noch das Bellen zu hören. Der Hund war also noch da. Aber wer war bei ihm? Wer es auch war, clever wirkte er nicht. Zögernd setzte der Junge den Abstieg fort.

Nach wenigen Minuten hatte er die gefährlichste Stelle erreicht. Inzwischen bewegte er sich schon ziemlich geschickt und hielt sich gekonnt an Ästen, Stämmen oder Baumwurzeln fest. Mit jedem Schritt wuchs Fietes Zuversicht. Doch genau dann, als er glaubte, es auf jeden Fall zu schaffen, passierte es. Der linke Fuß glitt aus, und Fiete verlor den Halt. Zunächst kugelte er noch relativ beschaulich hinunter, wurde dann aber immer schneller. Alle Versuche, sich festzuhalten oder irgendwie den Fall zu bremsen, scheiterten. Schließlich beschleunigte der Körper des Jungen dramatisch. Fiete prallte mit Armen und Beinen gegen Baumstämme und Steine, rauschte durch Büsche und landete schließlich am Fuß des Berges. Dort blieb er besinnungslos liegen. Nicht weit davon entfernt stand Pelle und jaulte leise. Er ging zu Fiete, schnüffelte und stupste ihn an. Keine Reaktion. Fiete rührte sich nicht. Der Hund umkreiste aufgeregt den Jungen und schaute sich ängstlich um.

Im Wald war kaum ein Geräusch zu hören, nur das leise Wimmern von Pelle durchdrang die Stille. Der Hund verstummte jedoch schlagartig, als er im Gehölz ein Rascheln hörte, das sich langsam näherte. Der Hund nahm Witterung auf, schnüffelte und rief dann mit einer tiefen Männerstimme: »Fops, du das sein?«

Ein piepsiges, kleines Stimmchen war zu hören. Gleich darauf erschien ein Waschbär. »Sehe ich vielleicht aus wie Fops? Ich bin ja nun wirklich viel attraktiver! Und vor allem fünf Minuten jünger.«

Der Hund sah etwas enttäuscht drein: »Ah, Fips, du es sein! Wir brauchen Fops. Junges Herrchen sein verletzt. Fops holen!«

»Oh Mann, deine Grammatik ist zum Fürchten. Es heißt: Junges Herrchen IST verletzt. Aber egal, Fops kommt auch gleich. Wir sammelten Beeren, als wir dich gehört haben. Wir dachten, es wäre was mit dem alten Friedhelm. Aber du bist ja mit dem da unterwegs.«

Fips trat mit diesen Worten an Fiete heran und versetzte ihm einen Stoß mit dem Fuß: »Rührt sich nicht. Na ja. Das war doch klar, dass dieser Trampel uns Probleme macht. Gestern habe ich das schon gesagt, gestern schon. Wie ungeschickt! Wie ungeschickt! Trampel!

Wir brauchen Kräuter, Verbände, ein Feuer für heißes Wasser. Fops muss mir helfen. Ich hole ihn mal schnell.«

Der Waschbär entfernte sich und rief: »Fops! Fops! Pelle ist da. Und der Trampel ist bei ihm.« Pelle schnüffelte an dem Jungen herum und schüttelte besorgt den Kopf.

Fiete kam Stunden später zu sich. Es dämmerte bereits, der Abend nahte. Sein Kopf schmerzte fürchterlich, obwohl er es eigentlich ganz bequem hatte. Unter seinem Kopf lag ein kleines Kopfkissen, aus Moos gefertigt. Seltsamerweise war sein linker Fuß unbekleidet. Schuh und Socke lagen neben ihm.

Fietes Versuch, sich aufzurichten, schlug fehl, da ihm wirklich alles wehtat.

Seine Muskeln waren versteift und schienen bei jeder noch so kleinen Bewegung reißen zu wollen. Ihm taten sogar Stellen am Körper weh, von denen er gar nicht wusste, dass sie wehtun können.

Auf einmal krabbelte etwas auf seinen Bauch. Es fühlte sich an wie ein Tier, das auf ihn draufkletterte. Unfähig, sich zu rühren, ereilte Fiete das Gefühl panischer Angst. Das Krabbeln kam näher und näher. Da sah er es. Auf seiner Brust saß ein Waschbär und schaute ihn mit kleinen, klugen Knopfaugen an.

»Oh nein, nicht du schon wieder«, stöhnte Fiete.

»Ich bin auch nicht begeistert«, erwiderte der Waschbär, »geht es dir besser?« Fiete wurde erneut ohnmächtig. Fips kratzte sich am Kopf und sagte leise zu sich selbst: »Sieht nicht so aus!«

Dann kratzte er sich am Po und rief in den Wald hinein: »Fops, was machen wir denn jetzt?« Aus einem Gebüsch kam ein zweiter Waschbär, der Rinde gesammelt hatte: »Wir verbinden noch das Handgelenk! Leider habe ich nicht die richtigen Kräuter dabei. Außerdem brauchen wir noch mehr Weidenrinde gegen die Schmerzen. Besser ist, wir holen Hilfe. Pelle muss das machen. Wir können hier nicht weg. Aber eigentlich dürfen wir hier auch nicht bleiben. Vielleicht kommt das Biest zurück. Schick Pelle los!«

»Okidoki!«

»Und Fips! Falls er aufwacht, sag kein einziges Wort! Er muss nicht wissen, dass wir sprechen können.«

»Ups!«

»Was?«

»Ich meine: Okidoki.«

»Fips, hast du etwa …«, doch er musste nicht weiterreden. Ein Blick auf Fips reichte, um das schlechte Gewissen zu erkennen.

»Oh nein, ich fasse es nicht.«

»Ist mir nur so rausgerutscht. Sei mir nicht böse!«

Fops wirkte sehr verärgert, sagte aber nichts weiter dazu. »Das besprechen wir später. Jetzt schick endlich den Hund los, er soll Hilfe holen!«

Fips rief den Hund zu sich: »Komm her, guter Pelle!«

Der Hund kam angesprungen und tänzelte voller Aufregung um Fips herum. »Guter Pelle, guter Hund. Ich sein Pelle, guter Hund!«, brabbelte er mit seiner tiefen Stimme aufgeregt.

»Ja, du bist ein guter Hund. Nicht in Grammatik, aber sonst schon. Lauf schnell und hole das Herrchen!«

»Oh ja, oh ja!«

Pelle bellte glücklich, rannte ein paar Meter und stellte sich neben den schlafenden Fiete: »Herrchen hier, hat Pelle gut gemacht. Hat er doch gut gemacht? Gut gemacht. Guter Pelle.«

Fips schaute alarmiert zu Fops hinüber. Dieser legte seine Waschbärenohren an. Das bedeutete nichts Gutes, so viel stand fest. Das wusste Fips genau, daher rief er schnell dazwischen: »Nein Pelle, das andere Herrchen, Opa Friedhelm. Hole ihn her, wir brauchen Hilfe!«

»Ja, klar, altes Herrchen holen, altes Herrchen holen!« Mit diesen Worten lief der Hund wie ein Blitz los und rannte, was das Zeug hielt.

Kapitel 6

Fliegende Bücher

Schloss Rathsfeld lag nicht so verlassen wie sonst im Herzen des Kyffhäuserwaldes. In einem Raum des heruntergekommenen Gebäudes brannte eine kleine Kerze. In deren spärlichem Schein konnte man Regale, Tische, einzelne Stühle und weitere Regale sehen. Alles war vollgepackt mit alten Büchern. Dies schien der einzige Raum im Schloss zu sein, der wenigstens noch halbwegs im ursprünglichen Zustand geblieben war.

Neben dem Tisch, auf dem die kleine Kerze stand, hatte jemand aus Büchern ein provisorisches Nachtlager errichtet. Ein Junge mit grünen Haaren hatte sich darauf gebettet. Er erhob sich gerade und streckte sich stöhnend.

Luke hatte schlecht geschlafen und furchtbar geträumt. Im Traum war es ihm vorgekommen, als hätte er ein Lachen gehört, ein kaltes, bösartiges Lachen. Es fühlte sich an, als ob ihm das Blut in den Adern gefror. Und er glaubte, Lina gehört zu haben. Lina, wie sie um Hilfe schrie. Immerhin hatte er diese Nacht deutlich besser verbracht als die letzte, die er im Wald überstehen musste.

Luke erhob sich von seinem Bücherbett und schaute aus dem Fenster hinüber zu dem Haus, in dem Fietes Großeltern lebten. »Der muss sich doch irgendwann blicken lassen«, murmelte er vor sich hin.

Es war noch früh am Morgen. Das Wohnhaus lag in tiefem Dunkel. »Da stimmt was nicht«, flüsterte Luke, »da stimmt gar nichts.« Auch wenn Luke geschlafen hatte, so war er überzeugt, dass Fiete immer noch nicht zu Hause war. Es war wirklich ärgerlich, dass er ihn gestern verpasst hatte, aber er hatte Rathsfeld erst am Nachmittag erreicht. Luke hatte sich eine gute Geschichte ausgedacht und dann bei Fietes Großeltern geklingelt. Der etwas angespannt wirkende Großvater hatte ihm erklärt, dass Fiete mit dem Hund im Wald spazieren sei.

Luke hatte sich dann hier im Schloss verkrochen und das Haus beobachtet. Irgendwann abends war dann der Hund aufgetaucht. Allein, ohne Fiete. Die Großeltern hatten wild gestikulierend und sehr aufgeregt etwas besprochen. Komischerweise sah es so aus, als ob sie das Ganze auch mit dem Hund diskutieren würden.

»Echt durchgeknallt«, murmelte Luke, als er sich daran erinnerte. Er fragte sich, was mit Fiete geschehen war. Dabei dachte er auch an seine Schwester und überlegte, ob es einen Zusammenhang geben könnte. Luke biss sich bei dem Gedanken auf die Oberlippe. Wenn ihm nun auch etwas passiert war? So wie Lina? Wie konnten die nur ihren Enkel allein im Wald rumlaufen lassen, nach all den Geschichten?

Nach minutenlangem Palaver waren Fietes Großvater und Großmutter schließlich mit dem Hund losgezogen und bald im Wald verschwunden. Der Alte hatte ein Gewehr bei sich gehabt. Er hatte auch immer besorgt zum

Himmel geschaut. Seitdem war niemand mehr aufgetaucht, weder die Großeltern noch der Hund. Und Fiete schon gar nicht.

Wenn Luke nicht schon vorher unruhig gewesen wäre, so würde er es spätestens jetzt geworden sein. Er wartete bereits seit vierundzwanzig Stunden auf Fiete. Die Sonne ging auf, und irgendwie wusste der Junge nicht, wie es weitergehen sollte. Er hatte alle Hoffnungen auf das Treffen mit Fiete gelegt, und nun das. Seit einiger Zeit quälte ihn außerdem der Hunger. Außer ein paar Müsliriegeln hatte er seit Fietes Broten im Bus nichts gegessen. Und seine Wasserflasche war auch fast leer.

Um sich abzulenken, schaute er sich ein wenig um. Eigentlich war es eine große Überraschung gewesen, im zerstörten Schloss eine Schlafgelegenheit zu finden. In dem Gebäude hatte ein gewaltiges Feuer getobt. Große Teile der Decke waren in den verschiedenen Räumen eingestürzt, und ganze Wände fehlten. Die Natur hatte begonnen, sich Teile des Schlosses zurückzuerobern. Seltsamerweise war dieser eine Raum im Erdgeschoss nahezu unversehrt und offenbar auch in der Folge unberührt geblieben.

Das Verblüffendste daran war, dass es sich dabei um die Schlossbibliothek handelte. Dieses Rätsel hatte Luke aber schnell aufgeklärt. Offenbar hatte man den Raum mit großem Aufwand ausgerüstet. Es gab Feuerschutztüren aus massivem Stahl. Die Wände waren doppelt gemauert sowie mit Stahlblechen ummantelt worden. Die Jalousien waren ebenfalls massiv und feuerfest. Hier hatte sich jemand richtig Mühe gegeben, die Bücher zu schützen.

Dennoch war der lange unbenutzte Raum verstaubt und muffig, aber Luke beschwerte sich nicht. In seiner jetzigen Situation war es mehr, als er erhoffen konnte. Immerhin hatte er ein Dach über dem Kopf, und seine furchtbare Stiefmutter würde ihn hier bestimmt nicht finden.

Die Bibliothek musste früher glanzvoll gewesen sein. Viele Bücher sahen richtig wertvoll aus. Meist waren sie in Leder gebunden und oft in fremden Sprachen, die Luke teilweise nicht einmal erkannte. Er machte sich aber nicht viel aus Büchern. Das heißt, ein Buch hatte er als Kopfkissen in seinen Rucksack gestopft. Damit waren seine literarischen Interessen aber völlig zufriedengestellt.

Die Stunden krochen dahin. Luke beobachtete aufmerksam das Haus und die Umgebung. Er hatte ja eh nichts Besseres zu tun. Deshalb entging ihm auch nicht, dass er selbst Besuch bekam. Verdrossen musste Luke beobachten, wie vor der Schlossruine eine Reiterin hoch zu Ross anhielt, sich umschaute, abstieg und das Pferd anband. Sie ging direkt auf das Hauptportal zu.

Luke ahnte, dass die Reiterin in die Bücherei wollte, und reagierte hektisch. Er schaffte es aber tatsächlich gerade noch rechtzeitig, die Spuren seiner Übernachtung, seine Klamotten und dann sich selbst zu verbergen, bevor die geheimnisvolle Besucherin die Bücherei betrat. In seinem Versteck schlug ihm das Herz bis zum Hals. Luke versuchte möglichst leise zu atmen, was ihm aber kaum gelang. Ganz im Gegenteil, ihm kam es so vor, als würde er durch die Aufregung besonders laut schnaufen.

Durch die Regale konnte Luke den unwillkommenen Besuch betrachten. Es war ein Mädchen, etwa in seinem Alter. ›Hübsch‹, dachte er und pfiff leise, vielleicht ein wenig zu laut, denn das Mädchen hielt inne. Sie war in Lukes Augen wirklich eine Schönheit: die Stupsnase, die blauen Augen, der freche Pferdeschwanz, die elegant fallenden braunen Haare. Rechtzeitig erinnerte sich Luke aber daran, dass er nicht entdeckt werden wollte, und verkroch sich tiefer in seine Ecke.

Das Mädchen begann, die Bücher zu durchwühlen. Offensichtlich suchte sie ein Buch und checkte systematisch die einzelnen Regale.

Das brachte Luke in eine unangenehme Lage. Langsam, aber sicher näherte sie sich seinem Versteck. Nach einigen Minuten intensiven Suchens befand sie sich nur noch eine Regalreihe von ihm entfernt. Luke stellte sich vor, wie unangenehm es wäre, entdeckt zu werden. Dazu noch von so einem hübschen Mädchen. Peinlich!

Lange konnte es nicht mehr dauern, so viel stand fest. Luke kam eine Idee. Riskant, aber immerhin eine Idee. Er wollte versuchen, auf der anderen Seite des Regals, an dem das Mädchen gerade zugange war, vorbeizuschleichen. So hätte er die Chance, in eine Ecke der Bibliothek zu gelangen, die bereits durchsucht worden war.

Leise und vorsichtig setzte Luke seinen Plan in die Tat um. Schließlich war er nur noch wenige Zentimeter von dem Mädchen entfernt, blieb aber im Sichtschutz des Regals. Luke freute sich diebisch, alles schien zu funktionieren. Ausgerechnet in diesem Moment nahm das Mädchen ein sehr dickes Buch aus dem Regal, um es genauer zu betrachten. Durch die entstandene Lücke trafen sich die Blicke der beiden: Entsetzen auf der einen, Überraschung und aufsteigender Zorn auf der anderen Seite. Und dann begann ein Donnerwetter.

Kaum hatte die geheimnisvolle Besucherin begriffen, dass sie nicht allein war, stürmte sie in Lukes Gang und begann, mit einer atemberaubenden Geschwindigkeit Bücher nach ihm zu werfen. Der Junge duckte sich und vermochte nur mit Mühe auszuweichen. Die Bücher flogen unglaublich zielgenau auf ihn zu. Recht bald gelangen dem Mädchen die ersten Treffer.

»Autsch, was soll denn … aua … also wirklich … könntest du einen … oh nein, mein Mund …«

Luke versuchte sein Heil in der Flucht, aber das Mädchen stand näher am einzigen Ausgang.

»Jetzt hör doch mal, aua …« Schließlich setzte Luke zu einem Schrei an: »Jetzt hör doch mal auf!«

Und tatsächlich, der Bücherhagel verebbte. Zornrot

und schwer atmend stand das Mädchen vor ihm und knurrte ihn regelrecht an: »Was willst du hier? Du darfst nicht hier sein!«

»Ja, okay, ich weiß, aber ich dachte, der Laden ist abgebrannt, und ich brauchte einen Unterschlupf.«

Das Mädchen schaute ihn nun genauer an: »Ausgerissen?«

»Stimmt leider«, gab Luke verlegen zu und rieb sich seine schmerzende Schulter. »Ich hab' nichts kaputtgemacht und auch nichts gestohlen oder so. Ich war nur froh, ein Dach über den Kopf zu haben. Verstehste? Krasse Hütte übrigens, ist das deine?«

Das Mädchen schaute Luke prüfend an, so, als würde sie überlegen, ob es sich überhaupt lohnte, mit ihm zu reden. »Wie heißt du denn, und wo kommst du her?«

»Ich bin Luke, aus Berlin! Na ja, eigentlich stamme ich hier aus der Gegend. Steinthaleben.«

Das Mädchen wurde aufmerksamer. Steinthaleben? »Irgendetwas stimmt nicht an deiner Geschichte. Du reißt von zu Hause aus und suchst ausgerechnet hier Zuflucht? Von Berlin nach Rathsfeld?«

»Aber genau so ist es. Was stimmt denn daran nicht?« Luke setzte sich auf einen Bücherstapel und wischte sich den Schweiß von der Stirn. »Mein Gott, hast du ein Temperament!«

»Tja, das hättest du dir früher überlegen sollen. Also, noch einmal von vorn: Was machst du hier?«

»Das ist eine lange Geschichte …«

»Die Kurzversion bitte!« Ihre Aufforderung klang wie ein Pistolenschuss.

»Also, meine Schwester ist verschwunden. Vor ein paar Wochen schon. Du wirst es in den Nachrichten gehört haben. Na ja, und da haben sie, also meine Mutter und so, mich einfach, also ich durfte …«

Das Mädchen unterbrach Lukes Gestotter: »Deine Schwester ist verschwunden, du hast dir Sorgen gemacht. Aber die Erwachsenen haben dich wie ein kleines Kind behandelt. Du durftest in dein Kinderzimmer gehen und mit den Puppen spielen.«

Luke beobachtete verblüfft, wie in den Augen des Mädchens ein verständnisvoller Blick einsetzte.

»Na ja, nicht unbedingt Puppen, aber … ja, so in der Art etwa!«

»Es bleibt aber trotzdem merkwürdig, dass du dich hier versteckst.«

»Na ja, ich warte auf meinen Kumpel. Fiete. Der wohnt da drüben. Und als er nicht zu Hause war, bin ich hier untergekommen.« Wieder flog ein Buch.

»Aua!«

»Dein Freund soll da drüben wohnen? Bei den Walsers? Das stimmt aber nicht, Freundchen. Dort wohnen nur der Alte und seine arme Frau.«

»Doch, weeßte. Das sind seine Großeltern. Fiete is jestern anjekommen.«

»Wieso spielst du auf einmal den coolen Berliner? Mach hier bloß keinen auf dicke Hose!« Das Sanfte war aus ihren Augen verschwunden. Spöttisch betrachtete sie Luke.

»Nee, also, 'tschuldigung. Is so … ist so eine Macke von mir, wenn ich nervös bin.«

Das Mädchen zog belustigt eine Augenbraue hoch: »Ich mache dich nervös?« Um ihren Mundwinkel spielte ein spöttisches Lächeln, während sie das letzte Buch, das sie noch in der Hand gehalten hatte, beiseitelegte.

Luke kam erneut ins Stottern: »Also ... nein ... ja, also, weiß nicht!«

»Na, und wie willst du deine Schwester jetzt finden?«

Luke wurde auf einmal sehr lebendig: »Also icke …«

»Stopp!«

»Entschuldigung, also ich habe da einen Plan.« Luke kramte aufgeregt ein paar Papiere aus dem Rucksack. Dadurch, dass er den Rucksack als Kopfkissen benutzt hatte, waren sie hoffnungslos zerknittert, was ihn aber nicht zu stören schien. Aufgeregt und mit leuchtenden

Augen zeigte er dem Mädchen Ausdrucke, Zeitungsartikel und seine handschriftlichen Notizen.

»Ich habe alles, was im Internet zu finden war, ausgedruckt. Alles dabei. Am meisten haben sie sie wohl hier gesucht. In der Nähe des Kyffhäusers.«

»Wann ist deine Schwester verschwunden?«

»Vor genau 32 Tagen. 1. Juni! Sie ist einfach in den Wald gegangen und kam nicht mehr heraus …«

»Ich habe davon gehört«, murmelte das Mädchen. »Hieß sie nicht Lena?«

»Lina. Und dann ist auffällig, dass es damals auch schon andauernd brannte. Ist vielleicht nur ein Zufall, das mit den Feuern und Linas Verschwinden. Aber vielleicht auch nicht. Die Feuer sind vor allem in dieser Gegend. Was hast du denn eigentlich hier zu suchen? Oder was hast du hier gesucht?«

»Ein Buch!«

»Ja, schon klar«, Luke betastete eine Beule am Kopf, wo ihn ein besonders schwerer Wälzer getroffen hatte. »Was ‘n für ein Buch?«

»Das ist eine lange Geschichte!«

»Die Kurzfassung bitte!« Jetzt hatte Luke einen spöttischen Unterton. Das Mädchen zögerte einen Moment. Offenbar war sie unschlüssig, ob es eine gute Idee war, einem Ausreißer die vielleicht wichtigste Geschichte ihres Lebens zu erzählen.

»Komm schon, ich hab‘ dir alles erzählt! Jetzt bist du dran. Es ist nur fair.«

»Na ja, das ist das alte Schloss meiner Oma. Jedenfalls war es das, bis man sie in ein Krankenhaus gebracht hat. Dann hat es dort auch gebrannt, und sie ist verschwunden. Genau wie deine Schwester. Sogar am selben Tag!«

Luke kramte aus den Tiefen seines Gedächtnisses eine Erinnerung. Er hatte von dem Brand in der psychiatrischen Klinik gelesen. Dort wurde jemand vermisst. Ihm fiel die Bild-Schlagzeile wieder ein.

»Ah, ich habe von deiner Oma gehört. Ist das nicht die verrückte Gräfin?«

Das hätte er besser nicht sagen sollen. Das Mädchen schnappte sich Luke am Kragen und zischte: »Sag das noch einmal, und dann fliegen hier wieder Bücher! Es gibt auch ein paar aus Holz.«

»Okay, tut mir leid! Ist mir nur so rausgerutscht. War dumm von mir.«

»Ja, das war es.« Sie ließ Luke los. »Na ja, alle erzählen diesen Mist, und in der Zeitung stand es auch. Die haben alle keine Ahnung. Meine Oma ist nicht verrückt. Und sie lebt noch! Egal. Das ist jetzt nicht das Thema.«

Luke schaute bedröppelt drein. »Hey, tut mir echt leid! Da haben wir beide ja was gemeinsam. Also, was genau hast du gesucht?«

Aber die Chance war vertan, und er erhielt keine Antwort. Nach einigen Sekunden eisigen Schweigens fragte er vorsichtshalber nach: »Und? Was willst du jetzt machen? Wirst du mich verpfeifen?«

Das Mädchen schaute auf und lächelte: »Nein! Ich werde dich nicht verraten!«

Luke atmete durch: »Danke! Echt jetzt.«

»Ich habe echt Besseres zu tun«, erwiderte das Mädchen in ernstem Ton. Luke blickte sie erwartungsvoll an.

»Ich werde dir helfen!«

»Warum?«, fragte Luke verblüfft.

»Wer weiß?« Das Mädchen legte schnippisch ihren Kopf zur Seite. »Vielleicht finde ich dich ja süß?«

»Ha, det hab icke …«

»Stopp!«

»Okay, okay. Tut mir leid!«

»Hör auf, dich ständig zu entschuldigen! Das ist ein Zeichen von Schwäche!«

»Okay, okay, sorry! Argh … Mist, schon wieder. Hast du auch einen Namen?«

»Maria!«

»Cool!« Luke hatte sich gefangen und grinste breit. »Darf ich dich Mary nennen?« – »Nein!«

Sein Grinsen verschwand, aber eine Frage hatte er noch.

»Sag mal, hast du was zu essen? Ich habe echt Kohldampf.«

Nun wurde Luke ein letztes Mal beworfen, mit einer Packung Studentenfutter.

»Aua! Oh, danke!«

Kapitel 7

Die Feuerwalze

Der Morgen graute. Leichte Nebelschwaden hingen zwischen den Bäumen, weshalb der Wald etwas unheimlich wirkte.

Fiete kam zu sich, aber alles tat ihm weh. Mühsam richtete er sich auf und entdeckte ein verlöschendes Lagerfeuer sowie zwei schlafende Waschbären, die sich in kleine, rote Wolldecken gekuschelt hatten. Das sah ziemlich niedlich aus, aber Fiete stand nicht der Sinn danach. Er musste sich zunächst klar werden, was hier los war.

»Verrückt«, entfuhr es ihm leise, als er die Szene betrachtete. Er schaute sich aufmerksam um, während er sich Socke und Schuh anzog, die sich immer noch neben seinem merkwürdigen Krankenbett befunden hatten. Dann richtete er sich langsam auf. Von Pelle gab es keine Spur. Es war Zeit, nach Hause zu gehen. Er wusste aber nicht, in welcher Richtung sich Rathsfeld befand.

»Da geht es lang.«

Der zweite Waschbär war aufgewacht und zeigte gelangweilt in eine Richtung: »Wie ich gehört habe, hast du dich bereits mit meinem Bruder angefreundet und ein kleines Schwätzchen mit ihm gemacht.«

Dann tippelte er zu dem Jungen herüber und hielt ihm wortlos eine Schüssel mit Essen hin.

»Danke«, stieß Fiete hervor und löffelte einen seltsamen Brei aus Waldfrüchten und Körnern. Er war kalt, schmeckte aber dennoch ganz gut.

»Angefreundet würde ich das nicht nennen«, moserte Fips, der nun ebenfalls munter war. »Hast du auch einen Namen, oder sollen wir dich einfach nur Trampel nennen?«

»Fiete«, stammelte dieser, der immer noch nicht begreifen konnte, dass er mit Tieren sprach. »Wieso könnt ihr sprechen?«

Noch ehe sein Bruder eingreifen konnte, antwortete Fips: »Hier ist der Drachenberg. Und hier können alle Tiere sprechen. Cool, was?«

»Fips, was soll das?«

»Na was? Er spricht doch mit uns, dann kann er das mit den Drachen auch wissen und so weiter …!«

Der andere Waschbär wurde jetzt richtig böse: »Schweig! Wir haben geschworen, es niemandem zu verraten!«

»Mein Gott, so ein Babyschwur. Wir haben auch geschworen, uns nie zu waschen!«

»Na ja, zumindest das hältst du ja ein.«

Fiete hatte mit großen Augen den Streit der beiden Waschbären verfolgt und stotterte erneut: »Ihr könnt also sprechen? Und du heißt Fips. Und du? Hast du auch einen Namen?«

»Und der Alte hat gesagt, er sei fit«, murmelte Fips leise vor sich hin, während er darauf wartete, dass sein

Bruder die Frage beantwortete. Der antwortete aber nicht, sondern starrte immer noch böse Fips an.

»Das ist Fops!«, beantwortete deshalb Fips die Frage.

»Entschuldigung!«, entrüstete sich Fops, »das ist nicht mein Name. Ich heiße …«

»Oh Gott!«, stöhnte Fips auf und schlug etwas theatralisch mit seinem Kopf gegen einen nahe gelegenen Baum. Fiete schaute irritiert mal zu Fips, mal zu dem anderen Waschbären, der nun stolz seinen Namen verkündete: »Friedemann Ottokar Pistorius Siegbert!«

Fiete schaute etwas verblüfft. So hieß doch kein Waschbär. Niemand hieß so.

»Was? Friedbert Ottoman Pistolius Siegfried?«

»Nein, nein, das ist nicht mein Name, sondern …«

»Neeeeein!«, verzweifelte Fips und hielt sich die Ohren zu.

»Friedemann Ottokar Pistorius Siegbert.«

»Okay«, meinte Fiete nur, »also du hast den schönen Namen Friedemann Ottokar …«

»ODER abgekürzt: Fops!«, unterbrach ihn Fips. »Jeder nennt ihn Fops. FOPS! F wie Friedemann, O wie Otto oder was auch immer und so weiter. Nicht Siegbert oder so …«

Fops wirkte etwas beleidigt: »Ich würde gern …«

Fiete fasste sich an den Kopf, er bekam wieder Kopfschmerzen: »Wäre es okay, wenn ich dich Fops nenne?«

Fops wirkte etwas enttäuscht, zuckte dann aber resigniert mit den Schultern. Er kannte das wohl schon. Fips fand das jedoch richtig gut: »Fips und Fops und Fiete! Das klingt richtig cool, wie eine Boyband!«

»Steht Fips auch für eine Abkürzung?«, fragte Fiete etwas zögernd nach und rieb sich die Schläfen.

»Fips ist Fips, keine doofen, langen Namen. Deswegen passt Fops auch besser.«

»Fops klingt total blöde«, moserte Fops, »wie aus so einem Kinderbuch! Selbst Friedhelm nennt mich seit neuestem so. Seit die Drachenangriffe angefangen haben.«

»Ich denke, wir sollen nichts verraten«, meinte Fips schadenfroh.

Fops hielt sich mit beiden Pfoten die Schnauze zu. Das sah erneut extrem niedlich aus, und dieses Mal bemerkte Fiete es auch. Er lächelte.

Fops wollte noch etwas sagen, doch er hielt plötzlich inne. Etwas stimmte nicht. Es war zu still. Kein Vogel sang.

»Apropos Drachenangriffe. Was ist denn nun los?«, sprach Fips in die totale Stille hinein, die sich bedrohlich ausbreitete. Aber Fops antwortete nicht und tippte nur warnend mit seiner Pfote auf die Schnauze. Plötzlich hoppelte ein Kaninchen aus einem Gebüsch, gleich darauf folgte ein Reh.

»Flieht, flieht!«, fiepte das Reh noch, als es vorbeischnellte. Hinter dem Reh hörte man auf einmal Bäume und Äste brechen, und dieses Geräusch näherte sich sehr schnell. Es glich einem Schnellzug, der auf einen zuraste.

Jetzt sah man endlich auch die Quelle des Geräuschs. Fiete schrie auf: »Was ist das denn für eine Scheiße?«

Kraftausdrücke waren sonst nicht so seine Sache, aber das hier übertraf alles. Eine riesige Feuerwalze baute sich im unteren Teil des Tales auf und näherte sich rasch. Fiete war wie erstarrt.

»Oh Mann! Was denkst du denn, was das für eine Scheiße ist?« Mit diesen Worten sprang Fips dem verblüfften Fiete in die Arme. Fops folgte sogleich.

»Los, renn um unser Leben! Festhalten, Fips!«, schrie Fops. Fiete gehorchte wie in Trance, verbiss sich den Schmerz in den Knöcheln und sprintete das Tal bergaufwärts. Auf einmal brannte es überall. Links, rechts und sogar über ihnen, in den Baumwipfeln. Die Bäume und Büsche standen von einem Moment zum anderen lichterloh in Flammen. Fiete schaute sich um und formte den Mund zu einem stummen Schrei.

Die gesamte Schlucht hangabwärts war inzwischen durch eine riesige Feuerwand versperrt. Hinter dieser Wand erhob sich ein riesiger Schatten, ein Ungetüm wie aus einem Horrorfilm. Und das Ungeheuer spuckte zu allem Überfluss Feuer.

Fiete konnte zunächst gar nicht begreifen, was sie da angriff. Es sah aber aus wie ein …

»Drache? Ist das ein Drache? Aber es gibt doch keine Drachen …« Fiete kam nicht dazu, den Satz zu beenden, da Fips ihn unterbrach.

»Erzähl das doch mal dem! Sieht das für dich so aus, als ob es keine Drachen gäbe? Wieso kann er ihn eigentlich sehen?« Die letzten Worte waren an Fops gerichtet.

»Wen interessiert das denn? Hört auf zu quatschen! Lauf!« Fops' Stimme war in diesem Inferno kaum zu vernehmen.

»Stimmt auch wieder. LAUF! Schneller, schneller!«, quiekte Fips.

Fiete spürte keine Schmerzen mehr, er rannte trotz seiner Blessuren so schnell wie noch nie in seinem Leben. Dennoch näherte sich die Feuerwalze unaufhaltsam und raubte ihnen den Atem. Es gab keinen Ausweg. Es gab keine Hoffnung. Oder doch? Plötzlich zeigte Fops auf etwas, was Fiete nur schwer ausmachen konnte. Jetzt sah er es auch. Eine Öffnung im Felsen. Ein Gang. Die Rettung?

Kapitel 8

Das verzauberte Schloss

Maria wühlte in der Bücherei herum, während Luke am Fenster stand und Ausschau hielt. Er hatte darauf bestanden, noch eine Weile abzuwarten, ob Fiete vielleicht doch noch auftauchte. Es deutete allerdings nichts darauf hin. Stattdessen jagte ein kompletter Feuerlöschzug mit Martinshorn und Blaulicht vorbei.

»Es brennt wieder.« Marias Stimme klang bei diesem Satz verbittert. Sie war an das Fenster getreten, sobald die Sirenen zu hören gewesen waren.

»Was ist das nur? Wieso brennt es hier andauernd?« Luke schaute fragend zu Maria.

»Drachen!«, meinte Maria schlicht und fuhr fort, die Bibliothek zu durchsuchen.

»Soll das witzig sein?«

»Das war kein Witz.«

Luke schaute sie entgeistert an. Einen Moment überlegte er, ob die Krankheit von Marias Großmutter vielleicht vererbbar war. Maria suchte aber ohne eine nähere Erklärung weiter.

»Lass den Quatsch, wir müssen Fiete suchen.« Luke wurde ungeduldig.

»Fiete hilft uns nicht weiter. Dem geht es bestimmt gut. Du willst deine Schwester finden? Vielleicht habe ich eine Idee, wo sie sein könnte, und ich will dir auch helfen, aber dazu brauche ich ein Buch.«

»Na ja«, Luke schaute sich um, »Bücher gibt es hier ja genug!«

Maria drehte sich so plötzlich um, dass der Junge zusammenzuckte: »Lass die Sprüche, ich brauche natürlich ein ganz bestimmtes: Adelbert von Chamisso ›Gedichte‹.«

»Okay, ganz ruhig!«, sagte Luke beschwichtigend, »mach keinen Stress! So wie du mich ansiehst, da bekommt man ja Angst! Aber wieso denn Gedichte? Was willst du denn damit? Bist du in einem Lese-Club, oder was? Ich kann dir die Gedichte auch googeln. Ich habe ein IPhone. Das neueste Modell!«

Maria schnaubte: »Ich brauche das Buch, nicht die Gedichte. Hilf mir lieber suchen!«

Luke schaute verständnislos Maria zu, die sofort weitersuchte, und dachte nach. Schließlich sagte er: »Ich muss mal auf'n Topf.«

Maria reagierte nicht, sie kroch gerade in eine riesige Kiste. Luke tat harmlos, nahm seinen Rucksack und ging hinaus. Kaum war er vor der Tür, durchwühlte er ihn. Inmitten des Chaos von Stiften, Schokoriegelpapier, Bonbonresten, halbvollen Einwegflaschen und seinem Handy lag das Buch, das er als Kopfkissen genommen hatte.

Er setzte sich in eine Ecke, um sich das Buch genauer anzuschauen. Neugierig zog er es hervor und betrachtete es, ohne weiter auf seine Umgebung zu achten. Es war ein sehr altes Buch, von 1863, auch noch mit altdeutscher Druckschrift. Luke konnte nur mit Mühe den Titel entziffern:

Adelbert von Chamisso
›Gedichte‹

»Das ist das Buch! Das ist ja ein Ding, dass ich ausgerechnet das eingesteckt habe. Aber was will sie bloß mit diesem Schinken? Sie sieht nicht aus wie ein Nerd!« Luke schlug das Buch auf. »Das kann doch kein Schwein mehr lesen!«

In der Tat war die Schrift klein und schwer zu entziffern. Das S sah aus wie ein F, die Großbuchstaben waren ziemlich verschnörkelt. Es waren auch viele handschriftliche Notizen und Anstreichungen zu finden, die für Luke aber überhaupt keinen Sinn ergaben. Manchmal waren Anfangsbuchstaben der Verse eingekreist, manchmal passten die Markierungen überhaupt nicht zum Text. Und überall waren lateinische Wörter und Wortgruppen hingekritzelt worden, anscheinend völlig wahllos. Es schien, als hätte jemand den Text später darüber gedruckt.

»Abgefahren«, murmelte Luke. So ein Buch hatte er noch nie in der Hand gehabt. Er war völlig vertieft in die Betrachtung des Gedichtbandes. Aber nach wie vor verstand er wenig bis gar nichts. Latein konnte er natürlich auch nicht. Und das Gekritzel? Nur eine handschriftliche Notiz auf der Titelseite, vielleicht eine Widmung, vermochte Luke zu entziffern.

»ECCE INVISIBILIA!«, las er laut vor. In diesem Moment fuhr ein Windstoß durch die Gänge, aber Luke schaute nicht auf. Die Widmung ging noch weiter: »Maria zu ihrem achtzehnten Geburtstag.«

Ganz unten auf der Seite war mit sehr krakeliger Schrift noch etwas ergänzt worden. Offensichtlich war die Schreiberin sehr in Eile gewesen: »Alles läuft schief. Sei vorsichtig! Ich warte unten auf dich. Martha« Luke pfiff leise zwischen den Zähnen.

»Echt jetzt? Nicht nice. Wo wartet sie denn? Unten? Im Keller? In der Irrenanstalt oder im Sarg? Wieso überhaupt der achtzehnte? Die ist doch noch gar nicht achtzehn.«

Er blätterte weiter, konnte aber letztlich nichts mit dem Buch anfangen. »Ich werde es ihr wohl besser geben«, meinte er zu sich selbst. Es war hundertprozentig das Buch, das Maria so dringend brauchte. Er stand auf, um es Maria zu bringen. Aber er kam nicht weit. Er erstarrte und schaute sich verblüfft um.

»Meine Fresse nochmal«, entfuhr es ihm. Er befand sich nicht mehr in der alten, versifften Schlossruine. Die Ruine war verschwunden, hier war gar nichts mehr kaputt. Es war unglaublich. Er stand plötzlich in einem echten Schloss, völlig intakt.

»Was is'n das? 3D-Holo, oder wie?«

Er erblickte einen langen Gang, der von Säulen gesäumt war. Die Decke war prächtig bemalt und mit Stuck verziert. Gemälde und Rüstungen schmückten die Wände, der Marmorfußboden glänzte wundervoll. Nirgendwo war auch nur eine Spur von Feuer oder Zerstörung zu sehen. Von links strömte helles Sonnenlicht durch farbige Zierfenster und durchschnitt in verschiedenen Farben die Luft. Überall blinkten Edelsteine und goldene Kronleuchter. Es war grandios.

Plötzlich legte sich eine Hand auf Lukes Schulter. Luke fuhr erschrocken herum. Maria! Sie schaute ihm ernst in die Augen.

»Der Hammer!« Lukes Stimme stockte. »Was ist denn das hier?«

»Du hast etwas, was mir gehört«, meinte Maria schlicht und streckte die Hand aus. Luke gab ihr mit einem um Verzeihung bittenden Gesichtsausdruck das Buch. »Sorry, wollte es dir gerade bringen!«

In dem Moment, als er das Buch aus der Hand gab, verschwanden der prächtige Gang, die Fenster, die Gemälde und Rüstungen. Die alte Ruine wurde sichtbar.

Gleichzeitig leuchtete das Buch in Marias Händen grünlich auf und veränderte sich. Die Buchstaben auf dem Einband tanzten umher, verschwammen, und bald darauf setzte sich der Schriftzug neu zusammen:

Adele von Chrimitschau
›Zauberei für Fortgeschrittene‹

Luke klappte den Mund auf und schloss ihn gleich darauf wieder. Was hätte er auch sagen können? Schließlich stotterte er die wenig intelligente Frage heraus: »Hast du das auch gesehen?«

Maria antwortete nicht, sie betrachtete eine Weile gerührt das Buch und las die Widmung. Schließlich riss sie sich von dem Anblick los und schaute sich wachsam um.

Luke starrte abwechselnd auf das Buch und in Marias Gesicht. Ihm kam es so vor, als ob sie nun ihrerseits den Säulengang und all das andere sehen konnte, was ihm eben noch erschienen war. Maria überlegte. Offensichtlich lief es nicht so wie geplant. Sie warf prüfende Blicke zu Luke hinüber, der gerade zu plappern begann: »Cooles Buch! Und dann war da eben noch der Gang. Mit Diamanten und so und Gold und alles … Ist das ein echtes Zauberbuch?«

Je länger Luke quasselte, umso unruhiger wurde das Mädchen. Schließlich unterbrach Maria ihn und flüsterte dabei: »Sei leise! Hier sollte man nicht so laut sprechen! Wir sind noch da.«

Luke verstand nicht. »Noch da? Wir sind doch hier. Wo da?«

Maria verdrehte die Augen, öffnete das Buch ihrer Großmutter und riss die letzte Seite, die unbedruckt war, heraus. Ohne ein weiteres Wort zu sagen, gab sie ihm den Zettel. Erst schaute er verständnislos auf das leere Blatt, aber dann begriff er. Das Bild um ihn herum wandelte sich erneut. Er stand wieder in diesem prächtigen Gang. Das Buch war der Schlüssel.

»Das ist ja ein cooler Trick!«, wollte er sagen, aber es kam ihm nicht über die Lippen. Seine Beine wurden weich wie Pudding, und er musste sich auf den Boden setzen. Mit großen, fragenden Augen sowie mit ganz viel Bewunderung im Blick schaute er zu Maria auf. »Wer bist du?«

Maria musste unwillkürlich lächeln.

Kapitel 9

Der Betriebsausflug

Kommissar Lautenberg hatte richtig schlechte Laune. Er hatte Arbeit bis über beide Ohren, der halbe Landkreis brannte, und dann schleppte man ihn doch tatsächlich zu einem Betriebsausflug. Zum Kyffhäuserdenkmal.

Kultur tanken und das Teamgefühl stärken. Das war nun wirklich nicht sein Ding.

Hinzu kam, dass der größte Teil des Denkmals wegen Sanierungsarbeiten eingerüstet war. »Wir besichtigen Sehenswürdigkeiten, ohne die Sehenswürdigkeiten sehen zu können«, brummte der Kommissar schlecht gelaunt vor sich hin. Und tatsächlich, man sah nur Barbarossa und einen Teil des Pferdes, auf dem Kaiser Wilhelm ritt. Wilhelm selbst war nicht zu sehen. Lautenberg fand das alles nur bekloppt, was durch das geplante Sozialtrainingsprogramm nicht verbessert wurde.

Sie wurden von einem Sozialpädagogen begrüßt, wie er im Buche steht. Mitte Zwanzig, ungebügeltes Hemd, das natürlich nicht in der Hose steckte, und ein verkehrt herum getragenes Basecap, unter dem struppige, hellbraune Haare zum Vorschein kamen.

Der Sozialtrainer wurde schnell vertraulich: »Sagen Sie Bastian zu mir! Gute Freunde dürfen Basti sagen. Und ganz sicher werden wir bald richtig gute Freund*innen.«

Nein, Lautenberg wollte zu diesem Spargeltarzan nicht Basti sagen. Er wollte zu überhaupt niemandem Basti sagen müssen.

Basti legte gleich nach: »Am besten, wir duzen uns einfach! Da hat bestimmt keiner was dagegen, oder?« Eigentlich hatten ganz viele etwas dagegen, doch niemand sagte das, nur Lautenberg. Aber als der Kommissar laut und deutlich anmerkte, dass er sehr wohl etwas dagegen hätte, kicherte Basti nur albern: »Also Sie sind mir ja ein Schelm!« Lautenberg sah überhaupt nicht schelmisch aus und wollte nur noch weg. Er hatte aber keine Chance. Für Betriebsausflüge galt Anwesenheitspflicht.

»So, wir fassen uns jetzt alle an der Hand und bilden einen Kreis! Heutzutage fasst man sich kaum noch an. Berührung und Wärme sind aber doch so wichtig in dieser kalten Zeit von Globalisierung und Klimaerwärmung. Die Erde glüht, und wir Menschen frieren innerlich. Lassen wir also die Energie in unserem Kreis kreisen! Spürt die Energie in euch und gebt sie an den lieben Nachbarn, die liebe Nachbarin weiter, und zwar über eure Fingerspitzen.«

Rechts hatte Lautenberg Kelbers schwitzige Griffel an der Hand. Kelber, verlegen lächelnd, bat flüsternd um Entschuldigung. Links fasste ihn Frau Kessler von der

Personalabteilung an, die sich sehr darüber freute und seine Hand deutlich zu fest hielt.

»Das ist ja so aufregend!«, flüsterte sie Lautenberg zu und zwinkerte verschwörerisch. Grinsende Touristen schlenderten vorbei. Einige machten sogar ein Foto von der Gruppe oder ›Bastis verrücktem Trupp‹, wie dieser seine Betriebsausflügler nannte.

»Spaß muss sein in dieser kaltherzigen Welt von Kinderarmut und Pelzmänteln«, ergänzte er noch und rückte sein Basecap zurecht.

Der Tiefpunkt des Tages bestand für Lautenberg aber darin, dass sich die Betriebsausflügler gegenseitig auffangen sollten. Das war wörtlich gemeint. Das hieß, einer ließ seinen Körper rücklings Richtung Boden kippen, und der jeweilige Partner fing ihn auf und sorgte dafür, dass das bewiesene Vertrauen nicht enttäuscht wurde.

Wenigstens konnte Lautenberg vermeiden, dass ihm die Kessler als Partnerin zugeteilt wurde. Kelber war aber keine bessere Wahl. Der blöde Kerl hatte natürlich danebengegriffen, und Lautenberg stürzte zu Boden.

»Hat aber doch nicht so dolle wehgetan, oder?«

Basti kam gleich angelaufen und versuchte, Lautenberg unter dem Gelächter der Kollegen auf die Beine zu helfen. »Ich hätte dich festgehalten, ganz fest!«, hauchte die Kessler, als sie ihm ebenfalls mit auf die Beine half.

Am Nachmittag, die Hitze war inzwischen wieder unerträglich geworden, hatte Lautenberg ein sehr gesundes, weil veganes Mittagessen hinter sich. Er musste ständig von tomatisierten Auberginen sowie Tofu aufstoßen und starrte missmutig auf das Kaiserdenkmal. Vor ihm thronte Kaiser Barbarossa und schlief. Er sah ziemlich zufrieden aus. Er hatte ja auch seine Ruhe und konnte ein Schläfchen halten. Wahrscheinlich hatte er kurz vor dem Nickerchen eine fette Wildschweinkeule verspeist.

Sie waren beim kulturellen Bereich angelangt. Es gab einen Vortrag zur Geschichte des Denkmals und der alten Reichsburg, die früher hier gestanden hatte. Die Kessler wich nicht mehr von Lautenbergs Seite.

Offensichtlich war Basti nicht nur der Sozialtrainer, sondern auch der Fremdenführer, aber sicherlich kein guter: »Ja, und der alte Kaiser schläft und schläft und schläft. Bis die Krähen, ach nein, die Raben, nicht mehr fliegen. Aber das ist nur eine Sage. Also, das gibt es nicht. Gibt es wirklich nicht. Aber dass hier früher die alte Reichsburg stand, rot angestrichen, das ist keine Sage. Das ist Geschichte. Also, das ist wirklich passiert. Hier stand eine rote Burg.«

Kelber meldete sich, er hatte wohl eine Frage. Lautenberg verdrehte die Augen. »Sag mal, Basti, da unten rechts, in den Stein, da ist ein Drache eingearbeitet. Wieso?«

»Ja, gut aufgepasst. Es heißt in der Sage, dass ein Drache den Schatz bewacht. Den des Kaisers. Jeder Kaiser hat doch einen Schatz, oder? Und da passt ein Drache drauf auf. Ist doch heute bei vielen Paaren immer noch so, oder?«

Bastian kicherte gekünstelt in die Runde, was aber nur auf wenig Resonanz stieß. Etwas hilflos erklärte er seinen Witz: »Na ja, wenn sie verheiratet sind, versteht ihr? Drache, gemeinsames Bankkonto?« Die erhoffte Reaktion blieb weiterhin aus, nur Frau Kessler lachte und klatschte in die Hände: »Ach so, das ist ja lustig! Basti meint bestimmt, dass die Ehefrau wie ein Drache wäre.« Und sie nutzte die Gelegenheit, sich an Lautenberg anzuschmiegen. »Ich wäre in keinster Weise ein Drache! Ich wäre ein Kuschelschäfchen. Mäh!«

Lautenberg schüttelte sie ab und besah sich die Drachenabbildung genauer. Komisch. Er konnte sich gar nicht erinnern, dass in der alten Kyffhäusersage ein Drache vorkam. Er betrachtete das Denkmal und achtete mehr als sonst auf die Details. Hinter dem schlafenden Barbarossa waren ebenfalls Drachenköpfe zu sehen.

Oder Kobolde? Vielleicht Zwerge? Links, okay, da waren die Krieger. Aber wieso diese Drachenabbildungen? Die waren ihm früher nie aufgefallen.

Plötzlich unterbrach Bastian seinen Vortrag: »Nein, aber nein, was ist denn das? Das ist jetzt aber komisch! Hab‘ ich so jetzt auch noch nicht gesehen. Das muss der Klimawandel sein.« Alle blickten in die gewiesene Richtung.

Die gesamte Steinwand inklusive Reliefs und Barbarossa begann zu glühen, tatsächlich, buchstäblich zu glühen. Überall erschienen Risse in der Wand, und erste Steine bröckelten heraus. Kelber stieß in diesem Moment einen Jubelschrei aus und kletterte über das Geländer, hinunter zum Denkmal des alten Kaisers. Alle Umstehenden schauten sprachlos zu. Schließlich stand Kelber direkt vor dem Denkmal, hielt seine Arme ausgebreitet und lachte diabolisch wie in einem schlechten Film.

»Komm heraus, komm heraus, wir warten auf den Erlöser!«, schrie Kelber wie von Sinnen.

Lautenberg wollte ihn zur Vernunft bringen und kletterte selbst über das Geländer. In diesem Moment sprengte eine gewaltige Explosion das Denkmal weg. Die Druckwelle erfasste Lautenberg und die Umstehenden. Der Kommissar bekam Frau Kessler in den Rücken und wurde über die Brüstung in die Tiefe geschleudert. Er stürzte schwer, rappelte sich aber sofort auf und schaute sich um.

Überall rannten Menschen panisch umher, einige brannten. Basti stand am Geländer des Denkmals und krallte sich mit rußgeschwärztem Gesicht an der Brüstung fest. Er flehte unablässig mit weinerlicher Stimme: »Die Feuerwehr, wir brauchen die Feuerwehr!« Kelber saß mit dem Rücken zum Denkmal auf einem Felsbrocken, schwenkte sein Taschentuch und rief in den Himmel: »Endlich sehen wir uns. Von Angesicht zu Angesicht! Sei gegrüßt, ich bin auf deiner Seite! Ich kann dich sehen. Ich kann dich sehen!« Die letzten Worte wurden geradezu herausgeschrien. Dann küsste Kelber in Ekstase sein Taschentuch ab.

Lautenberg wandte nur mit Mühe seinen Blick vom völlig aufgelösten Kelber ab und schaute in den Himmel. Er sah … nichts.

In diesem Moment bog sich das Baugerüst des Turms unter einer unsichtbaren Last und stürzte zusammen.

Kapitel 10

Der Nadelbrunnen

Fiete erwachte und musste fürchterlich husten. Es herrschte tiefe Finsternis, und stechender Qualm machte das Atmen zu einer Qual. Erstaunlicherweise war er noch am Leben. Aber wo steckten Fips und Fops? Er hatte sie in seinen Armen getragen, als sie vor dem Feuer geflohen waren.

Die Waschbären hatten ihn zu diesem Stolleneingang gelotst und ihm damit das Leben gerettet. Noch während des rettenden Sprunges in den Stollen hatte sie jedoch ein letzter Feuerstoß erwischt. Was danach geschehen war, blieb genauso verschüttet wie der Höhleneingang. In einer Wolke aus Hitze, Staub, Geröll und Lärm war Fiete zunächst panisch herumgeirrt. Es herrschte tiefste Finsternis. Voller Angst hatte er nach den Waschbären gerufen. Dann hatte er sie gesucht. Erst war er gekrochen, dann gegangen und schließlich sogar unvernünftigerweise gerannt. Dabei war er gegen einen Felsen gestoßen und hatte das Bewusstsein verloren. Schon wieder.

Fietes Atem ging schwer und rasselnd. Der Boden war glitschig und kalt, was nach all der Hitze eigentlich recht angenehm war. Alle Versuche, noch einmal nach Fips oder Fops zu rufen, scheiterten an seiner Stimme. Es kam jeweils nur ein krächzender Laut aus der rauen Kehle. So blieb ihm zunächst nichts weiter übrig, als liegen zu bleiben, um sich langsam zu erholen.

Nach einigen Minuten wurde die Luft klarer. Fiete stand auf und nahm sein Handy. Er hatte natürlich keinen Empfang, aber er konnte mit dessen Licht die Umgebung ausleuchten. Zwischen den Rauchschwaden, die sich langsam legten, waren nackte Felswände zu erkennen. Im Licht der Handylampe glitzerte an verschiedenen Stellen etwas, vielleicht Glimmer oder Marienglas. Nochmals unternahm er den Versuch, Fips und Fops zu rufen. Diesmal gelang es schon wesentlich besser. Der Ruf hallte durch das Schwarz. Man konnte ein schwaches Echo wahrnehmen, ansonsten nichts.

Es war gruselig, allein in diesem Gang zu sein und die eigene Stimme dermaßen verzerrt zu hören. In Fiete stieg erneut die Angst auf. Wie sollte es nur weitergehen? Er wollte nicht hier sein, er wollte hier raus. Er wollte nach Hause.

Es fiel ihm schwer, sich zu beruhigen. Er befühlte seinen schmerzenden Kopf und dachte an etwas Schönes. Der Hamburger Hafen fiel ihm ein und der Urlaub letztes Jahr in Griechenland. Sonne, Wind, Luft! Das half.

Fiete wagte sich langsam vorwärts. Er hatte keinerlei

Orientierung. Es war ihm völlig unklar, ob er sich vom verschütteten Ausgang entfernte oder ihm näher kam. Aber es ging voran. Mit der Zeit beruhigte sich sein rasender Herzschlag, und seine Augen gewöhnten sich an die Finsternis.

Der Stollen verzweigte sich, zur Rechten oder zur Linken tauchten neue Gänge auf. Fiete befand sich offensichtlich in einem Labyrinth. Auch wenn die Wände mit den glitzernden Steinen im Schein seines Handys ganz hübsch aussahen, konnte alles auf den Jungen nur trostlos wirken. Er war eingesperrt im Berg und irrte durch ein Wirrwarr gruseliger Gänge.

Es war schwierig, sich auf dem unebenen Boden zu bewegen. Dafür wurde die Luft immer besser, und er konnte die Umgebung schon drei, vier Meter im Voraus ausmachen. Ab und zu rief er nach den Waschbären, bekam jedoch als Antwort lediglich ein dumpfes Echo.

Aufs Geratewohl ging der Junge immer weiter. Mal ging er geradeaus, mal wandte er sich an einer Kreuzung nach rechts, dann ging er bei der nächsten Gelegenheit nach links. Es vergingen Minuten, die ihm wie Stunden vorkamen. Und die Zeit schlich zäh dahin. Unvermittelt jedoch änderte sich Fietes Lage.

Überrascht nahm er einen Lichtschein wahr, und wenige Minuten später stand er blinzelnd in einem geräumigen Höhlenraum. Es brannten Fackeln an den Wänden, und sie beschienen eine bizarre Szenerie.

Das war keine gewöhnliche Höhle. Die Wände waren kunstvoll behauen und bemalt. Man erkannte seltsame Gestalten, zum Beispiel kleine Männchen, die gegen riesige Tiere kämpften und diese in Schluchten trieben. Neben den Jagdszenen waren Drachen und Burgen abgebildet sowie vieles mehr.

In der Mitte des Raumes brannte ein Lagerfeuer. Nicht weit davon entfernt erkannte man ein Wasserbecken, das sich gerade füllte. Das Wasser ergoss sich aus einem wundervollen Brunnen. Neben dem Lagerfeuer lagen Decken und diverses Wandergepäck, aber auch altertümliche Waffen, wie Schwerter oder Lanzen.

Fiete schaute sich um, denn mit der Zeit blendete ihn das Licht nicht mehr. Niemand war zu sehen; er war allein. Der Junge war sehr erschöpft. Und er war nicht mehr in der Lage, sich über irgendetwas große Gedanken zu machen. Alles, was er wahrnahm, war das Wasser. WASSER! Zerschunden und verbrannt, wie er war, stieg er in das Becken und legte sich längs hinein.

Das war eine Wohltat. Unglaublich schnell ließen die Schmerzen nach. Die Kühle tat ihm gut. Er trank, tauchte unter, tauchte auf und wusch sich sein Gesicht. Fiete schloss die Augen, genoss das wohlige Gefühl und fiel schließlich in einen tiefen Schlummer. Dadurch bemerkte er nicht, wie aus dem Wasser weiße Lichtflämmchen auftauchten, die nach und nach seinen Körper berührten und umgaben. Bald wurde der ganze Raum von diesen Flämmchen erfüllt. Die Verzierungen am Brunnen, das Wasserbecken, selbst die Höhlenwände begannen in den wundervollsten Farben zu leuchten. Zauber erfüllte die Luft. Die Malereien wurden lebendig: Die kleinen Männchen kämpften nun wirklich, und die Drachen flogen feuerspeiend die Wände entlang.

Nach wenigen Minuten verschwand der ganze Zauber. Die weißen Lichter und das Glühen wichen wieder der kargen Höhlenumgebung. Die Quelle versiegte, und das restliche Wasser floss ab.

Fiete musste tief geschlafen haben, denn er wurde nur mühsam munter, obgleich in seiner Nähe heftig gestritten wurde. Er öffnete die Augen und glaubte, er träume noch. Das, was er sah, konnte nicht wahr sein. War er in ein Märchenbuch gefallen?

Wenige Meter von ihm entfernt stand … ein Zwerg, eindeutig ein Zwerg. Er wurde von einer Gestalt begleitet, die einem sehr großen Maulwurf ähnelte. Der Riesenmaulwurf trug Frack nebst Hemd mit Fliege. Er war offensichtlich der Diener des Zwerges und wirkte sehr unterwürfig, ganz anders als sein Herr. Trotz des sehr kleinen Wuchses sah dieser sehr imposant aus. Gehüllt in eine Art Lederuniform, war vor allem das silbergraue Haupthaar auffällig, das buschig in einen imposanten Vollbart mündete. Die Augen besaßen einen festen Blick, man spürte an seiner Haltung und seiner Ausstrahlung eine große Selbstsicherheit. Er schien schon älter zu sein, dennoch wirkte er kräftig und stark.

Auch der Riesenmaulwurf schien älter zu sein, denn die Ohren und die Spitzen des Fells am Kopf hatten dieselbe silbergraue Färbung wie die Augenbrauen. Die beiden stritten sich.

»Daf ift deine Fuld!«, donnerte der Zwerg lispelnd.

»Aber Euer Majestät, Ihr wolltet doch erkunden, was zu dem Einsturz geführt hat, den wir vernommen hatten. Und vielleicht erscheint die Quelle …«

»Die Quelle ift für mich verloren, für weitere einhundertzwantfig Jahre, und daf weift du genau!«

»Ich bin untröstlich … aber …«

»Schweig, du schändlicher Versager, du Miffgeburt einef Maulwurfskoboldf! Einhundertzwantfzig Jahre warte ich auf diesen Moment, und ich verpaffe daf Waffer um Minuten.«

»Ich hatte doch Euer Sanftmütigkeit auf das Problem hingewiesen, als wir an der Einsturzstelle waren. Aber dann wollte Euer Großherzigkeit nicht gleich zurückkehren, sondern lieber einen Onka schießen.«

»Habe ich einen Onka geschossen? Habe ich einen Onka geschossen?« Der Zwerg spuckte vor Aufregung.

»Nun, Euer Ungenauigkeit, Ihr habt ihn leider verfehlt. Um fünf Meter.«

»Den nächsten Onka werde ich nicht verfehlen. Und der fieht auf wie du!«

»Oh bitte nicht. Ich kann doch nichts dafür. Es war einfach Pech, dass ich dann den Weg zurück nicht finden konnte«, jammerte der riesige Maulwurfsbutler herzzerreißend, »und Ihr leider auch nicht.«

»Ruhe«, brüllte der Zwerg, »ich will nichtf mehr hören!«

Trotz der merkwürdigen Situation musste Fiete grinsen. Der Zwerg klang dermaßen putzig. Das musste man einfach witzig finden. Da fiel Fiete ein, dass man sich ja nicht über Leute mit Sprechfehlern lustig machen sollte. Das Grinsen verging ihm aber sowieso, da er die Aufmerksamkeit der beiden Streitenden auf sich gezogen hatte. Sie drehten sich zu ihm um.

»Er ist munter, Euer Hochwohlgeborenhaftigkeit!«

»Daf habe ich auch bemerkt!«

Fiete grinste erneut.

»Hör auf tu grinfen, du Rattengeficht!«

Diese Aufforderung war keine Hilfe. Fiete spürte, wie ein Lachflash in ihm hochkroch. Die Laune des Zwergs wurde immer mieser. Er zog sogar sein Schwert. Das half: Fiete war schlagartig still und verzog ab sofort keine Miene mehr. Der Zwerg grunzte zufrieden und steckte das Schwert ein.

Der Maulwurfskobold trat ein paar Schritte vor und deklamierte in übertriebener Feierlichkeit: »Merke auf, merke auf, Bursche, und erhebe dich! Vor dir steht Maximilian, der Kanzler der Zwerge im Drachenberg, Herrscher des Bunten Landes, seiner Berge und Flüsse, der Täler, der Bäche und Seen, der …«

»Ift schon gut, Rainald, ift schon gut, ich denke, wir können auf daf vorgeschriebene Zeremoniell verzichten. Und wie ift dein Name, mein junger Freund?«

Fiete stand verwirrt auf und antwortete stockend: »Friedrich.«

Der Name hatte eine erstaunliche Wirkung auf die beiden. Maximilian grunzte überrascht, und der Kobold setzte sich vor Schreck auf den Boden. Niemand sagte etwas.

»Na ja, die meisten nennen mich Fiete«, fügte der Junge unsicher hinzu. Weiterhin keine Reaktion. Schließlich durchbrach der Zwerg mit finsterer Miene das Schweigen.

»Am beften wird fein, wir feffeln ihn einfach.«

»Fesseln? Verzeiht diese Frage, Euer Unerschrockenheit, warum nicht das übliche Vorgehen?«

»Weil daf nicht geht! Fon vergeffen? Er hat in der Quelle gebadet.«

»Oh, ja, das hatte ich vergessen, Euer Unvergesslichkeit! Und wie werdet Ihr nun in den Genuss des Zaubers dieser Quelle geraten?«

Der Zwerg schaute missmutig seinen Diener an, der die Antwort wohl erraten hatte.

»Gar nicht? Oh je! Das ist schlecht.«

»Du merkft aber auch allef.“

Fiete hatte nur die Hälfte von dem verstanden, was die beiden da gebrabbelt hatten. Er erkannte aber, dass das Ganze für ihn nicht besonders gut lief. Deshalb stieg er langsam aus dem Becken und blickte sich um. Der Höhlenraum hatte mehrere Ausgänge. Hinter ihm befand sich die Öffnung, durch die er gekommen war. Sinnlos, in diese Richtung zu fliehen. Der Ausgang zu seiner Linken schien der interessanteste zu sein. *Jetzt oder nie,* dachte sich Fiete und stürmte los. Zunächst schien es, dass der Fluchtversuch die beiden Streithähne überrumpelt hätte. Zwerg und Maulwurfskobold rührten sich nicht von der Stelle.

Fiete glaubte schon entkommen zu sein, doch er lag falsch. Maximilian schleuderte mit einer lässigen Armbewegung seine Keule und traf Fiete am Kopf. Der Junge stieß durch den Aufprall der Waffe gegen die Wand, verspürte aber seltsamerweise keinen Schmerz. Dennoch verlor er einen Moment lang die Orientierung und wurde kurz darauf gefesselt.

Während er eingeschnürt wurde, dachte Fiete bitter bei sich: *Wenigstens bin ich dieses Mal nicht ohnmächtig geworden.*

Kapitel 11

Der Weg in die Tiefe

Die Feuerwehr hatte sich nicht lange mit der Frage aufgehalten, wie es überhaupt dazu kommen konnte, dass die Felswand des Kyffhäuserdenkmals glühte. Sie glühte eben, und wo es glüht, da brennt es auch. Und wo es brennt, da wird gelöscht.

Lautenberg machte sich da schon mehr Gedanken. Er konnte nicht fassen, was gerade passiert war. Das Denkmal weggesprengt, sein Assistent auf Abwegen, und der dicke Brandoberinspektor Schnurhahn rannte aufgeregt hinter dem qualmenden Basti her.

Wo Kelber abgeblieben war, vermochte Lautenberg nicht zu sagen. Er hatte noch nie eine gute Meinung von seinem Assistenten gehabt, aber heute hatte dieser sich eindeutig als Verrückter geoutet.

»Völlig durchgeknallt, der Typ. Dumm nur, dass die psychiatrische Klinik abgebrannt ist«, sprach er leise zu sich selbst, während er fasziniert zuschaute, wie die schweren Wasserstrahlen die Felswand trafen und zischend riesige Dampfwolken emporsteigen ließen. Nach wenigen Minuten waren Erfolge sichtbar, kurze Zeit später der Triumph perfekt. Nichts glühte mehr.

»Also, alles, was recht ist. Es gibt nichts, was die Feuerwehr nicht löschen kann.« Kelber war zurück. Lautenberg drehte sich zu ihm hin und betrachtete ihn. Kelbers Mundwinkel zuckten spöttisch. Der Kommissar beschloss, zunächst einmal nichts zu sagen, weder zu diesem seltsamen Verhalten vorhin noch zu diesem merkwürdigen Spruch.

Ohne es sich eingestehen zu wollen, bekam er nun beinahe Angst vor Kelber. Der Mann hatte nichts mehr von seiner bisherigen tollpatschigen Unfähigkeit. Er wirkte kalt und zufrieden. Was war hier nur los?

Lautenberg wurde in seinen Gedanken unterbrochen. Schnurhahn hatte wohl Basti gelöscht und wackelte nun auf ihn zu. Als er angekommen war, verschnaufte er einen Moment, ehe er berichten konnte: »Das Feuer ist ordnungsgemäß gelöscht worden. Alle Einsatzkräfte haben sich vorbildlich verhalten. Niemand ist zu Schaden gekommen.« – »Auch keine Kuh?«, fragte Kelber spöttisch dazwischen.

Schnurhahns Schnurrbart wackelte nervös: »Kuh, wieso denn Kuh? Waren hier Kühe?«

Lautenberg ging dazwischen. »Lassen Sie das, Kelber!«

»Zu Befehl … Chef!« Erneut dieses spöttische Lächeln. Schnurhahn wurde immer nervöser. »Wollen Sie das Loch begutachten?«, stammelte er zögernd. »Ja«, sagte Kelber, »der Kommissar möchte das Loch sehen. Und ich auch!«

»Loch?« Lautenberg wandte sich der Felswand zu. Dampf und Rauch verzogen sich soeben und gaben den Blick frei. Der Vorfall hatte eine Öffnung in den Berg gesprengt.

»Nun, es ist etwas seltsam«, meinte Schnurhahn, »es ist nicht nur ein Loch. Ich weiß noch gar nicht, wie ich das im Brandprotokoll beschreiben soll. Da muss ich ganz schön viele Sätze formulieren.«

Bei dieser Vorstellung schüttelte es den Feuerwehrmann geradezu, bevor er fortfuhr: »Hinter diesem Loch befindet sich … aber kommen Sie, sehen Sie es sich selbst an!«

Um zur besagten Stelle vorzudringen, mussten sie über die Brüstung klettern und in einer abenteuerlichen Art und Weise den unteren Teil des Denkmals erklimmen. Das Löschwasser machte das Ganze nicht einfacher. Schnurhahn kletterte voran, dadurch kamen sie noch langsamer vorwärts.

Das Denkmal selbst hatte immense Schäden erlitten. Das Gerüst war eingestürzt, ebenso wie Teile des Turmes. Unten an der Basis sah es noch deutlich schlimmer aus: Barbarossa saß nicht mehr auf seinem Thron. An der Stelle, wo der Kaiser friedlich schlafen sollte, war der Fels aufgebrochen, und es eröffnete sich der Blick in einen Gang, eine Art Tunnel. Dieser führte in den Berg hinein.

»Das ist ja merkwürdig«, bemerkte Lautenberg verdutzt.

»Ja, wirklich«, schnaufte Schnurhahn, »das Glühen ist schon unerklärlich gewesen. Ist ja kein Vulkan oder so. Aber ein Gang. Nein, das ist nicht zu begreifen. Es sieht so aus, als hätte hier etwas Riesiges gegraben.«

»Was?« Jetzt sah es Lautenberg ebenfalls. Der Gang war ziemlich geräumig. Aber das Entscheidende war, dass an den Wänden gigantische Kratzspuren zu erkennen waren, als wäre eine Riesenratte am Werk gewesen.

Lautenberg kratzte sich am Kopf: »Gegraben? Wo ist denn dann der Abraum?«

Kelber untersuchte den Gang und hörte offensichtlich überhaupt nicht zu. Begeistert klopfte er gegen die Felswände, fast zärtlich berührte er die Kratzspuren. »Die Hauptpforte, das muss sie sein. Und überall seine Spuren im Gestein. Hier gibt es keinen Abraum, Chefchen. Dieser Gang ist uralt. Gegraben vor Hunderten von Jahren.«

Lautenberg hatte Kelbers Worte gehört, aber nichts begriffen. Skeptisch sah er seinen Assistenten an und wusste nicht, was er von alledem halten sollte.

Währenddessen geriet Schnurhahn ins Plappern: »Kann sein, kann auch nicht sein. Mehr kann ich auch nicht sagen. Das Ganze ist merkwürdig. Unerklärlich. Aber nicht meine Verantwortung und nicht meine Zuständigkeit. Der Einsatz war ordnungsgemäß, angemessen und richtig. Ich habe hier die Brandleitung. Da passieren keine Fehler. Die Feuerwehr kann auf keinen Fall für die Beschädigung des Denkmals in Haftung genommen werden. Ich werde das natürlich alles im Brandprotokoll vermerken. Vielleicht bestätigen Sie noch die vorbildliche Leistung der Feuerwehr Frankenhausen?«

Lautenberg nickte geistesabwesend, was Schnurhahn zum Weiterplappern ermutigte.

»Das wäre sehr gut. Ich muss nachher noch den Innenminister anrufen. Hat er verlangt. Immer muss ich den Innenminister anrufen. Könnte ja auch mal mein Chef machen. Aber nein, immer ich. Immer darf ich mich vom Innenminister fertigmachen lassen.«

»Sie meinen, von der Innenministerin!«

»Ja genau, Ministerin. Noch schlimmer!« Schnurhahns Schnurrbart wackelte ängstlich in Erwartung des unangenehmen Telefonats.

Lautenberg kommentierte das Gerede nicht weiter. Er nahm Schnurhahn die Taschenlampe aus dem Gürtel und leuchtete in den Schacht. Schnurhahn kommentierte diese aus seiner Sicht große Unverschämtheit mit einem piepsenden Ton, bevor er weiter plapperte: »Hoppla, was soll das denn? Na ja … den Schaden kann man schnell beseitigen, das Denkmal ist bestimmt versichert … Aber was machen Sie denn da? Nein, nein, das dürfen Sie nicht!«

Schnurhahns letzte Bemerkung bezog sich auf Kelber. Dieser hatte sich an dem Gespräch nicht beteiligt, kaum, dass er zugehört hatte. Nun nahm er ohne weitere Umstände Lautenberg die Taschenlampe aus der Hand und trat in den Tunnel. Obwohl Schnurhahn massiv protestierte, ging Kelber einfach weiter.

»Kelber, kommen Sie zurück!«, blaffte Lautenberg. Was war denn mit dem Kerl los? Aber auch auf den Befehl seines Chefs reagierte Kelber nicht. Er stiefelte einfach ungerührt den Gang hinab.

Das passte dem Brandoberinspektor gar nicht. Seine piepsige Stimme fing an zu quietschen: »Nein, nein, nein, das ist nicht in Ordnung. Eine Brandstelle darf nicht ohne ausdrückliche Genehmigung der Feuerwehr betreten werden. Und die Brandleitung habe ich inne. Damit das mal klar ist.« Schnurhahn hüpfte leicht vor Aufregung und versuchte um jeden Preis Autorität auszustrahlen, was aber gar nicht funktionierte.

»Kelber!« Lautenberg brüllte es in den Berg.

»Kommen Sie, Chefchen, das wird toll! Wir klären den Fall auf. Auf alle Fälle!« Es folgte ein krankhaft überzogenes Lachen, das durch den Hall gruselig verstärkt wurde. Lautenberg erinnerte sich an den wahnsinnigen Auftritt Kelbers vor wenigen Minuten. Wohl war ihm nicht bei dem Gedanken, diesem jetzt zu folgen.

Schnurhahn seinerseits war empört, was sich mit jeder Sekunde steigerte. Der Schnurrbart zuckte und wackelte in Rekordfrequenz. Dieser Polizist war einfach in den Höhlengang geklettert. Das widersprach allen Vorschriften. Und sein Chef machte alles noch schlimmer. Der stieg gerade ebenfalls in den Spalt. Schnurhahn war fassungslos.

»Kelber, was soll denn das? Kommen Sie sofort zurück!«

Das waren die letzten Worte, die Schnurhahn von Lautenberg wahrnahm. Hilflos schaute der Feuerwehrmann in den Spalt und rief zaghaft hinterher: »Ich protestiere! Ich mache auf jeden Fall eine Notiz im Brandprotokoll! Da machen Sie sich mal nichts vor! Und ich werde Ihre Namen erwähnen. Das werde ich! Jawohl! Laubenberg und Kälter! Habe ich bereits notiert!«

Unschlüssig stand der Feuerwehrchef noch eine Weile vor der zerstörten Wand. Dann drehte er sich um. Das Verschwinden der beiden Polizisten war in der Hektik des Einsatzes niemandem weiter aufgefallen. Schnurhahn wischte sich den Schweiß von seiner hohen Stirn und kletterte zurück.

Er hatte wenig Motivation, jedem auf die Nase zu binden, dass er seine Brandstelle nicht im Griff hatte. Schließlich hatte er die Brandleitung inne. Nein, er würde erst einmal den Einsatz beenden und dann das Protokoll verfassen. Die beiden würden schon wieder zum Vorschein kommen. Schnurhahn zögerte noch einmal kurz, kratzte sich am Po und tat seine Pflicht.

Währenddessen stiegen Kelber und Lautenberg immer weiter hinab in den Berg.

Kapitel 12

Zwerge

»Was ist hier los, wo sind wir?« Lukes Stimme klang aufgeregt, und seine Worte donnerten durch die Gänge.

»Psst, sei still! Wir sind bestimmt nicht allein.«

»Hä, ich verstehe nur Bahnhof. Wer ist hier denn noch? Von wem redest du?«, fragte Luke, immer noch sehr laut.

Aus der Ferne erklang ein schepperndes Geräusch.

»Verdammt nochmal, still, habe ich gesagt!« Maria lauschte angestrengt, dann schrie sie plötzlich los. »Raus hier!«

Das Mädchen spurtete in Richtung Ausgang, Luke hinterher. Er checkte immer noch nicht, was hier los war, außer, dass aus der Ruine auf einmal ein Schloss geworden war.

»Voll Mittelalter, Alter, aber geile Bude!«, keuchte Luke. »Warum rennen wir eigentlich?«

Nach wenigen Sekunden kamen sie in der Eingangshalle an, aber dort war ihnen der Weg versperrt. Mehrere Bewaffnete streckten ihnen Speere und Schwerter entgegen. Luke erstarrte und antwortete selbst: »Ah ja, ist schon gut, die Frage hat sich erledigt.«

Die Bewaffneten sahen gefährlich aus, waren aber ziemlich klein und hatten alle bemerkenswert stattlichen Bärte. »Schnapft fie, schnapft fie!«, lispelte der Größte von ihnen mit seltsam näselndem Ton.

»Krass!« Luke starrte mit geweiteten Augen auf die Meute, die nun brüllend auf sie beide zustürmte.

»Hier entlang!« Maria zerrte Luke in einen weiteren Gang. Während sie diesen entlang stürmten, hackten die Rüstungen, die links und rechts aufgereiht standen, mit Schwertern und Hellebarden nach ihnen.

»Vorsicht!«, warnte Maria. Das musste sich Luke nicht zweimal sagen lassen.

Von hinten tönte es: »Zerreift fie, Zerfetft fie!«

»Was wollen die von uns?«

»Na ja, sagen wir es einmal so«, Maria zerrte Luke in einen Gang zur Rechten, »sie sind gerne unter sich.«

»Sind die auf Drogen oder was? Und zum Logopäden müssen die auch mal. Was sind das für Typen?«

»Zwerge!«

»Zwerge? Jetzt hör aber mal auf, das ist politisch nicht gerade korrekt!«

»Halt den Mund und lauf, das sind echte Zwerge!«

»Zerreift die Ratten!«, lispelte es von hinten.

»Wie jetzt? Echte Zwerge? Mit Sprachstörung?« Luke japste diese Worte nur noch. Passend dazu stürmten weitere Zwerge, ebenfalls Beschimpfungen brüllend, von vorn auf sie zu. Sie waren genau wie die anderen vollständig in Leder gekleidet, besaßen ebenfalls einen starken Bartwuchs und schwangen diverse Waffen.

»Die reden alle so! Hier entlang!«, japste Maria, doch es war zu spät. In einer großen Halle, die sie gerade noch erreichen konnten, wurden sie umstellt.

»Krass! Echte Zwerge! Ich nehme an, das sind keine Freunde von dir. Was machen die jetzt mit uns?« Luke klammerte sich angesichts der Bedrohung an Maria, die sich aber sofort befreite.

»Hier wird nicht gekuschelt. Und … das war die falsche Frage«, meinte Maria bemerkenswert ruhig, obwohl auch sie wegen der Hetzjagd schwer atmete. »Die Frage ist, was machen *wir* jetzt?«

Inzwischen kamen die Zwerge näher und fletschten ihre gelben Zähne. Der Oberzwerg knurrte: »Ihr fterbt jetft!« Luke starrte ihn mit aufgerissenen Augen an. »Scheiße Mann, Maria, wir müssen uns mal ernsthaft über deinen Freundeskreis unterhalten.«

Dann wandte sich Luke dem Zwerg zu. »Und nun zu Ihnen, sehr geehrter Herr Zwerg. Sterben? Echt? Das ist doch nicht verhältnismäßig! Mein Vater ist Anwalt, da bekommen Sie so richtig Ärger.«

Die Zwerge grölten vor Vergnügen und schlugen sich auf die Schenkel.

Maria hatte inzwischen das Buch herausgenommen und blätterte hektisch darin. Luke schaute ratlos von ihr zu den Zwergen und zurück. Die Zwerge beruhigten sich gerade. Das bedeutete nichts Gutes.

Luke hatte das Gefühl, noch etwas unternehmen zu müssen, etwas, das sie retten würde. Schließlich war er der Kerl und musste Maria beschützen. Und er unternahm etwas. Luke baute sich vor den Zwergen auf und hob seine rechte Hand.

Dabei spreizte er seine Finger so, dass zwischen Mittelfinger und Ringfinger ein V-förmiger Winkel entstand.

»Wir kommen in guten Absichten. Lebt lange und in Frieden!«

Maria schaute Luke entgeistert an. Auf der Gegenseite war keine Reaktion zu erkennen. Luke sah Maria an. »Na ja, einen Versuch war es wert.« Doch Maria erwiderte den Blick nicht, sie hatte in ihrem Buch etwas gefunden.

»Okay, Oma, dann hoffe ich mal, dass das klappt: DESCENDE!« Das letzte Wort hatte das Mädchen ganz laut ausgesprochen.

Kaum hatten die Zwerge dieses Wort gehört, stürmten sie auf die Jugendlichen los. Luke rutschte das Herz in die Hose, aber die Angreifer blieben erfolglos.

Ein unbestimmtes Grollen kam aus dem Boden unter ihnen, dann ein Donnern. Einen Augenblick später waren Maria und Luke von einer Kuppel aus blauem Licht umgeben. Vor den Augen der Jugendlichen verwischte sich die Umgebung und verschwand schließlich. Es fühlte sich an, als ob die beiden in ein tiefes Loch fallen würden.

Nach wenigen Momenten war alles vorbei. Sie befanden sich in einem Saal, der jenem, aus dem sie gerade entkommen waren, fast vollständig glich. Durch die Fenster brach orange gefärbtes Licht. Schemenhaft konnte man draußen eine seltsame Umgebung erkennen.

»Der Wahnsinn! Wie bist du denn drauf? Wo sind wir? Hast du uns gerade weggebeamt?« Luke schaute Maria bewundernd an. »Echt voll coole Rettung, Alter«, murmelte er ihr noch zu.

»Nicht wirklich«, meinte Maria trocken.

Und sie hatte recht, eine Rettung sah anders aus. Auch dieser Saal war voller Zwerge. Diese brauchten zwar ein paar Sekunden, bis sie die Situation begriffen hatten, doch dann hatten sie die Eindringlinge gefasst. »Tut mir echt leid«, sagte Maria, »das war nicht der Plan!« – »Es gab einen Plan?«, flüsterte Luke fassungslos.

Kapitel 13

Das unterirdische Land

Zwerg Maximilian trug Fiete, der eingeschnürt war wie eine neugekaufte Matratze, durch düstere Höhlengänge auf seiner Schulter. Der Maulwurfskobold ging mit einer Fackel voran. Der Junge versuchte zu begreifen, was mit ihm geschah. Das war gar nicht so einfach.

In den letzten Stunden war ihm mehr Unheil widerfahren als vorher in seinem gesamten Leben. Seltsamerweise war er darüber gar nicht entsetzt, eher verblüfft. Was sollte das alles? Und wohin wurde er gebracht?

Bereits nach wenigen Minuten traten sie aus dem engen, finsteren Stollen hinaus ins Freie. Plötzlich war es hell, und Maximilian löschte die Fackel.

Fiete verstand zunächst nicht, warum es hell war. Waren sie bereits an der Oberfläche? Anscheinend nicht. Er schaute sich um und blickte tatsächlich in eine riesige, beleuchtete Höhle. Die Ausmaße dieser Höhle waren so gigantisch, dass das andere Ende nicht erkennbar war. Ein unbegreiflicher Anblick! So etwas konnte es doch gar nicht geben. Aber es war so. Das hier war real.

Es eröffnete sich ein märchenhafter Anblick: Wälder, Seen, Hügel, Flüsse, Wiesen waren auszumachen, aber auch kleine Häuschen, Dörfer, Brücken, Wege und ganz hinten eine Burg, die merkwürdigerweise knallrot war.

Fiete traute seinen Augen immer noch nicht. Ein Land unter der Erde. Ein unterirdisches Land! Er konnte sich das nicht erklären.

Ebenso unerklärlich blieb, woher das Licht kam. Fiete versuchte vergeblich, die Lichtquelle auszumachen. Sonnenlicht war es auf keinen Fall. Das Licht war dunkler als in der Oberwelt, jedoch war alles, auch in der Ferne, deutlich erkennbar. Es warf sogar einen ganz leichten Schatten. Der Himmel wirkte wie an einem hellen Sommerabend, nur, dass der Himmel auf der Erde blau erscheint. Hier erstrahlte die Höhlendecke wie auch die gesamte Höhle in Orangetönen. Es gab sogar vereinzelte Wolken.

Die Blätter der zahllosen Bäume waren nicht nur grün, sondern trugen ebenfalls Rot, Gelb und Orange. Es glich dem Aussehen der Wälder im frühen Herbst. Trotzdem wirkte das gesamte Bild fröhlich und lebendig. Vielleicht auch wegen der großen, grünen Hügel und Wiesen, die hin und wieder die Wälder durchbrachen und von kleinen Bächen und Flüssen durchschlängelt wurden.

In diesem Moment meldete sich der Maulwurfskobold. »Darf ich Euer Wanderlustigkeit fragen, wohin wir gehen?«

Der Zwerg brummte nur ein Wort: »Hexe Kaukau!« Es entging Fiete nicht, dass dieser Name einen enormen Eindruck auf den Maulwurfskobold machte.

»Und was genau wollen wir von der hochehrenhaften Hexe Kaukau, Euer Geheimnishaftigkeit?«

»Geduld ift eine Tugend, lieber Rainald«, sagte Maximilian grimmig lächelnd und ging weiter. Vor ihnen führte ein Pfad bergabwärts. Er war schmal, aber dennoch trittsicher und bequem, sodass sie die ersten unterirdischen Bäume bereits nach wenigen Minuten erreichten. Der Boden war von einer dicken Schicht hellgrünen Mooses bedeckt, das sich wie Dessertsoße über die Erde ergoss. Die Schritte wurden weich abgefedert. Durch das Licht und die seltsame Farbe der Blätter verstärkte sich bei Fiete das Gefühl der Unwirklichkeit. »Wie ein Traum!«, flüsterte er leise.

In diesem Moment nahm der Zwerg Fiete unsanft auf die andere Schulter.

»Oder besser, wie ein Albtraum!«, stöhnte Fiete.

Plötzlich fauchte Maximilian seinen Diener an: »Waf grinft du denn fo?«

»Euer Freundschaftlichkeit haben mich beim Vornamen genannt. Und ›lieb‹ haben Euer Liebenswürzigkeit mich auch genannt!« – »Stell daf Grinfen ab, daf verdirbt einem ja die Laune!«

»Jawohl, Euer Launigkeit! Sofort! Und Ihr habt ja vollkommen berechtigt schlechte Laune, nachdem Euch dieser üble Alberich vom Thron gestoßen hat ..."

»Sprich diefen Namen nicht auf!«, donnerte Maximilian.

Fiete horchte auf. Der Zwergenkanzler war anscheinend gar kein Zwergenkanzler mehr. Es war ja auch seltsam, dass so ein hohes Tier einfach durch die Gegend lief. Aber was er mit Fiete vorhatte, das blieb dem Jungen ein Rätsel. Okay, der Typ hatte sich aufgeregt, weil Fiete ein Bad genommen hatte. Aber Wasser gab es hier doch genug. Überall blinkten Seen, Teiche, Bäche, sogar kleine Flüsse. Und was sollte das mit dieser Hexe? Gab es hier wirklich Hexen? Fiete blickte einfach nicht durch. Aber anscheinend war er da nicht allein. Der Maulwurfskobold blickte auch immer wieder fragend in Richtung seines Herrn.

Bald erreichten sie einen kleinen Bach, der sich lieblich durch den Wald schlängelte. Vögel zwitscherten in der angenehm milden und warmen Luft. Eichhörnchen sprangen von Baum zu Baum, und ein kleines Kaninchen hoppelte aufgeschreckt in ein nahes Gebüsch. Alles erschien friedlich und ruhig.

Auf einmal ertönte ein seltsames Geräusch, das die Aufmerksamkeit des Zwergs und des Maulwurfskobolds weckte. Allerdings reagierten sie höchst unterschiedlich darauf.

Rainald wirkte noch missmutiger, während auf Maximilians Gesicht ein breites Grinsen erschien. Ein Surren, unterbrochen von klatschenden Schlägen, erfüllte die Luft. Es schien, als ob etwas durch den Wald flog und dabei in unregelmäßigen Abständen gegen die Bäume schlug. Unwillkürlich blickte Fiete nach oben.

Eine Weile war nichts weiter zu erkennen, das Geräusch kam aber immer näher. Endlich wurde klar, was sich da auf sie zubewegte. Der Zwerg war stehen geblieben und wartete. Zwischen zwei hohen Tannen kam eine ältere Frau in Sicht, die auf einem … fliegenden Besen ritt.

Fiete traute seinen Augen nicht. »Das ist ja wirklich …?«, flüsterte er atemlos, dann stockte ihm der Atem, und er sprach nicht weiter.

»… eine Hexe«, vollendete Rainald missmutig den Satz. »Daf ift meine Freundin!«, sagte Maximilian in einem Ton höchster Zufriedenheit.

Angesichts dieser Aussage verfolgte Fiete erstaunt, wie die ungewöhnlich hässliche und darüber hinaus auch extrem schlecht gekleidete Frau mit der Schulter gegen einen Ast stieß, dadurch ins Schlingern geriet und gegen einen zweiten Baum schlug. Dadurch trudelte sie noch stärker und kam schließlich auf einer kleinen Lichtung zu einer unsanften Landung. Sie kämpfte sich auf die Beine und klopfte den Dreck von ihrem verschlissenen, lilafarbenen Kleid, das wohl schon lange nicht mehr gewaschen worden war.

Die Frau war ziemlich groß, ihr verdrecktes Gesicht war pockennarbig und darüber hinaus von bemerkenswert großen Warzen bedeckt. Instinktiv trat Rainald einige Schritte zurück. Maximilian warf Fiete unsanft zu Boden und schritt mit ausgebreiteten Armen auf die Hexe zu.

»Hexe Kaukau, meine Liebfte!«

Auch die Hexe breitete ihre Arme aus. Die beiden umarmten einander und knutschten sich ab.

»Mir wird schlecht«, meinte Fiete und schüttelte sich. Rainald blickte ihn verständnisvoll an und nickte. Dann besann sich der Maulwurfskobold und vergewisserte sich ängstlich, dass der Zwerg nichts von seiner Reaktion bemerkt hatte. Der hatte aber nur Augen für die Hexe, die ihn inzwischen beim Küssen fast ableckte. Plötzlich unterbrach Hexe Kaukau ihre Liebkosungen abrupt.

»Bleib mir bloß vom Leib, du Versager. Ich habe gehört, du hast dich von Alberich abservieren lassen?«

»Ein kurzfriftiger Rückflag, nichtf weiter. Ich habe einen Plan!«

»So?«, fragte die Hexe zweifelnd und fixierte mit einem unangenehmen Blick Fiete. »Und wen hast du da bei dir?«

»Den Plan!«, meinte Maximilian grinsend. Fiete schüttelte sich, und Rainald schaute ihn traurig an.

Der Zwerg hakte sich bei der Hexe unter: »Können wir daf vielleicht in deinem entzückenden Zuhaufe besprechen? Du wohnft ja nicht weit entfernt.« »Stimmt, das tue ich nicht«, meinte Hexe Kaukau zögernd.

»Du wirft ef nicht bereuen! Glaub mir!« Maximilian grinste noch breiter.

»Das hoffe ich für dich! Das hoffe ich wirklich!« Hexe Kaukaus Stimme war noch angsteinflößender als ihr hinterhältiger Blick. Fiete bekam eine Gänsehaut. »Nun gut! Zu einem Tässchen Regenwurmtee kann ich dich einladen. Davon muss Alberich ja nichts erfahren. Ich will aber keinen Ärger mit dem neuen Kanzler!«

»Wenn allef klappt, dann bin ich bald wieder Kanzler im Bunten Land! Dazu benötige ich aber deine Hilfe.«

»Meine Hilfe, soso. Na gut, dann komm mal! Und bring deinen Plan mit!«, sagte Hexe Kaukau und nickte unmissverständlich in Richtung Fiete.

Kapitel 14

Der Heilige Popel

Kommissar Lautenberg brauchte eine Weile, bis sich seine Augen an die Dunkelheit gewöhnt hatten. Vor ihm war der Lichtkegel von Kelbers Taschenlampe deutlich zu erkennen.

»Verdammt nochmal, bleiben Sie stehen!«

Kelber verlangsamte seinen Schritt, mehr aber auch nicht. Er wollte wohl nicht aufgehalten werden. Gleichwohl schien es ihm wichtig zu sein, dass sein Chef es schaffte, ihm zu folgen.

Lautenberg hatte durch seinen Sturz einige Blessuren davongetragen. Erst jetzt spürte er die Schmerzen, dafür aber um so deutlicher.

»Kelber!«

Der Kommissar hatte Schwierigkeiten, auf dem Boden das Gleichgewicht zu halten. Außerdem wurde es im Gang sehr dunkel. Tageslicht war bald nicht mehr sichtbar.

Endlich blieb Kelber stehen. Lautenberg erreichte ihn.

»Kelber, Sie Trottel!«

Lautenberg schniefte und schnaufte, weswegen er es nicht schaffte, seinen Beschimpfungen die übliche Kraft zu verleihen. Kelber wirkte auch nicht sonderlich beeindruckt. Im Taschenlampenlicht, von unten beschienen, sah er unheimlich aus. Er wirkte abgelenkt. Sein Blick war nicht auf den Kommissar gerichtet. Er schaltete die Taschenlampe kurz aus und dann wieder an. Unzufrieden mit dem Ergebnis ging er dann weiter, ohne sonderlich auf Lautenbergs Zustand zu achten.

»Was? Was ist? … Latscht der einfach wieder los. Ich fasse es nicht! Kelber!«

Doch Kelber war schon um die nächste Biegung des Felsenganges verschwunden, und Lautenberg stolperte unbeholfen der Lichtquelle hinterher. Nach einigen Minuten wartete Kelber erneut, sodass Lautenberg aufschließen konnte.

»Bitte! Ich kann nicht mehr. Nicht weitergehen!« Lautenbergs Stimme klang eingeschüchtert. Kelber wirkte amüsiert: »Was ist denn, Chefchen? Angst im Dunkeln?«

Lautenberg hätte schwören können, ein triumphierendes Lächeln bei Kelber entdeckt zu haben. Dieses Lächeln, verbunden mit der gruseligen Beleuchtung, ließ bei Lautenberg die Entgegnung im Hals stecken.

»Wir sind auf dem richtigen Weg«, stellte Kelber selbstgefällig fest, »nach so vielen Jahren, endlich auf dem richtigen Weg. Und er hat alles entdeckt. Er hat alles gewusst.«

»Von wem reden Sie?«

Kelber wirkte wie verwandelt: unheimlich, selbstsicher. Und offensichtlich wusste er, was das für ein Gang war, vielleicht sogar, was das Denkmal zerstört hatte.

»Ich rede von Adalbert Kelber, meinem Urgroßvater. Der hat dieses Denkmal gebaut. Niemand ahnte damals, welchen wahren Zweck es hatte.«

»Und der wäre?«, stöhnte Lautenberg, setzte sich erschöpft auf den glitschigen Boden und rieb sich sein verstauchtes Bein.

»Die Hauptpforte zu verschließen. Die alte Drachenklamm. Welch ein Unsinn, die Drachen im Berg einzusperren. Drachen müssen frei sein, sie sind die Herrscher der Welt! Sie sind das Korrektiv zu der verkommenen Menschheit, die die Erde zerstört: Umweltverschmutzung, Klimawandel, Atomwaffen, Justin Bieber …«

Lautenberg erschauerte. Justin Bieber? Drachen? Ganz offensichtlich hatte sein Assistent Wahnvorstellungen, und zwar ganz gewaltige. Das bedeutete, dass er selbst ein Riesenproblem hatte: Er war verletzt und befand sich ganz allein mit diesem Verrückten unter Tage. Und zu allem Überfluss hatte der andere die Taschenlampe.

In diesem Augenblick bekamen Kelbers Augen einen glasigen Glanz. Seine Stimme verfiel in einen Singsang und hallte dadurch besonders schaurig.

»Der Welt hatte man 1888 weisgemacht, dass Kaiser Friedrich III. verstorben sei. Doch er lebte noch für lange Zeit und erfüllte eine alte Prophezeiung. Er wurde Kaiser im Berg, und mein Urgroßvater verschloss hinter ihm die Hauptpforte. Und ich war dabei, als sie sich öffnete. Wie ironisch doch die Ironie sein kann.«

Lautenberg antwortete nicht. Wenn er noch Nackenhaare besessen hätte, dann hätten sie sich jetzt aufgestellt. Nach seinen letzten Worten zog Kelber eine Pistole aus seiner Tasche.

»So, Chefchen, Schluss mit lustig! Sie gehen jetzt voran! Praktisch, dass Sie heute ohne Ihre geliebte Dienstwaffe beim Betriebsausflug waren.«

»Sie sind bewaffnet?«

»Ja klar, besser ist das! Die hier habe ich immer bei mir, seit den Angriffen, seit Menschen verschwunden sind. Das Kind oder die verrückte alte Schachtel aus der Irrenanstalt. Wenn Drachen rumfliegen, sollte man auf der Hut sein. Keine Angst, Chefchen, das ist meine private Waffe! Es wurde keine Dienstvorschrift verletzt.«

Lautenberg überlegte fieberhaft, was er tun konnte, um Kelber zu stoppen. Leider fiel ihm nichts ein. Seinen Assistenten zu überwältigen, traute er sich zurzeit nicht zu. Er war in keinem guten Zustand. Kelber wirkte körperlich fit, ja geradezu euphorisiert. Nur geistig war er wohl nicht auf der Höhe. Er quatschte immer weiter dieses sinnlose Zeug und hatte sich inzwischen in Rage geredet. »Wahrscheinlich darf eine Dienstwaffe auch nicht mit Silberkugeln geladen werden. Da gibt es sicher einige Vorschriften. Daher habe ich Opas alte Mauser ausgegraben. Buchstäblich!« Kelber kicherte bei diesen Worten albern, fast wie ein verliebtes Mädchen.

Lautenberg hauchte entsetzt: »Sie sind verrückt!«

Kelber zuckte zusammen. Seine aufgesetzte Freundlichkeit verschwand sofort. Mit bedrohlicher Stimme donnerte er durch den Gang: »Verrückt? Sie denken, ich bin verrückt?«

Kelber sprang wild umher und schrie völlig enthemmt: »Ich bin nicht verrückt. Jahrelang habe ich recherchiert, analysiert, gesucht. Ich habe alles aufgearbeitet. Die Brände, die Zerstörung der alten Reichsburg, das sogenannte Denkmal. Ich habe Akten gewälzt und Chroniken studiert. Ich bin sogar in das Rathsfelder Schloss eingebrochen und habe schließlich das Tagebuch meines Urgroßvaters gefunden.«

Mit diesen Worten zog Kelber ein kleines schwarzes Notizbuch aus der Hosentasche. »Dieses Buch ist mein Erbrecht. Mein Erbrecht! So lange wurde es mir vorenthalten von dieser dummen Kuh. Aber die Alte habe ich schön reingelegt.« Erneut kicherte Kelber vergnügt.

»Erst wurde ihr Schloss gegrillt und dann sie! Ich habe sie in die Klapse gebracht. Prima, dass ich diesen Fall bearbeiten durfte. Hihi …!«

Plötzlich hörte Kelber auf zu kichern. Er wurde ernst und rückte ganz nah an den Kommissar heran. Lautenberg glaubte sogar im Schein der Taschenlampe Tränen zu erkennen: »Die vielen Rätsel! Und immer wieder Sackgassen! Und diese Demütigungen. Auch von Ihnen, Sie dummer Fettsack! Jeden Tag!«

Kelber fing tatsächlich an zu schluchzen, als müsse er gleich weinen. Doch dann sprang er auf.

»Doch ich habe nicht aufgegeben. Ich nicht. Das war ich *ihm* schuldig!«

»Ihrem Großvater?«

Kelber drehte sich hektisch um, als ob er nicht wüsste, wer gerade gesprochen hatte: »Was? Wer? Nein. Dem doch nicht. Ich wollte von gestern erzählen. *Gestern!* Endlich, gestern, kam der Durchbruch. Sie waren dabei. Ganz nah dabei, und Sie haben nichts bemerkt!«

Kelber machte eine Pause, aber Lautenberg verstand nur Bahnhof.

»Auf dem abgebrannten Bauernhof habe ich den Schlüssel gefunden. Den Schlüssel zu allem! Seit gestern ergibt alles einen Sinn. Mir wurden die Augen geöffnet. Alles passt nun zusammen, denn ich besitze nun das hier.«

Mit einer dramatischen Geste hielt Kelber etwas in die Höhe, das Lautenberg zunächst nicht erkennen konnte. Als es ihm schließlich gelang, wirkte er ziemlich ratlos.

Kelber hielt sein Taschentuch in der Hand und fand Lautenbergs Reaktion überhaupt nicht zufriedenstellend. Also faltete er das Tuch auseinander und zeigte auf einen sehr großen Popel. Angeekelt schaute Lautenberg weg.

»Dummkopf! Wissen Sie denn nicht, was das ist? Erkennen Sie nicht die Bedeutung dieses Fundes?«

Lautenberg drehte widerwillig seinen Kopf zurück, starrte zunächst auf das Taschentuch, dann in Kelbers Gesicht. Zögernd sprach er: »Na ja, so etwas hat jeder von uns schon mal gefunden.«

Aber Kelber meinte es offensichtlich ernst. »Nein, das hat noch niemand gefunden. Sehen Sie nicht, wie groß der ist?«

»Oh ja«, japste Lautenberg, als er noch einmal auf den Popel schauen musste, »das ist ein sehr großer Popel. Sehr schön!«

»Nun?« Kelber wurde ungeduldig. »Von wem stammt wohl dieser Popel?«

»Na ja, es ist Ihr Taschentuch. Vielleicht von Ihnen?«, flüsterte Lautenberg angespannt. Kelbers Gesicht verzog sich vor Wut zu einer Fratze. Drohend näherte er sich mit dem Taschentuch. Er hielt den Popel Lautenberg direkt vor die Nase.

Lautenberg verspürte plötzlich den Drang, laut loszulachen. Nur mit Mühe gelang es ihm, diesem Drang nicht nachzugeben. Kelber hatte schließlich noch immer die Waffe. Doch der Verrückte hörte einfach nicht auf mit diesem Unsinn.

»Das ist nicht nur ein Taschentuch. Das ist nicht nur ein Taschentuch mit einem riesigen Popel. Und das ist auch nicht mein Popel! So große Popel habe ich gar nicht. Das ist der Popel der Popel. *Das* ist *der* Popel!«

Lautenberg fing an zu glucksen, was Kelber glücklicherweise entging.

»Das ist der Popel eines Drachens. Nun vermag ich zu sehen, was euch Unwissenden verborgen bleibt. Ein heiliger Popel. *Der* heilige Popel!« Kelber sprach diese Worte wie in einem Gottesdienst.

Das war endgültig zu viel für Lautenberg. Er prustete los und lachte laut auf. Die gesamte Anspannung löste sich unaufhaltsam. Es ging nicht anders, obgleich dem Kommissar klar war, wie gefährlich das für ihn sein musste. Aber Lautenberg lachte, dass sich die Balken bogen, und konnte gar nicht mehr aufhören.

Kelber reagierte zunächst gar nicht. Dann steckte er langsam und bedächtig das Taschentuch ein. Dabei achtete er sorgsam darauf, dass sein Schatz nicht verloren ging. Seine Augen verengten sich zu feindseligen Schlitzen, bis er ohne Vorwarnung in Lautenbergs bislang unverletztes Bein schoss. Der Kommissar schrie auf, krümmte sich vor Schmerzen und brach zusammen. Eine Weile hörte man im Gang nur sein Stöhnen. Schließlich begann Kelber wieder zu sprechen.

»Das war nur, damit wir uns richtig verstehen. Der heilige Popel ist zu wichtig. Und er ist mir zu wichtig. Er darf nicht beleidigt werden. Erinnern Sie sich eigentlich noch? Sie waren auch da, als ich ihn fand. Bei der halb aufgefressenen Kuh. Der Drache muss ihn beim Fressen verloren haben. Bestimmt …«, jetzt folgte eine Pause, »… hat er Schnupfen.«

Nun musste Kelber selbst lachen. Er kicherte und japste über seinen merkwürdigen Witz. Schließlich fuhr er fort. Jetzt klang seine Stimme knallhart.

»Ich hasse Sie. Ich werde Sie töten. Sie sind nur noch so lange am Leben, bis Sie begreifen, was für ein großer Tag heute ist. Schließlich waren Sie sogar dabei, als der Drache die Drachenklamm öffnete. Der alte Weg der Drachen in die Oberwelt ist nun frei. Was für ein großer Moment!

Und was für ein Zufall, dass wir gerade auf unserem Betriebsausflug waren. Aber wie mein Urgroßvater immer zu sagen pflegte: ›Entweder das Schwein pisst dich an oder nicht.‹ Um nichts in der Welt hätte ich das verpassen mögen. Denn ich habe mit eigenen Augen einen Drachen gesehen. Einen echten Drachen. Und ich war der Einzige, der ihn sehen konnte, weil ich den Popel hatte.«

Die letzten Worte waren mit eisiger Ruhe gesprochen worden. Mit seinen kleinen, schwarzen, hasserfüllten Augen beobachtete Kelber, wie sich sein Chef verzweifelt bemühte, die Blutung zu stoppen. Nach kurzem Zögern löste er den Gürtel von seiner Hose und warf ihn dem Kommissar zu.

»Da, binden Sie ihr Bein ab. Sie sollen uns nicht zu früh verlassen.«

Und wieder dieses alberne Kichern. Kelber wirkte völlig irre. Es gab jedoch keinen Zweifel, dass er jedes

Wort ernst meinte. Endlich gelang es Lautenberg, das Bein abzubinden. Und überraschenderweise konnte er auch aufstehen. Es war nur eine leichte Fleischwunde.

»Jetzt werden wir unseren Spaziergang fortsetzen. Wir besuchen jetzt den Drachen. Sie können geschmeichelt sein. Sagen wir es mal so: Sie bleiben zum Essen!«

»Ich bestehe nicht darauf!«, meinte Lautenberg kühl.

»Aber ich! Los geht's! Vorwärts!«

»Bekomme … bekomme ich die Taschenlampe?« Lautenbergs Stimme zitterte leicht bei der Frage, was Kelber ein befriedigendes Grunzen entlockte.

»Monate über Monate haben Sie mich fertiggemacht. Aber ich habe immer gehofft, dass irgendwann mein großer Moment kommen würde. Und nun ist er da!« Mit leeren Augen hielt Kelber inne, bevor er Lautenberg wieder anschnauzte: »Hören Sie auf zu winseln, gehen Sie weiter!«

Lautenberg rührte sich nicht. »Was ist jetzt mit der Taschenlampe? Kann ich sie bekommen?«

»Nein! Und nun vorwärts!«

Lautenberg ging wie befohlen voran. Auch wenn Kelber den Gang halbwegs ausleuchtete, so war es doch mühsam, bei dem dämmrigen und zittrigen Taschenlampenlicht hier entlangzugehen. Der Weg wurde allmählich breiter und verlief nun leicht abschüssig.

»Wo gehen wir hin?«

»Klappe halten!«, entgegnete Kelber knapp, merkwürdigerweise in einem sehr liebenswürdigen Ton. Er war offensichtlich in ausgezeichneter Laune.

So gingen sie. Es verging Minute um Minute. Kelber ließ keine Pause zu. Lautenberg überlegte fieberhaft. Wichtig war, dass er bald Hilfe bekam. Schnurhahn musste gemeldet haben, dass zwei Personen vermisst wurden. Völlig klar! Irgendwann musste das Rettungsteam folgen. Das machte Mut. Und so viel stand fest: Lautenberg hatte seinen Widerstandswillen noch nicht verloren.

Plötzlich knipste Kelber die Taschenlampe aus. Beide blieben stehen. Zunächst war in der Dunkelheit nichts wahrzunehmen. Doch dann war da etwas zu erkennen: Irgendwoher kam ein schwaches Licht.

Bald waren sie am Ende des Ganges angekommen, und ein überwältigender Anblick eröffnete sich ihnen.

Lautenberg schrie unwillkürlich auf. Mit weit aufgerissenen Augen starrte der Kommissar in eine riesige Höhle. Alles war in orangefarbenes Licht getaucht. Dunkle Berge mit schwarzen Wäldern waren umkränzt von unergründlichen Schluchten und unheimlichen Burgruinen auf den Kuppen. Lautenberg spürte, wie sich Kelber neben ihn stellte. Offensichtlich achtete dieser nicht mehr auf den Kommissar, sondern war von der Aussicht geradezu gebannt.

»Ich wusste es«, flüsterte er fasziniert, »mein Urgroßvater hatte recht. Ausgelacht haben sie ihn. Für verrückt erklärt … Es stimmt alles! Das Reich der Drachen. Und wir werden den großen Drachen befreien. Er wird die Welt bestrafen für all das Böse. Er wird aufräumen, aufräumen!« Die letzten Worte schrie Kelber, sodass ein Echo sie verstärkte. Einen Moment lang schien es, als ob das Licht der Höhle auf diese Worte reagierte.

Lautenberg blickte in das irre Flackern von Kelbers Augen, in denen sich die höllengleiche Landschaft vor ihnen spiegelte. Das war der Moment, in dem er sich entschied.

Ohne zu zögern, stürzte er sich eine Anhöhe hinab, hinunter in diese unbekannte Welt. Er lief trotz seiner Verletzung sehr schnell. Kelber reagierte spät. Zu spät? Ein Schuss peitschte an Lautenberg vorbei. Der Kommissar aber rannte, weiter und immer weiter. Er hatte es geschafft. Vorerst.

Kapitel 15

Drudenfüße

Hinter Maria und Luke fielen schwere Kerkergitter in das Schloss. Beide hatten jeweils eine Einzelzelle bekommen. Einer der Zwerge stellte ekelhaft aussehendes Brot sowie einen Wasserkrug vor ihre Zellen. Dann ging er grinsend davon. Es wurde still. Offensichtlich waren die beiden allein. Das Gefängnis befand sich in einer Burg, und zwar im höchsten Turm, wie Maria bei einem Blick aus ihrem vergitterten Fenster feststellen konnte.

Sie befanden sich direkt unter dem Dach. Die Hitze war unerträglich. Luke versuchte, das Wasser zu erreichen, das ihm der Zwerg hingestellt hatte, was ihm aber nicht gelang, nicht gelingen konnte. Der Krug stand haargenau außerhalb der Reichweite seiner Hände. Luke fluchte.

Maria inspizierte inzwischen ihre Zelle, die jener von Luke direkt gegenüber lag. Das Mädchen klopfte an die Wände und an die Decke. Luke schaute auf.

»Meinst du nicht, dass die Type hinter dir das schon probiert hat?«, fragte er das Mädchen. Maria schaute sich um und entdeckte erst jetzt das Gerippe einer menschlichen Gestalt, das in einer Ecke ihrer Zelle vermoderte. Sie stieß einen Schrei aus und fuhr entsetzt zurück.

»Vielleicht«, antwortete sie mit gespielter Leichtigkeit, »vielleicht hatte der aber auch nicht so viel drauf wie ich.«

Luke stand auf und betrachtete Maria interessiert: »Wie hast'n dat vorhin jemacht?«

»Du berlinerst schon wieder!«

»Oh, sorry, aber echt jetzt mal. Das war ein cooler Trick. Du wusstest genau, was du tust, oder?«

Maria erwiderte den Blick: »Offensichtlich nicht, sonst wären wir nicht hier! Außerdem ist alles wirklich ein wenig anders.«

»Ach, Quatsch, Künstlerpech! Aber das Buch hast du doch noch. Die doofen Zwerge haben es dir nicht weggenommen. Zaubere uns doch hier raus!«

Maria deutete nur stumm auf den Boden. Vor jeder der Zellen, auch vor ihren beiden, befand sich ein merkwürdiges Symbol auf dem Boden. Luke runzelte die Stirn. So ein Ding hatte er doch schon einmal gesehen, im Kino oder so.

»Das ist ein Pentagramm, auch Drudenfuß genannt.«

»Ja … und?«, fragte Luke mit gedehnter Stimme nach.

Maria zitierte einen Spruch: »›Gezwungen über'n Drudenfuß bleibt jede Zauberflucht nur Stuss!‹«

»Das reimt sich aber nicht sehr gut«, grinste Luke.

»Egal, wir sind mit Gewalt darüber gezwungen worden. Solange die Drudenfüße vor unserer Zelle sind, wird uns kein Zauber wegbringen können.«

»Mist.« Luke setzte sich auf den Boden. Das waren keine guten Nachrichten.

»Aber was ist jetzt? Du kannst zaubern! Du wusstest von dem Buch. Du weißt, was hier los ist. Ich meine, hier rennen Zwerge rum und so'n Zeug. Du redest von Drachen. Das ist doch alles total schräg. Ich wollte einfach nur meine Schwester zurück, und nun buchten uns Horrorzwerge in diesem Mittelalterknast ein!«

Die letzten Worte hatte Luke geschrien. Die abweisende, knallharte Antwort würde wohl nicht lange auf sich warten lassen. Aber er hatte sich getäuscht. Mit weichen Augen schaute Maria ihn an und nickte.

»Du hast recht! Ich schulde dir eine Erklärung. Alle Fragen werde ich dir nicht beantworten können. So ganz blicke ich da selbst nicht durch, aber ich kann es ja mal versuchen.«

Kapitel 16

Licht und Schatten

Fips und Fops saßen in der Küche ihrer entzückenden Wohnhöhle und aßen Cornflakes mit Milch und Honig. In der Ecke war Methusalem, die Schildkröte, und aß Salat mit Petersilie. »Esse ich am liebsten!«, murmelte Methusalem vor sich hin. »Das wissen wir!«, echote es müde von den Waschbären zurück. Sie waren von den Strapazen der letzten Stunden gezeichnet und redeten kaum. Sie waren traurig.

»Das ist doof gelaufen«, meinte Fips gerade.

»Richtig doof«, erwiderte Fops.

»Wir hätten ihn suchen müssen, schließlich hat er uns gerettet«, murmelte Fips betrübt in seine Cornflakes hinein und ließ den Kopf hängen. Dann fuhr er fort: »Er hat uns gerettet, und wir haben ihn hängen lassen.«

»Mach dir keine Vorwürfe«, versuchte Fops seinen Bruder zum wiederholten Mal zu trösten. »Im Labyrinth war alles voller Rauch, der Gang war eingestürzt, er ist sicher tot. Wir konnten nichts tun.« Richtig überzeugend wirkte Fops jedoch nicht. Man merkte ihm an, dass er sich ebenfalls Vorwürfe machte.

Es klingelte an der Tür. Allerdings war kein gewöhnlicher Klingelton zu vernehmen. Vielmehr donnerte ein alter Hit in ohrenbetäubender Lautstärke durch die Höhle:

»Sagt mal, von wo kommt ihr denn her ...?«

»Warum hast du den Klingelton geändert?«, schrie Fops durch den Lärm und hielt sich dabei die Ohren zu.

»Aus Schlumpfhausen, bitte sehr ...«

»Ich liebe diesen Song«, schrie Fips trotzig zurück.

»Echt jetzt? Die Schlümpfe? Gehst du jetzt bitte zur Tür?«

»Sehen alle da so aus wie ihr?«

»Ich geh nicht«, brüllte die Schildkröte, dazwischen. Fops schaute Methusalem entgeistert an und stellte klar: »Du bist das Haustier. Natürlich machst du nicht die Tür auf.«

»Sag ich doch!« Methusalem mampfte daraufhin ungerührt ein besonders leckeres Salatblatt. Inzwischen war der Klingelton verstummt.

Fops seufzte und schaute Fips an, der gerade den Rest seiner Cornflakes-Milch aus dem Teller leckte. »Gehst du nun zur Tür?«

Fips nahm sich eine weitere Portion: »Ich bin fertig mit den Nerven. Ich mag nicht.«

»Fips, es wäre echt nett von ...« Fops wurde unterbrochen, da ein hektisches Klopfen am Fenster zu hören war. Er öffnete das Fenster, und herein flog eine struppige und offensichtlich sehr aufgeregte Krähe.

»Hallo Krähe, komm doch herein!«, konnte Fops gerade noch sagen, bevor die Krähe mit viel Schwung in der Cornflakes-Schüssel landete. »Geht's noch?«, nuschelte Fips mit vollem Mund und verteilte Spritzer von Milch und Honig auf dem Tisch.

Mit säuerlichem Gesicht fegte Fops einige Cornflakes mit seiner Pfote zusammen und fragte die Krähe: »Na, was gibt es denn so Dringendes?«

»Ihr glaubt es nicht. Ihr habt mir doch von dem Jungen erzählt, diesem ungeschickten Trottel aus der Oberwelt.«

Die beiden Waschbären erstarrten. Hoffnungsfroh schaute Fips auf. Fops überlegte kurz, runzelte die Stirn und sagte dann schnell: »Ja?«

»Den habe ich gesehen!«

Fips hüpfte begeistert von seinem Hocker: »Wo? Wann?«

»Gerade eben, drüben bei der Lachsbachbrücke.«

Fips prustete Cornflakes durch die ganze Küche. Fops, der gerade einen Lappen von der Spüle geholt hatte, ließ diesen entnervt fallen. Aber auch in seinem Gesicht spiegelte sich absolute Begeisterung: »Wo hast du den Jungen gesehen?«

Offensichtlich hatte er die letzten Worte der Krähe nicht verstanden, weshalb die Krähe sehr laut ihre Antwort wiederholte: »LACHSBACHBRÜCKE!« Fips und Fops schauten einander an.

»Ich hab‘ es dir doch gesagt, Fops. Hab' ich es dir nicht gesagt? Der ist aus anderem Holz geschnitzt. So ein Drache bringt den doch nicht um. Den doch nicht! Ein begabtes Bürschchen! Das wusste ich von Anfang an.«

Fops musste lächeln: »Ich kann mich gar nicht erinnern, dass du das gesagt hast. Aber schön, dass es ihm gut geht.«

Die Krähe krächzte protestierend: »Gut geht? Gut geht? Davon kann keine Reeeede sein. Gaaar keineeee Rede!«

Fips und Fops schalteten sofort auf besorgt um: »Wieso?«

Die Krähe genoss diese Aufmerksamkeit: »Er war in Begleitung von … jetzt haltet euch fest … Maximilian uuuuuund Hexe Kaukau.«

»Nein!«

»Doch!«

»Oh … je«

Fips und Fops waren entsetzt. »Was hat er denn mit diesen Galgenstricken zu schaffen?«, fragte Fops.

»Na ja, er war gefesselt. Wird wohl nicht freiwillig mit von der Partie sein.«

Fips und Fops schauten sich erneut an. Beide überlegten fieberhaft, keiner sprach. Man hörte nur das Schmatzen der Schildkröte aus der Ecke.

»Fops«, unterbrach schließlich Fips die angespannte Stille, »wir müssen da was machen! Das sieht übel aus. Maximilian würde ja schon reichen, aber nun auch noch Hexe Kaukau? In ein paar Minuten gibt es Menschensuppe.«

»Na, übertreib mal nicht!« Fops sah aber nicht so aus, als ob er sich selbst glaubte. Schließlich nickte er und gab Fips recht: »Okay, das sieht übel aus. Aber was sollen wir da machen?«

»Keine Ahnung, du bist doch hier der Gehirnakrobat.«

»Tja, vielleicht könnte die Krähe Alberich Bescheid sagen. Er wird möglicherweise helfen.«

Die Krähe flatterte aufgeregt: »Seid ihr irre? Wer bittet denn Zwerge um Hilfe? Und außerdem: Das dauert zu lange. Ihr könnt ihn nicht diesen Bösewichtern überlassen. Wir müssen unbedingt angreeeeiiiiifen!«

Fops unterbrach die Krähe: »Hör auf zu plappern! Hexe Kaukau angreifen, so ein Unfug.«

Doch Fips hörte nicht auf ihn, er sprang auf und rannte in den Flur.

»Wo willst du hin?«, rief Fops ihm hinterher.

»Schuhe anziehen«, meinte Fips, »und dann gehe ich mal rüber zur Hexenhütte und checke die Lage!«

»Nein, Fips, das ist zu gefährlich.«

»Gefährlich, krahkrihkrah, gefährlich? Hat der alte Mann nicht gesagt, ihr sollt auf den Jungen aufpassen?«

»Ja, schon«, meinte Fops, dem man ansehen konnte, wie es in ihm kämpfte, »aber Friedhelm meinte natürlich, dass wir oben auf ihn aufpassen. Vom unterirdischen Land war keine Rede!«

Aus dem Flur hörte man, wie sich Fips anzog: »Das ist doch egal! Hier ist er in viel größerer Gefahr. Gibt es oben böse Hexen? Oder brutale Zwerge? Also, ich geh jetzt!« Mit diesen Worten war Fips nach draußen verschwunden.

»Ich komme mit«, krächzte die Krähe, und weg war auch sie.

»Ich geh nicht«, sagte Methusalem und schnurpste genüsslich ein neues Salatblatt.

Fops stand in der Küche und sah unschlüssig der Schildkröte beim Essen zu. Die Krähe kam noch einmal zurück: »Na, wo bleibst du denn? Oder willst du hier Haustier spielen?«

Fops seufzte und folgte den beiden.

Nach wenigen Minuten hatten sie die Karnickelwiese erreicht, auf der Hexe Kaukaus Behausung stand. Am äußersten Rand der großen Lichtung, die bergab zum Lachsteich führte, stand ein Hexenhäuschen. Es war braun gestrichen mit einem blauen Dach, auf dem ein Wetterhahn und eine schwarze Katze dösten. Das Häuschen stand auf zwei riesigen Hühnerbeinen.

Als Fops auf der Wiese ankam, kletterte Rainald gerade die Strickleiter zur Hütte empor. Es waren drei oder vier Meter Höhe zu überwinden, was dem kleinen Maulwurfskobold wegen des großen Sprossenabstandes sichtlich schwerfiel. Oben auf der Terrasse standen bereits Maximilian, Fiete sowie Hexe Kaukau, die sich gerade anschickte, die Hütte zu betreten. Der Zwerg löste Fietes Fesseln. Er hielt sie wohl für unnötig, da sie jetzt beim Heim der Hexe angekommen waren.

»Glücklich sieht der Junge nicht aus«, meinte Fips, als sich Fops neben ihn ins hohe Gras legte, um aus dem guten Versteck heraus das Geschehen zu beobachten. »Er ahnt, dass er in großer Gefahr ist!«

»Aber weiß er, wie groß die Gefahr wirklich ist? Wie konnte er nur in dieses Schlamassel hineingeraten?«, fragte Fops.

Fips flüsterte kampfeslustig: »Wir werden Fiete schon rausboxen!« Dabei ließ er seine Pfotenknochen knacken.

»Nur nichts überstürzen, wir brauchen einen guten Plan!«, widersprach Fops und dachte angestrengt nach.

Allerdings hatten sie die stets ungeduldige Krähe vergessen, die nicht so gerne Pläne schmiedete. Im Tiefflug überflog sie Hexe Kaukaus Hütte und versuchte lautstark, Fiete zu warnen. Sie krähte aus vollem Hals: »Krahkrihkrah, hier ist Gefahr, hier ist Gefahr, krahkrihkrah!«

»Oh je«, meinte Fips nur, denn nun brach die Hölle los.

Die schwarze Katze war sofort auf den Beinen. Sie machte einen Katzenbuckel und fauchte, was das Zeug hielt. Der eiserne Wetterhahn wurde lebendig, drehte sich wie verrückt und schrie: »Eindringling! Eindringling!«

Die Hexe Kaukau stürmte aus ihrer Hütte und schüttelte drohend ihre knöcherne Faust. Völlig unbeeindruckt drehte die Krähe weiter ihre Runden und krähte erneut: »Krahkrihkrah, hier ist Gefahr, hier ist Gefahr, krahkrihkrah!«

Die Hexe zog ihren Hexenstab und feuerte in schneller Folge grüne und violette Blitze auf den Vogel ab, der mit Mühe und Not gerade noch auszuweichen vermochte und schließlich das Weite suchte.

Fips und Fops atmeten auf. Sie hatten aus ihrem Versteck heraus das Ganze beobachtet. »Was machen wir jetzt?«, fragte Fips mit tonloser Stimme. »Wenn ich das wüsste!«, antwortete Fops.

Doch dann fiel Fips etwas ein und er fing auf einmal an zu grinsen. Fops schaute ihn entgeistert an: »Was ist denn mit dir los? Hast du Verdauungsprobleme?«

Fips schüttelte den Kopf und grinste weiter: »Ich glaube, es wird Zeit für das alte Faschingskostüm.«

»Zeit für was?«

Kapitel 17

Begegnung mit einem Säbelzahntiger

Lautenberg stolperte durch eine unheimliche Höllenlandschaft. Schwarzer Basalt, von dem schwefliger Qualm aufstieg, vertrocknete Gräser, verrottende Baumreste, kranke Bäume sowie widerlich stinkende Gewässer säumten seinen Weg. Er irrte orientierungslos und in panischer Angst herum.

Schließlich lehnte sich der Kommissar an einen großen Felsbrocken und japste nach Luft. Er verspürte furchtbaren Durst, und seine Lunge brannte wegen der ungewohnten Anstrengung. Er schloss die Augen und überdachte seine Lage. Was war das hier bloß? Alles war anders. Gefährlich. Böse. Was sollte er nun tun?

Zuallererst musste er sich beruhigen. Er atmete tief, spürte den Atem durch Nase und Mund entweichen, fühlte ihm nach. Lautenberg lächelte müde und dachte an den blöden Betriebsausflug. Wer hätte geglaubt, dass er etwas von Basti lernen würde, das er gebrauchen konnte?

Doch es half tatsächlich. Lautenberg erfasste seine Umgebung viel klarer und fühlte sich besser. Auch blutete sein Bein nicht mehr. Er konnte sogar Kelbers Gürtel abnehmen, den er fallen ließ, um seine Hose zu richten und die Verletzungen zu begutachten.

Dann wischte er sich den Schweiß vom Gesicht und überdachte seine Lage. Er war unbewaffnet und wurde von einem gemeingefährlichen Verrückten verfolgt. Völlig unklar blieb, wo er sich eigentlich befand. Lautenberg blinzelte nach oben. Offensichtlich war das eine riesige Höhle mit eigener Grusel-Beleuchtung. Wie konnte das sein? Das wollte einfach nicht in seinen Kopf hinein, wie so vieles gerade im Moment. Eins war aber klar: Er musste hier raus, schnell und möglichst lebend. Und er ahnte, dass das nicht so einfach werden würde, denn in diesem Augenblick tauchte eine neue Bedrohung auf.

Von vorne näherte sich etwas, etwas sehr Großes. Der Kommissar vernahm das bedrohliche Fauchen eines Tiers. Es war nicht sehr laut, aber es bedeutete sicher nichts Gutes. Lautenberg sah zu, dass er wegkam, und versteckte sich mit einer ungeahnten Behändigkeit. Das geschah keine Sekunde zu früh.

Denn aus der entgegengesetzten Richtung erschien auf einmal Kelber. Mit gezogener Waffe in der Hand, schwer atmend und ziemlich verschwitzt, rannte er den Pfad hinunter, den Lautenberg eben noch gegangen war.

Hätte der Kommissar nicht vor dem unheimlichen Fauchen Schutz gesucht, dann hätte der Irre ihn erwischt.

Kelber verharrte an der Stelle, wo Lautenberg den Gürtel hatte fallen lassen. Triumphierend beobachtete er die Umgebung. Nun bemerkte auch er das Fauchen von vorne, deutete es aber falsch. Mit einem höhnischen Grinsen rannte er einige Meter weiter und rief mit gespielter Kinderstimme: »Eins, zwei, drei, vier, Eckstein, alles muss versteckt sein … Na, Herr Kommissar, ist die Puste ausgegangen, will er jetzt Verstecken spielen?«

Mit diesen Worten schlich er an einen großen Felsen heran und rief: »Ich hab‘ dich!«

Doch kaum war er um den Felsen herumgesprungen, erstarrte er. Nun sah er, wen oder was er gefunden hatte. Es war nicht der Kommissar. Plötzlich kreidebleich wankte Kelber rückwärts. Er stand einem Säbelzahntiger gegenüber, einem echten, ausgewachsenen und sehr lebendigen Säbelzahntiger! Das Tier war riesig, sein Körper war mindestens drei Meter lang. Sein braunes Fell war mit weißen, leuchtenden Streifen gezeichnet, und aus dem riesigen Maul ragten neben anderen furchterregenden Zähnen zwei imposante Hauer hervor.

Lautenberg, der alles beobachtet hatte, blieb in Deckung und hielt die Luft an. Er hoffte, unentdeckt zu bleiben. Der Tiger knurrte kurz, als er den Menschen erblickt hatte, und wartete ab. Kelber verlor jedoch die Nerven, schrie auf und versuchte zu fliehen. Das war ein Fehler.

Er kam nicht weit. Denn ausgerechnet jetzt rutschte ihm die Hose herunter. Ohne Gürtel hatte sie zu wenig Halt und hing ihm schließlich in den Kniekehlen. Unfähig, seine Beine zu nutzen, klatschte er der Länge nach auf den Boden.

Das war ein gefundenes Fressen für die Bestie. Der Tiger packte den Mann und zerrte ihn mit sich fort. Kelber schrie wie am Spieß und schlug mit dem Knauf seiner Pistole wild um sich. Der Anblick war grausam, aber auch bizarr. Während der Tiger sein Opfer mitschleifte, hing die Hose immer noch in den Kniekehlen, und eine rosa Unterhose kam zum Vorschein.

Lautenberg, der das Geschehen ohnmächtig mit ansehen musste, hatte das Gefühl, dass er sich wegen seines Entführers keine Sorgen mehr würde machen müssen.

Doch Erleichterung konnte er nicht empfinden. Erschöpft sank er zu Boden.

Kapitel 18

Böses Getuschel

Fiete kauerte verstört in einer Ecke der Hexenhütte. Rainald stand teilnahmslos bei ihm und ließ ihn, wie ihm von Maximilian befohlen worden war, nicht aus den Augen.

Währenddessen palaverten der abgesetzte Zwergenkanzler und die Hexe miteinander. Fiete verstand alles, was sie erzählten, da sie sehr laut sprachen. Sie gaben sich überhaupt keine Mühe, leise zu reden, um dadurch irgend etwas vor ihm zu verbergen. Das war bestimmt kein gutes Zeichen.

»Erkläre mir doch nun endlich«, sprach die Hexe und schaute dabei mit ihren bösen Augen zu Fiete hinüber, »was du mit diesem Bengel vorhast! Willst du ihn eintauschen, vielleicht bei einem Drachen, gegen irgendeinen Zaubergegenstand? Oder willst du ihn mir als Leckerli anbieten?« Bei diesen Worten erschauerte Fiete.

»Nein, nichtf von alledem. Du weift doch, welche alte Weissagung den meiften Zwergen nicht aus dem Kopf geht.«

»Äh … nein. Eure Weissagungen gehen zu selten in Erfüllung, als dass man sie sich merken müsste. Ich weiß noch, wie …«

»Die am Haupttor der Roten Burg in den Felsen geschlagen wurde! Die ift uralt. Älter als daf Volk der Zwerge. Sie steht geschrieben in der Schrift der Alten. Jeder glaubt an fie.«

Hexe Kaukaus Augen weiteten sich: »Du meinst *die* Weissagung?«

Maximilian drehte sich zu seinem Diener um: »Rainald, zitiere bitte die Weissagung vom Haupttor!«

Rainald trat aus seiner Ecke und deklamierte:

»Der Keyser vet geyn fun aobyn eyner,
On geyn aun on …«

Maximilian fauchte: »Übersetz‘ den Quatsch! Daf verfteht doch kein Schwein mehr.«

Rainald zuckte zusammen und begann erneut:

»Der Kaiser wird einst von oben schreiten,
ohne zu gehen und ohne zu reiten.
Er ist gezeichnet vom Drachenfeuer,
stellt sich sogar dem Ungeheuer,
gesegnet vom Wasser des Heiligen Brunnen,
sein Name ward tausendmal besungen.
Er nimmt seinen Thron flugs in Besitz,
da hilft gar nix.«

Rainalds Worte verklangen in der Hütte. Der Zwerg schaute die Hexe bedeutungsvoll an. Die Hexe schaute etwas ratlos zurück. Rainald blickte zwischen beiden hin und her.

Der Zwerg rückte näher an die Hexe heran. »Verstehft du jetft meinen Plan?«, raunte er ihr zu.

Die Hexe rückte ebenfalls näher an den Zwerg heran: »Nein!«

»Waf, den verstehft du nicht? Wenn ich der Aufer-wählte bin, dann kehre ich auf den Thron zurück, und niemand wird mich je wieder stürzen.«

Hexe Kaukau schaute Maximilian mitleidig an. »Du glaubst, du seist der Auserwählte?«

»Natürlich nicht, aber die anderen werden ef glauben.« Als Hexe Kaukau nicht reagierte, sprang der Zwerg auf und versuchte aufgeregt, den Plan zu erklären. Rainald verzog sich wieder in seine Ecke.

»Alfo, ich war am Nadelbrunnen, und die Quelle hat Waffer gefpendet.«

»Nein!«

»Doch!«

»Unglaublich! Du hast im Wasser des Nadelbrunnens gebadet?«

»Nein, ich nicht, aber der Junge! Hat mir alles vermaf-felt, der Balg.«

Hexe Kaukau blickte den Jungen mit kalt abschätzendem Blick an. »Der Junge hat im Brunnen gebadet? Mmh, hast du mal in Erwägung gezogen, dass er der Auserwählte sein könnte?« Der Zwerg schnaubte entsetzt.

»Sei nicht albern! Diesef Würftchen? Daf war alles Zufall. Pech! Drakolov hat den Nadelbrunnengang zerftört. Daf hat mich abgelenkt. Aber … ich war von dem Staub diefes Angriffes getfeichnet.«

Hexe Kaukau verstand ihn nicht. »Kannst du mal kurz aufhören zu lispeln? Was warst du?«

»Getfeifnet war ich! Getfeifnet!«

»Er meint ›gezeichnet‹«, erklärte Rainald.

»Schweig, Scherge! Und ich habe das Waffer def Brunnens berührt, als ich geprüft habe, ob der Junge gebadet hatte. Na, na, waf sagft du jetzt?« Der Zwerg war von sich begeistert. Hexe Kaukau lehnte sich zurück, schlürfte an ihrem Regenwurmtee und schwieg nachdenklich.

»Jetzt muss ich nur noch mit dir und deinem Befen zur richtigen Zeit durch daf Tor fliegen, und die Weissagung ist erfüllt! Mein Name wurde schon millionenmal besungen. Ich bin echt ein Hit gewesen.«

»Weil du jeden hast köpfen lassen, der nicht die Lieder über dich gesungen hat!«, murmelte Rainald, und einen kleinen Moment blitzte etwas anderes in seinen Augen auf, was jedoch niemand bemerkte.

»Dazu brauchst du mich also«, meinte Hexe Kaukau reserviert, »das ist dein Plan? Ich soll, mit dir huckepack, auf meinem Besen durch das Tor fliegen? Ich weiß nicht, ob ich das will. Du weißt, nichts ist umsonst auf dieser Welt. Was bekomme ich dafür? Und was ist, wenn dein Plan nicht funktioniert? Dann steigt mir Alberich auf's Dach.«

»Lass daf mal meine Sorge fein. Der Plan wird funktionieren. Wenn er nicht funktioniert, dann ift daf mein Problem. Nicht deinf«, der Zwerg lächelte müde, »und natürlich weiff ich, dass nichtf umsonft ift. Für deine Mühen überlaffe ich dir daf hier!«

Maximilian schnipste mit den Fingern. Rainald brachte dessen Beutel herbei und legte ihn auf den Tisch. Hexe Kaukau wurde neugierig. Sie öffnete die Tasche und entnahm eine silberne Krone, kunstvoll gefertigt, mit Smaragden besetzt. Sie pfiff durch die Zähne.

»Durins Diadem! Kann das wirklich wahr sein?« Hexe Kaukau bekam große Augen. »Es gilt als verschollen!«

»Probier ef auf!«

Das ließ sich die Hexe nicht zweimal sagen. Sie setzte sich die Krone auf, die sich wie durch Zauberhand sofort an ihren Kopf anpasste. Nach wenigen Sekunden verschwand Kaukau. Sie wurde vollständig unsichtbar. Fiete stieß überrascht einen leisen Schrei aus. Rainald und Maximilian erschienen weniger verblüfft. Hexe

Kaukau erschien wieder, als sie das Diadem abnahm, und ihr Gesicht, das einen triumphierenden Ausdruck annahm, wirkte nun noch abstoßender.

Hexe Kaukau schaute den Zwerg lange an. Es schien, als ob sie mit sich ringen müsste.

»Und wozu brauchst du den Jungen?«

»Nun, deiner Miene in den letzten Minuten nach zu urteilen, ift dir durchauf aufgefallen, dass der Spruch auch auf ihn zutreffen könnte.«

»Vielleicht«, meinte die Hexe ausweichend.

»Defwegen fände ich es gut, wenn ich mit feinem Kopf auftauchen könnte. Nur mit feinem Kopf. Aus dem Körper kannft du dir ein Süppchen machen.«

Fiete wurde schwindlig. Er schaute hilfesuchend zu Rainald, der jedoch nicht reagierte.

»Sagtest du nicht, er habe im Nadelbrunnen gebadet? Dann wirst du wohl kaum … Ah, ich verstehe, du suchst einen Weg, ihn trotzdem zu töten. Solange er lebt, werden sie dir die Geschichte nicht abkaufen. Mmmmh. Du könntest ihn verhungern lassen.«

»Dauert zu lange. Kennft du eine andere Möglichkeit?« Maximilian schaute mit gierigen Augen auf Hexe Kaukau, die sich mit ihrer Antwort Zeit ließ.

Fiete saß in seiner Ecke und verstand kein Wort. Einige Sekunden war es totenstill in der Hütte. Hexe Kaukau schien zu überlegen. Fiete verstand nur nicht, was es da zu überlegen gab. Der Zwerg hatte ein Schwert, und das sah extrem echt aus. Da war doch klar, wie er getötet werden könnte. Seltsam! Andererseits war er ganz froh. Solange die beiden überlegten, lebte er weiter.

Hexe Kaukau stand langsam auf und öffnete mit ihrem Hexenstab einen Schrank, der sich verborgen in der Wand befand. Sie nahm ein altes, dickes Buch aus dem Schrank und blätterte darin.

»Was hattest du gesagt, wann ist die Ernennungsfeier?«

»Heute, in wenigen Stunden«, beantwortete Maximilian die Frage und wartete gespannt.

Nach einigem Suchen blickte die Hexe auf und grinste fies. »Ich glaube, ich kann dir helfen!«, sagte sie, »der Handel gilt!« Der Zwerg sowie die Hexe spuckten sich jeweils in die Handfläche und schüttelten sich die Hände. Fiete drehte es fast den Magen um. Er spürte den mitleidigen Blick Rainalds auf sich ruhen.

Kapitel 19

Geschichten

Maria hatte viel zu erzählen, und Luke hörte ihr aufmerksam zu. Es war so spannend, dass er dabei fast vergessen hatte, dass sie sich im Gefängnis der Zwergenburg befanden.

Das Mädchen erzählte von ihrer Kindheit und von ihrer Großmutter, bei der sie aufgewachsen war.

Der Vater war früh verstorben, und Marias Mutter war oft krank. Die Großmutter war eine besondere Frau, aber auch ein bisschen merkwürdig. Sie liebte die Küche, vor allem ihre Kräuter. Ihre Gerichte schmeckten ganz besonders, und Maria kannte niemanden sonst, der es verstand, Maulwurfsgulasch oder Schlangenbrühe zuzubereiten. Kleinere Verletzungen wurden in Sekundenschnelle geheilt, war es nun ein verstauchter Fuß oder eine Schnittwunde. Und ihre Tees und Tränke vermochten Schmerzen viel besser zu lindern als jede Tablette.

»Ich habe lange Zeit einfach nicht darüber nachgedacht. Oma konnte das, und fertig. Die Leute unten im Dorf haben natürlich getuschelt, aber ich war noch klein und habe das gar nicht mitbekommen. Bis vor ein paar Wochen. Das war der Tag, an dem das Schloss brannte.«

»Deiner Großmutter gehörte das Schloss so richtig?«

Maria ärgerte sich offensichtlich über Lukes Frage: »Meiner Oma *gehört* das Schloss!«

Luke wollte sich entschuldigen, kam aber nicht dazu. Maria bedeutete ihm, still zu sein.

»Schon gut. Der Brand in Omas Schloss war der Beginn einer Serie von Bränden hier in der Gegend! Es brannte andauernd. Und es brennt immer noch fast jeden Tag. Damals kamen Feuerwehr und Polizei zu uns ins Schloss. Sie konnten mit dem, was sie fanden, überhaupt nichts anfangen. Am Ende haben sie einfach behauptet, dass Oma nicht mehr so ganz gesund im Kopf sei und das Schloss selbst angezündet habe. Besonders ein Polizist, so eine fiese Type, Kalb hieß er oder so, fing immer wieder damit an. Deshalb hatte man sie in eine psychiatrische Klinik gebracht.«

»Und das Schloss hatte gebrannt, weil …?«

»Oma meinte bei meinem Besuch in der Klinik, dass ein Drache das Schloss zerstört habe. Sie nannte auch einen Namen. Klang irgendwie russisch.«

Luke schluckte. Ein Drache mit russischem Namen? Ivan vielleicht? Das war ja wohl Quatsch. Das konnte einfach nicht stimmen. Andererseits: Er hatte in letzter Zeit so viel gesehen, das ins Reich der Märchen gehören sollte. Maria glaubte ihrer Großmutter. Und nun glaubte er Maria.

»Oh Mann, das muss hart für dich gewesen sein.« Luke blickte sie verständnisvoll an.

Maria schaute auf den Boden und nickte. Sie musste etwas in die Augen bekommen haben, denn sie wischte mit einem Taschentuch daran herum. Luke wandte sich verlegen ab. Da fiel ihm etwas ein.

»Und Fietes Großeltern?«

Maria brauchte eine Weile, bis sie antworten konnte.

»Sie waren die Verwalter des Schlosses. Na ja, eigentlich Mädchen für alles. Sie hat alles repariert, und er hat geputzt und so.«

»Echt, er hat geputzt? Na ja, egal. Aber wenn das so war, dann müssen sie doch gemerkt haben, dass im Schloss was faul war.«

»Bestimmt! Den Alten wollten sie übrigens auch einliefern, schon seit einiger Zeit, aber seine Frau hat es verhindert. Aber du wirst schon richtig liegen. Wenn ich gemerkt habe, dass im Schloss was Seltsames vorgeht, dann die beiden bestimmt auch. Vielleicht waren sie auch eingeweiht.«

Luke erinnerte sich an seine Beobachtungen. »Bestimmt wissen die Bescheid! Das ergibt alles Sinn! Aber du bist auch nicht von Pappe! Krasse Kindheit, echt jetzt. Nicht jeder wächst mit Zauberei auf.«

Marias Stimmung besserte sich. Es tat ihr gut, über all das zu reden.

»Ach, du hast keine Ahnung, das ist noch gar nichts«, sagte sie fröhlich. »Wenn du wüsstest, was ich in den letzten Tagen herausgefunden habe! Es gibt noch viel mehr als Zauberei und Drachen. Zum Beispiel Kobolde. Und die Tiere hier in der Gegend reden wie Menschen. Sogar mein Pferd. Keine Ahnung, warum es so lange gewartet hat. Heute Morgen wollte es lieber Möhren als Kraftfutter. Das hat es mir dann einfach gesagt. Der Wahnsinn!«

Luke runzelte die Stirn. Hatten Fietes Großeltern also wirklich mit ihrem Hund gesprochen? Vielleicht waren die gar nicht verrückt, sondern hatten es echt drauf.

Maria erzählte inzwischen weiter. »Bei Oma war es super. Ich lernte so viel: Reiten, Fechten, Judo, Karate.«

»Hä?« Luke war verblüfft. »Das ist doch nichts für kleine Mädchen. Eher so eine Art James-Bond-Ausbildung!«

Unten im Gang knallte eine schwere Eisentür. Luke und Maria hielten inne und lauschten. Es blieb aber ruhig, es kam niemand.

»Okay, ich kürze mal ab, wer weiß, wie viel Zeit wir noch haben. Aber eine Sache musst du unbedingt noch hören. Eine Sage.« Luke blickte skeptisch, unterbrach Maria aber nicht.

»Oma hat mir viele Sagen erzählt, diese hat sie mir aber besonders ans Herz gelegt. Wenn du sie kennst, dann wirst du wissen, warum.

Tief unter dem Berg Kyffhäuser erstreckt sich eine riesige Höhle, ein unterirdisches Reich. Ein Reich voller Fabelwesen und sprechender Tiere. Einst war das Reich geeint unter einem Kaiser. Er herrschte über beide Länder im Drachenberg, das Kahle Land und das Bunte Land. Doch das ist lange her. Seitdem herrscht Uneinigkeit. Und aus einem Reich wurden zwei.

Im Bunten Land herrschen die Zwerge. Im Kahlen Land üben die Schlammkobolde, fiese Kreaturen, eine schreckliche Herrschaft aus. Die Zwerge sind hinterhältig, verschlagen und stark. Brutal unterdrücken sie Tiere und Wesen aller Art. Aber im Vergleich zu den Schlammkobolden sind sie eher friedliche Zeitgenossen.

Dann kam, was kommen musste. Die Schlammkobolde hatten das eigene Land zugrunde gerichtet. Das Kahle Land war nicht immer kahl gewesen. Nun gierten sie nach dem Nachbarn. Es kam zum Krieg.

Um die Zwerge zu besiegen, verbündeten sich die Schlammkobolde mit der schwarzen Bestie. Die schwarze Bestie ist der bösartigste und mächtigste Drache weit und breit. Der Große Krieg forderte unzählige Opfer. Doch dann kam unverhofft ein Retter aus der Oberwelt, ein Mensch: Friedrich III. Er verzichtete auf seinen oberirdischen Thron und stieg hinab.

Er besiegte die Schlammkobolde, vereinigte die beiden Reiche und brachte den Frieden. Schlammkobolde und Zwerge gingen den heiligen Vertrag ein, den Frieden niemals zu brechen sowie die Pforten zur Oberwelt für immer zu schließen. Der Retter aus der Oberwelt wurde aber Kaiser der beiden Reiche.

Der menschliche Kaiser verstarb eines Tages, sein Thron ist seitdem verwaist. Das unterirdische Reich wird von einem Zwergenkanzler verwaltet, was die Schlammkobolde nicht anerkennen. Der alte Zwist lebt weiter. Es heißt, dass der Kaiser dereinst wiederkehrt, wenn die Pforten erneut geöffnet sind und die Drachen im Sonnenlicht fliegen.«

Luke stand auf und schaute aus dem vergitterten Turmfenster seiner Zelle. »Ganz hinten kann man das Kahle Land erkennen. Und was hat es mit dem Buch auf sich?«

Maria hielt lächelnd dem Jungen das aufgeschlagene Buch entgegen.

»Ein Zauberbuch, belegt mit einem Schutzzauber. Nur wenn ich es in der Hand halte, kann man den wahren Inhalt lesen. Und die Sache mit dem oberirdischen verzauberten Schloss ist nicht so schwer herauszufinden, wenn man Kind ist und auf Rätsel steht. Meine Oma war wohl so eine Art Verwalterin des Zwergenschlosses, das nur Eingeweihte wirklich sehen können.«

»Ich denke, sie war die Gräfin?«

Maria lächelte: »Alles Tarnung! Ein Zwerg als Schlossherr wäre wohl selbst in Thüringen aufgefallen.«

»Und was machen wir jetzt?«

Maria lächelte noch breiter: »Na ja, wir brechen aus und suchen meine Oma und deine Schwester!«

»Was, hier?«

»Genau, hier!« Marie öffnete das Buch und hielt Luke die Widmung ihrer Großmutter entgegen. »Sie wartet auf mich. Und ich wette, deine Schwester ist auch hier irgendwo.«

»Meinst du echt?«, fragte Luke leise nach. Nun hatte er etwas im Auge. Maria nickte ihm ermutigend zu. Luke bemühte sich um ein Lächeln. Es gelang ihm nur halb.

Kapitel 20

Traum & Hund

Lautenberg fühlte sich in einen unerträglichen Albtraum geworfen. Jeden Moment musste er damit rechnen, auf ein weiteres Ungeheuer zu stoßen.

Aber bislang hatte er Glück gehabt. Er stieß zwar auf Skelette und hörte furchteinflößende Laute, aber er kam ungeschoren voran.

Trotzdem ging es ihm nicht gut. Der Durst brannte unbarmherzig. Die Kehle war rau. Aus Angst, irgendetwas würde ihn verfolgen, erlaubte er es sich nicht, zu rasten. Andererseits kostete es ihn aber große Überwindung, sich hier zu bewegen. Er stolperte häufig, aus Erschöpfung und aus Müdigkeit. Teilweise stürzte er schwer. Die Schmerzen von seinen Verletzungen, besonders der Schusswunde, waren kaum erträglich. Seine Knie waren inzwischen aufgeschlagen, seine Kleidung zerfetzt.

Er quälte sich immer weiter, doch die Kräfte verließen ihn. Schließlich ging es nicht mehr. Er verkroch sich zwischen zwei Felsen und legte sich auf den steinigen Boden. Sekunden später schlief er ein.

Lautenberg geht durch eine rote Wolke. Überall tauchen Seifenblasen auf. Auf jeder einzelnen ist Kelber zu sehen, der diabolisch grinst und wie der Teufel aussieht. Er tätschelt einen Säbelzahntiger. Der Tiger schnurrt wie ein Kätzchen und streicht um seine Beine. »Der will nur spielen. Der will nur spielen!« Kelbers Worte klingen wie ein Singsang. Schnurhahn rennt mehrfach vorbei und ruft: »Das kommt alles in das Brandprotokoll! Machen Sie sich da mal nichts vor!« Schließlich taucht eine sehr attraktive Krankenschwester auf und fragt ihn mit einer seltsam tiefen Stimme: »Durst?« Und noch einmal: »Durst?« Die Krankenschwester verändert sich. Sie bekommt eine schwarze Nase, sehr lange, fellige Ohren und bewegt sich plötzlich auf allen Vieren. Schließlich leckt sie ihm das Gesicht ab.

»Äääh, igitt, nein, was soll das!« Lautenberg wachte auf; sein Gesicht war nass. Er öffnete die Augen und sah einen Hund vor sich sitzen. Offensichtlich hatte dieser ihm das Gesicht abgeleckt. »Hast du Durst?«, fragte der Hund.

Lautenberg antwortete nicht, war aber auch nicht sonderlich überrascht. Nach allem, was er erlebt hatte, war ein sprechender Hund nichts Besonderes mehr, auch wenn ihm die Krankenschwester deutlich lieber gewesen wäre. So saß er einfach nur da und starrte schweigend den Hund an. Alles ging ihm noch einmal durch den Kopf: das explodierende Denkmal, der durchgeknallte Kelber, der Säbelzahntiger. Es war einfach alles zu viel. Er begann zu weinen.

»Kein Durst?« Der Hund schien es gut mit ihm zu meinen. Er schaute den Kommissar besorgt an und stupste mit der Nase an dessen Knie, während Lautenberg hemmungslos schluchzte.

»Doch«, stieß Lautenberg hervor, »ich habe Durst!«

»Pelle weiß, wo Wasser! Mitkommen! Dickes weinendes Männchen, mitkommen!« Und als Lautenberg sich nicht rührte, wiederholte der Hund die Aufforderung. »Dickes Männchen, alles gut, nicht mehr weinen. Mitkommen! Wasser! Wasser sauber, nicht stinkig, ohne Pipi.«

Die Aussicht auf sauberes Wasser half Lautenberg tatsächlich wieder auf die Beine. Erwartungsfroh und mit zittrigen Beinen folgte er dem Hund. Und er wurde nicht enttäuscht. Nach wenigen Minuten konnte der Kommissar seinen Kopf unter eine Quelle mit unglaublich frischem und klarem Wasser stecken.

»Danke!«, stammelte er und legte sich unter den Wasserstrahl. Es war eine Wohltat. »Danke, danke!«

»Bitte, bitte!«, kam es als schlappende Antwort zurück. Der Hund trank inzwischen selbst.

Das Wasser wirkte Wunder. Lautenberg fühlte sich erfrischt und fasste Mut. Er trank, wusch sich und reinigte seine Wunden. Die Ereignisse der letzten Stunden hatten ihn aus dem Tritt gebracht. Wem wäre es anders ergangen? Nun konnte er sich etwas erholen.

Später saß er an der kleinen Quelle und streichelte dankbar den Hund, der erfreut mit dem Schwanz wedelte. Das hier war das Beste, das hätte passieren können, eine Oase inmitten einer grausamen Wüste. Das Wasser hatte ihn gerettet. Er fühlte sich gestärkt, spürte keine Schmerzen mehr und verschnaufte.

Lautenberg kraulte den Hund hinter den Ohren und schaute ihn nachdenklich an. »Wo kommst du denn eigentlich her?«

Pelle schaute verwundert. Anscheinend hatte Lautenberg etwas zu schnell gesprochen. Lautenberg wiederholte die Frage langsamer.

»Pelle mit jungem Herrchen unterwegs. Im Wald oben.

Dann junges Herrchen kommt sehr schnell Berg runter. Zu schnell. Schläft sehr fest. Sehr tief und sehr fest. Pelle kann ihn nicht wach machen. Fips und Fops wollen, dass ich Hilfe hole. Ich renne und renne. Ganz schnell gerennt. Hole altes Herrchen und altes Frauchen. Aber alles zu spät.« Der Hund schaute Lautenberg mit traurigen Augen an. Dieser fragte behutsam nach: »Zu spät?«

»Als ich weg war, großes Unglück. Schlimm, schlimm.« Dabei schüttelte Pelle traurig seinen Kopf. »Alles verbrannt, alles weg, Herrchen auch. Bestimmt gegrillt! Bestimmt gegrillt von großem Vogel ohne Federn. Bestimmt, bestimmt.«

Lautenberg versuchte sich einen Reim auf das zu machen, was der Hund erzählt hatte. Und langsam begriff er. Erst hatte dieser wohl einen Jungen begleitet, der verunglückt war. Als er mit Hilfe zurückkam, war dort, wo der Junge zurückgeblieben war, alles verbrannt.

»Ja, aber wie kommst du hierher?«

»Heiß, alles heiß!« In Erinnerung an die Hitze trabte Pelle zur Quelle und schlappte noch ein paar Schlucke. »Ich Hilfe holt. Altes Herrchen und altes Frauchen. Haben junges Herrchen gesucht, dann gejault, und Wasser kam aus den Löchern, mit denen sie schauen. Dann kam Vogel ohne Federn zurück. Viel Feuer! Frauchen und Herrchen auch gegrillt. Alles ganz heiß.«

»Ja, ist klar, alles war heiß. Und du hast Schutz gesucht?«

»Loch. Schön kühl das Loch, aber tief. Ich passen durch, Herrchen und Frauchen aber nicht.«

Lautenberg musste nachdenken. Irgendetwas aus diesem Höllenland trieb sich oben herum. Junges Herrchen? Noch ein Kind? All die Unglücksfälle hatten mit dieser Höhle zu tun. Alles, was ihn die letzten Monate beschäftigt hatte, hatte mit dieser verfluchten Welt hier unten zu tun. So viel war klar. Aber würde er hier je hinausfinden? »Kannst du mir den Weg zurück zeigen?« Pelle schaute verständnislos.

»Such das kühle, tiefe Loch, Pelle, such!«
»Pelle sucht Loch, Pelle sucht Loch.«
Der Hund wedelte erneut mit dem Schwanz, bellte kurz und rannte los. Lautenberg folgte mit klopfendem Herzen. Der Hund war schnell, aber Lautenberg konnte gut Schritt halten, was ihm erst nach einer Weile auffiel. Der Kommissar untersuchte sein Bein und staunte nicht schlecht. Die Wunden, selbst die Schussverletzung, waren verheilt. Seine Haut war makellos. Auch die aufgeschlagenen Knie waren völlig in Ordnung. Es war kein einziger Kratzer mehr zu sehen. *Unglaublich,* dachte Lautenberg und folgte zuversichtlich dem Hund. Vielleicht würde doch noch alles gut.
Pelle mochte viele Vorzüge haben, bestimmt war er auch ein guter Suchhund, aber er begriff nicht, was er suchen sollte. Stundenlang hatte er Lautenberg von Loch zu Loch geschleppt. Und Lautenberg hatte einen Schreianfall nach dem anderen bekommen. Als der Hund schließlich vor einem Mauseloch stoppte und erwartungsfroh den Kopf hob, reichte es Lautenberg.
»So geht das nicht weiter!«, seufzte er und setzte sich auf einen Stein.
»Genug Löcher?«
»Ja, das sind genug Löcher! Danke Pelle, du bist ein super Spürhund!«
Pelle leckte glücklich an Lautenbergs Knie. Der wusste aber auch nicht, was er nun tun sollte.
»Vielleicht warte ich einfach, bis das Rettungsteam kommt? Schnurhahn muss bereits unterwegs sein.«
Pelle schaute neugierig auf: »Was?«
Lautenberg sprach ganz langsam: »Bald kommen Retter, Pelle! Mach dir keine Gedanken! Die retten uns.«
Während Lautenberg das sagte, wurde ihm aber irgendwie klar, dass das nicht stimmte, nicht stimmen konnte. Man konnte sich den dicken Feuerwehrmann hier unten überhaupt nicht vorstellen. Langsam erkannte er, dass er auf sich allein gestellt war. Und auf Pelle.

»Retten Retter auch junges Herrchen?«, wollte der Hund wissen.

»Hattest du nicht gesagt, er sei tot?«, brummte Lautenberg. Pelle schniefte traurig und ließ seinen Kopf hängen. Die Hundeohren wackelten mutlos hin und her. Der Kommissar bekam ein schlechtes Gewissen.

Pelle brummte leise: »Hätte auch in Loch springen sollen. Aber hat geschlafen. Ganz fest. Und böser, fieser Drache kam im Schlaf.«

Im Schlaf? Lautenberg kam ein Gedanke. Wieso sollte dem Jungen nicht auch die Flucht gelungen sein? Vielleicht war er aufgewacht, bevor die Gefahr kam. Und das bedeutete, dass vielleicht irgendwo in dieser Hölle ein Kind herumirrte. Und was machte er? Er, der Polizist, suchte Löcher und wartete auf die Feuerwehr. Und wenn sie hier herauskämen? Was dann? Bliebe das Kind dann zurück?

Sicherlich waren die Chancen, dass der Junge noch lebte, nicht sehr groß, aber eben auch nicht gleich Null. Nur, wo sollte er anfangen, wenn er denn helfen wollte? Es war ein riesiges und unübersichtliches Gelände.

Über ihnen erhob sich einer der höchsten Berge. Lautenberg schaute nach oben und hatte eine Idee. »Pelle, da gehen wir jetzt rauf und halten Ausschau nach deinem Herrchen!«

»Herrchen, Herrchen, oh ja, oh ja!«

Kapitel 21

Der Marmeladenzauber

Maria blätterte schon seit einer ganzen Weile in ihrem Zauberbuch. Dabei murmelte sie seltsame Wörter. Manchmal verfärbten sich einzelne Seiten, oder der Einband stieß kleine Rauchwolken aus, aber sonst passierte eigentlich nichts. Es war schon faszinierend, dem zuzuschauen. Trotzdem wurde es Luke irgendwann einfach zu langweilig. »Hey, geht das nicht schneller? Ich werde alt hier, echt jetzt. Das mit dem magischen Ausbrechen habe ich mir irgendwie dynamischer vorgestellt.« Maria reagierte nicht.

Luke runzelte die Stirn: »Wie hast du denn das vorhin geschafft? Da hast du in Sekunden die richtige Seite gefunden! Die Meute stürmt auf uns los, ich denke noch:

›Scheiße, wir sind am Arsch!‹ Du schiebst aber keine Panik, du bleibst echt cool: Avada Kedavra oder so! Und jetzt? Echt die Oper, nicht nice.«

Maria antwortete endlich, schaute jedoch bei ihrer Antwort nicht auf: »Das ist nicht so einfach, Luke. Ich sehe das Buch heute auch erst zum zweiten Mal. Beim ersten Mal war ich zehn. Damals durfte ich nicht einmal richtig reinschauen, anfassen war gar nicht drin. Nur die Widmung durfte ich lesen. Das Buch sollte ich ja erst zu meinem achtzehnten Geburtstag bekommen.«

»Gut, dass ich es gefunden habe!«, merkte Luke mit einem selbstgefälligen Grinsen an.

Jetzt blickte Maria auf: »Stimmt ja. Wieso hast du mir nicht sofort gesagt, dass du das Buch gefunden hast? Genau genommen bist du schuld, dass wir in dieser Patsche sitzen.«

Luke wurde verlegen und druckste herum. »Na ja, ich wusste ja nicht … und überhaupt …, aber du hast uns ja gerettet und … Wieso ging das vorhin mit dem Sprüche-finden so schnell, als die fiesen Zwerge uns killen wollten?« Maria war erneut in ihr Buch vertieft.

»Ganz einfach. Zahlensymbolik. Alle Zauberer und Hexen lieben Zahlensymbolik. Rettung auf Seite 33, Feinde bekämpfen auf Seite 66.«

Luke nickte heftig und tat sehr interessiert. Er war froh, Maria davon abgelenkt zu haben, dass sein Misstrauen sie beide in diese Lage gebracht hatte.

»Was suchst du eigentlich?«

»Den Marmeladenzauber, das war Omas Lieblingszauber.«

Luke glaubte, sich verhört zu haben. »Willst du die Zwerge zu einem Picknick einladen, oder was?«

Maria stieß einen kleinen Freudenschrei aus: »Da ist er ja: JAM ADVENTUM.«

Es machte ›Platsch‹, und eine riesige Portion Marmelade klatschte schwer auf den Steinfußboden, direkt auf die Stelle, wo sich der Drudenfuß befand.

»Okay?«, meinte Luke zögernd, da er nicht wusste, wohin das führen sollte.

Maria wiederholte den Zauberspruch, und ein zweites ›Platsch‹ hallte durch den Raum. Nun war ein Marmeladenhaufen auf dem Drudenfuß vor Lukes Tür erschienen.

»Eins muss man dir lassen«, meinte der Junge trocken, »zielen kannst du.«

Maria blätterte im Buch.

»So, den Spruch habe ich doch vorhin gesehen. Ah ja, hier ist der Knick. Okay:

MURES APPARETE!«

Auf einmal erschienen aus verschiedenen Richtungen Ratten. Sie kamen von überall her, sogar aus den Zellen der gefangenen Jugendlichen.

Luke sträubten sich die grünen Haare. Angewidert sprang er auf und wich an die Zellenwand zurück, an die er sich panisch anlehnte. »Verdammter Mist«, fluchte er, »was soll das denn?«

Die Ratten liefen zielstrebig auf die beiden Marmeladenhaufen zu. Dabei gaben sie im Chor eine Art Sprechgesang zum Besten:

»Wir sind die Ratten, die nimmersatten! Quiek, quiek!«

Luke ekelte sich vor Ratten. Maria schien sich ebenfalls nicht wohl zu fühlen. Die Ratten hatten jedoch ihren Spaß. Sie labten sich an der süßen Kost und schlemmten, was das Zeug hielt. Als die Marmelade verzehrt war, leckten und nagten sie gierig die Reste vom Boden auf. Das beschädigte schon bald die beiden Drudenfüße.

Jetzt ging Luke ein Licht auf. »Genial!«

»Ich weiß«, erwiderte Maria, »ich suche schon einmal den Türöffnungszauber heraus. Ich mag dieses Buch.«

Aus Luke brach es spontan heraus: »Und ich mag dich!«

Maria und Luke blickten sich in die Augen. Maria hatte es die Sprache verschlagen.

Kapitel 22

Der falsche Fuchs

Hexe Kaukau und der Zwerg waren sich einig geworden, und das konnte für Fiete nichts Gutes bedeuten. Maximilian kam mit einem fiesen Grinsen auf den Jungen zu.

»So, mein junger Freund«, meinte er zynisch, »bald haft du ef überstanden.«

Als er sich jedoch gerade anschickte, den Jungen erneut zu fesseln, meldete sich vom Dach der magische Wetterhahn: »Angriff! Angriff!«

Die Hexenhütte erzitterte. Offensichtlich wurden die riesigen Hühnerbeine, auf denen die Hütte stand, unruhig. Maximilian ließ von Fiete ab und versuchte herauszubekommen, was los war. Hexe Kaukau befand sich bereits auf der Terrasse. Maximilian folgte ihr auf dem Fuß und schaute sich um. Dann begann er schallend zu lachen. »Was foll daf denn werden, wenn ef fertig ift?«

Draußen auf der Wiese näherte sich langsam und ungelenk eine seltsame Gestalt, die entfernt an einen Fuchs erinnerte. Zumindest sollte sie wohl an einen Fuchs erinnern.

Jedoch war jedem klar, dass das da kein echter Fuchs sein konnte. Das Fell war offensichtlich genäht. Maximilian konnte selbst aus dieser großen Entfernung die groben Nähte erkennen, mit denen irgendwelche Stoffe zusammengeflickt worden waren. Das Fell bestand aus Kleidungsresten, zum Beispiel abgelegten Mänteln und anderem alten Zeug. Der missratene Kopf saß schief auf dem unförmigen Körper. Irgendjemand hatte sich ziemlich schlecht verkleidet. »Da erlaubt fich wohl jemand einen Scherz!«, japste Maximilian, von Lachkrämpfen geschüttelt.

Die Hexe schaute jedoch tief besorgt drein. »Oh, das ist nicht gut, das ist wirklich nicht gut!« Auch die Hütte wurde immer nervöser und tippelte auf der Stelle.

»Du wirft doch keine Angft vor diefem Fuchf haben! Daf ift doch kein echter Fuchf!« Der Zwerg bog sich immer noch vor Lachen.

»Hör auf«, zischte Hexe Kaukau, »natürlich weiß *ich,* dass das kein Fuchs ist. Ich fürchte mich ja auch nicht, aber meine Hütte. Die hat Angst vor Füchsen, regelrechte Panik sogar. Und das wissen alle hier, alle im Wald wissen das. Ich fürchte …«

Doch die Hexe kam nicht mehr dazu, auszusprechen, was sie befürchtete. Die Hühnerbeinhütte verlor jeden Rest an Selbstbeherrschung. Sie sprang panisch in die Luft, was jeden auf und in der Hütte von den Beinen riss. Der vorgebliche Fuchs kam immer näher, und das war zu viel für die Hütte. Sie drehte durch. Alle guten oder bösen Worte halfen nichts. Sie hielt es nicht mehr aus: Sie floh. Mit riesigen Sprüngen raste sie in den Wald hinein. Egal, ob auf der Terrasse oder in der Hütte: Es wurde ein mörderischer Trip.

Dem Zwerg und der Hexe gelang es nur mit Mühe, sich krampfhaft an das Terrassengeländer zu klammern.

»Das habe ich gemeint«, stöhnte Hexe Kaukau, »meine Hütte hat wirklich panische Angst vor Füchsen!«

»Offenfichtlich«, antwortete Maximilian, dessen Körper wieder und wieder schmerzhaft an das Geländer stieß. Der nächste Stoß war so stark, dass beide, Hexe Kaukau und Maximilian, über die Brüstung geschleudert wurden. Nur mit größter Kraftanstrengung gelang es ihnen noch, sich von außen festzuhalten.

Die Hütte floh immer schneller vor dem vermeintlichen Fuchs, auch wenn dieser schon lange außer Sicht war. Und mit der Geschwindigkeit erhöhte sich auch die Wucht der Stöße.

Im Inneren der Hütte wurden Fiete und der Maulwurfskobold nicht weniger unsanft herumgeschleudert. Sie stießen gegen Tische, Schränke sowie Stühle. Die Schränke verloren nach und nach ihren kompletten Inhalt: Becher, Gläser, Zaubertrankflaschen, Messer, Spieße und vieles andere. Sekunden wurden zu Minuten, und jede Minute wurde gefährlicher. Alle schrien durcheinander.

Die Hexe und der Zwerg hingen außen am Geländer. Aufgrund der hohen Geschwindigkeit flatterten ihre Beine und Körper wie Fähnchen im Wind. Hexe Kaukau versuchte während des wilden Ritts, ihre Hütte zu beruhigen: »Aber das war doch kein Fuchs, liebes Hüttchen, sei doch lieb, bleib bitte stehen, du bekommst auch heute Abend eine schicke Fußpflege mit Pediküre! Hörst du? Mit Pediküre!«

Maximilian rollte mit den Augen: »Gibt ef keine andere Möglichkeit, daf hier zu ftoppen?« Doch statt einer Antwort hörte er von der Hexe nur einen gellenden Schrei. Sie war an einer großen Tanne hängengeblieben und nach unten gestürzt. Der Zwerg fluchte. Die Stöße und Sprünge wurden immer heftiger. Schließlich konnte er sich ebenfalls nicht mehr halten und fiel. Er landete unsanft in einem Dornengestrüpp, was er mit lautem Jaulen quittierte.

Die Hütte rannte immer weiter, obgleich schon lange keine Gefahr mehr drohte, auch keine vermeintliche. Fiete kam sich vor wie in einem Wäschetrockner. Irgendwann reichte es der Hütte allerdings auch. Sie wurde allmählich langsamer und trabte schließlich nur noch. Der Wetterhahn jubelte glücklich: »Fuchs ist weg, Schreck ist weg!«

Fiete war inzwischen auf den Beinen und begutachtete seinen geschundenen Körper. Er hatte Glück gehabt. Er war unverletzt geblieben und spürte auch keinerlei Schmerzen. Der Maulwurfskobold hingegen lag unter einem Haufen von Möbelresten und anderem Schutt begraben.

Der Junge konnte und wollte sich nicht um ihn kümmern. Er ging auf die Veranda, um zu sehen, wo er befand. Draußen war überall Wald. Ohne Hexen und mordgierige Zwerge wirkte er noch bezaubernder. Doch Fiete seufzte. Es kamen neue Sorgen auf ihn zu.

Zielstrebig bewegte sich die Hütte auf eine rote Burg zu, deren Mauern riesig erschienen. So eine gewaltige Festungsanlage hatte Fiete noch nie gesehen. Die Mauern waren unglaublich hoch und zehn, manchmal zwanzig Meter dick, wobei es verschiedene Mauerringe gab. Die Wehrtürme, rot und unheildrohend, ragten wie riesige Saurierköpfe in den orangerötlichen Himmel des unterirdischen Landes.

Die Burg lag nicht verlassen, ganz im Gegenteil. Da war eine Menge los.

Massen von kleinen, buntgekleideten Gestalten tummelten sich vor und auf den Mauern der Burg. Die Zugbrücken des Haupttores waren heruntergelassen, die Burg stand offen. Viele Gäste strömten hinein. Aus der Ferne erklang Musik, es wirkte wie ein Volksfest. Aber dort waren keine Menschen, das waren alles … Zwerge!

Mit traurigen Augen schaute sich Fiete um. Es gab

keinen Anlass zu glauben, dass diese Zwerge ihn besser behandeln würden als Maximilian. Nahm das denn alles kein Ende? Unbarmherzig näherte er sich dem neuen Unheil.

Schließlich trabte die Hütte durch ein beeindruckendes Eingangstor. Ein riesiger Drachenkopf thronte darüber. Während die Hütte durch das Tor eilte, schien es, als ob der Kopf lebendig sei. Fiete hatte sogar den Eindruck, dass ihm der Drachenkopf freundlich zunickte.

Im Inneren der Burg drehte die Hütte noch einmal richtig auf. Sie blieb nicht stehen, sondern trampelte freudig erregt durch die Menge. Dabei gingen viele Dinge zu Bruch, und es gab einiges, was kaputtgehen konnte.

Die Burg war feierlich geschmückt. Überall sah man vornehm gekleidete Zwerge, die aber angesichts des spektakulären Auftauchens der Hühnerbeinhütte nicht vornehm, sondern eher verängstigt wirkten. Augenscheinlich war es aber sonst nicht ihre Art, Angst zu zeigen. Alle Zwerge waren bewaffnet und sahen furchterregend aus. Zwergenfrauen und Zwergenmänner konnte man kaum unterscheiden. Fiete sah harte Gesichter und Bärte, die der Frauen waren etwas kleiner und zierlicher. Die meisten Zwerge gestikulierten aufgeregt, einige schrien, wenn sie nicht damit beschäftigt waren, der Hütte eilig aus dem Weg zu springen, die immer noch ihre Runden drehte.

Schließlich blieb die Hütte mitten auf einem großen Platz stehen, direkt vor dem Bergfried, dem mächtigsten Turm der Burg. Auf dem Platz hatte offensichtlich gerade eine Zeremonie stattgefunden, die durch Fietes Eintreffen unterbrochen worden war. Es sah aus wie eine Krönung.

Der Junge hatte sich sicherheitshalber in den Innenraum zurückgezogen und versteckte sich hinter einer hässlichen, grauen Eidechsengardine. Die Zwerge näherten sich vorsichtig der Hütte und bildeten, als sich diese nicht weiter rührte, einen dichten Ring. Einige hatte ihre Schwerter gezogen. Andere drohten unheilverkündend mit riesigen Keulen.

In diesem Moment befreite sich Rainald, den Fiete ganz vergessen hatte, aus dem Schutthaufen, unter dem er gelegen hatte. Er schaute aus dem Fenster und erfasste die Situation blitzschnell. Er lächelte geheimnisvoll, und dann schubste er Fiete auf die Terrasse. Der Junge wurde von der Aktion des Kobolds völlig überrumpelt. Da stand er nun. Und alle Zwerge funkelten ihn feindselig an.

»So eine Schei…«, entfuhr es Fiete. Ein besonders festlich gekleideter Zwerg hob die Hand, woraufhin alle schwiegen und sich eine bedrückende Stille im Burghof verbreitete. Offensichtlich war der hier der Chef. Wahrscheinlich sollte dieser Oberzwerg gerade gekrönt werden, und Fiete hatte ihm die Tour vermasselt. Der Junge hatte kein gutes Gefühl bei dieser Sache.

Die Party war auf jeden Fall im Eimer. Die Bühne, die meisten Tische und vieles mehr lag als Kleinholz auf dem Boden. Das leckere Essen verdarb im Dreck, einige Fässer mit Wein sowie Bier waren beschädigt und liefen gerade plätschernd bzw. zischend aus. Die Party war zu Ende, bevor sie angefangen hatte. Und Fiete war schuld.

Genau genommen war natürlich die Hexenhütte an diesem Schlamassel schuld. Fiete hatte aber das ungute Gefühl, dass die Zwerge das anders sehen würden.

Bislang war Fietes peinlichstes Erlebnis der Moment gewesen, als er im Schwimmunterricht beim Sprung vom Dreimeterturm seine Badehose verloren hatte. Sie war auf den Boden gesunken, und der dicke Herr Matuschek, sein Sportlehrer, hatte ihn unter dem Gejohle der ganzen Klasse gezwungen, die ganze Stunde danach zu tauchen. Das war schlimm gewesen. Aber das hier war deutlich schlimmer. Wie gern würde er jetzt tauschen!

Plötzlich trat Rainald neben ihn und deklamierte feierlich:

»Ihr kennt die Prophezeiung, sie ist erfüllt. Höret und staunet:

Der Kaiser wird einst von oben schreiten, ohne zu gehen und ohne zu reiten.
Er ist gezeichnet vom Drachenfeuer,
stellt sich sogar dem Ungeheuer,
gesegnet vom Wasser des Heiligen Brunnen, sein Name ward tausendmal besungen.
Er nimmt seinen Thron flugs in Besitz,
da hilft gar nix.

Erkennet an den Auserwählten, den neuen Kaiser im Drachenberg!«

Fiete schaute Rainald fassungslos an. Was hatte der denn geraucht? Die Zwerge waren sich offensichtlich ebenfalls nicht im Klaren, was sie von dem Ganzen halten sollten. Sollte das etwa ein Witz sein? Wenn es einer war, dann war er nicht besonders gut. Nur einer fand die Aktion lustig.

Der ungekrönte Oberfestzwerg begann schallend zu lachen. Es handelte sich um Alberich, der gerade zum Kanzler ernannt werden sollte. Sein Lachen schallte schauerlich durch die Stille des Burghofes. Er war sauer. So richtig sauer, was man seinem gruseligen Lachen anmerkte.

Alberich drehte sich beim Lachen um sich selbst und bedeutete den Umstehenden einzustimmen. Das Lachen wirkte nun noch geisterhafter, da kaum jemand mitlachte, und wenn doch, dann nur sehr halbherzig.

Er hörte erst nach endlosen Sekunden auf, hob die Hand und donnerte lispelnd los: »Rainald, bift du daf? Der Fußabtreter von Maximilian? Na, wo fteckt denn dein Herr und Meifter?«

Rainald blieb cool und entgegnete mit pathetischer Stimme: »Friedrich IV., Kaiser im Berg, ist mein neuer Herr. Der tapfere Friedrich hat mit Kraft und Stärke die Hexe Kaukau und den bösen Maximilian besiegt.«

Die Reaktion auf diese Worte war enorm. Die ganze Zwergenschar stöhnte beeindruckt auf.

Alberich lachte dröhnend: »Was, diefe halbe Portion foll es mit der Hexe und mit Maximilian aufgenommen haben? Sind die beiden tot?«

»Das entzieht sich leider meiner Kenntnis. Wahrscheinlich noch nicht.«

Alberich wirkte etwas enttäuscht. Der Blick, mit dem er Fiete bedachte, hatte sich aber nun verändert. Er war deutlich weniger herablassend, eher abschätzend.

Mit wenigen Schritten hatte Alberich über einen Wehrgang die Hütte erklommen und stand nun direkt vor Fiete. Fiete musste schlucken. Der Oberzwerg, obgleich etwas kleiner als er selbst, wirkte aus der Nähe mächtig und gewaltig.

Fiete wollte erwidern, dass er eigentlich nur nach Hause wollte und bestimmt nicht der Auserwählte sei. Aber Alberich ließ ihn nicht zu Wort kommen.

Mit scharfen Augen beobachtete er Fiete: »Deine Haare find versengt, daf könnte in der Tat Drachenfeuer gewefen fein.«

Rainald räusperte sich: »Drakolovs Feuer!«

Ein Raunen ging durch die Menge. Zischend flüsterte Alberich Fiete zu: »Waf wird hier gefpielt? Du willst Drakolov entkommen sein? Du willst Maximilian und Kaukau besiegt haben? Oder steckft du mit Maximilian unter einer Decke? Der Thron ift feit Ewigkeiten verwaist, ich bin der Kanzler, wir brauchen keinen Kaiser. Wir brauchen DICH nicht!«

Fiete kam immer noch nicht zu Wort. Er hätte das Ganze gern erklärt, bekam aber keine Gelegenheit. Es war sowieso ungewiss, ob er ein Wort herausbekommen hätte.

Alberich sprach mit lauter Stimme weiter.

»Du bist ein Mensch, stammft alfo aus der Oberwelt, bift nicht geritten, nicht gelaufen.«

Wieder das Raunen, dieses Mal ein wenig lauter. Einige Zwerge und Zwerginnen fielen vor Aufregung in Ohnmacht, doch niemand achtete auf sie.

»Und du kamst durch das Haupttor«, fuhr Alberich fort.

Das Raunen wiederholte sich, und erneut kam es zu einigen Ohnmachtsanfällen.

»Aber …«, Alberich machte eine dramatische Pause, »bist du auch vom Waffer def Nadelbrunnens gesegnet?«

Ohne Vorwarnung sowie unter dem Aufschrei der Umstehenden zog Alberich sein Schwert und rammte es Fiete in den Magen. Der Junge hatte keine Chance zu reagieren und … blieb unverletzt. Alberich zog sein Schwert wieder heraus und erbleichte. Der Junge fasste sich an den Bauch. Da war keine Wunde. Alberich stieß noch einmal zu. »Daf kann doch nicht, daf darf doch nicht …«

Alberich durchbohrte den Jungen immer wieder mit dem Schwert. Es tat überhaupt nicht weh und hinterließ nicht einmal einen Kratzer. Dann versuchte der Zwerg, ihn zu köpfen. Auch das klappte nicht. Es war, als ob das Schwert durch Wackelpudding ginge.

Alberich wankte zurück und starrte mit bleichem Gesicht Fiete an. »Daf kann doch nicht wahr sein«, stotterte er. Fiete seinerseits war ebenfalls völlig sprachlos. Das war alles nicht zu begreifen.

Rainald stellte sich neben Fiete und rief mit lauter, feierlicher Stimme: »Huldigt Kaiser Friedrich!«

Alberich flüsterte leise: »Tausendfach besungen, Kaiser Friedrich!« Er brauchte noch einen Moment, aber dann kniete er vor Fiete nieder und überreichte ihm zähneknirschend als Zeichen der Unterwerfung sein Schwert. Alle anderen Zwerge, egal, ob Frau, Mann oder Kind, knieten ebenfalls nieder, zumindest alle, die noch nicht ohnmächtig auf dem Boden lagen.

Rainald trat zwei Schritte nach vorn und verkündete: »Es ist bewiesen. Die Prophezeiung ist erfüllt. Lang lebe Friedrich IV.!«

Ein Zwerg in roter Robe näherte sich unsicher und hielt ein samtenes Kissen in seinen Händen. Darauf lag eine wundervolle achteckige Krone aus Gold, geschmückt mit unzähligen Edelsteinen. Unter den hasserfüllten Blicken Alberichs setzte Rainald Fiete die Krone auf. Niemand klatschte, niemand sagte etwas. Fiete fühlte sich extrem unbehaglich.

Schließlich wurde die Stille durchbrochen. Der Wetterhahn der Hexenhütte meldete sich zu Wort. Er krähte: »Kikeriki, kikeriki, unser Kaiser ist wieder hie!«

Nach einigen Schocksekunden begannen die Zwerge zu jubeln, was das Zeug hielt. Fiete schaute sich um und strich sich verlegen durch das Haar. Neben ihm stand immer noch Rainald.

»Vielleicht brauchen Euer Majestät einen Leibdiener? Ich werde ein paar Kleinigkeiten aus der Hütte mitnehmen. Ich kann Euch nützlich sein, sehr nützlich.«

Fiete schaute Rainald an, der katzbuckelnd vor ihm stand, und sagte … gar nichts.

Kapitel 23

Heißhunger

Lautenberg kämpfte sich ächzend den Berg hinauf. Der Hang war voller Geröll und schwarzer, feuchter Erde. Sehr oft rutschte der schwere, ungelenkige Mann ab.

Pelle dagegen kletterte sehr gern. Er hatte gute Laune und freute sich über die Abwechslung. Und so sprang er immer ein paar Meter voraus, kehrte zu Lautenberg zurück, wedelte mit dem Schwanz und feuerte den Kommissar an.

»Schneller, kleines dickes Männchen! Du schaffst es!«

Lautenberg keuchte und hatte große Probleme, den Berg hinaufzukommen. Und dann sprang ihm andauernd dieser Hund vor den Füßen herum. »Pelle, aus! Du nervst! Ich gebe mein Bestes, klar? Und nenn mich nicht ›kleines dickes Männchen‹! Ich habe einen Namen.«

»Welchen Namen hat denn das kleine dicke Männchen?« Pelle hechelte ungeduldig und schaute Lautenberg mit seinem neugierigen Hundeblick an.

»Ich heiße Lautenberg!«

»Laut im Berg? Kleines dickes Männchen heißt Laut-im-Berg? Laut nicht gut, viele große Tiere hier! Haben große Zähne. Haben große Klauen. Besser Leise-im-Berg.«

Lautenberg schluckte die Antwort herunter. Der Hund hatte recht, hier sollte man nicht herumschreien. Wer wusste schon, wen oder was das anlocken mochte? Daher setzten sie nun schweigsam den Aufstieg fort. In gut zwanzig Minuten, so schätzte er, würden sie oben sein.

Plötzlich meldete sich der Hund zu Wort: »Hallo du, Laut-im-Berg, Laut-im-Berg, hallo! Pelle riecht Rauch! Rauch, nicht weit weg!«

»Rauch?« Lautenberg erinnerte sich flüchtig daran, dass er am Kyffhäuserdenkmal an einen Vulkanausbruch gedacht hatte.

Pelle wurde ganz unruhig. »Und Fleisch auf dem Feuer, gebratenes Fleisch! Hunger. Komm, schneller, Laut-im-Berg!«

Lautenberg war irritiert, folgte aber dem Hund, bis er schließlich hoch genug geklettert war, um sehen zu können, woher der Rauch kam. Er stieg von einem Lagerfeuer auf, das sich in etwa auf halber Höhe des Berges befand. Das Feuer brannte vor einer Höhle, deren Eingang mit Tierfellen verhängt war. Jetzt roch er auch, was der Hund schon lange gewittert hatte: gegrilltes Fleisch.

Lautenberg ging in Deckung: »Komm her, Pelle! Gefahr!«

Pelle gehorchte nur mühsam: »Fleisch, Fleisch. Keine Gefahr. Fleisch nicht böse. Fleisch gut gegen Hunger. Fleisch fleischig.«

Lautenberg hielt Pelle die Schnauze zu. Der blieb allerdings plötzlich von allein still, da er neugierig auf den Höhleneingang starrte. Dort bewegte sich etwas, was die Wachsamkeit des Hundes geweckt hatte.

Lautenberg überlegte, wer in diesem Lager wohl leben könnte. Gab es hier Steinzeitmenschen? Immerhin waren sie Zeitgenossen der Säbelzahntiger gewesen. Lautenberg verspürte wenig Forscherdrang in sich. Eine Begegnung mit Urmenschen erschien ihm wenig vorteilhaft zu sein. Er beschloss, sich zurückzuziehen.

Dieser Plan stieß allerdings bei Pelle auf wenig Gegenliebe, der nun seine kurzzeitige Zurückhaltung wieder aufgab. »Pelle will Fleisch. Kleines, dickes Männchen sein böse!« Zwischen den einzelnen Worten jaulte er auf. Angesichts des Lärms beendete Lautenberg seine Bemühungen, den Hund zum Rückzug zu bewegen. Dieser riss sich los und rannte zum Feuer.

Es war sowieso zu spät. Sie waren bereits entdeckt worden. Aus der Höhle trat ein Mädchen und schaute in ihre Richtung. Das war kein Urmensch. Sie war angezogen, wie ein Kind im 21. Jahrhundert angezogen sein sollte. Und … Lautenberg erkannte sie sofort.

Ihr Foto hatte wochenlang an seiner Pinnwand gehangen. Er hatte es oft betrachtet. Nie hätte er sich vorstellen können, das Mädchen lebendig zu finden, doch nun stand sie vor ihm, offensichtlich unverletzt und putzmunter. Als Lautenberg näher kam, lächelte sie ihn freundlich an und kraulte Pelle das Fell.

Kapitel 24

Dracheneizauber

Einige Stunden zuvor war Pelle noch mit anderen unterwegs gewesen: Frieda und Friedhelm.

Mühsam quälten sie sich durch das übel zugerichtete Tal im Kyffhäusergebirge. Schließlich waren sie dort angekommen, wo Fiete mit den Waschbären genächtigt hatte. Mit traurigen Augen schauten sie sich um. Die Bäume waren verkohlt, die Büsche verbrannt, selbst die Erde hatte geglüht. Es war nicht vorstellbar, dass Fiete oder die Waschbären dieses Inferno hätten überstehen können.

Pelle schnüffelte den Boden ab. Er fand den verkohlten Rucksack und knabberte an einem armseligen Überrest eines Schnitzelbrotes.

»Du hättest nicht mitkommen sollen«, meinte Frieda und betrachtete besorgt ihren Mann, »es strengt dich zu sehr an.«

Der Alte wehrte missmutig ab: »Mir geht es gut.« Und weil Frieda nicht überzeugt aussah, wiederholte er: »Mir geht es wirklich gut! Schauen wir lieber, wo der Junge abgeblieben ist.«

Aber auch er sah nicht so aus, als ob er daran glauben konnte, dass Fiete noch am Leben war.

»Was sollen wir nur seinen Eltern sagen?«, flüsterte Frieda mit bebender Stimme.

»Wenn sie überhaupt mitbekommen, dass der Junge nicht mehr da ist«, brummte Friedhelm.

Frieda wollte ihren Mann zurechtweisen, fand aber nicht die Kraft dazu. Schließlich sagte sie: »Du hattest recht, Drakolov treibt sich in der Oberwelt herum. Das hätte ich nie gedacht. Ich hätte dir glauben sollen.«

Friedhelm versuchte ein verständnisvolles Lächeln, was aber nicht gelang. Ein schiefes Grinsen war das Ergebnis. »Ach, ich war ja auch nicht wirklich eine Hilfe. Habe ich viel Unsinn geredet?«

»Weniger geredet. Mehr geschrien. Oder auch gesungen.«

»Ich war nicht mehr ich selbst, tut mir leid.« Der alte Mann ließ den Kopf hängen. »Aber ich machte mir doch solche Sorgen. Und nun hat sich alles bewahrheitet …«

Friedhelm konnte nicht mehr weitersprechen. Ein Weinkrampf schüttelte ihn. Frieda umarmte ihn, vermochte ihn aber dennoch nicht zu trösten. Sie waren einander so nah wie schon lange nicht mehr.

Plötzlich fing Pelle an zu bellen. Die beiden schreckten aus ihrer Umarmung auseinander und schauten sich um. Nur wenige Meter entfernt saß er: Drakolov.

Der Schwarze Drache hatte es sich bequem gemacht und starrte die beiden zynisch an. Es war unbegreiflich, wie sie ihn hatten übersehen können.

»Wie rührend. Wahre Liebe!«, ertönte seine schnarrende Stimme. »Ihr Menschen führt ein so armselig kurzes Leben, und was macht ihr damit? Ihr bindet es an eine einzige Seele. Wie traurig!«

Wütend wollte Frieda auf den Drachen losgehen. Mit letzter Kraft konnte Friedhelm sie aufhalten: »Das bringt doch nichts, Schatz!«

»Ja, hör auf deinen Mann! ›Das bringt doch nichts, Schatz!‹ Nun, mir bringt es vielleicht einen Zwischensnack.«

Gelangweilt klappte das Untier sein gewaltiges Maul auf, gähnte genüsslich und zeigte dabei seine furchterregenden Zähne.

»Was ist mit unserem Enkel? Was hast du mit ihm gemacht?« Das war Friedhelm, der nicht weniger wütend war als seine Frau. Jetzt war es an dieser, ihn zu beruhigen.

»Enkel? Ihr habt einen Enkel? Ach, bestimmt der schlaksige Bursche, der in Begleitung von diesen zwei Ratten hier genächtigt hat?«

»Sie sind Waschbären! Und gute Freunde!«

»Was auch immer.« Drakolov zuckte plötzlich zusammen und schaute nach unten. Sein Blick, seine ganze Haltung veränderte sich. »Ihr glaubt, ich habe ihn gegrillt? Wisst ihr was? Das ist egal. Alles ist egal in diesen Zeiten. Denn jetzt … grille ich euch! Sorry! Nicht meine Idee!«

Frieda und Friedhelm verschwanden in einer riesigen Flamme, ausgestoßen vom Schwarzen Drachen. Nach wenigen Sekunden war alles vorbei, und Drakolov flog mit traurigen Augen davon. Auf Pelle achtete er nicht.

Alles glühte und qualmte. Brennen konnte nichts mehr, da der erste Angriff des Drachens bereits alles Brennbare vertilgt hatte. Nur langsam legte sich der Rauch. Als die Sicht klarer wurde, erkannte man ein riesiges Ei, das sich genau an der Stelle befand, wo eben noch die beiden Alten gestanden hatten.

Das Ei glühte tiefrot und kühlte sich nur langsam ab. Schließlich begann es zu wanken, dann knackte die Schale. Es folgte noch ein Knacks und ein weiterer, bis das Ei schließlich aufbrach. Aus dem Ei schälte sich zunächst Friedhelm heraus, dann folgte Frieda.

»Der Dracheneizauber!«, japste Friedhelm, »ich bin beeindruckt. Und das ohne Zauberstab.«

»Na ja, nicht ganz«, meinte Frieda und steckte den Zauberstab ein, »aber der Dracheneizauber hat noch immer gewirkt.«

»Du bist noch so schnell wie früher«, meinte Friedhelm stolz und verzog das Gesicht zu einem Schmunzeln. Dieses Mal gelang ihm das Lächeln.

Frieda lächelte zurück. Da fiel ihr etwas ein, und sie blickte sich um. »Wo steckt Pelle?«

Nun wirkten beide besorgt und suchten die Umgebung ab. Es dauere eine Weile, bis Friedhelm etwas fand.

»Hier ist ein Stolleneingang, er ist verschüttet.«

Frieda eilte hinzu und prüfte den Boden: »Spuren!«

Jetzt sah Friedhelm es auch. Im aschebedeckten Boden waren deutlich Pfotenabdrücke zu erkennen, die in einer kleinen Lücke inmitten des verschütteten Stollens verschwanden.

»Pelle«, rief Friedhelm nach seinem Hund, »Pelle!« Doch es gab keine Antwort.

Friedhelm richtete sich auf und schaute seine Frau an. Sie weinte. Er nahm sie in den Arm und versuchte sie zu trösten: »Na ja, komm, er wird schon irgendwie in den Berg gekommen sein.«

Frieda schüttelte aber den Kopf und wischte sich die tropfende Nase am Ärmel ab. »Das ist es nicht«, meinte sie unter Tränen und hob etwas vom Boden auf. Es hatte direkt vor dem Schutthaufen gelegen, der den Gang verschüttet hatte. Auch Friedhelm erkannte sofort, was seine Frau da gefunden hatte: Fietes Armbanduhr.

Kapitel 25

Das Wiedersehen

Die Kerkertüren klickten auf. Luke war begeistert. Die Ratten hatten während ihrer Marmeladenschlacht brav noch ein paar Millimeter vom Boden abgenagt, sodass die Drudenfüße kaum noch erkennbar waren. Danach verschwanden sie. Sie schleppten sich mit vollen Bäuchen mühsam über den dreckigen Boden. Zurück blieben eklige Schleifspuren.

»Wir sind so satt, mögen kein Blatt«, stöhnten sie zum Abschied.

Luke trat aus seiner Zelle und war so richtig happy. Das war doch mal eine Flucht. »Vielleicht kannst du uns unsichtbar machen. Das wäre echt praktisch! Oder wenigstens einen Hot Dog herbeizaubern. Ich habe echt Hunger.«

Maria legte ihren Zeigefinger auf den Mund und bedeutete ernst, leise zu sein. Luke verstand, grinste aber immer noch. Vorsichtig schlichen sie zur eisernen Tür, hinter der sich die Turmtreppe befand. Keine Wachen. Maria kam das seltsam vor.

»Vielleicht sind die alle bei dem Fest«, flüsterte Luke. Als Maria ihn fragend ansah, ergänzte er: »Von meinem Fenster aus konnte ich so eine Art Party erkennen. Mit Kunststücken und Musik, die hatten auch so eine Art Erlebnispark, mit Karussell. Sah aus wie 'ne Hexenhütte oder so. War ziemlich weit weg. Aber war echt was los, ein Geschrei und Gejohle. Glaubste nicht.«

Maria zuckte mit den Schultern: »Gut für uns! Vielleicht lenkt es sie ab. Gehen wir weiter!«

Sie hatten den Ausgang erreicht. Eine gigantische, steinerne Wendeltreppe führte nach unten.

Luke hatte ein mieses Gefühl bei der Sache. »Mist! Hier willst du runter? Man kann ja nur wenige Meter weit sehen. Woher willst du wissen, ob die Luft rein ist?«

Maria lächelte und blätterte wieder in ihrem Buch. »Ob die Luft rein ist? Gute Idee! CRAS MINUS VENTI!«

Luke stutzte und verzog angeekelt die Nase.

»Was stinkt denn hier so erbärmlich? Warst du das?«

Maria flüsterte aufgeregt: »Das war mein Zauberspruch. Ich glaube, ich habe den Dreh immer besser raus.«

»Offensichtlich, ich gratuliere«, meinte Luke angewidert und hielt sich die Nase zu, »dafür hätten wir keinen

Zauberspruch gebraucht. Das ist genau die Marke meiner Stiefmutter.«

»Quatsch nicht, komm schon!«

Sie folgten dem ›Zauberwind‹ zwei oder drei Windungen der Treppe, als sie vor sich ein Schnauben und Husten hörten. Offensichtlich standen dort unten zwei Wachen.

»Warst du daf? Haft du hier gepupft?«

»Wer ef zuerst riecht, auf dem ef kriecht.«

»Daf ift ein total doofer Spruch! Den hat fich einer aufgedacht, der immer pupfen muffte.«

»Ich muff an die frische Luft!«

»Ich auch, ich auch!«

Luke und Maria hatten das Gespräch belauscht und grinsten.

»Krass«, meinte Luke flüsternd, »du hast den Weg freigepupst!«

»Los, weiter!«

Maria hatte recht. Eile war geboten, denn die Wachen konnten jeden Moment zurückkommen. Am Ende der Treppe erreichten sie einen Gang. Überall zweigten weitere Korridore ab. Die beiden waren unschlüssig, wohin sie sich wenden sollten.

»Für den Laden bräuchte man ein Navi. Ein paar Wegweiser täten es auch!«

Maria nahm Lukes Hand und zeigte nach rechts. »Komm, wir versuchen es in dieser Richtung!«

Das mit dem Händchenhalten gefiel Luke. Er grinste über beide Ohren. Maria ließ ihn aber sofort wieder los und stürmte vor. Der verdutzt dreinblickende Luke folgte mit einem nicht sehr intelligent wirkenden Lächeln.

Die Burg war weitestgehend zwergenleer. Manchmal lungerten an irgendwelchen Ecken Wachen herum, und ab und zu gingen andere Zwerge Streife. Da sich diese aber immer mit dröhnenden Stimmen unterhielten, war es nicht so schwierig, ihnen auszuweichen.

Viel schwieriger war es, den richtigen Weg zu finden. An manchen Fenstern befanden sich normale Scheiben, kein Zierglas. Luke und Maria versuchten sich anhand der Blicke aus solchen Fenstern zu orientieren, was nicht so gut klappte. Aber sie hatten schon das Gefühl, dass sie vorwärtskamen. Zumindest kamen sie Stockwerk für Stockwerk nach unten. Und unten musste der Ausgang sein. Darüber, was sie dort vorfinden würden, machten sie sich jetzt noch keine Gedanken.

Gefühlt waren sie Stunden unterwegs. Da draußen die Lichtstärke unverändert blieb, wussten sie nicht zu sagen, wie lange sie schon unterwegs waren. Eine Uhr hatten sie nicht dabei, und der Akku von Lukes IPhone war entladen, was er gar nicht witzig fand.

»Was wäre das für eine Instagram-Story!«

Maria zuckte mit den Schultern und ging weiter. Luke folgte und schmollte dabei ein bisschen. Ein wenig Mitgefühl hätte sie schon zeigen können.

Die beiden stießen auf einen ungewöhnlich kunstvoll verzierten Gang. Stuck und Ritterrüstungen schmückten Wände und Decke. Gold, Silber und diverse Edelsteine strahlten im Glanz riesiger Kronleuchter.

»Da!« Nun fasste Luke Maria an der Hand. Maria befreite sich aber sofort und zischte ihn an: »Was soll das denn?«

Der Junge wurde rot und stammelte: »Na ja, vorhin, da hast du doch ...«

Maria brach das Gestammel ab. »Vorhin war vorhin, und jetzt ist jetzt. Was wolltest du denn?«

»Ich wollte nur sagen, da ist der Ausgang«, murmelte Luke, ein bisschen verletzt. Aber er hatte recht: Am Ende des Gangs befand sich ein riesiges Tor. Das musste der Ausgang sein.

Maria freute sich. »Super gesehen, mein Held!« Sie gab Luke einen Kuss auf die Wange und lief auf den Ausgang zu. Luke zögerte einen Moment und folgte ihr dann. »Die macht mich fertig, Alter!«

Maria hielt plötzlich inne und erstarrte. Sie hatte etwas gehört. Luke wäre beinahe mit ihr zusammengestoßen, so plötzlich war sie stehen geblieben. Er schaute nach vorn. Das Tor öffnete sich, und eine große Schar fröhlich plappernder Zwerge betrat den Gang. Offensichtlich war das Fest zu Ende, und die Zwerge kehrten zurück. »So ein Pech aber auch!«, wimmerte Luke.

»Heul nicht rum! Lauf!« Kaum hatte Maria diese Worte ausgesprochen, spurtete sie bereits den Weg zurück, den sie gerade gekommen waren. Luke folgte ihr auf dem Fuß. Diesmal gab es keine Korridore oder Türen rechts und links, wohin sie hätten ausweichen können. Verstecken konnten sie sich auch nicht. Wenigstens hatten sie einen beträchtlichen Vorsprung. Aber sie waren bemerkt worden. Ein Zwerg trat aus der Menge und rief mit schriller Stimme: »Die Gefangenen find frei! Ritter aus alter Zeit, treue Vasallen def Kaisers, tut eure Pflicht!«

Die Ritterrüstungen, die an der Wand standen, wurden lebendig, zogen ihre Schwerter und kreisten Luke und Maria ein.

»Jetzt zaubere doch«, rief Luke, »pups sie voll oder so was!« Aber Maria unternahm erst gar keinen Versuch. Auf jeder Brustrüstung war ein Zeichen eingelassen. Ein Drudenfuß. Sie hatten keine Chance.

Inzwischen hatten die Zwerge sie erreicht und waren wütend, sehr wütend sogar. Ihr Anführer bahnte sich einen Weg durch die Menge. Es war Alberich.

»Mal fehen, wie euch mein Schwert schmeckt! Fo viele Auserwählte werden wohl heute hier nicht rumlaufen.«

»Mann, Alter, lass den Scheiß!«, rief Luke, als er sah, wie der offensichtlich sehr wütende Zwerg mit dem Schwert ausholte.

Auf einmal hörte man eine energische Stimme, die alles andere übertönte: »Stopp! Verschont die Menschenkinder! Der Kaiser will es so!«

Das war Rainald gewesen, der Maulwurfskobold. Alberich steckte sein Schwert ein. Man sah ihm an, dass er das nicht gern tat. Maria und Luke brauchten eine Weile, um sich von dem Schock zu erholen.

»Da haben wir ja nochmal Glück gehabt«, flüsterte Maria atemlos.

»Ja, aber hallo. Das kannste laut sagen. Dieser Kaiser ist cool. Ich bin echt ein Fan. Da kommt er ja!«, japste Luke erleichtert.

Die Menge teilte sich, und eine gekrönte Gestalt, etwas größer als die Zwerge, näherte sich Luke und Maria. Alle Zwerge verbeugten sich. Hinter dem Kaiser stolzierte in besonders vornehmer Haltung der Maulwurfskobold einher, der jetzt sehr pathetisch forderte: »Verneigt euch vor dem Kaiser beider Reiche im Drachenberg, Friedrich IV.!«

Luke und Maria wollten sich gerade vor ihrem Retter verneigen, da stutzte Luke.

»Fiete? Bist du das?«

Kapitel 26

Grexelbeck

Kelber kam zu sich. Der Säbelzahntiger hatte ihn offensichtlich nicht gefressen. Er saß in einer schaurigen Höhle, halb an die Wand gelehnt und immer noch mit heruntergelassener Hose.

Es war beinahe stockdunkel. Wenig Licht drang von rechts in den Höhlenraum, in dem er sich befinden musste. Alles tat ihm weh. Nur mit Mühe gelang es ihm, sich die Hose anzuziehen. So hatte er sich sein Abenteuer nicht vorgestellt.

Die Schmerzen waren erträglich. Anscheinend hatte er sich nicht ernsthaft verletzt. Am bedrückendsten war die Dunkelheit, die ihn umgab. Kelber suchte seine Taschenlampe, doch offenkundig hatte er sie nicht mehr bei sich. Sie musste verloren gegangen sein, als das Biest ihn hierher verschleppt hatte. Aber warum lebte er noch? Warum hatte der Tiger ihn nicht gefressen?

Ein schlurfendes Geräusch schreckte Kelber auf. Etwas bewegte sich in der Dunkelheit. Panische Angst ergriff ihn. Was war das?

Feurige Augenpaare, vier, fünf, nein, mindestens sechs, bewegten sich auf ihn zu. Das sah nicht gut aus, alles andere als gut sah das aus. Wo war bloß seine Pistole? Er griff in die Tasche. Nichts. In die andere. Auch nichts. Neben ihm lag etwas. Da war sie. Gott sei Dank!

Er richtete die Waffe auf die sich nähernde Gefahr. Sechs Schuss hatte er noch. Silberkugeln, wie sie sein Urgroßvater gegen Drachen empfohlen hatte. Jetzt kam er sich dumm vor, nicht an Ersatzmunition gedacht zu haben. Gegen die meisten Monster in dieser Höhle hätte wohl normale Munition gereicht.

Die Augenpaare näherten sich langsam. Jetzt konnte man auch allmählich die schemenhaften Umrisse der Tiere erkennen. Säbelzahntiger! Die Hauer waren nicht zu übersehen, dennoch war etwas anders.

Die Tiger wirkten sehr klein, beinahe niedlich. Es waren anscheinend Jungtiere. Kelber ließ erleichtert die Waffe sinken, was ein Fehler war. Einer der kleinen Säbelzahntiger sprang vor und vergrub seine Zähne in Kelbers Bein. Der Biss war nicht gefährlich, aber er schmerzte dennoch. Aufschreiend feuerte er auf das Tier, das aber rechtzeitig weggesprungen war und nicht verletzt wurde.

Der Blitz und der Lärm des Schusses vertrieben die Angreifer, zumindest vorerst. Kelber vermutete, dass sie bald zurückkommen würden. Er musste hier weg, und das sofort.

Mühsam gelang es ihm, sich aufzurichten und sich langsam vorwärts in Richtung des schwachen Lichts zu bewegen. Er musste vorsichtig gehen, aber er würde es schaffen. Er musste es schaffen. Bis zum Ausgang war es nicht weit.

In diesem Moment begann die Felswand zu seiner Rechten zu leuchten. Kelber wich entsetzt zurück. Was war das denn für eine neue Teufelei? Die Dunkelheit füllte sich mit Licht.

Die Höhlenwand vor ihm leuchtete in orange-gelb-weißlichem Licht immer heller auf. Die Umrisse einer menschenähnlichen Gestalt wurden als Schatten erkennbar. Mit einem knarrenden Laut schob sich ein hässliches Gesicht aus der Wand. Eine dicke Nase wurde sichtbar. Anschließend erschienen wulstige Lippen, große Augen und ein unnatürlich weit aufgerissener Mund.

Kelber blieb an Ort und Stelle. Seine Beine wollten weglaufen, aber das taten sie nicht. Fasziniert und dabei gleichzeitig von Grauen erfüllt, schaute er zu, wie sich aus dem Gestein eine seltsame Kreatur vollständig herausschälte. Das Wesen wirkte schmierig und widerlich, es trug eine dreckige, grüne Hose und ein zerrissenes braunes Lederhemd. Die Haut war gelblich und schorfig. Zottiges schwarzes Haar rundete die verlotterte und widerlich riechende Gestalt ab.

Die Erscheinung war ekelerregend und grauenvoll zugleich. Kelber hielt sich die Nase zu, der Geruch war wirklich kaum zu ertragen. *Nur nicht zurückweichen, keine Angst zeigen,* dachte er bei sich, als die Gestalt unbeholfen zwei Schritte auf ihn zu wackelte. Nun, da sie sich durch die Wand gekämpft hatte, setzte sie sich einen Hut auf. Dieser war viel zu klein, aber an seiner Spitze befand sich eine leuchtende Kugel. Offensichtlich diente sie als Lampe.

Die Kreatur brauchte einen Moment, um sich zu sammeln. »Oh, Grexelbeck tut hassen Felswandtarnung«, brabbelte das seltsame Wesen. Dann streckte es einen ekligen Finger aus und deutete auf die Pistole. »Du

Zauberer?« Die Stimme klang krächzend und seltsam verzerrt, als ob man sie im Telefon hören würde. Kelber reagierte nicht.

»Du Zauberer?«, wurde die Frage wiederholt.

Kelber schaute verwundert auf die Pistole, dann verstand er.

»Damit kann ich töten«, meinte er nur.

Sein Gesprächspartner war nicht zufrieden. »Töten? Mit Blitz und Donner?«

Kelber nickte: »Mit Blitz und Donner!«

Das war wohl die richtige Antwort. Ein zufriedenes Grinsen ergoss sich über das verkrustete Gesicht. »Ich Grexelbeck. Grexelbeck, Grexelbeck.« Bei jeder Nennung seines Namens sprang das seltsame kleine Männchen auf und nieder, dann drehte es sich im Kreis. Es war nicht sehr groß, höchstens anderthalb Meter. Grexelbeck wirkte allerdings trotzdem kräftig, obgleich er sehr dünn war. Mit der merkwürdigen Leuchtkugelmütze erinnerte Grexelbeck aber ein wenig an … »Bist du ein Zwerg?«, fragte Kelber.

Das Männchen schrie auf, dann spuckte es auf den Boden. »Ih, Zwerge, Zwerge garstig. Hässlich, widerlich. Nicht so angenehm und hübsch wie Schlammkobolde. Schlammkobolde schlau und intelligent. Schlammkobolde anmutig. Zwerge, pfui. Zwerge sind Dreck zwischen Backen, mit denen man sitzt.«

»Und … du bist ein Kobold?«

»Ja, oh ja. Grexelbeck ist Kobold, Schlammkobold Grexelbeck ist.« Dabei führte er sein Tänzchen auf.

»Und ich habe findet Zauberer mit Donnerstab! Oh, Boss wird das mögen. Boss wird Grexelbeck mögen. Er immer sagt, sucht neuen Hauptmann. Neuer Hauptmann muss was draufhaben. Und du kannst zaubern! Und groß du sein. Das gut sein! Grexelbeck wird neuer Hauptmann. Gute Sache das sein.«

Kelber blickte noch nicht ganz durch, bemerkte aber, dass die Säbelzahntiger erneut auftauchten. Das beunruhigte ihn. »Gut, dann bring mich zu deinem König!«

Grexelbeck schaute erst erschrocken, dann grinste er und kicherte schließlich wie ein kleines Kind. »Boss sein Kanzeler, nicht Königer. Kanzeler hier sein. Aber bald ... Bald ist er Kaiserer ... hi, hi, hi!«

»Nun gut, dann halt zum Kanzler!«

»Ja, ist gut, ist gut.« Grexelbeck freute sich, dass der Zauberer mit dem Donnerrohr so bereitwillig mitkam. Es passierte wohl nicht oft, dass jemand freiwillig mit zu den Schlammkobolden ging.

»Fass Grexelbecks Bauch an! Den Bauch! Los! Fass ihn an! Schöner Bauch, gut anfassen du kannst.« Grexelbeck hatte mit diesen Worten sein schmutziges Hemd hochgezogen.

Skeptisch betrachtete Kelber den Bauch. Hier war der Kobold besonders verkrustet und eklig. Ein penetranter Käsegestank ging von dieser Körperregion aus.

»Warum jetzt genau?«, fragte Kelber zögerlich nach. Er wollte den Kobold dort nicht ohne Grund anfassen.

»Oh, du keine Angst haben brauchst. Transport mit Bauchzauber, ganz schnell, ganz sicher.«

Kelber schaute sich um und bemerkte, dass inzwischen Mama Säbelzahntiger auf ihn lauerte. Da war das Berühren dieses Ekelbauches wohl das geringere Übel. Kaum hatte seine Hand den glitschigen und gleichzeitig krustigen Bauch berührt, da spürte er, wie ein Schmerz von seinen Ohren ausgehend in alle Extremitäten fuhr. Es fühlte sich an, als hätte ihn eine riesige Hand am Kopf gepackt, die ihn umherschleuderte. Die Umgebung drehte sich schneller und schneller. In einem kleinen Tornado zischten Mensch und Kobold aus der Höhle. Wie in einer Momentaufnahme sah Kelber den verdutzten Blick der Säbelzahntigerin und zweier ihrer Bälger, als ihre sicher geglaubte Beute aus der Höhle wehte.

Er war gerettet, aber dieser Trip war furchtbar. Durch die ständigen Kreisbewegungen wurde Kelber übel.

Und es wurde immer schlimmer, da Grexelbeck die Geschwindigkeit enorm erhöhte sowie ab und zu urplötzlich die Richtung wechselte. Nach endlosen Sekunden waren sie schließlich am Ziel angekommen.

Kelber fiel auf den Boden und übergab sich herzhaft. Grexelbeck wartete geduldig und schaute interessiert zu. Er schien sogar Spaß an diesem Schauspiel zu haben.

»Ah, Zauberer kann herbeizaubern Essen. Riecht lecker. Esse ich später.«

Kelber schaute auf, um zu prüfen, ob der Kobold das ironisch meinte. Offensichtlich nicht. Grexelbeck holte gerade eine metallene Dose aus einer kleinen Umhängetasche und schickte sich an, das Erbrochene einzupacken. Es war richtig eklig. Kelber schüttelte sich und musste erneut würgen. Es fehlte nicht viel, und er hätte sich noch einmal erbrochen. Er konnte aber den Brechreiz gerade noch unterdrücken. »Wo sind wir hier?«

»Ah ja, richtig, du nicht weißt. Hier ist Big Burg von Big Boss, Kanzeler vom Kahlen Land.«

Kelber runzelte die Stirn und schaute sich um. Das tat er einerseits, um nicht dem Treiben des Kobolds folgen zu müssen. Grexelbeck füllte nämlich immer noch seine Brotdose auf und naschte nebenbei wohl auch gleich ein bisschen. Andererseits war hier weit und breit keine Burg zu erkennen, nicht einmal eine Hütte. Nur Felsen und Steine, Steine und Felsen.

»Aber hier ist nichts!«, murmelte Kelber, eher zu sich selbst.

Grexelbeck, der diese Bemerkung gehört hatte, reagierte belustigt.

»Weil du hinschaust nicht richtig! Schau auf die Felsen! Die Felsen.«

Kelber brauchte eine Weile, bis er es sah. Tatsächlich. Das war keine Felswand vor ihm, sondern eine perfekt getarnte Burg. Offensichtlich konnte sie sich im Fels verstecken. Grexelbeck stieß einen lauten Pfiff aus, und die gesamte Felswand vor ihnen verwandelte sich. Sie erstrahlte in dem weißlich-orange gefärbten Licht, das Kelber bereits kannte. Wie vorhin der Kobold aus der Höhlenwand schälte sich aus diesem nun eine ganze Burg heraus.

»Festung Linderhöh!«, krächzte Grexelbeck feierlich. Wobei – so feierlich hörte es sich nun auch wieder nicht an, aber Kelber war dennoch beeindruckt.

»Wie geht das?«

Überall erkannte man nun, was vorher verborgen geblieben war: Mauern, Zinnen, Türme, Tore und mehr. Die Kunst der Tarnung war bei diesem Bauwerk bis zur Perfektion getrieben worden. Außerdem lag offenbar Magie über diesem Ort.

»Wir Schlammkobolde sein. Erde, Fels und Schlamm sein unsere Heimat, sein unser Schutz! Tarnungszauber nicht einfach sein. Boss kann. Grexelbeck auch. Aber nicht viele so schlau sein tun. Festung Linderhöh uns gerettet vor Zwergen, als Kacke dampfte.«

»Festung Linderhöh«, wiederholte Kelber flüsternd und grinste. Und die Schlammkobolde suchten einen Hauptmann? Langsam entwickelte sich die Geschichte so, wie er sich das vorgestellt hatte. Hauptmann auf der Festung Linderhöh? Das wäre doch mal ein Job.

Kapitel 27

Ein Bankett

»Alter, krass, du hast die Bude gerockt! Und wie du die Bude gerockt hast!« Luke knabberte bei diesen Worten an einer riesigen Hähnchenkeule. Zu Ehren von Fietes Herrschaftsantritt wurde ein gewaltiges Bankett gegeben. Essen ohne Ende, und das war genau Lukes Ding.

Fiete saß am Kopfende der längsten Tafel, die besonders festlich geschmückt war. Maria saß zu seiner Linken, Luke rechts. Rainald stand als Leibdiener des Kaisers direkt hinter ihnen und bediente sie. Fiete wollte, dass er sich dazusetzte, aber der Maulwurfskobold hatte sich mit aller Kraft dagegen gewehrt.

»Und der olle Zwerg konnte dich mit dem Schwert nicht verletzen?«, fragte Luke ungläubig. Er kriegte sich gar nicht wieder ein.

»Nein, das ging einfach nicht.« Fiete wurde verlegen, das Thema war ihm unangenehm. Er hatte daher keine Lust, weiter darüber zu sprechen. Lieber wollte er noch mehr von Lukes Abenteuern hören.

Bislang hatten sie nur wenig Gelegenheit gehabt, sich zu unterhalten. Von Maria wusste er so gut wie nichts. Sie konnte irgendwie zaubern, das hatte er mitbekommen. Und er hatte den Eindruck, dass Luke auf sie stand. Aber sonst?

Es war ihm beispielsweise noch nicht klar geworden, wie die beiden überhaupt in diese Höhle gekommen waren. Also erzählten sie endlich von ihren eigenen Erlebnissen, die unglaublich waren. Vor allem Marias Zauberkünste beeindruckten Fiete sehr.

Währenddessen war die Party voll im Gang, es war ein rauschendes Fest. In schimmernden Reihen saßen Dutzende und Aberdutzende von herausgeputzten Zwerginnen und Zwergen. Ketten, goldene Ringe an Fingern, Ohren und Nasen sowie wertvolle Pelze zierten jede und jeden von ihnen. Und es wurde gegessen, was das Zeug hielt. Alle Gäste schaufelten Unmengen an Fleisch, Gemüse und Kartoffeln in sich hinein.

Immer, wenn ein Tisch leer getafelt war, warfen die Gäste alles in die Mitte: Knochen, benutztes Geschirr, was auch immer. Dann kamen zwei kräftige Diener, zogen das mittlere Tischbrett heraus und trugen alles weg. Kurz darauf schoben zwei andere Diener ein neues Brett mit frischen Speisen und Getränken hinein. Dann konnte der Schmaus weitergehen. Gabel und Messer gab es nicht, man aß entweder mit der Hand oder löffelte die Suppen.

Inzwischen hatten Maria und Luke ihre Erzählung beendet. Das Mädchen schaute sich um: Ihr war gerade etwas aufgefallen. Sie kannte den Saal. Hier waren sie gefangengenommen worden, als Maria sie aus dem oberirdischen Schloss nach unten gezaubert hatte.

Fiete erriet ihre Gedanken. »Wenn ich das richtig verstanden habe, dann habt ihr euch aus dem verzauberten Schloss direkt in diesen Saal herunter gezaubert.«

»Wir nicht, nur Maria.« Luke strahlte das Mädchen an. »Die hat auch die Bude gerockt.« Maria wurde verlegen und versetzte Luke einen Stoß. Dabei wippte ihr Pferdeschwanz. Fiete betrachtete diese Bewegung neugierig, sie erinnerte ihn an etwas. »Kennen wir uns nicht?«

Maria schaute etwas verlegen drein und wandte sich einer riesigen Schüssel Suppe zu.

»Und wieso kann sie zaubern?«, fragte Fiete Luke, da Maria dermaßen viel Suppe in ihren Mund löffelte, dass sie sicher nicht würde antworten können.

Bevor der Berliner aber antwortete, tauchte Maria aus ihrer Suppenschüssel auf und nuschelte mit vollem Mund: »Das Zaubern liegt mir wohl im Blut. Ein bisschen habe ich auch von Oma gelernt. Vielleicht kann ja jeder zaubern, der das Buch hat.«

»Nee, das klappt nicht. Habe ich auch erst gedacht, nachdem ich das Zwergenschloss plötzlich sehen konnte. Damals, als ich das Buch das erste Mal aufgeklappt habe. Später habe ich ein paar Sprüche getestet. Nichts ist passiert.« Luke hatte einfach so losgeplappert. Jetzt zog er den Kopf ein und schaute Maria schuldbewusst an.

»Wann hast du denn das gemacht?« Marias Blick war eher belustigt als streng.

»Na ja, als du auf dem Klo warst. Bevor die Fresserei hier losging. Ich hatte noch den Marmeladenzauber im Kopf. Wäre ja cool gewesen, wenn ich auch hätte zaubern können. Hätte ich mir aber denken können. Du hattest ja erzählt, dass du schon bei deiner Oma ein paar Tricks konntest.«

Maria lächelte: »Als Kind dachte ich, das wären wirklich nur Tricks. Wie aus einem Zauberkasten für Kinder.«

Fiete dachte gerade, dass Maria eine deutlich nettere Hexe war als Kaukau. Rainald schenkte ihm in diesem Moment Ananassaft nach.

»Danke, Rainald, das ist nett von dir«, sagte Fiete zu dem Maulwurfskobold. Dieser wackelte nervös mit seiner Nase und zog sich verlegen zurück. ›Bei dem hat man sich auch noch nicht so oft bedankt‹, dachte Fiete und wandte sich Maria zu, die gerade eine Frage von Luke zu beantworten schien.

»Na ja, minutenlang in eine Kerzenflamme greifen, ohne Schmerz zu empfinden. Eine Katze zum Schweben bringen.«

»Eine schwebende Katze? War wohl keine Jungfrau da?« Luke grinste.

»Und dann ging alles schief. Das meiste verstehe ich bis heute nicht. Die Zwerge und meine Oma hatten offensichtlich so eine Art Pakt. Die Zwerge nutzten das verzauberte oberirdische Schloss, und Oma half ihnen.«

»Wozu brauchten die Zwerge denn dieses oberirdische Schloss? Die Bude hier ist doch viel cooler!« Luke runzelte die Stirn.

Maria zuckte die Schultern. In diesem Moment räusperte sich Rainald und schaute Fiete bedeutungsvoll an. »Ja, Rainald?«, fragte Fiete nach.

»Wenn Euer Majestät erlauben, es ist so …« Bei diesen Worten deutete der Maulwurfskobold mit dem Kopf auf den Nachbartisch, wo erneut das Mittelbrett ausgetauscht wurde.

Fiete und Luke verstanden nicht, Maria hingegen schon: »Die putzen ganz schön was weg. Meinst du, das bauen die alles in dieser Höhle an, bei dem Licht hier unten? Und ihr trinkt gerade Ananassaft!«

Fiete blieb der Mund offen stehen. »Die Zwerge handeln mit der Oberwelt?«

Maria nickte: »Offensichtlich. Ich weiß nur nicht wie.«

Rainald räusperte sich.

»Mein Gott, Rainald, wenn du was weißt, spuck's aus!«

»Nun, mit Eurer Erlaubnis! Es ist so, dass die Großmutter der gnädigen Frau sowie die Großeltern Eurer Großherzigkeit dabei halfen.«

Fiete fragte verblüfft: »Meine Großeltern?«
Maria wirkte nicht weniger verdutzt: »Meine Oma?«
Rainald nickte bedeutsam. »Hexen sind perfekte Verwalter und eine gute Tarnung.«
»Was ist los? Hexe? Meine Oma ist eine Hexe?« Fiete ließ seinen Saftbecher fallen. Rainald wischte sofort die verschüttete Flüssigkeit auf und nickte.
»Womit haben die Zwerge denn gehandelt?« Luke schien Fietes Erschütterung nicht weiter zu kümmern.
»Na ja, Diamanten, Gold, Medizin.«
»Medizin? Was denn für Medizin?«
»Vor allem Kopfschmerzmittel: Aspirin, Paracetamol, Ibu … alles hier unten erfunden.«
Fiete beobachtete, wie ein besonders dicker Zwerg einen riesigen Humpen Met hinunterkippte.
»Dass die Zwerge sich mit Kopfschmerzen auskennen, ergibt auf jeden Fall Sinn«, meinte er grinsend, »aber, dass da meine Großeltern mit drinstecken, kann ich kaum glauben.«
»Es ist wichtig. Die Oberwelt darf nichts von dem unterirdischen Land wissen. Und wenn die Zwerge genug zu essen haben, lassen sie die Oberwelt zufrieden«, meinte Rainald etwas oberlehrerhaft.
Maria stocherte seit einer Weile in ihrem Salat herum: »Bei meinem letzten Besuch bei Oma … na ja. Sie hat eine Menge von dem angedeutet, was Rainald gerade erzählt hat.« Maria blickte nach unten. Offensichtlich wollte sie Tränen verbergen.
Luke beugte sich vor: »Was ist denn? Hast du was Scharfes gegessen? Da musst du Milch trinken.«
Fiete bedeutete dem Grünhaarigen mit einer Handbewegung, dass er sich zurückhalten solle. Luke verstand das dann auch irgendwann. Maria rang immer noch um Fassung. Ein paar Augenblicke vergingen. Keiner sagte etwas. Schließlich wagte Fiete einen Versuch: »Du hast ihr nicht geglaubt?«

»Hättest du den Quatsch geglaubt? Zwerge, verzaubertes Schloss, die Zwerge sind auch noch Spezialisten für Kopfschmerzmittel? Die ursprünglich gar nicht von Bayer oder so kommen, sondern aus einer gigantischen unterirdischen Höhle, bewohnt von Drachen und anderen Fabelwesen? Das letzte Gespräch war ja auch schon in der psychiatrischen Klinik. Das hat auch nicht geholfen.« Luke nickte ein wenig zu deutlich und zu lange: »Das verstehe ich gut.«

Maria blickte auf und wollte ihn schon anfahren, aber sie musste lächeln. Da er sich so anstrengte, sensibel zu wirken, hatte sein Gesicht einen eher dummen und einfältigen Ausdruck angenommen.

»Und wieso konnte ich das Schloss zuerst nicht sehen und dann doch?«, fragte Luke schnell nach.

»Mmh, das ist eine gute Frage. Ich schätze, man muss schon einmal hier gewesen sein oder einen Gegenstand aus dem unterirdischen Reich bei sich tragen.«

»Das Buch, die Buchseite!", platzte Luke heraus. Dabei riss er seine Augen weit auf.

Maria lächelte und ergänzte: »Dann sieht man alles, was von hier stammt. Vorher nicht. Stimmt das?«

Sie schaute bei den letzten Worten fragend Rainald an, der wohlwollend nickte.

Fiete war nachdenklich geworden. »Und wieso konnte ich dann diesen Drachen sehen?«

Maria und Luke schauten sich ratlos an. Rainald räusperte sich wieder: »Euer Majestät müssen etwas bei sich tragen, was von hier unten stammt.«

Fiete durchsuchte zweifelnd seine Taschen und fand den Knopf von Fips' Hose. Jetzt erinnerte er sich wieder an die erste Begegnung mit dem Waschbären und an seinen Sturz. Dann lächelte er. Luke grinste zurück und schlug Fiete auf die Schulter: »Gut gemacht, du alter Knöpfedieb!«

Auch Rainald lächelte: »Ein mächtiger Zauber. Nur Eingeweihte können sehen, was ihr nun auch sehen könnt. Der Zauber, der auf dem oberirdischen Schloss liegt, wirkt sogar jetzt noch. Der Drachenangriff hat verheerend gewirkt, aber das Zwergenschloss blieb verborgen und unbeschädigt. Selbst das blaue Drachenfeuer blieb ohne Wirkung.«

Die drei Jugendlichen starrten den Kobold an und fragten gleichzeitig nach: »Drachenangriff?« Rainald kam aber nicht mehr dazu, das zu erklären, denn das Fest neigte sich dem Ende zu. Einige Zwerge lagen bereits auf dem Boden und schnarchten furchterregend. Andere tanzten auf den Tischen, und einige junge Zwerge übergaben sich ein wenig abseits des Festes. Es war höchste Zeit, zu gehen. Die drei nickten einander zu und standen auf.

Luke grinste: »Faustregel: Kotzt ein Zwerg, statt dass er frisst, dann wird es Zeit, dass man sich verpisst.«

Maria blickte Luke tadelnd an. Der Berliner versuchte schuldbewusst zu wirken, was ihm aber völlig misslang. Er grinste immer noch. Eigentlich grinste er schon den ganzen Abend ununterbrochen. Luke war wie aufgekratzt. Fiete rang sich ein müdes Lächeln ab, als ihn Luke erwartungsvoll anschaute: »Toller Spruch, Luke, ganz toll!«

Es war wirklich höchste Zeit zu gehen. Luke, Maria und Fiete waren sehr, sehr müde. Wenn sie Rainald richtig verstanden hatten, dann warteten hier wunderbar weiche Himmelbetten mit extrem flauschigen Daunendecken auf sie. Sie freuten sich auf die wohlverdiente Ruhe.

»Na ja, schlechter als die letzte Bude, die wir hier hatten, wird es wohl nicht sein. Hauptsache, es hängt kein Gerippe in der Ecke ab«, meinte Luke und gähnte. Fiete fiel noch eine letzte Frage ein: »Ich habe es immer noch nicht verstanden. Warum genau seid ihr beiden eigentlich hier unten?«

Luke schaute Maria ernst an, die den Blick erwiderte und nickte. »Sie sucht hier jemanden. Genau wie ich.«

Fiete schwieg verblüfft. Rainald kam hinzu und schickte sich an, voranzugehen, um ihnen den Weg in ihre Gemächer zu zeigen. »Übrigens«, wandte er sich an Maria, »wie gewünscht wurde Euer Pferd versorgt. Es stand, wie Ihr sagtet, vor dem oberirdischen Schloss. Es hat jetzt einen schönen Platz im Kaiserlichen Marstall.«

»Pferd?« Jetzt erkannte Fiete Maria und dachte an den wippenden Pferdeschwanz. »Du bist die Reiterin aus dem Wald! Du hast mich fast über den Haufen geritten.«

Maria schaute verlegen aus. Sie wollte gerade etwas zu ihrer Entschuldigung vorbringen, da unterbrach Luke sie. Der Grünhaarige schlug Fiete auf die Schulter. »Schwamm drüber. Maria kann man nichts übelnehmen, so hübsch, ich meine, so nett, wie sie ist. Und du hast ja nun dank Maria einen enormen Karriereschub hinter dir.«

Fiete schaute Luke verwundert an und rieb sich nachdenklich die Stirn. So hatte er die Sache noch gar nicht betrachtet.

Kapitel 28

Boss & Hauptmann

Grexelbeck wurde von seinen Kameraden am Eingangstor von Linderhöh, der Festung der Schlammkobolde, ausgesprochen unfreundlich empfangen.

Das große Eingangstor wurde nur sehr zögerlich und dann auch nur einen Spaltbreit geöffnet. Zwei schwerbewaffnete Schlammkobolde zwängten sich heraus. Sie wirkten größer und kräftiger als Kelbers Begleiter und damit auch brutaler und fieser. Sie trugen ähnliche Kleidung wie Grexelbeck und ebenfalls solch einen merkwürdigen Hut. Auch bei ihnen prangte an der Spitze jeweils eine leuchtende Kugel.

»Grexelbeck, du schon hier? Zu früh! Du Wache im Säbelzahntal. Du sollten großem Säbelzahn Beute klauen.«

»Genau, Säbelzahntal«, ergänzte der zweite, »Strafdienst! Strafdienst du haben.« Mit diesen Worten schlug der Wachkobold mit seiner schweren Keule donnernd gegen das Tor. Er wirkte etwas enttäuscht, Grexelbeck wiederzusehen.

»Oh, ich das tun. Ich genau das tun. Und besser: Ich wichtigen Zauberer gefindet. Boss muss das wissen!«

Die beiden Wachen glotzten ungläubig Kelber an und schnüffelten.

»Der da? Riecht eher nach Säbelzahnfutter«, meinte der Erste.

Der Zweite war ebenfalls misstrauisch: »Zauberer, du sagen? Kann sein oder kann nicht sein. Ist aber bestimmt auch gutes Koboldfutter. Griesebeck ist hungrig.«

Grexelbeck stampfte ungeduldig mit seinem rechten Fuß auf. »Wir alle hungrig, wir alle Futter nötig brauchen. Brauchen Zwergenfutter und Futterzwerge. Zauberer kann uns helfen. Muss Boss sprechen! Sieh nur, kann Essen herbeizaubern.«

Dabei fuchtelte Grexelbeck mit seiner Büchse herum, in der er Kelbers Erbrochenes aufbewahrte. Griesebeck und sein Kumpel waren allerdings noch nicht überzeugt.

»Mensch ist Säbelzahnfutter, kann kein Zauberer sein. Sonst wäre Mensch kein Säbelzahnfutter«, meinte Griesebeck schlau und grinste verschlagen, »du Strafdienst. Drücken du dich willst.«

»Genau«, ergänzte Griesebecks Kumpan, »drücken du dich willst.«.

»Oder kann Zauberer zaubern?«, hakte Griesebeck nach.

Während Grexelbeck immer missmutiger den Einwänden der Wachen lauschen musste, stieß die letzte Idee bei ihm auf ungeteilte Zustimmung: »Ja, das sein gute Idee, Griesebeck spricht Wahrheit, obwohl er so dumm sein wie Popowarze. Zauberer soll zaubern.«

Dann drehte sich Grexelbeck zu Kelber um und fauchte ihn an: »Los! Zaubern! Jetzt! Dann wir zu Boss gehen! Sonst du Koboldfutter.«

Kelber schaute etwas verlegen drein. Er wusste nicht so recht, wie er dem Wunsch nach einem Zauberkunststück nachkommen sollte. Natürlich könnte er einen Schuss abfeuern, die Munition wollte er sich aber eigentlich aufsparen.

»Los! Zaubern! Wollen zu Boss!«, wiederholte Grexelbeck seine Forderung. Um seinem Ansinnen Nachdruck zu verleihen, fauchte er hemmungslos. Es folgten weitere Geräusche. Das Fauchen wurde von unbändigem Knurren, Spucken und Bellen abgelöst. Grexelbeck stand offensichtlich extrem unter Druck und wurde entsprechend ungeduldig. Nun fletschte er sogar seine fauligen Zähne.

Die anderen beiden Kobolde leckten sich die Lippen und fingen an zu grinsen: »Wenn kein Zauberer, dann fressen!«

»Oh ja, fressen! Am besten gleich, dann durch drei teilen.«

»Wieso durch drei? Grexelbeck hat Strafdienst. Nur zwei Portionen!«

»Stimmt! Durch zwei teilen, mehr für uns. Ist doch mehr, oder?«

»Nicht genau weiß. Drei sein doch mehr als zwei.«

»Egal, Grexelbeck Strafdienst!«

Die beiden Wachkobolde hatten sich entschieden, weder Kelber noch Grexelbeck zu glauben. Es winkte eine leckere Mahlzeit. Das war wohl das überzeugendere Argument. Sie schwangen ihre Keulen und kamen bedrohlich näher. Kelber musste handeln. Es half ja alles nichts. Schon hatte er seine Pistole gezogen, da fiel sein Blick auf die leuchtenden Kugeln an den Spitzen der Hüte. Mit der Linken griff er in seine Hosentasche, nahm ein Feuerzeug hervor und betätigte es. Aus seiner Hand erschien die kleine Flamme des Gasfeuerzeuges.

Die Wirkung war verblüffend: Die zwei Koboldwachen wichen ängstlich zurück, stolperten übereinander und fielen zu Boden. Grexelbeck versteckte sich vorsichtshalber hinter einem großen Felsbrocken. Er wagte es jedoch, aus seinem sicheren Versteck heraus die Flamme zu beobachten. Die anderen beiden Kobolde lagen nur flach auf dem Boden und trauten sich nicht, aufzublicken.

»Feuer! Er hat Feuer macht. Mit der Hand! Er ein Feuerzauberer?«, staunte Griesebeck. Er wirkte verängstigt und zugleich enorm beeindruckt.

Grexelbecks Bedenken, die angesichts des Zögerns von Kelber, ein Zauberkunststück zu zeigen, aufgekommen waren, schienen verflogen. Er zeigte ein widerliches, aber offensichtlich sehr zufriedenes Grinsen: »Gut gemacht. In der Tat. Gut gemacht. Ab zum Boss!«

»Grexelbeck muss zurück auf Wache, wir Zauberer bringen!«, schlug Griesebeck vor. Er war aufgestanden und zeigte ein hinterhältiges Grinsen.

»Oder ich allein!«, meinte der Dritte, »weiter Weg, nicht gut für euch, ich mich opfern!«

Grexelbeck kreischte plötzlich los wie ein wildgewordener Derwisch: »Ihr mir nicht Zauberer wegnehmt!«

Todesmutig stürzte sich Grexelbeck auf die beiden, um das Ganze mit einer Prügelei auszudiskutieren. Er schlug, biss und trat, was das Zeug hielt. Die beiden Wachkobolde blieben Grexelbeck nichts schuldig. Es entwickelte sich eine bemerkenswerte Schlägerei. Die Fetzen flogen, und Blut spritzte. Grexelbeck hielt sich überraschenderweise sehr ordentlich. Die beiden Gegner bekamen ihn einfach nicht gebändigt. Kelber war von dem kleinen Kobold durchaus beeindruckt und schaute eine Weile fasziniert zu, bis es ihm irgendwann reichte: »Aufhören, ihr dummes Gesindel! Oder ich verwandle euch in Ratten! Ihr seid nur mieser Dreck unter meinen Füßen!«

Er hatte den richtigen Ton getroffen. Die Kobolde hörten augenblicklich auf. Sie warfen sich sogar vor Kelber auf den Boden. Kelber hatte sich keinen Moment zu spät eingemischt. Die drei Schlammkobolde sahen übel zugerichtet aus. Griesebeck hatte ein Auge verloren, der Arm seines Kumpans schien ausgerenkt zu sein. Vielleicht war er auch gebrochen. Bei Grexelbeck hing das rechte Ohr nur noch an einem Hautfetzen. Es war ein Wunder, dass es noch nicht abgefallen war. Das schien den Kobold aber nicht weiter zu bekümmern. Er klatschte das Ohr einfach an seinen Kopf. Seltsamerweise hielt es.

»Darf ich bringen Zauberer zum Boss? Boss brauchen Zauberer. Und vielleicht ich werden Stellvertreter vom Boss. Vielleicht ich werden Hauptmann. Guter Job! Muss man nicht fressen faulig Fraß.«

Zauberer vom Boss? Oder Hauptmann?, dachte Kelber bei sich. *Das gefällt mir!* Es war natürlich für Kelber keine Frage, wer hier Hauptmann werden würde. Diese einohrige Missgeburt sicher nicht. Aber das musste man ihm ja noch nicht gleich auf die Nase binden, zumal diese blutete.

Daher nickte er Grexelbeck gnädig zu, der einen Jubelschrei ausstieß und den anderen beiden seine eklige Zunge herausstreckte, die von einem wachsartigen, an Plaque erinnernden Belag bedeckt war. Die beiden Wachkobolde waren wütend, trauten sich nun aber nicht mehr, zu widersprechen. Mit hängenden Köpfen machten sie den Weg frei. Grexelbeck schnappte sich die Brotdose, steckte sie sorgsam in seine Tasche und führte Kelber in das Innere der Festung.

Die Gänge, Räume und Säle der Koboldfestung waren in ein mildes, weißes Licht getaucht, das aus Kristallen sowie Leuchtkugeln an den Wänden und Decken stammte. Es waren die gleichen Kugeln, die Grexelbeck an seinem Hut trug, nur größer. Sehr viele Kobolde trugen eine solche Kopfbedeckung.

Der Boden bestand aus Lehm und war angenehm zu begehen. Das war aber auch das einzig Angenehme hier. Insgesamt war es sehr ungemütlich. Es stank ziemlich, und aus allen Ecken und Enden kamen widerliche Geräusche. Es wurde geschrien, gestöhnt, gehackt, geschlagen, geschnitten, gejault und geschimpft.

Die gesamte Festung war völlig überfüllt. Fast jede Ecke war belegt. Kobolde, wohin das Auge blickte: Große, Kleine, Weiber, Kerle, Wachen … Elend herrschte allerorten. Alle Kobolde wirkten zerlumpt und ausgehungert. Mager waren sie. Alle! Einige wirkten wie lebendige Gespenster, nur noch Knochen und Haut. Kelber kannte solche Bilder nur aus dem Fernsehen, aus Hungergebieten.

Kleine Koboldkinder leckten alte Knochen ab, ausgehungerte Weiber rührten kalte Suppen in riesigen Kesseln. Das dort zubereitete Essen stank ekelhaft und sah nicht sehr einladend aus.

Kelber kam es vor, als sei er in der Hölle gelandet, allerdings in einer kalten. Denn es war erstaunlich kalt, geradezu frostkalt. Das war auch kein Wunder, denn der frierende Kelber konnte nichts entdecken, womit man hier heizte. Es gab keine Kamine oder Öfen. Offensichtlich nutzte man hier kein Feuer, was die Reaktion der Kobolde am Tor auf sein Feuerzeug erklärte.

Kelber hatte inzwischen keine Gelegenheit mehr, sich umzusehen. Sein Erscheinen verursachte erhebliches Aufsehen. Schon bald wurden Grexelbeck und er von einer beachtlichen Anzahl an Kobolden begleitet.

Grexelbeck nahm sich sehr wichtig. Er genoss es, dass er es war, der den Gast zum Boss geleiten durfte. Als sich dann noch etliche Schlammkoboldweiber dazu gesellten, schien der Übermut von Grexelbeck keine Grenzen zu kennen. Die Frauen der Kobolde unterschieden sich äußerlich von den Männern vor allem hinsichtlich ihrer Kleidung. Sie trugen auf dem Kopf anstelle des Leuchtkugelhutes meist ein Stickhäubchen, was einen seltsamen Kontrast zu ihrem ansonsten verwahrlosten Erscheinungsbild darstellte.

Der Weg, den Kelber und Grexelbeck nahmen, führte durch unzählige Gänge und Säle. Überall sah man das gleiche Elend. Kelber fragte sich, wie Grexelbeck sich in diesem Labyrinth zurechtfinden konnte. Das schien aber kein Problem zu sein. Mit traumwandlerischer Sicherheit geleitete er den Menschen durch die Festung. Inzwischen war die Zuschauerzahl enorm angewachsen. Sie mussten sich mühsam einen Weg durch ein sehr enges Spalier aufgeregt tuschelnder Kobolde bahnen. Dennoch verlor Grexelbeck nie die Orientierung. Er schien cleverer zu sein, als er aussah.

Schließlich waren sie an ihrem Ziel angekommen, einem besonders großen Saal. Bei diesem handelte es sich zwar ebenfalls nur um einen Höhlenraum, allerdings hatte dieser gewaltige Ausmaße. Die Zahl der leuchtenden Kristalle und Kugeln überstieg das Vorstellbare, sodass der Raum im Gegensatz zur übrigen Festung üppig beleuchtet war. Am Ende des Saales befand sich eine große Plattform. Ein paar Meter davor warf sich Grexelbeck flach auf den Boden und rührte sich nicht mehr. Alle anderen Kobolde, die mitgekommen waren, taten es ihm gleich.

Kelber drehte sich einmal um sich selbst und betrachtete verwundert die Situation. Da war er nun. Er stand in diesem merkwürdigen Saal, umgeben von einem Haufen widerlicher Kobolde, die alle flach auf dem Boden lagen.

Unwillkürlich musste er lachen. Obwohl die Kobolde von ihm schallend ausgelacht wurden, rührten sie sich nicht. Sie blieben unheimlich still. Das beunruhigte Kelber, daher hielt er lieber wieder den Mund.

Plötzlich ertönte ein lauter Gongschlag. Die Kobolde gingen in die Hocke und begannen einen rituellen Singsang. Dabei bewegten sie sich rhythmisch hin und her. Der Gong ertönte ein zweites Mal, und die Kobolde bewegten sich nun vor und zurück. Dann kam der dritte Gong. Der Singsang der Kobolde endete abrupt. Eine unglaubliche Gestalt erschien auf der Plattform wie in einem King-Kong-Film: der Boss!

Kelber erbleichte und ging instinktiv einen Schritt rückwärts. Dabei trat er auf einen der Kobolde. Der beklagte sich jedoch nicht, vielmehr zitterte er vor Angst, und er hatte allen Grund dazu. Der Boss war gewaltig. Haut, Kopf und Körper glichen zwar denen der anderen Schlammkobolde, aber er war viel größer als seine Untertanen. Der Oberkobold maß locker über zwei Meter, und aus dem wulstigen Maul ragten gewaltige Reißzähne. Sie mussten mindestens zwanzig Zentimeter lang sein. Bei jedem Schritt schlug sich der Koboldanführer mit seinen enormen Fäusten dermaßen kraftvoll auf die Brust, dass es donnerte. Ein grandioser, aber auch furchterregender Auftritt. Er stellte sich in der Mitte der Bühne auf und inspizierte seine Kobolde, die sich nun wieder flach auf den Boden legten. Sie unterwarfen sich wortwörtlich. Der Boss ließ seinen finsteren Blick durch den Saal streifen. Es schien alles in seinem Sinn zu sein, sodass er zufrieden grunzte und sich Kelber zuwenden konnte. Er betrachtete den Menschen neugierig.

Kelber hatte sich in der Zwischenzeit nicht gerührt. Während der Boss ihn mit seinen Blicken scannte, beschlich ihn das Gefühl, den Oberkobold beeindrucken zu müssen. Also nahm er sein Feuerzeug hervor und betätigte es. Als das Flämmchen brannte, stöhnten viele Kobolde in Kelbers Nähe auf. Der Boss verzog jedoch keine Miene. Er betrachtete einfach weiter seinen Gast und wartete.

Kelber war unschlüssig. Was war nun zu tun? Kelber zog die Pistole und schickte sich an, in die Luft schießen. In diesem Moment hob der Boss die Hand. Kelber ließ die Pistole sinken.

Der Anführer der Schlammkobolde kam näher und setzte sich lässig auf den Rand des Podestes. Nach einer gefühlt endlosen Pause begann er schließlich zu sprechen. Seine Stimme war überraschend sanft, sie wirkte warm und sympathisch. »Wir haben Besuch! Bezaubernd! Wirklich bezaubernd! Aber verschwende deine Munition nicht, Menschlein! Wir können sie vielleicht noch gebrauchen. Schön, dass du da bist. Ich freue mich, nach so vielen Jahren von einem Menschen besucht zu werden. Es ist wirklich lange her. Schreibt Fontane noch diese wundervollen Romane?«

Kelber schaute etwas konsterniert, antwortete dann aber: »Fontane? Theodor Fontane? Fontane ist tot, glaube ich, nein, bestimmt. Der ist seit hundert Jahren tot. Also, mindestens.«

Der Boss lehnte sich zurück und atmete tief ein: »Hundert Jahre, wirklich? Wie die Zeit vergeht! Schade! Ich mochte seine Bücher, besonders ›Effi Briest‹. Was habe ich geweint, aber naja. Es kann sein, dass wir etwas von Kultur und Literatur abgeschnitten sind, seit das Reich geteilt ist. Früher bekam ich über das Zwergenland immer die besten Bücher aus der Oberwelt. Goethe war sogar einmal persönlich bei mir zu Gast. Na ja, wo war Goethe nicht? Trotzdem, wir sollten eine Plakette anbringen. Er mochte meinen Pudel Mephisto.«

Kelber schwirrte der Kopf. Das alles lief hier ganz anders als gedacht. Der Boss beugte sich vor und sprach sehr leise weiter. Nur Kelber konnte seine Worte verstehen: »Meine kleinen, dummen Untertanen halten dich für einen Zauberer! Um das Ganze abzukürzen: Wir beide wissen, dass das nicht stimmt.« Kelber wurden die Knie weich, und er ging in die Hocke. Der Boss richtete sich auf und lächelte liebenswürdig, sofern das bei einem so abstoßenden Gesicht möglich war.

»Mach dir keine Gedanken. Ich fresse dich nicht. Zumindest vorerst nicht. Bestimmt wirst du nützlich sein. Und es wird dein Schaden nicht sein. Vermutlich zumindest. Sei nicht so enttäuscht! Und dein Feuerzeug brauchen wir auf jeden Fall. Ganz sicher. Lagerfeuer, Fackeln, all das vermissen wir doch sehr, seit der Handel mit den Zwergen zu Ende ist und wir keine Streichhölzer mehr bekommen. Die meisten meiner Kobolde können sich an diese Zeit gar nicht mehr erinnern. Sie leben nicht sehr lange. Aber nun wird alles anders. Wie lautet denn eigentlich dein Name, Menschlein?«

Kelbers Antwort war kaum zu hören, nur ein Hauch kam aus seinem Mund. Der Koboldchef lächelte amüsiert.

»Wie war das?«, fragte er ermunternd nach. »Du brauchst keine Angst zu haben. Ich habe es doch bereits gesagt: Ich fresse dich nicht.«

»Kelber.« Diesmal kam die Antwort etwas lauter.

Der Boss überlegte. »Ich kannte einmal einen Menschen, der so hieß. Er ließ die große Pforte mit so einem merkwürdigen Bauwerk versperren. Er nannte es wohl … wie hieß es noch einmal, ah, ich weiß: Denkmal.«

»Das war mein Urgroßvater!«, flüsterte Kelber.

»Du sprichst so leise. Wiederhole das bitte!« Der Boss beugte sich erneut vor.

»Mein Urgroßvater war das.« Der Boss grinste und genoss die Neuigkeit.

»Tatsächlich? Der Enkel kehrt zurück. Wie hinreißend!«

»Urenkel!«, korrigierte Kelber und versuchte dabei, selbstsicherer zu wirken.

Doch der Boss wischte diese Bemerkung weg wie eine lästige Fliege. »Aber was machst du denn hier unten, Urenkel Kelber?«

Jetzt wurde Kelber munter. Er spürte die hasserfüllte Energie, die ihn seit Jahren antrieb. Er spürte die Wut und den Zorn, die ihn hierhergeführt hatten. Sein Kopf lief rot an, und mit lauter werdender Stimme schimpfte er los: »Weil die Welt dort oben so verkommen ist. Verlottert und verkommen. Die Menschen haben vergessen, was Demut und Schmerz bedeuten. Sie sitzen vor ihren Smartphones, Fernsehgeräten und Computerspielen, ahnungslos und unwert. Durch Schmerz finden sie zu ihrem wahren Wesen, als Herrscher der Welt. Die Drachen … äh … und Kobolde werden gemeinsam mit denen herrschen, die es wert sind …«

Der Boss unterbrach mit einer Handbewegung den Wortschwall. Er wirkte sehr zufrieden: »Herzallerliebst! Ein Psychopath! Du bist ein Psychopath. Großartig. Genau das, was ich brauche. Du hast keine Ahnung, was hier abläuft, wie? Aber gierig bist du. Gierig nach Macht, nach Gewalt. Eitel bist du auch. Du willst kaputtmachen, was dich kaputtmacht. Oh ja, du wirst sehr nützlich sein, und du erhältst großen Lohn. Hiermit ernenne ich dich zu meinem Hauptmann. Ich gratuliere!«

Ein enttäuschter Seufzer ertönte hinter Kelber. Das war wohl Grexelbeck. Aber das interessierte den Menschen nicht und den Boss erst recht nicht. Kelber wurde rot im Gesicht und rang sich ein schiefes Lächeln ab.

Erneut grinste der Boss über das ganze hässliche Gesicht und entblößte dabei sein furchtbares Gebiss. Er erhob sich, forderte Kelber auf, sich neben ihn zu stellen, und wandte sich an die Kobolde: »Ihr miesen Schleimbeutel! Ruft das Heer zusammen! Wir haben einen neuen Hauptmann! Lasst den Krieg beginnen!«

Alle Kobolde erhoben sich und jubelten verhalten. Der Boss schaute sie unzufrieden an und ergänzte seine Rede: »Ich führe euch in das Land der grünen Wälder, mit sauberem Wasser und gesunden Tieren. Fressen ohne Ende!«

Jetzt jubelten alle Schlammkobolde ausgelassen und ließen den Boss und seinen neuen Hauptmann hochleben. Nur Grexelbeck stand mit verschränkten Armen abseits und hatte Tränen in den Augen. Das störte im allgemeinen Jubeltumult aber keinen.

»Du warst doch bei der Reichswehr?«, raunte der Boss Kelber zu.

»Ich war bei der Bundeswehr. Man nennt die Reichswehr jetzt Bundeswehr!«

»Wirklich? Lustiger Name.«

»Äh, Boss, und wenn ich gar nicht in den Krieg ziehen will?«

»Oh, das wäre ein Problem. Ich will die Rote Burg erobern, und da brauche ich für die zweite Front am Süderturm jemanden, der nicht völlig verblödet ist. Das sind meine Untertanen aber leider alle.«

Kelber wirkte unsicher. Er wusste nicht, was er von diesem Job zu halten hatte. Eigentlich war er ja hergekommen, um ihn anzunehmen. Nun erschien ihm die Nummer plötzlich doch sehr waghalsig.

»Wenn du dich weigerst, dann fresse ich dich«, ergänzte der Boss in liebenswürdigstem Ton und legte seinen Arm um Kelbers Schulter. Jetzt wusste Kelber, was er davon zu halten hatte, und stimmte zu.

»Großartig!« Der Boss strahlte und sah zu, wie Hunderte von Schlammkobolden auf seinen Befehl hin ausschwärmten.

Kapitel 29

Lagerfeuer

Lautenberg saß an einem gemütlichen Lagerfeuer und konnte immer noch nicht fassen, was er hier sah. Neben Pelle, der gerade einen mächtigen Haufen Fleisch gierig verschlang, saß Lina. Lina!

Das vermisste Mädchen saß da, als wäre nichts gewesen, und nagte vergnügt an einem Kotelettknochen. Sie war putzmunter und, wie es schien, völlig unverletzt. Woher das andere Mädchen stammte, das neben Lina saß, war ihm schleierhaft. Von einer weiteren Vermisstenmeldung eines Kindes hätte er doch gehört. Das zweite Mädchen war etwa in Linas Alter, hatte braune Haare, trug Zöpfe und wirkte ebenfalls ziemlich zufrieden.

Am meisten wunderte sich Lautenberg aber über die letzte Gestalt, die am Feuer saß. Das war kein Mensch. Das Wesen war vollständig mit Federn bedeckt und etwas kleiner als die Mädchen. Es hackte mit seinem hühnerförmigen Schnabel im Essen herum. Auch die Füße und Beine erinnerten an ein Huhn.

Lautenberg hatte ein Stück Fleisch in die Hand gedrückt bekommen, aber noch nicht einmal hineingebissen. Pelle bemerkte das und unterbrach die Stille: »Laut-im-Berg kein Hunger? Ich nehm' gern. Kein Problem. Wir schaffen das!«

Lautenberg riss sich vom Anblick des seltsamen Wesens los und biss eine kleine Ecke ab, was Pelle mit enttäuschtem Blick zur Kenntnis nahm.

»Also, du bist ein Polizist?«, fragte Lina.

»Ja, bin ich«, antwortete Lautenberg, »mein Name ist Joachim Lautenberg.«

»Laut-im-Berg ist nettes Herrchen«, schmatzte Pelle vor sich hin.

»Du bist Lina! Und du bist?«

»Ich heiße Martha«, antwortete das zweite Mädchen. In Lautenbergs Erinnerung regte sich etwas, aber er kam nicht darauf. So fragte er weiter: »Und das da ist …?«

»Bitzelbeck, ich bin Bitzelbeck. Hühnerkobold! Und jetzt, wo wir das geklärt haben, könntest du vielleicht aufhören, mich so anzustarren. Ich bin doch kein fliegender Dackel.«

Lautenberg hätte vermutlich einen fliegenden Dackel eher akzeptiert als einen Hühnerkobold. Aber das behielt er lieber für sich. Nur, was in aller Welt war ein Hühnerkobold? Mutter Huhn, Vater Kobold? Das konnte man doch nicht fragen, oder?

Somit hielt der Kommissar es für passender, Lina anzusprechen. »Ich habe dich überall gesucht, oben. Du wirst seit Wochen vermisst. Was ist passiert? Deine Stiefmutter macht sich große Sorgen.«

Lina spuckte ungalant auf den Boden. »Die dicke Kuh kann mir gestohlen bleiben. Die ist doch schuld, dass ich abgehauen bin. Hier unten schlägt mich wenigstens keiner.«

Lautenberg reagierte überrascht. »Sie hat dich geschlagen?« Lina nickte, sagte aber nichts weiter dazu.

»Warum hast du dir keine Hilfe gesucht?«, fragte der Kommissar.

»Hab' ich doch! Martha und Bitzelbeck haben mir geholfen. Hier unten lebt es sich ganz gut. Zumindest, wenn man solche Freunde hat.« Bei diesen Worten lächelte Lina.

»Ich meinte, warum bist du nicht zurückgekommen und zur Polizei gegangen?«, hakte Lautenberg nach.

»Ich konnte nicht zurück. Drakolov war hinter mir her und ist es immer noch.«

»Ich verstehe nur die Hälfte. Wer ist Drakolov? Und hier lebt es sich bestimmt nicht ›ganz gut‹. Wie soll man hier überleben können?« Lautenberg schaute sich skeptisch um.

Andererseits, dafür, dass die ganze Gegend depressiv wirkte, schien es hier wirklich recht nett zu sein. Es gab eine gemütlich aussehende Höhle und davor ein paar Beete. An einer zwischen zwei Felsen gespannten Leine trockneten ein paar Wäschestücke.

»Nun, Bitzelbeck und Gerobur kümmern sich rührend um uns. Sie sind die besten Freunde, die man sich wünschen kann. Und bestimmt habe ich es hier besser als bei Viola. Als ich einmal vergessen hatte, die Küche sauber zu machen, hat sie zur Strafe meinen Wellensittich mit dem Staubsauger aufgesaugt.«

Lautenberg schwieg verblüfft. Sympathisch hatte die Frau nun wirklich nicht gewirkt, aber einen kleinen Vogel mit einem Staubsauger zu quälen? Das hätte er ihr nicht zugetraut.

»Sie hat ihn getötet?«

»Oh nein, er hat es überlebt. Ich habe ihn aus dem Staubsaugerbeutel retten können. Aber nett war es trotzdem nicht.«

»Nein, das war es wohl nicht. Und wer ist dieser Gerobur?«

»Oh, da kommt er gerade. Am besten, du bleibst ruhig sitzen, dann passiert dir schon nichts.«

Lina und Martha schauten einander belustigt an, so, als ob es gleich etwas zu sehen gäbe. Lautenberg drehte sich um und prüfte, ob jemand den Berg hochkäme. Doch da war niemand.

»Du musst nach oben schauen!«, half Martha und freute sich diebisch.

Lautenberg blickte nach oben. »Ähh, was zum …« Es haute ihn von den Socken. Ein riesiges Tier flog direkt auf ihn zu. Ungläubig erstarrte Lautenberg. Das war ein Drache. Ein *Drache!* Das Untier sperrte sein gewaltiges Maul auf und brüllte. Der Lärm, den es machte, war gewaltig. Das Maul war mit Dutzenden scharfer Zähne bestückt. Überhaupt war die Gesamterscheinung des Monsters unglaublich. Die riesigen Flügel abgespreizt, strahlte der beschuppte und massige Körper ungeheure Kraft aus. Im Inneren des Mauls loderte feurige Glut.

Lautenberg kauerte sich furchtsam auf den Boden und starrte mit aufgerissenen Augen den Drachen an. Pelle sprang auf, schnüffelte am Kommissar und bellte dann wütend den Drachen an: »Wuff, lass das! Zu viel für kleines, weinendes Männchen! Gerobur, lass das!«

Martha lächelte verschmitzt und ging zu Gerobur hinüber, der es sich gerade unweit des Feuers bequem machte.

»Wir haben Besuch?«, fragte dieser das Mädchen. »Was will der hier? Hat Pelle ihn mitgebracht?«

Pelle hatte sich inzwischen beruhigt. Nachdem er sich vergewissert hatte, dass sein neues Herrchen nicht weinte, wedelte er zum Drachen hinüber und begrüßte ihn.

»Hallo Gero! Warum du brüllen? Kleines weinendes Männchen jetzt wie Packung Hundefutter. Nervt!«

»Tut mir leid, Pelle!« Der Drache senkte schuldbewusst den Kopf.

Martha begann den Drachen zu streicheln und zu kraulen. »Es war ja klar, dass irgendwann jemand von oben kommen würde, um uns zu suchen. Mach dir keinen Kopf! Und außerdem: Angst hätte er sowieso bekommen.«

Der Drache schaute Martha mit traurigen Augen an: »Der da hat dich gesucht? Gehst du mit ihm zusammen zurück?«

»Nein, nein. Was soll ich da oben? So, wie ich jetzt bin. Aber mir ist noch nicht so ganz klar, warum du diese Show abgezogen hast. Warum musstest du den armen Mann dermaßen erschrecken?«

Gerobur wackelte verlegen mit seinem Kopf. Er wirkte nun gar nicht mehr furchterregend, sondern freundlich und gutmütig. Lautenberg fühlte sich an einen Elefanten erinnert. Der Drache brummte verlegen und murmelte dann: »Nur ein kleiner Spaß. Menschen erschrecken sich immer so schön. Gestern ist einer umgefallen.«

»Mach dir nichts draus«, meinte Lina zu Lautenberg, »das hat er bei mir auch gemacht. Und vielleicht habe ich mich damals auch ein kleines bisschen erschreckt. Aber nur ein kleines bisschen.«

Gerobur und Lina lachten. Martha stimmte jedoch nicht in das Lachen ein, sondern beendete abrupt die Liebkosung des Drachens.

»Was soll das heißen: ›Gestern ist einer umgefallen?‹ Bist du in die Oberwelt geflogen? Du hattest mir versprochen, das nicht zu tun!«

Gerobur schaute Martha schuldbewusst an. »Tut mir leid, aber es sind jetzt überall so viele Ausgänge. Das gab es schon lange nicht mehr. Das ist soooo verlockend!«

Aber Martha ließ sich nicht besänftigen. »Du weißt, wer die geöffnet hat und auf wessen Befehl! Das geht gar nicht, Freundchen!«

Gerobur wiegte unruhig seinen Körper hin und her, hörte nun aber auf, sich zu entschuldigen. Er hatte eingesehen, dass es nicht so viel brachte.

Lautenberg hatte die ganze Zeit dem Gespräch gelauscht. Kapiert hatte er kaum etwas. Aber das, was er verstanden hatte, reichte ihm. Er setzte sich so plötzlich auf, dass nun alle anderen erschraken, sogar der Drache.

»Dann bist du für die ganzen Brände verantwortlich, und die verschwundene Kuhherde hast du auch gefressen!« Lautenbergs Augen blitzten voller Zorn, er war in seinem Element.

»Nicht aufregen, kleines Laut-im-Berg-Männchen!« Das war Pelle, der besorgt um Lautenberg umherstrich. »Nicht aufregen und dann umfallen wie Sack Pferdefutter. Gerobur ist gut, nicht böse. Grillt keine Menschen. Auch nicht Herrchen oder Frauchen oder so. Frisst vielleicht mal eine Kuh, aber nichts kaputtmacht er tut.«

Gerobur brummte unzufrieden und richtete sich auf. Lautenberg ging vorsichtshalber ein paar Schritte zurück. Trotz seines offensichtlich friedlichen Wesens wirkte der Drache furchterregend. Den Vorwurf Lautenbergs ignorierte er und wandte sich seinem Freund Pelle zu: »Was ist mit Friedhelm und Frieda?«

Der Hund schniefte: »Gegrillt sind sie. Alle drei. Drakolov hat sie getötet.«

»Drei, wieso drei?«

»Na, Frauchen, Herrchen, junges Herrchen. Das sind drei.«

Gerobur schüttelte betrübt den Kopf: »Alle tot? Das ist furchtbar!«

»Du willst mir doch nicht weismachen, dass da draußen noch ein Drache sein Unwesen treibt?« Lautenberg war empört. Wie konnte ihn jemand für so dumm halten?

Martha packte mit ungewöhnlich harter Hand den Kommissar am Arm: »Hör mal gut zu, mein Junge! Hier unten ist eine Welt, von der du so gut wie gar nichts weißt. Ich kenne sie seit Jahrzehnten, und ich weiß immer noch so wenig. Es gibt Dutzende Drachen in dieser Höhle. Die meisten schlafen, aber nur ein einziger zerstört in der Art und Weise, wie du es beschrieben hast. Und eins kann ich dir sagen: Gerobur war es nicht.«

Lautenberg schaute dem kleinen Mädchen in die Augen. Wovon redete sie? Seit Jahrzehnten kenne sie diese Welt hier unten? Mit zwölf? Er schaute Martha in die Augen. Das waren nicht die Augen einer Zwölfjährigen. Sprache, Stimme, Erfahrung … das war kein Kind.

»Wie geht das?«, stammelte er unsicher.

Die Frage wischte Martha mit einer Handbewegung weg. Sie konnte jetzt nicht antworten, vielmehr musste sie selbst ihre Gedanken ordnen: »So wie es aussieht, hat sich Drakolov mit Frieda und Friedhelm angelegt.«

»Oder umgekehrt!«, meinte Gerobur. »Ob sie eine Chance hatten?«

»Wenn sie eine hatten, dann haben sie die genutzt. Sie sind doch mit diesen Waschbären befreundet, Fips und Fops. Wir müssen bei ihnen nachfragen, ob sie vielleicht etwas wissen.«

Martha stand auf und begann ein paar Sachen zusammenzusuchen. Lina und Lautenberg schauten sich fragend an. Lina zuckte nur mit den Schultern. Offensichtlich schnallte sie ebenso wenig wie der Kommissar.

Bitzelbeck hatte während des gesamten Gespräches nachdenklich am Feuer gesessen. Es schien so, als ob ihn das Ganze nicht wirklich interessierte. Doch jetzt wurde er auf etwas aufmerksam. Er stand auf und lauschte in die Ferne. Bald hörten es die andern auch.

Erst ganz leise, dann immer lauter ertönte von weit her ein gewaltiges Brüllen und ein schaurig anzuhörendes, rhythmisches Schlagen aus Hunderten von Trommeln.

Martha schaute beunruhigt den Hühnerkobold an. Bitzelbeck begriff, was Martha von ihm wollte, drehte sich blitzschnell um sich selbst und verschwand in einem kleinen Tornado.

Lautenberg versuchte, nicht erstaunt zu wirken. Es klappte nicht, aber mittlerweile hatte er sich daran gewöhnt. In den letzten Stunden hatte er eigentlich im Minutentakt ein dummes Gesicht gemacht. Deshalb fragte er nun nicht mehr nach, setzte sich stattdessen hin und nahm noch einen Bissen von seinem Fleisch, was Pelle missmutig beobachtete. Nach wenigen Minuten kehrte Bitzelbeck zurück.

»Das sieht nicht gut aus!«, keuchte er. »Der Boss hat den Krieg begonnen!«

Martha runzelte die Stirn. »Dann hat er einen neuen Hauptmann. Sonst würde er den Angriff nicht wagen. Das hat er von langer Hand vorbereitet: die geöffneten Pforten, Drakolovs Angriff auf das Schloss, die vielen Attacken in der Oberwelt, und nun der Krieg! Wir müssen mit Fips und Fops reden. Wenn Frieda noch lebt, dann brauchen wir sie.«

Pelle hechelte glücklich: »Oh ja, Frauchen lebt noch?«

Bitzelbeck zuckte mit den Schultern: »Hoffen wir es, wir können jetzt jede Hilfe gebrauchen. Die Zwerge werden nicht lange durchhalten.«

Kapitel 30

Die Entführung

Fips und Fops saßen beim Frühstück und aßen Cornflakes mit Milch und Honig. Die Krähe war auch da und pickte vergnügt aus der Cornflakes-Schüssel, die auf dem Tisch stand. In der Ecke futterte Methusalem Salat mit Petersilie.

»Den esse ich am liebsten!«, murmelte die Schildkröte geistesabwesend vor sich hin. Die Waschbären murmelten als Antwort: »Das wissen wir!«

»Das haben wir gut gemacht! Wir haben den Jungen gerettet und der ollen Hexe eins ausgewischt. Das haben wir richtig gut gemacht.« Während er diese Worte sprach, spuckte Fips einige Cornflakes quer über den Tisch.

»Das mag ja sein«, tadelte Fops seinen Bruder, »aber deswegen musst du nicht in mein Essen spucken!«

»Schorry«, nuschelte Fips und grinste. Dabei purzelten erneut einige Cornflakes aus seinem übervollen Mund. Fops seufzte entnervt, aber eigentlich war er gar nicht sauer. Die Idee seines Bruders, der nervösen Hexenhütte einen Fuchs vorzuspielen, war genial gewesen.

»Wenn du deine Cornflakes jetzt nicht mehr willst«, begann die Krähe, die die Schüssel leergepickt hatte, »ich opfere mich gerne. So einen Sieg müssen wir feiern.«

In diesem Moment klingelte es an der Tür. Die Stimme von Helene Fischer dröhnte viel zu laut durch die Wohnung. Fips und Fops schauten sich ängstlich an. Beide hatten dasselbe ungute Gefühl.

»Erwartest du jemanden?«, fragte Fops.

Fips schüttelte den Kopf. Fops schlich sich vorsichtig ans Fenster und lugte hinaus.

Aus der Ecke meldete sich Methusalem, die Schildkröte, zu Wort: »Ich erwarte auch niemanden!«

Aber niemand beachtete sie, was die Schildkröte als beleidigend empfand und sich in ihren Panzer zurückzog.

Fops konnte nicht erkennen, ob jemand vor der Tür stand. »Wir könnten einfach so tun, als ob wir nicht zu Hause wären.«

Der Krähe war das zu aufregend, sie versteckte sich unter dem Tisch. Da hatte sie Glück gehabt. Denn in diesem Moment explodierte die Haustür. Lärm, Staub und Qualm erfüllte innerhalb von Sekunden die Luft. Die schweren Fensterläden knallten alle gleichzeitig von Zauberhand zu. Sie saßen in der Falle. Durch den

Lärm und Qualm hörten sie Maximilians Stimme: »Ratet mal, wer zum Essen kommt!«

Danach folgte die kreischende Stimme von Hexe Kaukau: »Und ratet mal, wer das Essen ist!«

Den Waschbären war das Grauen in die Gesichter geschrieben. Sie versuchten zu entkommen. Aber wohin hätten sie fliehen sollen? Die Küche hatte nur eine Tür, und die verfluchten Fensterläden ließen sich nicht öffnen.

»Los, in den Schrank!«, rief Fops, aber es war bereits zu spät. Schon stand Hexe Kaukau mit ihrem Zauberstab im Türrahmen und schleuderte lila Blitze auf die beiden Brüder.

»Wo ist denn der kleine Fuchs? Ja, wo ist er denn?«, kreischte sie hasserfüllt. »Ihr Schweinehunde, ihr habt mir meine Hütte gestohlen!«

Im nächsten Moment hingen Fips und Fops wehrlos in der Luft, gehalten von seilähnlichen Feuerstrahlen. Damit war es vorbei. Hexe und Zwerg verschwanden kurz darauf mit den beiden Waschbären.

Als sich die Schildkröte mit dem Kopf aus ihrem Panzer herauswagte, stellte sie fest, dass nur noch die Krähe da war. Diese spähte gerade vorsichtig aus den nun wieder geöffneten Fenstern.

»Oh nein, oh nein«, krächzte sie aufgeregt, »das ist nicht gut! Sie haben Fips und Fops. Und sie laufen rüber zur Burg!«

Methusalem fraß zur Beruhigung erst einmal ein besonders saftiges Salatblatt, worüber sich die Krähe furchtbar aufregte.

»Wie kannst du jetzt fressen? Fips und Fops haben immer gut für dich gesorgt. Nun sind sie in größter Gefahr, und du frisst gemütlich weiter.«

»Ich bin nur das Haustier«, meinte Methusalem und kaute ungerührt, »außerdem muss ich was essen. Wenn ich nervös bin, bekomme ich Schluckauf! Und dagegen hilft nur essen.«

Das Geplapper der Schildkröte interessierte die Krähe nicht. Sie starrte weiter aus dem Fenster und überlegte fieberhaft, was man tun könne. Auf einmal hörte sie ein Geräusch hinter sich. Der Küchenschrank neben dem Kühlschrank hatte sich bewegt.

»Was war das?«, wollte die Krähe wissen und drehte sich blitzschnell um.

»Der Schrank da hat gerappelt!«, berichtete die Schildkröte. Sie kaute immer noch.

»Das weiß ich selbst, aber warum? Das ist die Frage!«

»Du hast aber gefragt: ›Was war das?‹ Du hast nicht gefragt: ›Warum war das?‹«

Aber die Krähe hörte gar nicht zu, sondern näherte sich vorsichtig dem Schrank. Der rappelte in diesem Moment ein zweites Mal. Die Krähe flatterte ein Stückchen zurück.

»Federkiel und Schnabelspitze! Ist das normal?«

»Nein, das ist nicht normal. Schränke bewegen sich sehr selten«, antwortete Methusalem beiläufig, während ein weiteres Salatblatt aus der Schüssel verschwand.

Dann fiel der Schildkröte aber noch etwas ein. »Manchmal kletterten Fips und Fops in den Schrank. Dann bewegte er sich auch. Machen sie aber schon lange nicht mehr.«

Die Krähe verstand das nicht: »Fops ist in den Schrank geklettert? Aber warum?«

Der Schrank bewegte sich erneut, dieses Mal richtig heftig. Die Krähe hatte große Angst und überlegte, ob sie sich nicht lieber aus dem Staub machen sollte. Plötzlich öffnete sich der Schrank, und Fietes Großeltern purzelten heraus. Dabei begruben sie die Krähe unter sich.

»Das ist wirklich nicht normal!«, meinte Methusalem und kaute ungerührt zu Ende.

Kapitel 31

Das Duell

Fiete hatte großartig geschlafen. Als er erwachte, stand neben seinem Bett ein Tablett-Tischchen mit erlesenen Frühstücksleckereien. Er richtete sich auf und griff beherzt zu.

Es kam ihm alles wie ein Traum vor. Jetzt, da er darüber nachdachte, schien es trotz der wundersamen Wendung zum Guten kein angenehmer Traum zu sein.

Es war schon cool hier. Wie im Märchen! Zwerge, Burgen und so. Und dass viele Annehmlichkeiten der oberirdischen Welt fehlten, störte den Jungen kaum. Natürlich gab es hier keinen Computer, kein Fernsehen oder sonstige technische Dinge, aber so etwas vermisste Fiete nicht. Na gut, die Toilette war wirklich abenteuerlich. Der Klositz befand sich in einer Aussparung in der Turmwand. Öffnete man den Klodeckel, dann blickte man gut dreißig Meter in die Tiefe. Und so tief fiel dann auch das Paket, das man ablieferte. Außerdem gab es im gesamten Schloss keinen Strom, doch selbst das war kein Problem. Aber es gab etwas, das Fiete sehr störte, ja geradezu verstörte.

Dieses unterirdische Land war brutal und grausam. Fiete fühlte sich überhaupt nicht wohl in seiner Haut. Jeden Moment konnte etwas Furchtbares geschehen. Vor seiner Tür standen zwei bewaffnete Zwerge als Wachen. Beschützten sie ihn, oder bewachten sie ihn? Und das, was Luke und Maria von den Kerkern berichtet hatten, war ebenfalls beunruhigend. Der Junge wollte nicht hier sein, Kaiser hin oder her. Er wollte wieder nach Hause oder wenigstens zu Oma und Opa. Was sollte er hier?

Fiete wurde jäh aus seinen dunklen Gedanken gerissen. Luke und Maria kamen herein. Beide waren schon angezogen. »Guten Morgen, Hoheit! Na, endlich ausgeschlafen?«

»Nenn mich nicht so, Luke!« Fiete war verärgert, dann erwiderte er den Morgengruß von Maria.

»Echt cooles Schwert, Alter!«, meinte Luke, der unbeeindruckt Fietes Schlafgemach inspizierte.

»Wie bitte?«

Fiete schaute sich um. Tatsächlich. Neben dem Bett stand ein Schwert. Ein kleines Zettelchen war an der Waffe angebracht.

»›Tyrfing sei Euer! Es steht Euch zu. Berührt es, um zu wissen, ob es Euch folgt. Untertänigst, Rainald‹«, las Luke vor. »Echt abgefahrener Style!«

»Was ist denn ›Tyrfing‹?«, fragte Fiete verdutzt.

»So heißt wohl das Schwert!«, meinte Luke.

»Das Schwert hat einen Namen?« Fiete schaute Luke irritiert an.

»Ja klar, Mann. Nie ›Herr der Ringe‹ gesehen? Die normalen Schwerter haben keine Namen, aber die Mega-Nummer-Eins-Schwerter, die Dinger, die voll abgehen, die haben alle solche Namen. Kann ich mal anfassen?«

Fiete zuckte als Antwort mit den Schultern. Luke nahm das Schwert und ließ es sofort wieder los.

»Ey, verdammt noch mal«, brüllte er los, »das ist glühend heiß!«

Fiete besah sich Lukes Hand und tippte mit einem Finger vorsichtig das Schwert an.

»Ich merke nichts. Fühlt sich sogar ziemlich kalt an«, meinte er und nahm es in die Hand. Es schien nichts Schlimmes dabei zu sein, ganz im Gegenteil. Mit dem Schwert in der Hand fühlte sich Fiete richtig gut, beinahe so, als ob er einen Energy-Drink getrunken hätte. Und das war noch nicht alles. Es schien, als ob das Schwert lebendig war. Tyrfing schien sich regelrecht zu freuen, bei Fiete zu sein. Es bebte leicht und drückte sich sogar an seinen Oberarm.

»Abgefahren«, murmelte Luke, »hast du das gesehen, Maria? Das Schwert kuschelt mit Fiete.«

Er testete erneut, ob er das Schwert anfassen konnte. »Aua! Das gibt es doch nicht! Fiete wird gekuschelt, und mich mag es gar nicht. Schau doch mal, Maria!« Luke lutschte an seinem verbrannten Finger und drehte sich zu Maria um.

Diese schien jedoch wenig interessiert. »Ja, Luke, niemand mag dich, und du kannst an deinem Daumen lutschen! Cool!«

Luke schaute etwas verdattert, während sich Maria an Fiete wandte. »Schau mal, Fiete! Wir haben ebenfalls Geschenke bekommen!«, meinte sie fröhlich.

»Eure sind eingepackt!«, stellte Fiete fest und stellte das Schwert zurück. »Sogar in … Ist das Seide?«

»Yep, voll nachhaltig hier, kein Plastikmist«, lachte Luke, »dafür hast du das größte Geschenk. Vor allem das längste! Respekt! Also, sei mal nicht sauer!«

Maria öffnete ihr Päckchen. Es war ein altes Buch mit dem seltsamen Titel ›Das 66. Buch Mose‹. Maria öffnete es und wurde puterrot. Im nächsten Moment erbleichte sie schlagartig, um kurz darauf erneut zu erröten. Die Jungen betrachteten fasziniert das Schauspiel.

»Das muss ja ein Superbuch sein«, flüsterte Luke zu Fiete, »vielleicht ist es unanständig.«

Die Jungen blickten sich an und grinsten. Sie rückten näher heran und schauten Maria über die Schulter. Offensichtlich war es ein Buch mit Zaubersprüchen. Und was das für Sprüche waren! Maria blätterte darin herum. Schließlich legte sie es beiseite und schwieg.

»Was ist?«, fragten die Jungen wie aus einem Mund.

»Langsam begreife ich, warum Oma Martha mir niemals andere Zauberbücher zeigen wollte. Das hier ist etwas ganz anderes. Ganz anders als mein Buch.«

Luke und Friedrich schauten sich verständnislos an. Schließlich nahm Fiete das Buch und stutzte: »Meinst du, das stimmt? Das Buch ist von Moses?«

»Echt?«, keuchte Luke. »Von dem habe ich schon mal gehört, der hat das Mittelmeer geteilt.«

Maria schüttelte den Kopf: »Es war das Rote Meer, und nein. Das Buch stammt nicht von Moses. Das ist ganz übel, das Ding!«

Fiete schaute Maria eine Sekunde nachdenklich an und schlug das Buch auf. Luke schaute mit hinein. Nach wenigen Sekunden pfiff Luke anerkennend. Das Überfliegen des Inhaltsverzeichnisses machte deutlich, was Maria meinte. Offensichtlich gab es in diesem Buch Anleitungen für das Heraufbeschwören von Krankheiten, ja, ganzen Epidemien. Man konnte Regen herbeirufen oder sogar Dauerregen erzeugen. Auch ewigen Nebel, Vulkanausbrüche, Depressionen ganzer Völker und vieles mehr. Maria nahm Fiete das Buch aus der Hand und klappte es angewidert zu.

»Meine Fresse«, meinte Luke, »damit könnte man eine Menge Scheiße bauen, damit könnte man die Welt beherrschen!«

»Ich will aber weder Scheiße bauen noch die Welt beherrschen«, sagte Maria leise.

»Oder den Klimawandel«, schlug Fiete vor, »du könntest den Klimawandel stoppen.«

»Ich will auch nicht den Klimawandel stoppen, zumindest nicht so, und dieses Buch werde ich bestimmt nicht benutzen.«

Mit diesen Worten legte Maria das Zauberbuch in einen Schrank in einer Ecke des Raumes, murmelte ein paar Worte, und mit einem kurzen blauen Leuchten verschloss sich der Schrank magisch. Dann drehte sich mit geröteten Augen zu den Jungen um.

»Ich will nur meine Oma zurück.«

»Und ich meine Schwester!«, meinte Luke und nickte zustimmend. Jetzt war er an der Reihe. Er öffnete sein Paket und fand darin ein Diadem.

Verdutzt schaute Luke auf das Schmuckstück. Er traute seinen Augen nicht, aber es stimmte: Luke hatte tatsächlich ein kleines Krönchen für Prinzessinnen geschenkt bekommen. Maria und vor allem Fiete fanden das sehr witzig und lachten.

»Geht's noch?«, brummte Luke und schaute missmutig auf seine Freunde, die sich gar nicht mehr einkriegten. »Da hat der gute Rainald wohl was verwechselt. Ich bin doch kein Mädchen. So etwas trage ich nicht.«

»Ich weiß nicht«, meinte Maria scheinheilig, »es steht dir bestimmt ganz gut. Prinzessin Lillifee sah auch immer ganz entzückend aus.«

Fiete wälzte sich auf dem Bett vor Lachen, warf dabei aber die Tasse Kakao um, die er dort abgestellt hatte. Völlig bekleckert saß er nun auf dem Bett. Nun lachten alle drei, bis sie nicht mehr konnten.

Es klopfte an der Tür. Rainald betrat den Raum. Er betrachtete die Szene mit ernstem Blick und bedachte Fiete mit einer warnenden Geste. Dann kündigte er in seinem feierlich-höfischen Ton Besuch an.

»Alberich, Kommandant der Leibwache!«

Offensichtlich war das der einzige Titel, der dem Nun-doch-nicht-Kanzler verblieben war. Entsprechend griesgrämig betrat dieser den Raum. Was er dort sah, hob seine Stimmung nicht gerade. Er fand den neuen Kaiser albern lachend auf dem Bett vor, über und über mit Kakao bekleckert. Sein Blick verdüsterte sich nochmals.

Schließlich verbeugte sich der Zwerg ein kleines bisschen und murmelte undeutlich: »Guten Morgen, Euer Majeftät.«

Fiete richtete sich auf und versuchte majestätisch zu wirken. Der Versuch misslang. Dass Luke nebenbei die ganze Zeit weiter abfeierte, war keine Hilfe.

»Guten Morgen, Alberich, Kommandant der Leibwache!«, meinte Fiete schließlich, weil ihm nichts anderes einfiel. Schließlich beruhigte sich auch Luke, und Alberich konnte sein Anliegen vorbringen: »Schlechte Neuigkeiten!«

Jeder im Raum spürte den Hass und die Abneigung Alberichs gegenüber Fiete. Rainald war vorsichtshalber nicht hinausgegangen, sondern verfolgte argwöhnisch das Geschehen aus dem Hintergrund.

Nach einer spannungsgeladenen Pause sprach Alberich weiter. Dabei betonte er jedes einzelne Wort und lispelte plötzlich gar nicht mehr: »Der … Boss … marschiert!«

Es war klar, dass Alberichs Information etwas Ernstes und Dramatisches zu bedeuten hatte. Fiete hatte jedoch keine Ahnung, was daran jetzt beunruhigend sein sollte. Er wusste weder, wer der Boss war, noch, wohin dieser nun marschierte. Aus den Gesichtern von Luke und Maria konnte er ablesen, dass diese ebenso wenig begriffen, was los war. Es war aber klar, dass von ihm eine Reaktion erwartet wurde. »Okay?«, erwiderte er daher.

Alberich wurde angesichts dieser sparsamen Antwort immer gereizter und wiederholte seinen Satz. Dieses Mal steigerte er seine Betonung noch: »DER BOSS MARSCHIERT!«

Das half auch nicht weiter. Die Jugendlichen schauten einander achselzuckend an.

»Okay, der Boss marschiert. Und das ist schlimm, weil?«, fragte Maria behutsam nach.

Alberich ging mit gesetzten Schritten zum Fenster und zog mit einer theatralischen Geste die Vorhänge zurück. Von diesem Fenster aus hatte man einen großartigen Blick auf das gesamte unterirdische Land. Im Hintergrund erkannte man die Berge des Kahlen Landes.

Fiete stand auf und schaute hinaus. Luke und Maria taten es ihm gleich. Alles sah so aus wie gestern, bis auf … Am Horizont wimmelte es schwarz. Es ähnelte einem gigantischen Ameisentrupp, der direkt auf sie zumarschierte. Fiete verstand, dass der dramatische Auftritt des Zwerges einen ernsten Grund hatte. Einiges war aber noch zu klären.

Fiete räusperte sich und fragte tonlos: »Wer ist der Boss? Und was kommt da hinten auf uns zu?«

Alberich gab sich bei den folgenden Erklärungen keine Mühe, seine Verachtung zu verbergen: »Nun, daf weiß zwar jedef Kind in unferer Welt. Aber ihr seid ja nicht von hier. Daher erkläre ich ef euch am beften ganz einfach: Der Boss ift der Kanzler def Kahlen Landes. Und er greift uns mit einer großen Armee von Schlammkobolden und was weif ich noch für Gestalten an! In zwei Stunden, vielleicht drei, werden fie hier sein. Daf gibt Krieg.«

Krieg? Das war unmissverständlich. Das verstand Fiete. Und es machte ihm Angst.

Fiete fühlte seine düsteren Ahnungen bestätigt, die er beim Aufwachen gehabt hatte. Hilflos und schwach setzte er sich auf das Bett. Alberich wusste die Gefühle des Jungen richtig zu deuten. Mit einem falschen Grinsen gab er seiner Stimme einen säuselnden Klang: »Unter diefen Umständen halte ich ef für besser, wenn ich die Verteidigung von Burg und Land übernehme. Ihr bleibt besser hier in dem Zimmer!«

Fiete reagierte nicht. Er hatte kaum zugehört. Der Zwerg wertete das als Zustimmung und schickte sich an zu gehen. Fiete war es egal. Er hatte Angst, Todesangst. Da hörte er Rainalds Stimme.

»Gebt dem Kaiser, was des Kaisers ist! Der Kaiser verteidigt sein Reich und seine Burg. Kein Kommandeur der Leibwache hat ihm dies zu verwehren!«

Alberich schnaubte und starrte aus hasserfüllten Augen Rainald an, den das offensichtlich überhaupt nicht juckte.

Der Zwerg bemühte sich bei seiner Antwort kaum noch um Zurückhaltung. »Seid Ihr noch bei Trost? Diefes Würstchen soll uns verteidigen?« Rainald begann zu lächeln, was Alberich erstaunte.

»Das ist eine Majestätsbeleidigung! Der Kaiser hat das Recht, Euch sofort im Zweikampf zu töten!«

Fiete sprang auf und drehte sich um. Hatte er richtig gehört? Töten? Zweikampf? Wovon sprach Rainald denn bloß? Fiete bekam gar nichts mehr mit. Es schien, als ob sich sein Gehirn in Schockstarre befand.

Maria und Luke schauten einander an. Dann betrachteten sie besorgt Fiete, der zerbrechlich und abwesend wirkte. Sie selbst hatten auch etwas den Überblick verloren.

Alberich schien das lustig zu finden. »Mich töten? Im Zweikampf? Er kann vielleicht nicht fterben, aber wenn ich ihn überwältige, dann landet er im Kerker, bif er verrottet.«

Rainald nickte bedächtig: »Der Kaiser wird obsiegen! Da bin ich mir ganz sicher.«

Der Zwerg schien das ausgesprochen lustig zu finden. Fiete sah Alberich zu, wie er sich vor Lachen bog und auf die Schenkel klopfte. Ein bisschen erinnerte ihn der Zwerg an Steffen Meinert, der ihm in der dritten Klasse übel zugesetzt hatte, immer und immer wieder. Fiete fasste einen Entschluss. Er würde Alberich die Stirn bieten. Es war vielleicht nicht klug, aber er konnte nicht anders. Fiete ergriff das Schwert. Es fühlte sich gut an, und es lag leicht in der Hand. Seltsamerweise durchströmte ihn Siegesgewissheit. Er hatte das Gefühl, als ob Tyrfing ihm etwas zuflüstern würde: »Ganz ruhig, das wird schon!«

Der Zwerg beobachtete, was Fiete tat, und lachte noch ärger. Allerdings lachten seine Augen nicht mit. Sein Blick fiel auf das Schwert. Offensichtlich erkannte er es. Sein Lachen verstummte plötzlich.

»Tyrfing gehorcht ihm?« Alberich verlor kurz die Fassung, was Rainald mit einem breiten Grinsen kommentierte. Die Augen des Maulwurfskoboldes funkelten dabei diabolisch.

Maria blickte Fiete mit schreckgeweiteten Augen an und flüsterte: »Nein, nicht! Lass das!«

Luke wollte ebenfalls seinen Freund aufhalten, da wirbelte Rainald wie ein Tornado durch den Raum und stoppte Lukes Versuch, den Kampf zu verhindern. Er schaute dem Grünhaarigen in die Augen und murmelte: »Hab Vertrauen!«

Luke besaß aber kein Vertrauen. Er glaubte weder an Fietes Unverwundbarkeit noch daran, dass irgendjemand diesen fürchterlichen Zwerg besiegen konnte. Auch Maria wirkte ängstlich. Doch es war zu spät.

Alberich führte bereits den ersten Schlag. Dieser war von einer vernichtenden Kraft, doch Fiete wehrte ihn tatsächlich ab. Die Wucht des Schlages trieb ihn zwar zurück, doch der Junge hielt stand. Auch den nächsten Angriff des Zwerges konnte er parieren, und es folgte der Konter. Fiete führte einen geraden Stoß auf Alberich, der nur durch eine rasche Ausweichbewegung einer Verletzung entging. Luke und Maria standen die Münder offen. Luke war baff: »Der kann das ja. Wieso kann der das?«

Er bekam keine Antwort. Marie brachte keinen Ton heraus, sondern schaute dem Kampf gebannt zu. Fiete schlug sich nicht schlecht. Rainald wirkte grausig zufrieden und lächelte düster in sich hinein. Angesichts des Kampflärms stürzten die zwei Posten in das Gemach, hielten sich aber auf ein Zeichen Rainalds zurück.

Das Duell nahm nun Fahrt auf. Fiete führte das Schwert etwas ungewöhnlich, aber er wusste, was er tat. Der Zwerg hatte seine Überraschung überwunden. Es war nun klar, dass es keinen leichten Sieg für ihn geben würde. Er änderte seine Strategie. Seine mehrfachen Versuche, Fiete mit einem Beintreffer aus dem Gleichgewicht zu bringen, blieben jedoch erfolglos. Fiete erahnte jedes Mal die Finte. Entweder wich er aus, parierte oder sprang hoch. Der Kampf wogte hin und her. Schließlich traf Fiete seinen Gegner am Helm. Luke jubelte und applaudierte. Alberich zeigte Wirkung und wankte einen Moment. Aber er fiel nicht.

In höchster Not vollführte der Zwerg eine Rückwärtsrolle und stand schon wieder sicher. Nun war es aber an ihm, eine Reihe von Schlägen zu parieren, was ihm nur mühsam gelang. Fiete kämpfte wie entfesselt und befand sich deutlich in der Offensive. Es wurde immer klarer, dass der Zwerg keine Chance hatte. Die Wachen schauten einander überrascht an. Das Duell tobte zwar noch einige Minuten, in denen sich Alberich allerdings nur noch verteidigte. Er wich zurück und parierte die Flut von Schlägen, bis es Fiete gelang, ihn zu entwaffnen. Damit war der Kampf entschieden.

Luke stand der Mund offen. Maria war nicht weniger überrascht. »Wie hast du das denn geschafft?«

Fiete atmete schwer und schaute seine beiden Freunde verlegen an. »Na ja, ich bin Star-Wars-Fan und trainiere im Jedi-Fecht-Club.«

Luke grinste: »Jedi-Fecht-Club? Echt jetzt?« Dann betrachtete er Alberich, der völlig erschöpft auf dem Boden lag. »Das war der Hammer, Alter! Darth Vader ist auf jeden Fall am Ende.«

Fiete lächelte müde und schaute schwer atmend aus dem Fenster. »Das war nicht der Endgegner.«

Kapitel 32

Die Verfolgung

Friedhelm und Frieda hatten den Zauberschrank aus guten Gründen schon lange nicht mehr benutzt. Der Hühnerkobold Bitzelbeck hatte ihnen diesen vor langer Zeit überlassen, als er seine Heimat verlassen musste.

Nachdem sie nun selbst in Schwierigkeiten geraten waren, beschlossen sie jedoch, den Schrank zu benutzen, dessen Gegenstück bei Fips und Fops in der Küche stand. Zwischen den beiden Schränken konnte man hin und her reisen. Allerdings war die Methode unbequem und nicht ganz sicher. Fips war einmal auf dem Rücken eines Onkas gelandet. Er hatte Tage gebraucht, um nach Hause zu kommen.

Dieses Mal war aber alles gut gegangen. Fips und Fops hatten sie allerdings nicht angetroffen, nur die aufgeregte Krähe und die beleidigte Schildkröte. Die Krähe betrachtete neugierig die beiden Alten, die übel zugerichtet aussahen. Sie waren verdreckt, und an mehreren Stellen waren Brandwunden zu erkennen.

»Wo kommt ihr denn her? Und wie seht ihr aus?«

Friedhelm musste kurz verschnaufen, da ihm nach der Zauberschrankreise schwindlig war. Daher antwortete Frieda: »Wir waren auf der Suche nach unserem Enkel. Oben im Schneckental hat Drakolov den halben Wald abgefackelt. Dann hat er versucht, uns zu erwischen. Wir konnten nur mit Mühe und Not entkommen.«

Die Krähe hüpfte aufgeregt hin und her: »Ihr sucht euren Enkel? Ich weiß, wo er ist.«

Friedhelm und Frieda atmeten erleichtert auf. Die Krähe berichtete den beiden schnell alles, nämlich, dass Fiete lebte, aber in der Gewalt der beiden Bösewichter gewesen war, vom falschen Fuchs, vom Angriff der Hexe und des Zwerges, auch von der Entführung der beiden Waschbären. Friedas Miene verdüsterte sich mit jedem Wort. Schließlich endete der Bericht der Krähe.

»Ich mag diese Hexe Kaukau nicht«, meinte Friedhelm, »die machte schon immer Ärger.«

»Schnappen wir uns das Miststück!«, knurrte Frieda. Ihr Mann nickte zustimmend. »Und dann suchen wir Fiete.«

Ohne Zeit zu verlieren, nahmen Fietes Großeltern die Verfolgung auf. Frieda hatte ihren Zauberstab gezückt, und der Großvater war mit seinem Jagdgewehr bewaffnet. Die Krähe begleitete sie. Nur die Schildkröte blieb zurück.

»Ich bin ja schließlich das Haustier«, nuschelte sie und verkroch sich in ihren Panzer, aber niemand hörte sie.

Großvater und Großmutter liefen inzwischen die Karnickelwiese hinunter zum Teich, wo sie die Hexe und den Zwerg mit ihren Gefangenen erblicken konnten.

Noch sah alles gut aus. Aus der Ferne konnte man erkennen, dass Fips und Fops am Leben waren. Es war jedoch noch eine beachtliche Strecke zurückzulegen, und hier hatten sie keine Deckung. Es bestand die Gefahr, dass Maximilian und Hexe Kaukau sie frühzeitig entdeckten. Frieda schaute zu Friedhelm hinüber, der vielsagend zu ihr zurückblickte.

»Egal«, meinte Frieda, »wir riskieren es. Vielleicht gucken Hexe Kaukau und Maximilian ja nicht in unsere Richtung!«

Friedhelm nickte grimmig und entsicherte seine Waffe, nahm sie in Anschlag und lief mit einer erstaunlichen Geschwindigkeit los.

Frieda musste bei diesem Anblick unwillkürlich lächeln, hob ihren Zauberstab und folgte ihrem Mann auf dem Fuß.

Maximilian und Hexe Kaukau hatten tatsächlich noch nicht bemerkt, dass sie verfolgt wurden. Sie waren erschöpft und brauchten eine Pause. Gerade erfrischten sie sich am Teich und achteten nicht auf die Umgebung.

Maximilian stand bis zu den Knien im Wasser, während sich Hexe Kaukau sehr vorsichtig am Ufer herumdrückte. Die zurückliegenden Strapazen hatten deutliche Spuren hinterlassen. Erst der Sturz von der Hütte, dann die Suche nach den Übeltätern – zum Essen, Trinken oder sogar Waschen waren sie einfach nicht gekommen, wobei sich Kaukau sowieso grundsätzlich nicht gern wusch.

Fips und Fops lagen gefesselt am Ufer des Teiches. Sie waren unverletzt, aber ansonsten in einer misslichen Situation. Alle Versuche, die Fesseln zu lösen, waren zum Scheitern verurteilt.

»Wir müssen fie verhören, bevor wir fie töten!« Maximilian schrubbte gerade seinen zerzausten Bart.

»Töten? Sie sind unser Faustpfand! Ich brauche meine Hütte zurück. Vergiss nicht, in der Hütte sind eine Menge Sachen, die uns helfen können, zurück an die Macht zu kommen«, meinte Kaukau, die weiterhin penibel darauf achtete, dass das Wasser nur ihre Kleidung reinigte und bloß nicht ihre Haut berührte. Maximilian, der das bemerkte, fragte ironisch: »Bift du wafferscheu oder waf?« Hexe Kaukau ließ als Antwort nur ein bösartiges Fauchen vernehmen.

»Ift ja gut. Bleib locker!«

Plötzlich tauchte vor ihnen ein Biberkopf auf. Maximilian bemerkte ihn als erster. »Ah, da ift ja der doofe Biber. Paul? Heift du nicht Paul?«

Doch Paul hatte keine Lust auf Smalltalk. »Ihr verschmutzt meinen schönen Teich!«

»Ich lasse mir doch nicht von einem Biber vorschreiben, was ich tue. Man wird sich ja wohl einmal waschen dürfen!«, meinte Hexe Kaukau, während sie mit zwei spitzen Fingern versuchte, einen besonders hässlichen Blutfleck vom Kleid zu bekommen.

»Nun, ich würde daf nicht ›waschen‹ nennen, waf du da tust, meine Liebe. Aber dennoch, ich denke, meine Freundin hat recht!«

»Falsch gedacht!«, schimpfte der Biber und tauchte mit einer Drehung in Richtung der Hexe Kaukau ab. Das Nächste, was diese wahrnahm, war ein großer Biberschwanz, der ihr gegen die Beine schlug. Mit einem entsetzten Kreischen plumpste sie ins Wasser. Ein riesiger Dreckfleck erschien auf der Wasseroberfläche, was den Biber noch mehr erzürnte. Daher wandte er sich nun dem Zwerg zu.

Als Frieda und Friedhelm endlich den Teich erreichten, fanden sie eine sehr unübersichtliche Situation vor. Während sich der Zwerg und der Biber eine Art Wasser-Boxkampf lieferten, fehlte von der Hexe jede Spur.

»Wo ist Kaukau?«, fragte Frieda Fips und Fops, da sie die böse Hexe im aufgewühlten Wasser nicht ausmachen konnte. Es blubberten zwar an einer Stelle im Teich dreckige Luftblasen auf, aber mehr war nicht zu sehen.

Bevor die Waschbären antworten konnten, tauchte die Hexe auf. Kaukau erfasste blitzschnell die Lage und hechtete mit einem bemerkenswerten Sprung aus dem Wasser zu ihrem Zauberstab, der im Gras verborgen gewesen war. Sie qualmte ekelhaft am gesamten Körper, achtete aber nicht darauf. Offensichtlich war sie allergisch gegen Wasser und hatte durch den Wasserkontakt große Schmerzen. Trotzdem feuerte sie mit ihrem Zauberstab sofort auf Frieda, der es geschickt gelang, sich mit Abwehrzaubern zu verteidigen.

Friedhelm zögerte nicht und schoss zweimal auf die böse Hexe, welche aber die Schüsse gar nicht beachtete. Die Kugeln schienen einfach an ihrem Kleid abzuprallen.

»Ist das Kleid so speckig, dass die Kugeln abprallen?«, rief Friedhelm erstaunt.

»Schutzzauber! Das wird so nichts. Kümmere dich um den Zwerg!«, rief Frieda zurück. Das war ein guter Tipp, denn Maximilian hatte sich inzwischen des Bibers entledigt und stürmte aus dem Wasser.

Da Friedhelm keine Zeit hatte, sein Gewehr nachzuladen, benutzte er den Kolben als Keule und führte einen kräftigen Schlag auf den Kopf des Zwerges. Es ertönte ein unangenehmes, knirschendes Geräusch. Das Gewehr zerbrach fast, so gewaltig war der Treffer. Maximilians Schädel schien jedoch aus Stahl zu sein, denn er blieb von diesem schweren Schlag völlig unbeeindruckt.

»Netter Versuch, alter Mann!« Mit diesen Worten zog der Zwerg ein Messer und attackierte nun selbst seinen Gegner. Friedhelm hatte alle Mühe, den Messerstichen auszuweichen, und man muss sagen, es gelang ihm nicht sehr gut. Bald geriet er ins Stolpern und stürzte zu Boden! Es war fürchterlich anzusehen, wie der massige Zwerg, siegessicher und mit einem gemeinen Grinsen, zum Todesstoß ansetzte. Friedhelm schloss die Augen. Doch es passiert nichts.

Er öffnete die Augen und sah, was ihn gerettet hatte.

Mit einem aufgeregten Kampfschrei hatte sich aus dem Nichts die Krähe auf den Bösewicht gestürzt: »Krah, krih, krah, der Tyrann ist bald im A…!«

Sie hackte mit diesen Worten dem Zwerg ins rechte Auge. Maximilian, von der Attacke völlig überrascht, schrie vor Schmerz auf und ließ das Messer fallen. Die Krähe wollte gerade ins andere Auge hacken, da griff Maximilian mehr auf Verdacht nach dem Vogel, und es gelang ihm tatsächlich, diesen zu fassen. Sofort umschloss ein eiserner Griff die Krähe, die nur noch erbärmlich krächzen konnte: »Krah, krih, krah. Ach, wär' doch Hilfe nah …«

Doch der Griff lockerte sich, und die Krähe bekam Luft. Sie schaute in Maximilians hässliches Gesicht und bemerkte erstaunt, dass dieser gar nicht böse, grimmig oder brutal wirkte, sondern … ängstlich und schmerzerfüllt. Maximilian ließ die Krähe los, die verdutzt zu Boden flatterte. Der ehemalige Zwergenkanzler stöhnte auf und kippte langsam nach hinten. In seiner Brust steckte, bis zum Heft hineingetrieben, sein eigenes Messer. Friedhelm ließ es los und sah einen kurzen Moment zu, wie der Zwerg seinen letzten Kampf führte.

»So viel zum Thema ›alter Mann‹«, schnaufte er vor sich hin und schaute sich um. Er vergewisserte sich, dass es der Krähe gut ging.

»Danke, Krähe, du hast mir das Leben gerettet!«

»Krih, krah, krah, kein Themaaa, Opaaaa …!«, wehrte diese scheinbar bescheiden ab, wenngleich sie sich sehr über den Dank freute. Aber es war noch nicht vorbei.

Hexe Kaukau und Frieda kämpften weiterhin. Und wie sie kämpften: Staub, Wassermassen, Zweige, Äste, ja sogar ein kleines Kaninchen, das zwischen die Fronten geraten war, flogen herum.

Die böse Hexe wurde immer verzweifelter. Sie hatte den Tod Maximilians sehr wohl mitbekommen, wusste also, dass sie auf sich allein gestellt war. Friedas Angriffe waren durchdacht und schlau. Vor allem das Wasser machte Hexe Kaukau zu schaffen. Frieda ließ einen Sturzbach nach dem anderen auf ihre Gegnerin los, die alles tat, um sich zu wehren.

Aber alle Schutzzauber und Ausweichbewegungen konnten einfach nicht verhindern, dass Hexe Kaukau an verschiedenen Stellen erneut nass geworden war. An diesen Stellen begann ihre Haut sofort zu qualmen. Ein Teil der Schulter brannte sogar. Sie wusste kaum noch, was sie machen konnte. In allerhöchster Not verwandelte sich die böse Hexe in eine Maus und verschwand in einem Erdloch.

Frieda stieß einen Siegesschrei aus und zögerte keine Sekunde. Sie verwandelte sich in eine Schlange und folgte der Maus unter die Erde.

»Das ist keine gute Idee«, krächzte die Krähe und flatterte aufgeregt hin und her.

Friedhelm war der gleichen Meinung. »NEIN!«, schrie er seiner Frau hinterher, doch diese hörte nicht auf ihn, und die Schlange tauchte unter die Erdoberfläche. Dann wurde es ruhig.

Zweige, Erde, Wasser und alles andere, was gerade noch durch die Luft gewirbelt worden war, rieselte zu Boden. Das kleine Kaninchen purzelte über die Wiese und fand das ganz witzig.

Friedhelm betrachtete unruhig den Boden. Nichts. Minute um Minute verstrich. Die Krähe hatte inzwischen die beiden Waschbären von ihren Fesseln befreit.

Fips und Fops kamen zu Friedhelm hinübergelaufen. Sie nahmen den alten Mann in ihre Mitte und fassten ihn zum Trost an den Händen. Er drückte ihre Pfoten ganz fest. Derweil umkreiste die Krähe im Tiefflug die drei Wartenden.

Plötzlich erschütterte eine Explosion das Erdreich, ein ganzes Stück von ihnen entfernt. Die Erde brach ein, und es entstand ein großer Krater von mehreren Metern Durchmesser. Von den beiden Hexen war allerdings nichts zu sehen.

Fips schaute Fops an und seufzte. Fops erwiderte den Blick, sagte aber nichts. Er machte sich Sorgen um Frieda und auch um Friedhelm, der traurig auf den Krater starrte. Langsam füllten sich die Augen des alten Mannes mit Tränen.

Kapitel 33

Der Treueeid

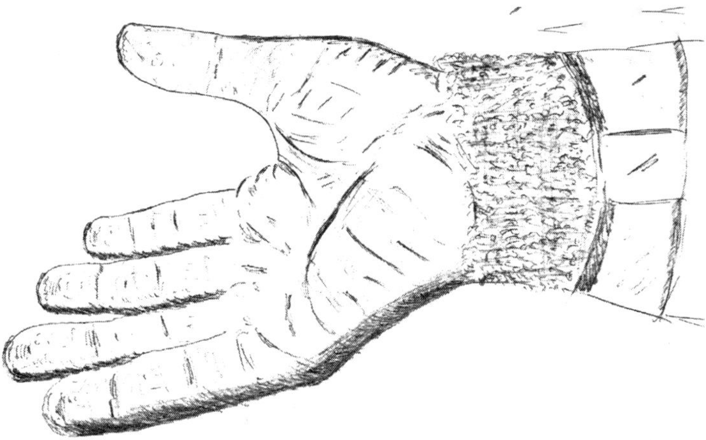

Rainald war begeistert. »Gut gemacht, Majestät!«

Fiete atmete schwer und blickte auf den niedergestreckten Zwerg. Alberich schien seine Niederlage zu akzeptieren. Luke und Maria schauten mit aufgerissenen Augen auf die Szene.

»Meine Fresse«, murmelte Luke, »kann ich auch in deinen Jedi-Fechtklub? Es gibt da an meiner Schule so ein paar Typen …«

Maria stieß Luke an: »Halt die Klappe!« Aber sie war gar nicht sauer. Ihr war die Erleichterung ins Gesicht geschrieben. Am meisten von allen freute sich jedoch Rainald. Der Maulwurfskobold hüpfte ganz aufgeregt hin und her: »Nun führt den letzten Stoß. Ich warte schon so lange darauf. Diese ganze Bande verdient den Tod.«

Maria runzelte die Stirn: »Alle Zwerge?«

Rainald schaute auf: »Natürlich nicht alle Zwerge, nur solche Tyrannen wie Maximilian und Alberich!«

Fiete bewegte das Schwert. Alberich schloss die Augen, und Rainald quietschte vor Vergnügen. Angewidert betrachtete Luke den Maulwurfskobold: »Wie bist du denn drauf? Wer tötet denn einen wehrlosen Gegner?«

Der Berliner schaute fragend in die Runde. Nur Fiete und Maria nickten zustimmend. Rainald und die beiden Wachen schauten verständnislos. Selbst Alberich hatte wohl seinen Tod akzeptiert. Anscheinend war das hier wohl das übliche Vorgehen. Fiete schüttelte es, als er das begriff.

Luke rüttelte Fiete an der Schulter: »Fiete, du killst den jetzt doch nicht? Oder?«

Fiete ließ das Schwert sinken. Er atmete immer noch schwer und war kreidebleich. Sein Gesicht war aber ernst und gefasst. Dann schüttelte er langsam den Kopf.

Rainald war außer sich: »Was macht Ihr? Warum stoßt Ihr nicht zu? So verlangt es der Brauch! Und das ist ein guter Brauch. Ein richtig guter sogar.«

»Nein!«, sagte Fiete, langsam und deutlich. Seine Stimme strahlte eine ungewohnte Souveränität aus.

»Dann lasst ihn wenigstens foltern!«, quietschte Rainald verzweifelt.

Fiete schüttelte erneut den Kopf. Alberich öffnete die Augen und wirkte sprachlos. Auch die beiden Wachen wirkten verwirrt. Fietes Verhalten passte nicht zu dem, was sie bisher kannten. Wenn zwei Rivalen im Zweikampf um den Thron kämpften, verlor der Verlierer natürlich seinen Kopf.

Endlich sagte Fiete etwas. Er nickte er zum Fenster. »Da draußen kommt ein furchtbarer Feind auf uns zu. Wir werden ihn nur besiegen, wenn wir zusammenhalten. Wenn Alberich dazu bereit ist, dann vergessen wir das Ganze hier.«

Maria sprang auf und umarmte Fiete. Das Mädchen gab ihm sogar einen Kuss auf die Wange. Fiete wurde rot, während Luke etwas säuerlich aus der Wäsche schaute. Alle Blicke richteten sich jetzt auf Alberich.

Dieser stand auf und trat ans Fenster. Dabei wankte er ein wenig. »Ef heißt in den alten Schriften, dass der erfte Kaiser mit Eurem Namen feinem größten Feind ebenfalls vergeben haben soll. Diefer hat es ihm schlecht gedankt. Ich denke, ich werde mehr Größe beweifen. Wenn man mir Gnade erweist, dann werde ich im Moment größter Gefahr die Gefolgschaft und die Treue, die gefordert wird, nicht verweigern.«

Daraufhin kniete er nieder und streckte die leere Hand aus. Fiete schaute ratlos auf den Zwerg und dann zu Rainald. Der Maulwurfskobold wirkte jedoch extrem verärgert und schien überhaupt nicht in der Stimmung zu sein, irgendetwas zu erklären. Mit verschränkten Armen blickte er missmutig einen alten Wandteppich an, auf der eine alte Zwergin ein Schaf streichelte. Zwergin und Schaf schienen ihn plötzlich sehr zu interessieren.

Luke ging zu ihm hinüber und gab ihm einen Stups. Rainald reagierte nicht.

Der Grünhaarige blickte die Zwergin auf dem Teppich an. »Meine Fresse, ist die hässlich!«

Maria kam hinzu und sagte ganz leise: »Bitte, Rainald, wir brauchen dich! Ohne dich kommen wir hier nicht weiter. Wir wissen nicht, was das soll. Wieso hält er die Hand so?« Maria gelang es, Rainald zu besänftigen. Er war immer noch enttäuscht, dass der Zwerg nicht getötet worden war. Mit Tränen in den roten Augen und mit stockender Stimme erklärte er, was zu tun war.

»Zum Zeichen der Treue und Unterwerfung möchte der leider sehr lebendige Alberich den Vasallenschwur tätigen.«

»Und der geht wie?«, fragte Luke nach.

»Der Vasall berührt den Fürsten an der Innenlende.«

Fiete schaute verblüfft auf die ausgestreckte Hand des Zwerges.

»Er will mich berühren? An der Innenlende? Und wo genau ist das?«

»Die Innenlende ist der richtige Ort, möglichst nah an der Leiste, am besten in der Mitte«, antwortete Rainald würdevoll. Er hatte sich immer noch nicht umgedreht, sondern sprach zum Wandteppich.

Maria fing an zu kichern, Luke grinste, während Alberich weiterhin geduldig wartete.

Fiete verstand immer noch nicht. »Wie jetzt? An der Leiste? Wo soll er mich anfassen?«

»An deinem besten Teil, Alter! Er will dir an die Eier fassen!« Luke fiel es richtig schwer, nicht zu lachen.

Fiete schwieg und betrachtete weiterhin skeptisch die riesige und haarige Hand des Zwerges. Ohne Zweifel könnte Alberich damit Kokosnüsse knacken. Fiete hatte überhaupt keine Lust, sich von diesen Fingern berühren zu lassen, schon gar nicht, an seiner ›Innenlende‹. Aber wie es aussah, hatte er wohl keine andere Wahl.

»Gibt es denn keine andere Variante?«, fragte er unsicher.

Doch Rainald schüttelte nur den Kopf. Langsam, wie Honig vom Löffel tropft, wurde Fiete klar, dass Alberich in wenigen Sekunden in seinen Schritt greifen würde.

»Na denn, bringen wir es hinter uns!«, seufzte Fiete und nickte zustimmend, dann spreizte er leicht seine Beine. Rainald drehte sich endlich um und schaute gemeinsam mit den Wachen würdevoll zu, während Luke und Maria nur sehr mühsam ihr Lachen unterdrückten.

Oh Mann, dachte Fiete, als die Zeremonie an der entscheidenden Stelle angelangt war, *wenigstens macht niemand davon ein Foto.* Doch Luke hatte sein Handy bereits in der Hand: »12 Megapixel, Alter! Gestochen scharfe Bilder! Argh, der Akku ist ja alle!«

Fiete atmete erleichtert auf und hielt dann den Atem an …

Kapitel 34

Der Hexenkampf

Friedhelm stand immer noch regungslos da und starrte auf den Boden. Minuten waren vergangen, seit der Krater entstanden war. Nichts deutete darauf hin, dass unter der Erde weitergekämpft wurde. Nichts deutete darauf hin, dass seine Frau lebend auftauchen würde. Fips und Fops wandten sich traurig ab und ließen die Köpfe hängen.

Das kleine Kaninchen, das während des Kampfes durch die Luft geflogen war, saß auf der Wiese und kratzte sich mit dem Hinterlauf am Ohr. Es erholte sich von den Strapazen. Dabei wirkte es ganz glücklich, denn das Herumfliegen hatte Spaß gemacht, und die Purzelbäume bei der Landung auch. Es wäre gern noch ein paar Minuten länger geflogen, aber es sah gerade nicht danach aus, dass es noch einmal abheben würde. Wie langweilig.

Es schnupperte daher an einem Gänseblümchen. Plötzlich wackelte etwas am Popo des Tierchens. Erschrocken hoppelte es davon. Fips wurde auf die Flucht des Kaninchens aufmerksam und betrachtete den Boden an dieser Stelle genauer. Im Erdboden erschien ein kleiner Riss.

»Hey, Opa, da ist was!«, rief er dem alten Mann zu.

»Du sollst ihn doch nicht so nennen!«, tadelte Fops seinen Bruder.

»Das dürfte ihm wohl schnurz sein. Seine Frau jagt gerade unter der Erde die Ekelhexe des Jahrhunderts. Da könnte ich ihn auch Papa Schlumpf nennen, ohne dass ihn das juckt.«

»Du guckst zu viel Fernsehen!«, seufzte Fops und schüttelte den Kopf.

Aber Fips hatte recht. Friedhelm interessierte es gerade überhaupt nicht, wie man ihn nannte. Und da war wirklich etwas. Der alte Mann lief, so schnell ihn seine Beine tragen konnten, zu der Erdspalte und beobachtete, wie diese immer größer wurde. Gleichzeitig begann der Boden zu beben. Die Waschbären und Friedhelm traten instinktiv ein paar Schritte zurück, und sie taten gut daran.

Der Spalt vergrößerte sich weiter, und die Erde bebte immer stärker. Schließlich schoss wie bei einem Geysir ein gigantischer Wasserstrahl nach oben, der ein qualmendes Frettchen in die Luft schleuderte. Das Frettchen sah extrem hässlich aus und quiekte wie verrückt vor Schmerzen. Aber so sehr es sich auch anstrengte, es vermochte dem Strahl nicht zu entkommen. So tanzte es eine Weile als kleiner qualmender Ball in der Luft herum, immer wieder vom Wasser nach oben geworfen.

Die Erdspalte war inzwischen sehr breit geworden, und schließlich entstieg ihr ein Adler, der sich in die Luft erhob. Friedhelm und die Waschbären jubelten und rissen die Arme in die Höhe. Sie wussten genau, wer das war.

Der magische Geysir versiegte auf einen Schlag. Das qualmende Frettchen hatte gerade den höchsten Punkt seiner Flugbahn erreicht und drohte nun abzustürzen, da der tragende Wasserstrahl plötzlich fehlte.

Im Fallen verwandelte sich das kleine qualmende Tier in einen kahlköpfigen Geier. Der Vogel war riesig und ebenfalls sehr hässlich. Vor allem der kahle, rote, deformierte Kopf fiel auf. Dem Geier fehlten zwar an einigen Stellen Federn, und er qualmte immer noch, griff aber sofort todesmutig den Adler an.

Dieser, deutlich kleiner und schwächer, wich wiederum sehr geschickt aus und verletzte den Geier am Schädel. Dicke Blutstropfen fielen zu Boden. Die Waschbären und Friedhelm mussten sich sehr in Acht nehmen, um nicht von dem Blut getroffen zu werden.

»Ih, ist das eklig«, beschwerte sich Fips. Aber Fops deutete nach unten: »Pass auf!« Fips schaute nach unten und begriff, was sein Bruder meinte. Dort, wo das Blut den Boden berührt hatte, entstiegen den Blutlachen riesige Hornissen, die sofort in die Luft stiegen und in den Kampf eingriffen.

Nun sah es für den Adler übel aus. Die Hornissen stachen unbarmherzig auf ihn ein und behinderten seine Manöver. Der Geier konnte seine körperliche Überlegenheit nutzen und hatte den Adler bereits mehrfach verletzt.

Friedhelm lud das Gewehr und schoss, aber auch der Geier schien durch die Kugeln nicht verletzt werden zu können. Doch dann nahte Hilfe. Die Krähe war zurück. Und sie war nicht allein.

»Krah krih krah, Hilfe ist nah!«, rief sie in das Kampfgetümmel. Fips schaute nach oben und konnte nicht gleich erkennen, was der Krähe folgte. Es sah aus wie eine merkwürdige schwarze Wolke.

»Bienen!«, rief Fops erleichtert. Die Krähe hatte die Situation gerettet. Die Hornissen hatten gegen den gewaltigen Bienenschwarm keine Chance. Auf eine Hornisse kamen hundert Bienen. Die tapferen, kleinen Honigsammler stürzten sich wütend auf ihre Todfeinde, die Hornissen, und auf die verwandelte Hexe Kaukau. Nun war es der Geier, der gestochen wurde und gequält versuchte, den Attacken der kleinen Tiere zu entkommen, doch nichts half. Schließlich wandte sich das Untier blindlings zur Flucht. Die Bienen nahmen zwar die Verfolgung auf, vermochten ihn allerdings nicht einzuholen. Der Kampf war entschieden, aber um welchen Preis?

Der Adler sank ermattet zu Boden. Offensichtlich war er schwer verletzt. Friedhelm eilte zu seiner Frau, die sich gerade zurückverwandelte. Frieda blutete aus etlichen Wunden, und einige davon waren sehr tief. Außerdem waren ihr Gesicht sowie große Teile der Arme und Beine durch Hornissenstiche fürchterlich entstellt.

»Das sieht übel aus!«, konstatierte Fips, während Friedhelm atemlos versuchte, seine Frau in die stabile Seitenlage zu bringen.

»Wir müssen sie zu uns nach Hause bringen, da kann ich ihr helfen!« Fops sprang mit diesen Worten entschlossen auf. Er winkte die Krähe zu sich, und tuschelnd besprachen sie seinen Plan.

In wenigen Minuten war alles bereit. Eine Decke war schnell besorgt, und Frieda wurde vorsichtig darauf gebettet.

Fips schaute etwas unschlüssig: »Und jetzt?«

In diesem Moment krächzte die Krähe laut, und die Bienen kamen zurück. Es wirkte zwar sehr bedrohlich, doch es drohte keine Gefahr, ganz im Gegenteil. Jede Biene griff mit ihren kleinen Beinchen nach der Decke, und gemeinsam hoben sie diese an. Eingehüllt in die schwarze Wolke des Schwarms erhob sich die Verletzte in die Luft. Die Krähe flatterte langsam voran und bugsierte den fliegenden Krankentransport zur Wohnhöhle von Fips und Fops.

Friedhelm folgte aufgeregt. Zurück blieb nur das kleine Kaninchen, das aus einem Gebüsch hoppelte und sich nachdenklich am Ohr kratzte.

Kapitel 35

Ruhe vor dem Sturm

Vor den Mauern der Roten Burg war inzwischen ein Großteil des Heeres der Schlammkobolde aufmarschiert. Bei den Verteidigern liefen die Vorbereitungen auf Hochtouren. Die Lage war ernst.

Die widerlichen Kobolde schienen überall zu sein. Ihre Schreie, ihr Kreischen und der Gestank ihrer Körper erfüllten die Luft. Die Burg war völlig eingekreist. Wegen ihrer Lage an der Dusterschlucht, welche sich im Rücken der gewaltigen Festungsanlage befand, waren nur Angriffe im Norden, am Haupttor oder am großen Süderturm möglich. Offensichtlich hatte der Feind aber so viele Truppen mobilisiert, dass ein Angriff an allen drei Fronten denkbar war.

Dennoch waren die Verteidiger voller Hoffnung. Die Versöhnung zwischen Fiete und Alberich hatte sich in Windeseile herumgesprochen und machte allen Mut. Mit solchen Anführern konnte alles gelingen, so furchterregend der Feind auch war.

Rainald war wieder der freundliche und nette Maulwurfskobold. Wie gewohnt dienstbeflissen und hilfsbereit, unterstützte er, wo er konnte. Vor allem hatte er noch einige Überraschungen parat.

Die drei Freunde befanden sich noch immer in Fietes Schlafgemach. Fiete hatte sich endlich angezogen, und Rainald nötigte Luke gerade, allerdings gegen dessen heftigen Widerstand, das Diadem aufzusetzen. Maria fiepste überrascht und riss verblüfft die Augen auf. Luke wurde verlegen: »Ist doch klar, dass das doof aussieht. Mit Fietes Schwert wäre ich auch cooler! Vielleicht bekäme ich dann ja auch einen Kuss.«

Maria ignorierte Lukes Worte. Und er sah auch gar nicht peinlich aus. Er sah nämlich nach überhaupt nichts aus, denn in dem Moment, als er das Diadem auf den Kopf gesetzt hatte, war er vor aller Augen verschwunden, ohne jede Spur.

»Großmutter hat mir davon erzählt, aber ich habe es für eines dieser Märchen gehalten«, flüsterte sie beeindruckt.

Auch Fiete wirkte völlig perplex. »Das Ding hätte ich beim Duell gegen Alberich gern aufgehabt.«

Luke schnaubte: »Verar… ich meine verkackeiern kann ich mich alleine. Sollte sich Alberich totlachen?«

Rainald lächelte glücklich: »Hexe Kaukau besaß viele wertvolle Zaubergegenstände! Diesen werden wir gut gebrauchen können.«

Luke, der immer noch nicht begriff, wovon die anderen sprachen, ging zu einem großen Wandspiegel und rannte fast dagegen. »Waaas … zum Teufel?«

Luke schaute in den Spiegel und sah nichts. Auch er war verblüfft und tastete seinen Körper ab, der tatsächlich vollständig unsichtbar geworden war.

»Geil! Echt der Hammer! Alles noch da! Nur unsichtbar eben«, stöhnte er erleichtert. Dann bewunderte er sein nicht vorhandenes Spiegelbild. Da kam ihm ein Gedanke.

»Wird diese Hexe … wie war nochmal der Name?«

»Kaukau«, antworteten Maria und Rainald wie aus einem Mund.

»Genau. Wird diese Kackahexe nicht ihr Zeug wiederhaben wollen? Und wird sie nicht sauer sein?«

Rainald schaute angesichts dieser Frage etwas verwundert: »Sauer? ›Sauer‹ ist – so scheint mir – nicht das richtige Wort. Sie wird versuchen, uns alle zu töten.«

Maria und Luke, der das Diadem wieder abgenommen hatte, warfen einander vielsagende Blicke zu. Rainald schien sich aber wenig Gedanken darüber zu machen, dass eine bösartige Hexe ihnen nach dem Leben trachtete. Vielmehr wandte er sich nun dem Mädchen zu. Er forderte Maria mit einer Handbewegung auf, ihm zu folgen.

»Wohin gehen wir denn?«

»Zu den Burggräben! Wir bereiten den Kampf vor. Und nimm bitte das Buch mit, das ich dir habe zukommen lassen!«

»Nein, Rainald, ich helfe gern, aber dieses Buch setze ich nicht ein.«

Rainald schaute sie verblüfft an. »Soweit ich weiß, hat Kaukau dieses Werk immer sehr geschätzt. Besonders in Kriegszeiten.«

Maria wurde sehr wütend. Selbst Luke, der sich unwillkürlich an den Kampf in der Bibliothek erinnerte, wirkte überrascht.

»Das kann ich mir richtig gut vorstellen. Es wird schlimm genug sein, im Krieg zu zaubern, um Leute zu verletzen oder zu töten. Aber dieses Horrorbuch gehört verbrannt. Ich mache da nicht mit. Omas Buch muss reichen. Das wird schon genug Schaden anrichten.«

Rainald nickte nachdenklich: »Ihr habt recht. Ich habe einen Fehler begangen und Euch falsch eingeschätzt. Ich entschuldige mich!«

»Okay,« Maria atmete schwer vor Wut, »okay, dann haben wir das geklärt. Vorwärts!«

Luke stellte sich den beiden in den Weg: » Ich bin wohl nicht eingeladen zu eurem gemütlichen Nachmittagsausflug. Aber wann haben wir eigentlich beschlossen, dass wir in diesem Herr-der-Ringe-Krieg für Anfänger mitmachen?«

»Die Frage ist berechtigt«, meinte Maria und schaute Fiete an.

»Danke sehr«, schnaufte Luke und wartete nun ebenfalls darauf, dass Fiete etwas sagte.

Fiete schwieg zunächst und dachte nach. Als er zu sprechen begann, wirkte er entschlossen und doch gleichzeitig traurig: »Ihr habt recht, es gibt keinen Grund, dass ihr mit hineingezogen werdet. Seht zu, dass ihr nach Hause kommt. Ich komme schon klar.«

»Zieh dir den rein«, ärgerte sich Luke und äffte Fiete nach, »›ich komme schon klar‹. Denkst du, mit deinen Jedifechtkünsten kommst du gegen eine ganze Armee an? Die verarbeiten dich zu Currywurst.«

»Ich stecke schon bis über beide Ohren in dieser Geschichte drin. Wenn ich aussteige, dann geht alles schief. Die Leute vertrauen mir. Die denken, ich bin ihr Kaiser!«

»Ihr seid der Kaiser!«, mischte sich Rainald ein, der aus einiger Entfernung zugehört hatte.

Maria warf dem Maulwurfskobold einen unschönen Blick zu. Dann wandte sie sich Fiete zu: »Du bist ein Junge. Du hast mit diesem Krieg nichts zu tun. Wir stehen jetzt auf und gehen gemeinsam nach Hause. Deine Eltern warten in Bremen auf dich.«

»Hamburg, nicht Bremen. Und meine Eltern warten wohl eher nicht auf mich.«

»Hamburg, Bremen, Buxtehude, das ist doch völlig egal. Komm mit uns mit!«, schrie Luke. Er war aufgestanden, fasste Fiete nun an den Schultern und schüttelte ihn.

Fiete wehrte seinen Freund sanft ab. »Die Weissagung, das Duell, ich kann hier nicht weg. Das würden die Zwerge nicht verstehen. Alles wäre verloren. Alles würde untergehen. Und vergesst nicht! Ich bin unverwundbar!« Bei den letzten Worten grinste er unbeholfen.

»Aber nicht unsterblich, Alter!«, rief Luke besorgt.

»Wenn die Kobolde gewinnen, dann ist diese Welt hier dem Untergang geweiht. Für alle, die hier leben!«, erwiderte Fiete. »Ich würde gern aussteigen. Aber dazu ist es für mich zu spät!«

Maria atmete tief ein und aus. »Für mich auch!«

»Waaaaas?« Luke kam nun überhaupt nicht mehr mit.

Maria schaute ihn mit traurigen Augen an. »Verstehst du nicht? Er hat recht. Wenn die Kobolde gewinnen, dann sind alle, die in dieser Höhle sind, gefährdet. Verstehst du? Alle!«

Jetzt verstand Luke. Er dachte an seine Schwester, und er wusste, dass Maria an ihre Oma denken musste. Maria stand auf und gab Luke einen Kuss auf den Mund. Dieser reagierte kaum. Als Luke bemerkte, dass Maria drauf und dran war, mit Rainald den Raum zu verlassen, fragte er ratlos: »Und was kann ich machen?«

Bereits im Hinausgehen drehte sich Rainald noch einmal um und schlug etwas Seltsames vor: »Freunde dich doch mit der Hexenhütte an! Sie steht im Haupthof und langweilt sich. Sie wird sich etwas bewegen wollen.«

Dann verließ der Kobold gemeinsam mit Maria den Raum. Fiete folgte, da er zu Alberich musste.

Luke schaute verblüfft hinterher. »Na super. Das wird die Laune der Kacka-Hexe auch nicht bessern, wenn ich mit ihrer Hütte Gassi gehe«, brummte er. Da ihm aber nichts Besseres einfiel, was er tun konnte, machte auch er sich auf den Weg. Das Diadem nahm er mit. Dabei fiel ihm ein, dass Maria ihn gerade geküsst hatte. Er berührte mit der Hand seine Lippen und lächelte glücklich.

Draußen vor den Mauern wurde die Stimmung mit jeder Minute gespenstischer.

Die Truppen der Kobolde waren vollständig formiert. Überall hatten sie riesige Feuer entzündet, was die Zwerge verunsicherte. Es war allgemein bekannt, dass die Schlammkobolde schon seit langer Zeit nicht mehr in der Lage gewesen waren, Feuer zu nutzen. Das hatte sich offenbar geändert. Die Feuer loderten, und schwarze Rauchschwaden zogen über die Mauern und Gräben. Große Gruppen von Bogenschützen postierten sich in der Nähe der Feuer. Kobolde mit Fackeln wanderten herum.

In den vorderen Reihen der Angreifer fand sich diverses Gerät für den Sturm auf die Mauern. Leitern und Rammböcke waren zu sehen. Am Süderturm waren die größten Katapulte und Riesenarmbrüste postiert. Hier hatte Kelber das Kommando inne. Mit bleichem Gesicht, aber glutblitzenden Augen erteilte er den ihm unterstellten Kobolden Befehle. Langsam wurde ihm auch klar, wozu der Boss ihn brauchte.

In den Reihen der Schlammkobolde gab es niemanden, der auch nur halbwegs in der Lage gewesen wäre, eigenständige Entscheidungen zu treffen. Kelber beobachtete eine Gruppe Kobolde, die aus Zeitvertreib ihre Hände in ein großes Lagerfeuer steckten. Immer, wenn sich ein Kobold verbrannte, jaulten die anderen vor Vergnügen. Das hielt aber niemanden davon ab, wenige Momente später selbst die eigene Hand in das Feuer zu halten. Wer von denen hätte das Kommando übernehmen können? Und die Eroberung des Süderturms war entscheidend für den Erfolg.

Kelber fand sich sehr schnell in die Rolle des Kobold-Hauptmanns hinein. Harte Worte und Beleidigungen waren hier gefragt. Seine Untergebenen waren wirklich dumm, gehorchten aber auf's Wort, vorausgesetzt, sie verstanden den Befehl. Man musste alles sehr einfach formulieren.

Kelber genoss die Aufgabe. Und er mochte die Macht. Manchmal ahmte er sogar seinen ehemaligen Chef nach. Es machte wirklich Spaß, die Leute niederzumachen.

Die Sturmtruppen der Kobolde waren schlecht bewaffnet. Die meisten hatten nur eine unförmige Keule sowie einen schweren Holzschild, gegen den sie nun alle zu schlagen begannen. Ein gewaltiges Donnern erfüllte die Luft. Es schien, als ob ein Riese erwachte.

Der Aufmarsch, die Feuer, das donnernde Schlagen gegen Tausende Schilde, das alles beeindruckte die Zwerge sehr. Immer ängstlicher schauten sie auf die unerbittlich wirkenden Massen, die ihre Burg belagerten.

Maria und Rainald waren zwischenzeitlich beim Haupttor angekommen. Hier wurde die Burg nicht nur durch das gewaltige, eisenverstärkte Tor selbst geschützt, sondern zusätzlich durch eine Zugbrücke und einen breiten Wassergraben.

Rainald betrachtete Maria lächelnd. Maria schaute verdutzt zurück. Einige Zwerge standen um sie herum und blickten das Mädchen ebenfalls gespannt an. Irgendetwas wurde von ihr erwartet, aber sie hatte keine Ahnung, was.

»Ja?«, fragte Maria vorsichtig bei Rainald nach.

»Der Wassergraben«, deutete Rainald vorsichtig an. Doch Maria verstand immer noch nicht. Das rhythmische Lärmen der Kobolde wurde immer ohrenbetäubender. Maria konnte kaum einen klaren Gedanken fassen. Offensichtlich wurde von ihr etwas sehr Geistreiches und Besonderes erwartet. Das Problem dabei war aber, dass ihr überhaupt nichts Intelligentes einfiel. Rainald schaute zum Feind hinüber: »Viel Zeit werden wir nicht mehr haben. Der Angriff wird bald beginnen. Sie werden durch den Graben schwimmen, die Mauer erklimmen und die Zugbrücke in ihre Gewalt bringen. Danach knacken sie das Haupttor.«

Maria schaute sich die Sache genauer an. Das klang ziemlich logisch. Wenn das der Plan des Feindes war, dann konnte man darauf reagieren. Und nun lächelte sie. Rainald nickte ihr ermutigend zu

Mit wenigen Zaubersprüchen war die Arbeit getan. Einige Zwerge, die die Zauberei beobachtet hatten, bedankten sich und verneigten sich ehrfurchtsvoll.

»Das ist nicht nötig«, wehrte das Mädchen mit einer seltsam traurigen Miene ab, »lasst uns lieber schnell zu den anderen Gräben gehen.«

Rainald war einverstanden, aber da kam ihm ein Gedanke. Er fauchte die umstehenden Zwerge unfreundlich an: »Hört auf, hier rumzulümmeln! Ihr seid ab sofort die Leibgarde der kaiserlichen Hexe! Beschützt sie mit Eurem Leben!«

»Ich brauche keine Leibgarde«, lachte das Mädchen, »hinter den Mauern bin ich sicher. Die Kobolde werden es doch wohl kaum hinein schaffen!«

Rainald schaute sie verwundert an: »Das wäre dann mal eine echte Überraschung.« Maria lief es bei diesen Worten kalt den Rücken herunter. Sie schaute hinüber zu den Kobolden, die ihre Keulen schwangen und grausige Fratzen zogen. Was, wenn es diesen Gestalten wirklich gelänge, in die Burg einzudringen?

An der nördlichen Seite der Befestigungsanlagen bot sich ein ganz anderes Bild. Hier waren die Mauern viel niedriger. Das rührte daher, dass Felsen und tiefe Abgründe den Mauern vorgelagert waren, sodass die Abwehrchancen deutlich besser waren als am Haupttor oder im Süden.

Dennoch standen auch hier unzählige Kobolde vor den Mauern und vollführten einen barbarischen Lärm: Sie knurrten, fletschten die fauligen Zähne und schlugen wie irre gegen ihre Schilde.

Mit geweiteten Augen starrten die Zwerge auf den schrecklichen Gegner. Hier war der Feind noch furchteinflößender als an den anderen Frontabschnitten, denn die Kobolde führten Onkas mit sich. Die großen Tiere ähnelten in Größe und Form Elefanten. Allerdings glich ihr Rüssel eher dem eines Tapirs, und die gewaltigen

Stoßzähne waren nach unten gebogen. Ihr Fell war zottig und verfilzt. An Körper und Bauch war das Fell schwarz und braun, während es auf dem Rücken weiß und viel buschiger wirkte. Auf der Mitte der Stirn thronte ein gewaltiges Horn.

Das Jaulen der Onkas säte Furcht und Schrecken bei den Verteidigern. Dennoch wich niemand. Aber Hilfe konnten sie gut gebrauchen. Und tatsächlich … sie bekamen unerwartete Verstärkung.

Eine riesige Gestalt lief behände die nördlichen Verteidigungsanlagen entlang: Hexe Kaukaus Hütte. Luke stand auf der Veranda wie ein Admiral auf dem Flaggschiff einer Seeschlacht und beruhigte die Zwerge, die von der offensichtlichen Zauberkunst des kaiserlichen Freundes begeistert waren. Nun schlugen sie auf ihre Schilde und brüllten ihren Schlachtruf: Urraaaaaaah!

Das machte Eindruck. Auf der anderen Seite schien das Jaulen und Schildschlagen der Kobolde nachzulassen. Nur die Onkas blieben unbeeindruckt. Sie interessierten sich nur für ihre Futtersäcke, aus denen sie Knochen und Aas fraßen.

Fiete und Alberich hatten inzwischen ihre Inspektion beendet und postierten sich am Haupttor. Sie wurden von lauten Begrüßungsrufen und Beifall empfangen. Die beiden betrachteten den Feind, der aus der Nähe noch gruseliger aussah, wie Fiete fand. Aber der Junge bemerkte, wie groß das Vertrauen der Zwerge in ihn war, und wollte es nicht enttäuschen. Er fühlte sich aber dennoch nicht wohl in seiner Haut. Er hatte Angst.

Da fiel sein Blick auf den Burggraben, und er lächelte. Alberich sah es jetzt auch. Mit funkelnden Augen zischte er: »Gute Arbeit, diefe verdammten Kobolde werden jämmerlich verrecken.«

Fiete schaute Alberich mit großen Augen an und schwieg.

Kapitel 36

Die Verwandlung

Lina, Lautenberg und Pelle schauten Gerobur nach, der mit Martha auf dem Rücken davonflog. Sie hatten verabredet, dass die beiden zunächst bei Fips und Fops vorbeischauen sollten, um anschließend bei der Roten Burg nach dem Rechten zu sehen.

»Wo fliegen hin?«, nuschelte der Hund aufgeregt. Bitzelbeck kam aus der Hütte und hatte eine Tasche dabei.

»Sie werden kämpfen!«, antwortete der Hühnerkobold, da die anderen nicht reagierten.

»Oh, kämpfen! Pelle kann gut kämpfen! Pelle kämpft oft mit Bobby, Hund vom Förster«, bellte der Hund und tanzte um alle herum.

»Ich finde das nicht gut, dass ich nicht mitdarf!«, maulte Lina, »sie ist meine Freundin, ich kann ihr helfen.«

»Du hast ihr doch dein Halstuch als Glücksbringer geschenkt. Das muss reichen«, knurrte Lautenberg, merkwürdigerweise mit einer sehr hellen Stimme. »Kriege sind nichts für Kinder! Wenn schon, dann hätte ich mitgemusst. Es ist ein Fehler, dass Martha allein geflogen ist.«

Lina schaute Lautenberg an und fing an zu lachen. Lautenberg schaute verblüfft.

»Warum lachst du?«

»Du denkst, du bist älter als Martha?« Lina schaffte es kaum, diese Worte herauszubekommen. Sie konnte nur noch mühsam ihr Lachen unterdrücken und sprach nicht weiter. Vielmehr versuchte sie, sich zu beruhigen. Bitzelbeck gesellte sich zu Lautenberg. Der Lachflash von Lina interessierte ihn gar nicht.

»Du warst im Krieg?«

Lautenberg schaute zu dem Kobold: »Ich habe den Krieg kennen gelernt. Ich war als Soldat in Bosnien. Kurz nachdem der Krieg vorbei war.«

Der Kobold wirkte sehr zufrieden mit dieser Antwort, sagte aber weiter nichts dazu. »Dann lasst uns aufbrechen!« Lautenberg und Lina schauten Bitzelbeck an.

»Warum?«

»Wir müssen den Zwergen helfen. Wenn die Schlammkobolde gewinnen, dann brechen finstere Zeiten an. Dann werden noch mehr leiden müssen.«

Der Hühnerkobold sträubte seine Federn und schaute kampfentschlossen Richtung Horizont, wohin der Drache verschwunden war.

Lautenberg schüttelte den Kopf. »Ich kann mitkommen, aber was ich vorhin gesagt habe, meinte ich auch so: Krieg ist nichts für Kinder. Lina muss hierbleiben, aber nicht allein. Sicher ist es hier auch nicht.«

Lina fing an zu lachen. Nun lächelte auch Bitzelbeck, aber nur ein wenig.

»Was habt ihr denn nur?« Lautenberg ärgerte sich langsam, aber sicher über das seltsame Verhalten der beiden. Seine Stimme klang dabei befremdlich glockenhell.

»Reg dich nicht auf!«, beruhigte ihn Bitzelbeck, »die Wirkung tritt nur allmählich ein. Du merkst gleich, was los ist.«

»Bei Martha war es ähnlich, aber jetzt kann es nicht mehr lange dauern.« Lina musste sich beim Reden immer noch das Lachen verkneifen, da Lautenberg etwas dümmlich aus der Wäsche schaute.

»Na, dann komm mal mit!«, meinte Bitzelbeck und nickte Lina zu. Beide führten den verdutzten Lautenberg in die Höhle. Sie hielten ihn behutsam an der Hand, ganz so, als wäre er krank oder gebrechlich.

Und tatsächlich, ihre Fürsorge war nicht unberechtigt. Lautenberg hatte Schwierigkeiten, die wenigen Stufen der Eingangstreppe zu erklimmen. Sie schienen auf einmal ungewöhnlich groß zu sein. Er stöhnte. Sein Körper fing an zu schmerzen. Seine Arme und Beine fühlten sich an, als würden sie schrumpfen. Er bekam Bauchkrämpfe. Verschwitzt und ängstlich starrte Lautenberg an sich herunter.

»Was geschieht mit mir?«, flüsterte er verwirrt. Irgendwie schien alles zu wachsen, doch sein Körper schrumpfte. Alles drehte sich. Es war auch keine Hilfe, dass Lina weiterhin kicherte.

Die Höhle war einfach, aber gemütlich eingerichtet. Es gab nur einen Raum, an dessen Ende ein Wandspiegel zu sehen war. Dorthin wurde Lautenberg gebracht.

Er schaute in den Spiegel, erkannte das Spiegelbild, traute aber seinen Augen nicht.

Rechts von ihm stand Bitzelbeck, links Lina. Sich selbst allerdings … sah er nicht. Statt seiner Person erschien im Spiegel ein Junge, der ungläubig aus dem Spiegel heraus starrte. Ihm kam der Junge allerdings bekannt vor, sehr bekannt sogar. Lautenberg stöhnte auf. Auf einmal begriff er, was hier los war.

Er fasste sich ins Gesicht, an die Nase, an den Bauch, der sich gerade in diesem Moment mit einem Plopp verflachte. Der Junge im Spiegel, das war er. Mit offenem

Mund starrte Lautenberg auf seine veränderte Erscheinung. Er war um Jahre jünger geworden, mindestens fünfundzwanzig, wenn nicht gar dreißig Jahre. Er war wieder ein Kind.

»Wie ist das möglich?«, piepste er mit seiner neuen hohen Stimme, was Lina dazu bewegte, sich kichernd abzuwenden.

»Nun, die Quelle, aus der Pelle und du getrunken habt, ist die Ursache. Es gibt schon seit langem kein sauberes Wasser mehr im Kahlen Land!«, erklärte ihm der Hühnerkobold. »Mit einer Ausnahme!«

»Der Jungbrunnen!«, ergänzte Lina, die sich mit hochrotem Kopf umdrehte.

Lautenberg zuckte mit der Schulter, er wusste nicht, was er von der Sache halten sollte. Ein Jungbrunnen? Er hatte in dieser Höhle schon so viel Unglaubliches gesehen, aber das übertraf doch alles. Die rasante Veränderung seines Körpers war nun fast abgeschlossen. Lautenberg schaute einerseits fasziniert, andererseits aber auch beängstigt zu.

»Dann wird Pelle auch jünger?« Lautenberg stellte sich den Hund als niedlichen Welpen vor.

Bitzelbeck schüttelte den Kopf. »Der Zauber wirkt nur bei Menschen. Also bei erwachsenen Menschen. Kinder, Kobolde und Tiere trinken das Wasser ohne irgendwelche Zauberwirkungen.«

Im Spiegel konnte Lautenberg verfolgen, wie sein Körper die Zeitreise beendete. Das Gesicht verformte sich, Haare sprossen auf seinem bislang nackten Schädel, dafür verschwand der Drei-Tage-Bart. Seine Kleidung schlotterte am viel schlankeren Körper herunter, besonders im Bauchbereich.

»Wie kann man das denn rückgängig machen?«, fragte Lautenberg verunsichert.

Bitzelbeck hüstelte gekünstelt, was Lautenbergs Stimmung nicht verbesserte.

»Was?«, fragte er gereizt nach.

Lina kicherte erneut. »Also, wenn ich das richtig verstanden habe, dann bleibt das so! Und warum willst du das rückgängig machen? Martha war total happy, den Jungbrunnen gefunden zu haben.«

»Martha?« Lautenberg ahnte etwas.

»Vor drei Wochen feierte sie ihren 73. Geburtstag! Na ja, was heißt feiern? In so einer Klapsmühle, sorry, Klinik feiert man eher wenig«, erklärte Lina.

»Klinik? Die alte Dame, die aus der Klinik verschwunden war?«. Lautenberg wuschelte sich irritiert durch seine neue Haarpracht. Alles passte jetzt zusammen, allerdings auf eine sehr merkwürdige Art und Weise.

Bitzelbeck nickte und fuhr fort: »Wir wussten ja, dass Drakolov früher oder später kommen würde, seitdem er anfing, sich in der Oberwelt herumzutreiben. Wenn er nicht gerade Futter suchte, wandten sich alle seine Angriffe gegen die Zwerge und ihre Verbindung zu den Menschen. Und die stärkste Verbindung war nun einmal Martha.«

»Und da habt ihr sie geholt?« Lautenberg konnte sich kaum auf Bitzelbecks Erzählung konzentrieren. Er fasste es nicht, dass er wieder Haare hatte.

»Na klar. Sie ist eine gute Freundin. Ich bin zu ihr hin, aber sie war in einem furchtbaren Zustand. Sie hatten ihr seltsame Tabletten gegeben. Sie dachte tatsächlich, mich gäbe es gar nicht, sie würde sich alles einbilden. Es war nicht einfach, aber dann habe ich sie gerade noch rechtzeitig aus dieser Klinik rausgeschafft. Drakolov war außer sich und verwüstete alles, kaum, dass wir weg waren.«

Lautenberg nickte. Er hatte die zerstörte Klinik gesehen.

»Und Lina?«

»Ich war ja abgehauen«, meinte Lina schlicht, »und im Wald kamen mir auf einmal eine alte Oma, das war Martha, und das liebste Riesenhuhn aller Zeiten entgegen.«

»Vorsicht!«, tadelte sie Bitzelbeck gutmütig.

»Das war Bitzelbeck!«, lächelte Lina, »mein lieber, guter Bitzelbeck.« Übermütig klopfte sie dem Kobold auf den Hühnerschnabel, der das geduldig über sich ergehen ließ.

»Leider wurden wir verfolgt«, ergänzte Bitzelbeck und erwiderte das warme Lächeln des Mädchens.

»Genau, dieser doofe Drache war hinter ihnen her. Und dann auch hinter mir. Also bin ich mitgegangen.«

Lautenberg strich sich durch das Haar und schüttelte seinen Kopf. »Wie hätte ich das jemals aufklären sollen? Der Fall war unlösbar.«

Lina stieß Lautenberg an: »Das tut mir echt leid, mit der Vermisstenmeldung und dem Kummer, den ich bereitet habe. Ich wollte ja nur nach Berlin, zu meiner echten Mutter. Aber das ging schief. Woher sollte ich denn wissen, dass ich auf einen Drachen stoße?«

»Wir haben Lina mit in das unterirdische Land genommen. Oben zurücklassen ging nicht, solange Drakolov dort wütete. Irgendwie glaubte er, Lina gehöre zu uns.«

»Das stimmt ja nun auch!«, warf Lina ein und drückte Bitzelbeck fröhlich.

»Wir haben uns hier versteckt, und Martha fand die Quelle. Gerobur hat uns beschützt.« Mit diesen Worten beendete Bitzelbeck die Erzählung und betrachtete Lautenberg. Der hatte inzwischen seine Verwandlung überstanden. Vor Bitzelbeck und Lina stand nun ein etwa 12-jähriger Junge mit dichtem, schwarzen Haar und sympathischen Gesichtszügen. Lautenberg betrachtete sich abschließend im Spiegel.

»Das ist abgefahren«, meinte er schließlich grinsend.

»Yep«, meinte Lina und hörte endlich auf zu kichern, wofür ihr Lautenberg sehr dankbar war. »Wie heißt du nochmal mit Vornamen?«

»Joachim.«

»Ein etwas altmodischer Name für einen Jungen. Wir werden dich Jupp nennen.«

Eine verblasste Erinnerung wurde wieder lebendig. Joachim war in seiner Jugend Jupp genannt worden und nun wieder. Er wusste noch nicht so genau, ob er das gut finden wollte.

Kapitel 37

Die Schlacht

Die rote Burg, besetzt mit unzähligen Verteidigern, spiegelte sich in den funkelnden Augen Kelbers.

Er war nervös, und dennoch genoss er den Moment. Es war das Abenteuer seines Lebens. Ein bisschen anders als erträumt, aber immerhin. Er war der Hauptmann, der zweitwichtigste Mann einer Koboldarmee, inmitten einer unterirdischen, magischen Welt. Er grinste breit.

Und wenn alles klappte, dann war er bald der zweitwichtigste Mann im gesamten unterirdischen Land. Ein Herrscher über Kobolde, Zwerge, sprechende Tiere und andere Fabelwesen. Und wer mochte wissen, wie es weiter ging? Kelber sah sich schon als der neue Boss, der die Zauberwesen aus dem Berg hinausführte. In die Welt! Weltherrschaft!

Das Flirren in Kelbers Augen wirkte immer irrer. Eigentlich konnte er sich Tagträumereien nicht erlauben.

Das Signal zum Angriff musste jeden Moment kommen. Er wusste nicht genau, worin es bestehen würde. Der Boss hatte nur gemeint, er würde es schon merken und im richtigen Moment das Richtige tun. Wenn nicht, dann würde er Kelber fressen. Dabei hatte der Oberkobold liebenswürdig gelächelt, aber keinen Zweifel daran gelassen, dass er es ernst meinte. Daher wollte Kelber sich lieber konzentrieren. Dieser Entschluss kam zum genau richtigen Zeitpunkt.

In diesem Moment ertönte nämlich ein grässliches Geräusch aus einem riesigen Horn. Sofort erstarben das Jaulen und Schreien der Schlammkobolde. Gespenstische Ruhe legte sich über das Schlachtfeld. Nichts und niemand bewegte sich. Schwarze Rauchschwaden schwebten behäbig über die Koboldtruppen, ansonsten stand alles still, eine letzte Sekunde lang, die wie in Zeitlupe verging. Dann ging es überall gleichzeitig los.

Kelber hatte seinen rechten Arm gehoben und senkte ihn nun schlagartig. Die Kobolde setzten ihre Vernichtungsmaschinen in Gang. Gigantische Felsbrocken flogen in Richtung Burg. Jeder war mindestens so groß wie ein Auto. Es sah beängstigend aus, aber vor allem war es gefährlich. Den Brocken folgten riesige Pfeile.

Einige Felsbrocken schlugen gegen die Mauern und trafen den Turm, erzielten aber nur wenig Wirkung. Dagegen durchbohrten einige Riesenpfeile mehrere Zwerge auf einmal. Dann war wieder alles ruhig. Erneut herrschte unheimliche Stille. Sie wurde nur unterbrochen von dem Stöhnen der verletzten Zwerge.

Da ertönte ein zweites Signal. Am Haupttor hatten sich die Bogenschützen der Schlammkobolde gesammelt. Aus ihrer Mitte erhob sich eine riesige, schwarze Wolke, die anmutig durch die Luft segelte. Fiete begriff zunächst nicht, um was es sich handelte. Alberich reagierte jedoch gedankenschnell: »Pfeile!«

Die Zwerge wussten, was zu tun war, und hoben ihre Schilde. Alberich zog Fiete in den Schutz des eigenen Schildes, und keine Sekunde zu früh. Wenig später schlugen mit einer unglaublichen Wucht drei Pfeile in den Schild ein.

Alberich schaute Fiete ernst an. »Auch wenn Ihr unverwundbar feid, fordert Euer Glück lieber nicht herauf!«

Fiete nickte mit zugeschnürter Kehle und bemerkte entsetzt, wie neben ihm zwei Zwerge tödlich getroffen zusammensanken.

Wieder senkte sich Ruhe herab. Die Pausen steigerten die Spannung unerträglich. Da ertönte zum dritten Mal ein Signal. Felsbrocken, Riesenpfeile, Pfeile – dieses Mal kamen alle Fernwaffen der Kobolde gleichzeitig zum Einsatz. Fiete ging nun selbst in Deckung und beobachtete den Feind. Wie auf Kommando folgte aus den Reihen der Angreifer ein einziger Schrei aus Tausenden von Kehlen. Die Kobolde schrien wie die Besessenen. Dabei schüttelten sie ihre Köpfe, und Speichel tropfte in langen, schaumigen Fäden von ihren Mäulern. Der Sturmangriff begann: Die ersten Reihen der Schlammkobolde schwangen ihre Keulen und stürzten sich todesmutig nach vorn.

Maria, Fiete und Luke befanden sich weiterhin an den drei unterschiedlichen Schauplätzen der Schlacht: Maria im Süden, Fiete am Haupttor und Luke im Norden. Bestürzt beobachteten sie das jeweilige Geschehen. Maria stockte der Atem, und sie erwartete mit traurigem Blick das unvermeidliche Massentöten. Fiete stand kalter Schweiß auf der Stirn. Er umkrampfte entsetzt sein Schwert. Luke blieb äußerlich cool. Er meinte nur trocken: »Ach du Scheiße!« Aber auch er wollte nicht hier sein. Ganz und gar nicht. Weglaufen wollten die drei Freunde dennoch nicht.

Am Haupttor kamen die Schlammkobolde gut voran. Allerdings gerieten sie unter starken Beschuss. Die

Zwerge sandten eine Pfeilsalve nach der anderen hinab. Viele Kobolde kamen nicht weit. Von Pfeilen getroffen, stürzten sie bereits nach wenigen Metern zu Boden. Es waren aber ihrer zu viele, als dass man tatsächlich alle hätte aufhalten können. Die nachfolgenden Kobolde stiegen oder sprangen über ihre toten und verletzten Kameraden hinweg. Doch auch von diesen wurden gleich darauf die meisten getötet oder verletzt.

Es spielte aber keine Rolle, da immer wieder neue Angreifer die Gefallenen ersetzten. So dauerte es nicht lange, und die ersten Kobolde erreichten den Burggraben. Blindlings stürzten sie sich hinein, um ihn zu durchschwimmen. Das klappte allerdings nicht. Der Graben enthielt kein Wasser mehr. Stattdessen war er angefüllt mit … Marmelade.

Mit hysterischem Jubelgeschrei quittierten die Zwerge, dass die verhassten Feinde jämmerlich in der Marmelade versanken. Hunderte stürzten sich in den Graben, alle kamen um. Viele Kobolde verwandelten sich in kleine Tornados und zischten mit einer unglaublichen Geschwindigkeit auf Burggraben und -mauer zu. Doch auch sie versanken in der Marmelade.

Fiete war erschüttert. Ein solches Gemetzel kannte er noch nicht einmal aus Filmen. Insgeheim bewunderte er die Kühnheit der Gegner. Die hohen Verluste hielten keinen Angreifer davon ab, sich in den Graben zu stürzen. Kobold für Kobold sprang tollkühn in den Tod.

Alberich grinste kalt: »Fie fterben für Marmelade, die kleinen Leckermäuler!«

Fiete verzog das Gesicht, er fand das gar nicht witzig. Und noch etwas fiel ihm auf. Einige Kobolde stürzten sich nicht in den Graben, kümmerten sich auch nicht weiter um die Schlacht, sondern begannen die Marmelade vom Rand her zu essen.

»Was soll das denn?«, fragte er Alberich, der Kommandos gab, um die Bogenschützen zu dirigieren, »wollen die den Graben leeressen?«

Alberich schüttelte den Kopf. »Die werden einfach nur Hunger haben«, schrie der Zwerg durch den Kampfeslärm. Da er Fietes verständnislosen Blick bemerkte, ergänzte er: »Feit Jahren haben die Kobolde im Kahlen Land nicht mehr genug zu essen. Den Handel mit ihnen haben wir auch eingestellt. Die können fich einfach nicht beherrschen, ausgehungert, wie fie sind.«

»Greifen die deshalb an?«, fragte Fiete atemlos zurück.

Alberich zuckte gleichgültig mit den Schultern und meinte nur: »Vielleicht!«

Fiete starrte auf die gierig fressenden Kobolde. Andere Kobolde versuchten die ausgezehrten Gestalten durch Keulenhiebe zum Weiterkämpfen zu bewegen. Doch die meisten ließen sich auch durch Schläge nicht vom Essen abhalten. Gegen Hungernde zu kämpfen, das gefiel Fiete gar nicht …

Auch an der Nordburg war die Hölle los. Luke dirigierte die Hühnerbeinhütte mal hierhin und mal dorthin und checkte die Lage. Gerade versuchte er sich klarzumachen, wozu der Feind diese riesigen, merkwürdigen Tiere dabeihatte, die eigentlich einen sehr gemütlichen Eindruck machten. Doch die Antwort war furchtbar.

Die Kobolde trieben die Onkas unbarmherzig vor sich her. Mit langen glühenden Eisenstäben wurden die Tiere dermaßen zur Verzweiflung gebracht, dass sie sich in die Schluchten stürzten, welche die Burg vor Angreifern schützten. Gelegentlich wandten sich die vor Schmerz brüllenden Tiere gegen ihre Peiniger und griffen diese an. Dennoch gelang es den Kobolden am Ende immer, die Tiere in ihr Verderben zu stürzen. Luke verstand nicht, was das sollte, bis er beobachtete, dass die riesigen Tiere an einigen sehr engen Stellen so fielen, dass sie lebende Brücken bildeten, über welche die Kobolde nun zur Mauer vordrangen. Diese Übergänge waren relativ stabil, da sich die Onkas panisch festklammerten, um nicht in die Tiefe zu stürzen. Ihre Schreie in Todesangst waren herzzerreißend.

»Was sind das denn für Arschlöcher?«, entfuhr es ihm. »Das müsste mal jemand Greenpeace verklickern.« Die Methode der Kobolde war gemein, aber wirkungsvoll. Luke musste sich etwas einfallen lassen. Und dann kam ihm eine Idee. Er nahm einige Bogenschützen mit an Bord und eilte mit der Hütte von einer gefährdeten Stelle zur nächsten.

Der Wetterhahn der Hexenhütte war seit Beginn der Schlacht ganz aufgeregt und krähte: »Gefahr, Gefahr, Feinde sind nah!« So nah der Feind auch war, die gezielten Pfeile von Lukes Hüttentruppe verhinderten immer wieder, dass die niedrigen Mauern überwunden wurden. Aber die Lage blieb brenzlig.

Maria und Rainald waren inzwischen am großen Süderturm angelangt. Hier war der Beschuss durch Felsen und Riesenpfeile ziemlich heftig. Der Turm und das Südertor waren bereits extrem beschädigt.

Rainald ließ seinen Blick über die Reihen des Feindes gleiten und entdeckte etwas. Der Lärm war ohrenbetäubend und ließ es kaum zu, dass man sich durch Sprechen verständigen konnte. Daher gestikulierte der Kobold zu Maria und zeigte auf die Artillerieeinheiten. Erst wusste sie nicht, was er meinte, doch dann sah sie es auch.

Unter all den Kobolden befand sich ein Mensch. Er überragte die Kobolde deutlich und kommandierte offensichtlich den Beschuss. Und er machte das leider sehr gut.

»Einen Menschen hat er zum Hauptmann gemacht«, murmelte Rainald leise vor sich hin, »das ist nicht gut, das ist gar nicht gut.«

Maria und Rainald beobachteten mit düsterer Miene den menschlichen Koboldhauptmann, der in diesem Moment abgelenkt wurde. Ein Geier landete in seiner Nähe, der merkwürdigerweise qualmte. Plötzlich verwandelte sich der Geier in eine alte Frau.

Rainald schnaubte vor Wut: »Kaukau!«

Maria schaute den Maulwurfskobold fragend an, doch sie hatten keine Zeit für Gespräche. Ein gewaltiger Brocken traf das Südertor. Weitere Treffer waren zu erwarten. Jeden Moment konnte der Turm einstürzen. Dessen Trümmer sowie Schutt würden dann den Graben zuschütten. Marmelade hin oder her, die Kobolde könnten dann leicht zur Mauer vorstoßen. Das musste verhindert werden. *Vielleicht dieses Mal etwas weniger brutal und gemein,* dachte sich das Mädchen. Maria blätterte in ihrem Zauberbuch und fand schnell einen Spruch. Sie begann zu zaubern.

Auf der Gegenseite frohlockte Kelber. Der Boss würde sehr zufrieden sein. Das sah alles sehr gut aus. Wenn an seinem Kampfabschnitt der Durchbruch in die Burg gelingen würde, dann wäre das großartig. Jeden Moment musste es so weit sein. Der Turm des Feindes würde zusammenbrechen und den Graben zuschütten. So wie es aussah, würde der Turm gleichzeitig auch die Mauer zerstören. Die entstehende Bresche wäre groß genug, um die Burg zu erstürmen.

Bei diesem Triumph wollte er sich nicht stören lassen.

Aber er wurde gestört. Diese alte Hexe war plötzlich aufgetaucht und quatschte ihn voll. Unwirsch lauschte er ihrer Geschichte. Durch den Kampfeslärm verstand er nur die Hälfte. Offensichtlich war sie bestohlen worden. Die Einzelheiten ergaben aber wenig Sinn. Füchse, die Waschbären waren, ein Junge, eine andere Hexe und irgendein Opa hatten ihr alles gestohlen, mitsamt ihrer Hütte. Und die Hütte war wohl in der Burg. Kelber hatte selten so einen Quatsch gehört.

»Ich kann Euch sehr behilflich sein, ich kann zaubern, besitze große Macht, mein lieber Herr«, schleimte Kaukau herum.

»Es heißt Herr Hauptmann«, wies Kelber die Hexe zurecht, »und wir brauchen keine Hilfe. Wir kommen schon klar, im Gegensatz zu dir.« Skeptisch beäugte er die immer noch ein wenig qualmende Frau. »Vielleicht besorgst du dir erst einmal Brandsalbe und frische Kleidung. Du stinkst wie ein bekacktes Brathähnchen. «

Hexe Kaukau verzog ihr hässliches Gesicht und funkelte Kelber bösartig an. Sie verkniff sich nur unter großer Anstrengung eine passende Widerrede.

»Vielleicht haben der Herr Hauptmann etwas später Zeit für mich?«, würgte sie mühsam hervor. Kaukau konnte sich kaum beherrschen. Was erlaubte sich diese Witzfigur?

»Vielleicht. Ganz bestimmt habe ich auf der Siegesfeier Zeit«, grinste Kelber, dann gefror sein Lachen. Dort drüben geschah Unglaubliches.

Gerade hatte ein gewaltiges Geschoss den Turm getroffen, riesige Trümmerteile waren herausgebrochen. Doch der Turm stürzte nicht ein. Im Gegenteil: Plötzlich fingen die herausgebrochenen Steine an zu schweben. Sie fielen einfach nicht zu Boden, so wie es sich gehörte. Kelber traute seinen Augen nicht. Stattdessen bewegten sich die Steine langsam nach oben und nahmen ihren alten Platz ein. Der Turm reparierte sich wie von Zauberhand. Selbst die am Boden liegenden Trümmerteile kehrten zurück und vervollständigten den ramponierten Turm.

Jubelgeschrei bei den Zwergen, tiefe Enttäuschung bei den Kobolden. Kelbers Gesicht versteinerte: Zauberei … Plötzlich stand die alte Hexe neben Kelber und raunte ihm ins Ohr: »Und? Hast du nun ein wenig Zeit für mich?«

Kelber zuckte zusammen und schaute Hexe Kaukau entsetzt an. »Was willst du für deine Hilfe?«

»Wir werden uns schon einigen, ganz sicher«, meinte die Hexe mit einem breiten Grinsen, das Kelber Übelkeit verursachte. »Ich will nur meine Hütte zurück. Sie muss irgendwo in der Burg herumlaufen …«

Kelber stutzte: »Sie läuft herum? Die Hütte?«

Am Haupttor hatten die Kobolde unglaublich viele ihrer Mitstreiter im Marmeladengraben verloren. Aus der weichen Masse im Burggraben ragten etliche Leichenberge heraus. Diese bildeten dadurch einen begehbaren Boden, den die nachfolgenden Kobolde nun wie eine Brücke nutzen konnten.

Die Szene wirkte auf Fiete makaber und bizarr zugleich. Entscheidend war aber, dass nun die zweite Welle der Kobolde den Graben zu überwinden drohte. Am Fuß der Mauer angekommen, kletterten sie wie Fliegen die Wände hoch. Erst waren es nur ein paar, dann Dutzende, schließlich Hunderte. Auch sie wurden von den Zwergen massiv beschossen, sodass man meinen könnte, es hagele Pfeile. Es starben unglaublich viele Angreifer, aber genauso viele rückten nach. Es war zum Verzweifeln.

Doch plötzlich schrien die ersten Kobolde, die die Hälfte der Strecke hochgeklettert waren, schmerzerfüllt auf. Die Mauern der roten Burg glühten bei jedem Feind auf, der sie berührte, und verbrannte ihnen die Hände. Immer mehr Kobolde bemerkten bestürzt, wie ihnen die Haut weggebrannt wurde. Die Luft war erfüllt vom widerlichen Gestank verbrannten Fleisches und von den jämmerlichen Schreien der Herabstürzenden.

»Maria«, murmelte Fiete vor sich hin. Offensichtlich hatte sie auch die Mauer verzaubert. Triumphgefühle wollten sich bei dem Jungen aber nicht einstellen. Zum einen war dieser Zauber sehr grausam. Zum anderen nützte er nicht viel.

Nach der ersten Überraschung kletterten die Kobolde weiter nach oben. Dass ihre Hände verbrannten, ignorierten sie einfach, obgleich die Schmerzen unerträglich sein mussten. Bald erklommen die ersten Angreifer die Zinnen sowie Wehrgänge und schlugen mit ihren gewaltigen Keulen auf die Zwerge ein, die nur mühsam standhalten konnten. Fiete zog sein Schwert, da kam schon der erste …

Lukes Bogenschützen waren sehr erfolgreich, aber auch hier gewannen die Angreifer langsam die Oberhand. Die Mauer war bereits an zwei Stellen bezwungen.

Luke befahl seinen Bogenschützen, weiterhin zu schießen, ergriff das Schwert eines Gefallenen und setzte dann das Diadem auf. Vor den verblüfften Augen der Zwerge verschwand der Junge. Kurze Zeit später konnte man beobachten, wie ein Kobold nach dem anderen von einem unsichtbaren Kämpfer niedergestreckt wurde. Die Zwerge jubelten und stürzten sich mit erneuerten Kräften in den Kampf. Lukes entsetztes Gesicht und seine Tränen bei dieser blutigen Arbeit sah niemand. Es war sowieso abscheulich, zu kämpfen. So zu kämpfen, war ekelerregend und gemein, aber es war die letzte Chance, die Schlammkobolde zu stoppen.

Die Kobolde, denen die Anwesenheit des unsichtbaren Feindes nicht entging, gerieten in Panik. Viele flohen, einige sprangen sogar in die Tiefe. So gelang es den Verteidigern – trotz der Überzahl des Feindes – verlorenes Terrain zurückzugewinnen.

Im Süden sah es gut aus. Der Süderturm schien gerettet. Die Versuche der Kobolde, den Marmeladengraben zu überwinden, waren hier nicht weit gediehen, da man sich bislang auf die Feuerkraft der Steinschleudern verlassen hatte. Der Mut verließ die Kobolde. In gleichem Maß wuchs bei den Zwergen die Zuversicht. Von den anderen Kampfabschnitten hatte man nichts gehört, und so hoffte man auf den Sieg. Marias Leibwache feierte bereits ausgelassen, doch das war ein Fehler.

Maria atmete tief ein und aus. Dieser Zauber war ihr deutlich leichter gefallen. Etwas zu reparieren, Schaden zu verhindern, war okay. Das, was sie am Burggraben gezaubert hatte, war das genaue Gegenteil von dem gewesen, was sie erreichen wollte. Sie wollte von Anfang an den Feind nur aufhalten. Marmeladengraben und die glühende Wand sollten den Kampf beenden, nicht verschlimmern. Wenigstens hatte sie hier genau das erreicht, was sie wollte.

Maria klappte das Buch zu und lächelte. Auch Rainald war zufrieden und schaute zum Feind hinüber. Der Koboldhauptmann wütete, das konnte man aus der Entfernung sehen. Doch wo war Kaukau? Der Maulwurfskobold war beunruhigt.

»Maria, weißt du, wo Kaukau hin ist?«, fragte er und blickte Maria an. Diese drehte sich zu ihm um, und da geschah es.

Wie aus dem Nichts stürzte sich ein qualmender Geier auf Maria und hackte ihr mit einem fürchterlichen Hieb auf den Kopf. Mit verwundertem Blick brach das Mädchen zusammen, ohne einen Ton von sich zu geben. Der Geier wollte gerade ein zweites Mal hacken, da reagierte die Zwergenleibgarde endlich.

Zwei Zwerge zogen Maria aus der Reichweite des Untiers, das weiterhin wild wütete. Ein Zwerg wurde dabei schwer verletzt und stürzte zu Boden. Die anderen zogen ihre Schwerter und durchbohrten den Geier.

Normalerweise hätten die Zwerge gegen einen solch mächtigen Feind keine Chance gehabt. Doch der Geier wurde von dem Eingreifen der Zwerge überrascht und war offensichtlich bereits vorher geschwächt gewesen. Seine Augen waren halb zugeschwollen. Er hatte nicht nur am Kopf, sondern am gesamten Körper unzählige Bienenstiche. Außerdem hatte er Federn verloren und qualmte. Trotz des bestialischen Gestankes stachen die Zwerge in wilder Wut auf den Vogel ein, immer und immer wieder. Am Ende tat das widerliche Tier seinen letzten Atemzug. Aus dem blutigen Schnabel kamen letzte krächzende Worte: »Maximilian, du Ar…« Kaukau konnte diesen letzten Satz, ihre Anklage gegen den ehemaligen Zwergenkanzler, nicht beenden. Ihre Augen verdrehten sich so, dass nur noch das Weiße zu sehen war. Dann verwandelte sich die alte Hexe in ihre ursprüngliche Gestalt zurück. Entsetzt wichen die Zwerge von ihr.

Vor ihnen lag nun die Leiche der Hexe Kaukau. Ein Zwerg war so überrascht und verwirrt, dass er stolperte und auf die Zauberin fiel. Er landete mitten auf deren Bauch. Hektisch versuchte er sich aufzurappeln, was ihm aber zunächst nicht gelang. Erst als ihm die anderen halfen, konnte er sich aus dieser schrecklichen Lage befreien.

Rainald eilte zu Maria. Tränen brachen aus seinen Augen. Voller Verzweiflung fiel er auf die Knie und ließ jede Vornehmheit fahren.

»Verzeih mir, Maria! Vergib mir! Ich war ein Trottel, ein Vollidiot. Wir hätten dich in Sicherheit bringen müssen, als Hexe Kaukau eingetroffen war. Ich hätte die Gefahr erahnen müssen. Vergib mir!«

Rainald sprach vor allem mit sich selbst, sicher nicht mit Maria. Das Mädchen lag leblos da und reagierte nicht. Sie blutete stark aus einer tiefen Wunde am Kopf. Ihr Leben schien verloren.

In diesem Moment stürzte der Süderturm ein. Kelber war sehr zufrieden. Der Plan mit der alten Geier-Hexe hatte geklappt.

Sie sollte die Zauberin auf der anderen Seite ausschalten, Kelber gleichzeitig den Beschuss fortsetzen. Wenn sich der Süderturm nicht mehr selbst reparieren könnte, würde der Erfolg nur eine Frage der Zeit sein. Und so kam es.

Der umstürzende Turm verschüttete den Graben. Die Mauer war nun dermaßen beschädigt, dass sie an dieser Stelle keinen Schutz mehr bot. Der Feind triumphierte. Massen von Schlammkobolden überwanden dieses Hindernis und drangen unerbittlich vor. Jeder, der sich ihnen in den Weg stellte, wurde niedergemetzelt. Aber es stellte sich kaum noch jemand in den Weg. Fast alle Verteidiger flohen. Alles schien verloren.

Im Norden kämpfte Luke, was das Zeug hielt. Aber

das war überhaupt nicht einfach. Luke hatte weiterhin Skrupel, die Kobolde einfach so abzuschlachten. Ihm kam es irgendwie falsch vor, unehrlich. Dennoch tat er es, und er hasste sich dafür. Aber es gelang, die Mauern zurückzuerobern.

Doch dann machte Luke einen entscheidenden Fehler. Das Diadem drohte auf seinem Kopf zu verrutschen. So nahm er es ab, um es sich korrekt aufzusetzen. Dieser unbedachte Moment reichte. Es dauerte keine Sekunde, da traf ihn eine Keule.

Der Treffer war gewaltig und raubte Luke das Bewusstsein. Er kippte nach hinten über und stürzte von der Mauer in den Abgrund. Die Zwerge waren wie gelähmt. Mit dem Verlust ihres Anführers, dem unsichtbaren Kommandeur der Hexenhütte, ging der Kampfeswille der Zwerge verloren. Sie flohen in Scharen.

Von Norden und von Süden strömte der Feind in die Burg. Von Zwerg zu Zwerg wurde die Schreckensnachricht weitergegeben: »Die Burg ist gefallen. Rette sich, wer kann!«

Entsetzensschreie erschollen von überall her. Massen von Schlammkobolden überschwemmten Burg und Stadt. Nur am Haupttor wurde noch gekämpft. Aber auch hier waren große Teile der Mauer bereits vom Feind genommen worden. Mehrere hundert Zwerge wehrten sich auf dem großen Plateau des Haupttores mit letzter Kraft gegen eine erdrückende Überzahl. Fiete hielt gemeinsam mit Alberich die Moral ihrer Leute aufrecht.

Und dann … kam er. Durch die herandrängenden Massen bewegte sich eine riesige Gestalt. Fiete erschauerte. Das war er also: der Boss! Alberich erblickte ebenfalls die monströse Gestalt, welche voll gepanzert und mit einem riesigen Schwert auf ihn zukam. Mit furchtbaren Hieben mähte sich der Kobold-Kanzler den Weg frei. Die Zwerge fielen, als ob sie Puppen wären. Nicht selten traf er seine eigenen Leute. Es schien ihn nicht zu kümmern. Er bahnte sich seinen Weg, unabhängig von der Frage, wer Freund oder Feind war.

Alberich knurrte hasserfüllt und stürzte sich in den aussichtslos wirkenden Kampf. Fiete versuchte ihn noch aufzuhalten, doch Alberich war wild entschlossen.

Der Zwerg kämpfte tapfer. Er versuchte auszunutzen, dass er kleiner und beweglicher als der Riesenkobold war. Dieser war ziemlich verblüfft, so viel Gegenwehr zu bekommen. Das war er nicht gewohnt. Brüllend drehte sich der Boss um sich selbst und teilte vernichtende Schläge aus, ohne jedoch seinen Feind zu treffen.

Fiete schaute gebannt auf das Duell. Er konnte sich nicht vorstellen, dass dieses Monster überhaupt zu besiegen war. Es kam ihm sinnlos vor, gegen so etwas anzutreten. Aber gleichzeitig verstand er auch, was Alberich plante. Wenn es gelänge, den Boss zu töten, dann würde sich alles ändern. Dann ließe sich die Niederlage noch abwenden.

Mit großer Mühe überwand er seine Furcht, schrie wie ein Verrückter und eilte Alberich zu Hilfe. Er benutzte einen Kobold als Sprungbrett, sprang auf den Rücken des feindlichen Anführers und rammte mit beiden Händen sein Schwert in dessen Schulter. Zumindest versuchte er das. Obwohl er mit voller Wucht zugestoßen hatte, reichte seine Kraft nicht aus, das lederne Wams zu durchdringen, das mindestens fünf Zentimeter dick war.

Der Boss schüttelte sich kurz, und Fiete flog in hohem Bogen davon. Glücklicherweise fiel er weich. Er landete auf einem sehr dicken Zwerg, der stöhnend zusammenbrach.

»Entschuldigung!«, keuchte Fiete.

»Keine Ursache«, stöhnte der dicke Zwerg, »schön, daff ich helfen konnte.«

Fiete rappelte sich auf und schaute sich um. Alberich kämpfte immer noch und dachte gar nicht daran, aufzugeben. Es gelang ihm jetzt sogar, den Gegner am Bein zu treffen. Aber auch sein Schwert durchdrang die Rüstung nicht. Mit einem Faustschlag brachte der Boss Alberich wieder auf Abstand. Der Schlammkobold knurrte dröhnend und blickte mit funkelnden Augen bösartig seinen Gegner an.

Benommen torkelte der Zwerg einige Schritte zurück, seine Kräfte ließen nach. Zum zweiten Mal an diesem Tag, zum zweiten Mal in seinem ganzen Leben, spürte er, dass er unterliegen würde. Dieses Mal konnte er keine Gnade erwarten.

Verzweifelt nahm er seine letzte Kraft zusammen und stürzte sich auf den Kobold. Diese Attacke misslang. Der Boss hatte den Schlag vorausgeahnt, machte eine Ausweichbewegung und trennte mit einem gewaltigen Hieb Alberichs rechten Arm ab. Halb ohnmächtig vor Schmerzen, mit halb geöffnetem Mund, jedoch unfähig zu schreien, ging der tapfere Zwerg in die Knie.

Fiete schrie entsetzt auf: »NEEEEIIIINNNN!«

Aber es half alles nichts. Das war das Ende. Alberich wäre so gern Kanzler im Bunten Land geworden. Er liebte die Macht und hatte ganz sicher Fehler gemacht, aber er wollte vor allem seinen Leuten helfen.

Kaum noch bei Bewusstsein sahen seine blutunterlaufenen Augen erst die fiese, triumphierende Fratze des Bosses und dann das gewaltige Schwert, das auf ihn zu schnellte. Fiete beobachtete das Geschehen, konnte jedoch nicht glauben, was er da sah. Alberichs Kopf flog wie in Zeitlupe durch die Luft. Die Welt blieb stehen. Es war vorbei, die Schlacht war verloren.

Fiete ließ das Schwert sinken. Die letzten verbliebenen Zwergensoldaten taten es ihm gleich. Wenn man noch hoffen wollte, dass möglichst viele Zwerge überlebten, gab es nur eine Entscheidung: Kapitulation. Fiete verstand das, und er wusste auch, was das für ihn bedeutete. Nicht den sofortigen Tod, da die Wirkung des Nadelbrunnens unverändert Bestand hatte. Aber Kerker, Folter und endlose Quälereien. Vielleicht ließ man ihn verhungern. Doch das eigene Schicksal war Fiete in diesem Augenblick gleichgültig. Er war müde und unendlich traurig. Es war ein Moment ohne Hoffnung.

Die Kobolde zwangen die Zwerge und Fiete auf die Knie. Über dem Jungen erschien ein riesiger Schatten. Das ekelhafte Grinsen des Bosses war unerträglich.

Die letzten Stunden zogen an Fiete vorbei. Wann war er noch einmal mit Luke im Bus gefahren? Vor drei Tagen? Oder vor hundert Jahren? Erinnerungen aus einer anderen Welt. Und so endete nun das Abenteuer, das Fiete nie gewollt hatte. Der Junge schloss für einen Moment die Augen und wartete darauf, dass man sich auf ihn stürzte.

Kapitel 38

Das zerstörte Tal

Jupp, Lina und Bitzelbeck waren unterwegs zur Roten Burg. Pelle hatten sie zurückgelassen, um die Höhle zu bewachen. Das fand der Hund überhaupt nicht gut, er musste sich aber am Ende fügen. Ein großer Fleischvorrat, säuberlich vor ihm aufgeschichtet, half ihm dabei.

Der Weg war beschwerlich und ziemlich gefährlich, wie Jupp nur zu gut wusste. Es kam ihnen aber zugute, dass sich Bitzelbeck ausgezeichnet zurechtfand. Er kannte die sicheren Pfade, vorbei an den Revieren der Säbelzahntiger und Onkas. Er kannte die besten Pässe durch die steilen Berge. Und er hatte ein sicheres Gespür für gefährliche Situationen. Ab und zu mussten sie sich verstecken. Jedes Mal hatte der Hühnerkobold sie rechtzeitig gewarnt. Ohne ihn, da war Jupp sicher, wären sie nicht weit gekommen.

Dennoch maulte Lina mit Bitzelbeck herum: »Erklär mir doch noch einmal, warum wir zu Fuß gehen und du uns nicht transportierst!«

Jupp hörte gar nicht richtig zu. Er war vor allem damit beschäftigt, auf den Weg zu achten oder auf Geräusche, die zum Beispiel einen Säbelzahntiger ankündigten.

Bitzelbeck lächelte geheimnisvoll: »Ich habe es dir doch bereits gesagt. Erstens wäre es zu gefährlich, jemanden von euch hier allein zu lassen. Zweitens möchte ich euch noch etwas zeigen!«

»Was denn?«

»Liegt auf dem Weg.«

Lina war mit dieser Antwort nicht einverstanden, merkte aber, dass sie nicht weiterkam. Daher schwieg sie schmollend und trottete hinter Bitzelbeck her. Gerade überquerten sie eine Anhöhe, die einen schaurigen Blick in eine der größten Schluchten der Höhle gewährte.

Die Aussicht war beeindruckend, aber von Sightseeing konnte keine Rede sein. Der stark verjüngte Kommissar gewöhnte sich einfach nicht an den deprimierenden Anblick, der sich ihm bot: die schwarzen Sträucher und Bäume, die dunkle Erde, die fauligen Gewässer, das war einfach niederschmetternd.

Doch nun, beim Blick in diese Schlucht, wurde es noch gruseliger. Man erkannte Häuser, ganze Ortschaften, die verlassen und größtenteils zerstört vor ihnen lagen. Überall waren Spuren von Kämpfen, Bränden und Zerstörung zu erkennen. Die Ruinen wirkten wie drohende Mahnmale. Lina klammerte sich ängstlich an Jupp, dem aber ebenfalls nicht wohl in seiner Haut war.

Beklommen stiegen sie in das Tal hinab. Je näher sie kamen, um so mehr hatte man den Eindruck von unglaublicher Verwüstung und Barbarei.

Sie kamen zu einem kleinen Dorf. Auch hier bot sich das gleiche Bild. Das Dorf musste einst ganz lieblich gewesen sein. Viele kleine, bunte Häuser hatte es hier früher gegeben. In der Mitte der ehemaligen Siedlung konnte man einen kleinen Teich erahnen und daneben einen großen Baum. Doch der Teich, früher bestimmt anheimelnd, war nun nicht viel mehr als ein schlammiger Tümpel, und vom Baum war nur noch ein verkohlter Baumstumpf übriggeblieben.

Alles war still, kein Lebewesen weit und breit. Lina, Bitzelbeck und Jupp schwiegen. Es gab nichts zu sagen. Alles, was man sah, erklärte sich von selbst. Jupp hatte das Gefühl, das rege Treiben der früheren Dorfbewohner noch zu hören: das Schwatzen der Alten auf der Bank am Teich, das Spielen der Kinder auf der Wiese, das fröhliche Becherklappern aus der Schenke nebenan.

Doch nichts von alledem hatte überlebt. Alles war tot. Jupp blickte zu Bitzelbeck, der mit rot gefärbten Augen durch die Ruinen ging. Tränen flossen ihm leise das Gesicht herunter. Lina hatte es auch bemerkt und drückte ihrem Freund leise einen Flügel: »Warum hast du uns hergebracht?«

»Damit ihr seht, gegen wen ihr kämpfen wollt. Damit ihr wisst, welchen Preis man bezahlen muss, wenn man verliert. Damit ihr wisst, dass es vielleicht besser ist, wenn ihr euch heraushaltet.«

Jupp betrachtete stumm die Brandspuren an einem Haus. In einer Ecke der Ruine fanden sich sauber abgenagte Knochen. Sie sahen aus wie Hühnerknochen. Angewidert wandte er sich ab. Es würgte ihn. Nur mit Mühe konnte er sich wieder beruhigen und so vermeiden, sich zu übergeben. Schließlich gelang es ihm. Was blieb, waren die Magenschmerzen. Erschöpft von diesen furchtbaren Eindrücken gesellte er sich zu dem Hühnerkobold, der mit starrem Blick auf einem Stein saß.

»Deine Familie?«

Bitzelbeck nickte und deutete auf eine Ruine gegenüber. »Da haben wir gewohnt. Als ich vom Pilzesammeln zurückkam, waren alle tot. Alle!«

Noch mehr Tränen flossen. Lina umarmte Bitzelbeck. Jupp, der nicht wusste, was er machen sollte, gab dem Kobold einen kräftigen Klaps auf die Schultern.

»Und du willst keine Rache für das hier?«

Bitzelbeck schaute überrascht auf: »Rache? Vielleicht. Eine gerechte Strafe für die Mörder? Ganz sicher. Aber ich möchte euch nicht auch noch verlieren. Also vor allem Lina! Sorry!« Er wandte sich Jupp zu. »Wir beide kennen uns ja noch nicht so lange.«

»Nett.« Jupp verzog das Gesicht und schaute sich um. Er war Soldat gewesen und hatte in Bosnien ebenfalls Schreckliches gesehen, Massengräber und Zerstörungen. Bis heute beschäftigte ihn, was er dort hatte erleben müssen. Und er war erst nach dem Krieg dort stationiert worden. Er hatte aber auch beobachten dürfen, wie dort das Leben nach dem Krieg weiterging, trotz aller ungelösten Probleme. Hier ging gar nichts weiter. Hier war alles zu Ende.

»Das wolltest du uns zeigen? Um mich, äh, uns zu schützen? Und deswegen der Fußweg?«, fragte Lina vorsichtig nach. Jupp verstand immer noch nicht, was sie damit meinte. Den Bus konnten sie ja wohl nicht nehmen. Bitzelbeck schien aber zu wissen, was Lina meinte, und nickte zaghaft. Jupp wollte gerade nachfragen, da hob Bitzelbeck warnend seine Flügelhand. Der Kobold schaute nach oben und begann zu zittern: »Versteckt euch!«

Alle drei brachten sich gerade noch rechtzeitig hinter einer Ruinenmauer außer Sicht. Ein riesiger, monströser Drache erschien und landete direkt in der Mitte des zerstörten Dorfes.

»Drakolov!«, flüsterte Lina entsetzt.

»Pssst!« Das waren Bitzelbeck und Jupp gemeinsam. Letzterem wurden die Knie weich. Gerobur war schon eine imposante Erscheinung gewesen, aber dieser Drache hier war noch einmal eine ganz andere Kampfklasse. Doch auch Lina und Bitzelbeck stand das Entsetzen in die Gesichter geschrieben, wobei beim Hühnerkobold noch etwas anderes mitschwang.

Das gewaltige Tier war vollkommen schwarz und um einiges größer als Gerobur. Sein verschlagen wirkendes Antlitz wurde von einer langen Schnauze und beachtlichen Hörnern geschmückt. Viele Zähne waren größer als die größten Küchenmesser, die Lautenberg kannte. Furchtbare Klauen, eine undurchdringlich wirkende Haut und ein imposanter Drachenschweif vervollständigten das Bild des Grauens.

Jupp konnte das Untier nicht lange betrachten, vielmehr musste er sich um Bitzelbeck kümmern. Der arme Hühnerkobold zitterte am gesamten Körper. Nicht aus Angst, wie Jupp zunächst vermutet hatte, sondern aus Wut. Ja, der kleine Kerl machte sogar Anstalten, sich auf den Drachen zu stürzen. Offensichtlich hatte er völlig die Kontrolle über sich verloren.

Lina und Jupp mussten ihre gesamte Kraft aufbringen, um Bitzelbeck festzuhalten.

Inzwischen hatte sich der Drache hingesetzt und schaute sich um. Er schnaufte schwer und ließ den Kopf hängen. Das wirkte merkwürdig. Jupp, Lina und Bitzelbeck hielten inne und beobachteten erstaunt das Verhalten des Drachens.

Das Tier wirkte gar nicht mehr bedrohlich, auch nicht verschlagen, vielmehr vermittelte es den Eindruck von … tiefer Trauer. Drakolov begann sogar zu schluchzen. Als dann noch schwere Drachentränen auf den Boden klatschten, hielt es Bitzelbeck endgültig nicht mehr aus. Er stürmte aus dem Versteck und schlug mit beiden Fäusten auf Drakolov ein.

Der Drache wirkte zunächst überrascht, erkannte dann aber, wer ihn angriff, und ließ es geschehen.

Sprachlos schauten Lina und Jupp zu, wie der kleine Hühnerkobold unbeschadet auf den Drachen einschlug. Dabei stieß Bitzelbeck die wüstesten Beschimpfungen aus. Drakolov senkte nur den Kopf, nickte und weinte weiter.

Schließlich erlahmten dem kleinen Kerl die Kräfte. Vielleicht ließen ihn aber auch seine Nerven im Stich. Zitternd fiel er in sich zusammen, wie ein Sack Kartoffeln. Lina eilte, ohne nachzudenken, zu ihm.

»Nein, Lina, lass das!« Doch Lina hörte nicht auf Jupps Versuch, sie zu stoppen. Drakolov schüttelte sich die Tränen aus den Augen und betrachtete verwundert die drei Gefährten.

»Ihr seid ja eine komische Truppe: Zwei Menschenkinder und ein sehr tapferer Hühnerkobold!«

»Spar dir deine Sprüche, du Komiker!« Das war Lina.

Bitzelbeck nickte müde. »Mörder«, flüsterte er nur noch. Er war völlig fertig.

Der Drache senkte erneut seinen Kopf. »Ich will es nicht leugnen. Ich habe das hier getan.« Mit diesen Worten deutete er mit seinem Kopf auf das zerstörte Tal. »Aber ich bin nicht dafür verantwortlich.«

»Das ist so krank!«, entfuhr es Jupp. »Wenn du das hier warst, dann bist du auch verantwortlich!«

Drakolov antwortete nicht. Er versuchte zu sprechen, es kam aber kein Wort hervor. Schließlich gab er auf und sagte nur noch leise: »Ich kann es euch nicht sagen. Es liegt außerhalb meiner Macht.«

Dann schwiegen alle, bis Drakolov die Stille durchbrach. Mit einer blitzschnellen Bewegung richtete er sich auf. Jupp sprang einen Meter zurück. Lina schrie und legte sich schützend über Bitzelbeck, der einen sehr lethargischen Eindruck machte. Drakolov brüllte vor Wut, stieß einen riesigen Feuerstoß in Richtung Himmel und flog mit einer unglaublichen Geschwindigkeit davon.

Lina und Jupp schauten verblüfft hinterher.

»Was war das denn?«, fragte Lina ungläubig und wandte ihren Blick vom Himmel ab, nachdem Drakolov endgültig ihrem Blick entschwunden war. Jupp zuckte mit den Schultern.

Bitzelbeck wischte sich die Tränen aus dem Gesicht: »Es heißt, dass manche Drachen von einem Zaubergegenstand beherrscht werden können. Gerobur erzählte mir, dass er oft ein Pfeifen hört und seltsame, grausame Befehle.«

Lina wirkte verblüfft: »Gerobur hat dir das erzählt? Er hört Befehle, die Drakolov ausführt?«

Bitzelbeck stand mühsam auf. »Anscheinend, ja!«

»Und warum weiß ich nichts davon?«

Darauf hatte Bitzelbeck eine seltsame Antwort. »Wenn man Stimmen hört, dann ist es keine gute Idee, das zu verbreiten.«

Jupp leuchtete das ein. Lina schien jedoch beleidigt zu sein, dass sie nicht ins Vertrauen gezogen worden war.

»Kannst du uns jetzt wenigstens zur Roten Burg beamen?«

Lautenberg blickte erstaunt: »Beamen?«

»Na ja, oder wie das die Kobolde so nennen. Du hast es ja schon gesehen.«

Bitzelbeck schüttelte energisch seinen Kopf: »Die Schlacht hat sicher schon begonnen. Wer weiß, wo und in welcher Situation wir da landen. Vielleicht in einem Pfeilschauer. Und ich will nicht, dass ihr zwischen die Fronten geratet. Und du weißt, ich muss mich immer einige Zeit erholen. Es wäre immer jemand von euch allein. Es ist klüger, weiter zu Fuß zu gehen und jeweils die Lage zu checken. Diese Schlacht ist nicht die unsere, aber vielleicht können wir doch helfen.«

Lina wirkte nicht überzeugt, wollte auch zunächst widersprechen, nickte dann aber, als Bitzelbeck einfach aufstand und losging. Sie stutzte kurz und folgte dann ihrem Freund.

Jupp kam zögernd hinterher. »Können wir den Punkt mit dem Beamen noch einmal diskutieren?«

Kapitel 39

Gewonnen & zerronnen

Luke fiel immer noch. Die Luft rauschte in seinen Ohren. Es war angenehm, den kühlen Wind auf der Haut zu spüren. *So fühlt es sich also an, wenn man stirbt,* dachte er.

Die Schlucht, in die Luke gefallen war, musste sehr tief sein, denn er stürzte weiterhin dem Abgrund entgegen. Langsam kam er zu sich. Der Schlag, den er abbekommen hatte, war enorm gewesen, hatte ihn aber nur betäuben können. Überall an den Wänden der Schlucht konnte man die Überreste von Kobolden, Onkas und Zwergen erkennen. Ein schauriger Anblick. Weit war es nicht mehr bis zum Boden der Schlucht, dann würde es vorbei sein. Dazu kam es aber nicht.

Plötzlich umklammerte ihn eine riesige Pranke und schleuderte ihn nach oben. Noch in der Aufwärtsbewegung huschte etwas unglaublich schnell an ihm vorbei. In dem Moment, da Luke den höchsten Punkt seiner Flugbahn erreicht hatte und erneut nach unten zu fallen drohte, wurde er unsanft aufgefangen. Er landete schmerzhaft auf Holzplanken. Das war die Veranda der Hexenhütte. Diese musste ihm offensichtlich in den Abgrund nachgesprungen sein und hatte ihn gerettet. Der Wetterhahn krähte fröhlich: »Guter Fang! Guter Fang!«

Grazil und behände sprang die Hütte wie ein Eichhörnchen von Felsen zu Fels und gelangte schließlich sicher nach unten.

Luke rappelte sich auf. Sein Kopf schmerzte fürchterlich. Im Spiegelbild eines zerbrochenen Fensters betrachtete er seinen Schädel. Eine beachtliche Beule schob sich durch die verdreckten, grünen Haare. Die Beule war riesig und wirkte so übertrieben, als stamme sie aus einem schlechten Comic. Luke blutete aus mehreren Wunden. Er war sehr schmutzig, und seine Kleidung war an einigen Stellen zerrissen.

»Was für ein Wahnsinn«, flüsterte er und sackte wieder in sich zusammen. Er war in dieses unterirdische Land gekommen, um seine Schwester zu suchen. Wie hatte es nur zu dieser Katastrophe kommen können? Nach den Geräuschen von der Burg her zu urteilen, war die Schlacht verloren. Ab und zu stürzten Zwerge nach unten und zerschlugen an den Felsen. Luke schloss die Augen vor diesem Anblick. Er musste hier weg, aber er war zu schwach, irgendetwas zu unternehmen.

Auf allen Vieren kroch er zur nächsten Wand, setzte sich halb auf und lehnte sich an. Die Hütte wedelte ihm mit der Eingangstür Luft zu. »Danke«, nuschelte er erschöpft, »bring uns hier weg, Hütti! Bitte!« Dann schloss er die Augen und schlief ein. Er spürte nicht mehr, wie sich die Hütte entschlossen in Bewegung setzte.

Am nun zerstörten Süderturm feierten die Kobolde begeistert ihren Sieg. Sie plünderten in ausgelassener Stimmung ausgiebig die dortigen Häuser, vor allem die Küchen.

Brote, Schinken, Früchte, Käse und alles Mögliche andere wurde aus den Schränken und Speisekammern geholt und an Ort und Stelle vertilgt.

Abseits des Geschehens bewachte Rainald die ohnmächtige Maria und beobachtete argwöhnisch das Geschehen. Die letzten Zwerge waren geflohen oder versteckten sich. Selbst Marias Leibwache hatte sich verzogen. Bislang waren das Mädchen und der Kobold noch nicht entdeckt worden, aber das war nur eine Frage der Zeit. Maulwurfskobolde konnten sich, anders als Schlammkobolde oder Hühnerkobolde, nicht blitzartig wegbewegen.

Zu allem Überfluss tauchte ein paar hundert Meter entfernt dieser Mensch auf, den Rainald bereits während der Schlacht gesehen hatte. Mit bleichem Gesicht wandelte dieser über die Trümmer und betrachtete mit unverhohlenem Abscheu das widerwärtige Verhalten der Kobolde, die nicht nur plünderten, sondern auch mutwillig zerstörten.

Kelber hatte sich keinen Illusionen hingegeben, welcher Natur die Kobolde waren. Nun aber war er dennoch erschüttert. Während er durch das Chaos schlenderte, spürte er plötzlich, dass ihn jemand beobachtete. Er schaute sich um und bemerkte in einer Häuserecke ein blutendes Mädchen und eine maulwurfsartige Gestalt. Er kam näher, um sich das Ganze genauer anzusehen, und hielt zur Sicherheit seine Pistole bereit. Dabei stolperte er über etwas. Er schaute nach unten und entdeckte die tote Hexe Kaukau.

»Oh, meine Liebe, vielen Dank nochmal!«, meinte er sarkastisch. »Sie können Ihre Belohnung bei Gelegenheit bei mir abholen. Ich vermute aber mal, dass Sie nun keinen Bedarf mehr haben und Ihre nächste Hütte wohl etwas kleiner ausfallen wird.«

Dann wandte sich der Koboldhauptmann dem Mädchen zu. In diesem Moment überflog ihn ein gigantischer Schatten. Er blickte nach oben und erstarrte. Das war gar nicht gut.

Inzwischen gelangten immer mehr Kobolde über die zerstörten Mauern in die Stadt. Alle Tore waren geöffnet, und die Zugbrücken wurden heruntergelassen.

Besonders am Haupttor drängte nun eine riesige Menge Schlammkobolde in allerbester Laune hinein. Jeder wollte seinen Teil von der Beute. Dass so viele Kobolde gefallen waren, störte die Überlebenden anscheinend kein bisschen. Fröhlich plappernd erfreuten sie sich am Sieg und vor allem an ihrem Leben. Sie hatten es überstanden und konnten die Früchte des Sieges genießen. Glücklich beteiligten sich daher auch bald alle an der Plünderung. Nur diejenigen, die Fietes Festnahme beobachtet hatten, blieben dort, um zu sehen, was nun mit dem gefangenen Zwergenkaiser geschehen würde.

Fiete hatte inzwischen einen Beschluss gefasst. Er fand es unpassend, auf dem Boden zu knien, und hatte sich erhoben. Er schaute dem Boss herausfordernd in die Augen. Der Boss lächelte zynisch und blickte Fiete abschätzig an.

»Das ist also der berühmte Kaiser Friedrich. Imposante Erscheinung!«, spottete er und fing dröhnend an zu lachen. Alle Kobolde, die in einem weiten Ring um die beiden herumstanden, stimmten grölend ein.

»Der sagenumwobene Kaiser! Auferstanden, um das Reich zu einen. Das Bunte und das Kahle Land!« Der Spott des Bosses war beißend, und der Triumph tönte aus jeder Silbe. Jetzt näherte er sich mit seiner abstoßenden Fratze Fietes Gesicht.

Der Gestank, der vom Koboldchef ausging, war unerträglich. Fiete wollte sich abwenden, aber der Boss griff mit seiner kräftigen Pranke nach dem Kinn des Jungen und zwang diesen, ihm aus nächster Nähe in die Augen zu schauen.

»Du glaubst, das wäre ein trauriger Tag? Du glaubst, den Zwergen geschähe Unrecht? Oder dir? Du hast keine Ahnung, was Unrecht bedeutet. Jahrelang, jahrzehntelang haben wir gehungert, sind wir verhungert. Niemand hat uns geholfen! Kein Kaiser, kein Zwerg, kein Mensch! Wir haben gebettelt, gehofft, gebetet. Nichts geschah, um uns zu retten. Im Gegenteil. Der Handel wurde eingestellt, die Lieferungen aus der Oberwelt waren uns verschlossen. Wir sind langsam gestorben, die Kinder und Alten zuerst.«

Grimmig lächelnd richtete sich der Boss auf. »Aber die Zeiten haben sich geändert. Ab heute ist das Leiden vorbei! Für immer!« Mit diesen Worten, die er mit lauter Stimme an seine Anhänger gerichtet hatte, schwang er eine riesige Keule und ließ sie auf Friedrichs Kopf donnern.

Auch wenn Fiete sich schon längst daran hätte gewöhnen müssen, war er trotzdem auch dieses Mal verblüfft, dass er den Hieb überstand. Sein Kopf wurde wie bei einem Jahrmarktsgerät in seinen Körper hineingetrieben, sodass er vollständig zwischen den Schulterblättern verschwand. Er ploppte aber sofort wieder zurück, sobald der Schlammkobold seine Keule anhob. Er war und blieb unverletzt. Fiete spürte keinen Schmerz, er hatte nicht einmal einen Kratzer davongetragen. Es war allerdings sehr seltsam, seinen eigenen Oberkörper von innen zu sehen.

Dem Boss war das Lachen vergangen, den anderen Anwesenden auch. Vollkommen verblüfft starrten sie auf den unverletzten Fiete. Der Boss wurde wütend und brüllte wie zehn wundkranke Onkas. Dann schlug er wie ein Verrückter mehrfach auf Fietes Kopf ein. Das Ergebnis war immer das gleiche. Der Kopf schnellte jedes Mal an Ort und Stelle zurück, wie bei einer Luftmatratze.

Sprachlos betrachteten die Schlammkobolde das Schauspiel. So etwas hatten sie noch nie gesehen. Die Legende war wirklich wahr. Es gab ihn, den Jungen, der nicht getötet werden konnte. Fiete kam der Gedanke, dass sich auch der Koboldkanzler ihm unterwerfen würde. Diese Hoffnung zerschlug sich aber schnell.

»Legt ihn in Ketten!«, befahl der Boss mit heiserer Stimme. »Dieses Problem lösen wir später.«

Zwei Kobolde lösten sich aus der Menge, um den Befehl auszuführen, als ein dritter durch die Luft geschleudert wurde und vor den Füßen des Bosses landete.

»Was zum Teufel …?«, fauchte der Boss. Da kam schon der nächste Kobold angeflogen und landete direkt auf seiner Schulter. Schuldbewusst grinste er seinen Boss an, der erbost die Last abschüttelte.

Der Boss schaute sich um. Weitere Kobolde flogen herum, und die Ursache war leicht auszumachen: Die Hexenhütte war da. Sie bahnte sich ihren Weg durch die Massen und teilte mit jedem weit ausgreifenden Schritt ihrer riesigen Hühnerbeine mächtig aus. Links und rechts flogen die Kobolde durch die Gegend und markierten den zurückgelegten Weg der Hütte.

Der Boss hatte nicht genug Zeit, um zu reagieren. Ein Tritt der Hütte traf ihn in der Magengegend, und auch er segelte ein gutes Stück, wenngleich nicht so weit wie seine Untertanen. Dafür riss er bei der Landung gleich drei Kobolde zu Boden, die stöhnend unter der Last ächzten. Der Boss rappelte sich sofort wieder auf und schlug einen Kobold nieder, der ihm die Sicht versperrte. Nun musste er mit ansehen, wie die Hütte mit einem Bein nach Fiete griff, ihn auf ihre Veranda beförderte und Richtung Süderturm verschwand.

Erbittert schrie sich der Boss seinen Frust von der Seele und schlug einen weiteren Kobold nieder.

»Das kann doch alles nicht wahr sein!«, brüllte er völlig aufgebracht. Er hatte aber wenig Gelegenheit, seiner unbändigen Wut und Enttäuschung freie Bahn zu lassen, da bereits neues Unheil drohte. Aus derselben Richtung, wohin die Hütte verschwunden war, tauchte ein riesiger Drache auf.

Der Boss erkannte sofort, dass er ein Problem hatte. Das war nicht Drakolov. Dieser Drache war ein Feind.

»Drachenangriff!«, rief der Boss. Der Ruf wurde tausendfach aufgegriffen und setzte sich fort. Der riesige Drache glitt im Tiefflug über die Kobolde und gab gewaltige Feuerstöße von sich. Die Kobolde gerieten in Panik und setzten zu wilder Flucht an. Der Boss warf sich zur Seite, um dem Drachenfeuer zu entgehen. Im letzten Moment erkannte er noch, dass ein Menschenmädchen auf dem Rücken des Drachens saß.

Der Boss war verwirrt. »Was zum Teufel ist das denn?« Der sicher geglaubte Sieg war in großer Gefahr. Er nahm eine kleine silberne Pfeife, die um seinen Hals hing und blies hinein. Hoffnungsfroh blickte er zum Himmel hinauf. Mit einer tiefen, krächzenden Stimme rief er: »Zerstöre, vernichte, töte!«

Einige Minuten später erreichte die Hütte den Süderturm. Hier herrschte heilloses Durcheinander. Der Drache hatte einige Minuten zuvor die Kobolde angegriffen und auseinandergetrieben.

Die Kobolde taumelten wild durcheinander. Ihre Armee war in Auflösung begriffen. Kelber rannte herum und versuchte sie zu beruhigen. Aber das gelang ihm nicht, ganz im Gegenteil. Jedes Anschreien verängstigte seine Leute noch stärker. Zu allem Überfluss erschien auch noch eine Hütte auf Hühnerbeinen. Kelber ging ein Licht auf.

»Das hatte die alte Hexe also gemeint«, murmelte er vor sich hin. Er war ratlos. Er musste unbedingt zum Boss.

Die Hütte trabte inzwischen zielstrebig in Richtung Süderturm. Offensichtlich wollte sie die Burg auf dem schnellsten Weg verlassen. Der Wetterhahn hatte das Kommando übernommen.

Fiete war gerade damit beschäftigt, sich um Luke zu kümmern, der langsam zu sich kam. Luke sah übel aus, erkannte aber seinen Freund sofort: »Klasse Alter, du hast es auch überstanden.«

»Die Hütte hat mich gerettet.«
»Gut gemacht, Hütti!«
Fiete lächelte gequält. »Ich bin froh, dass du es überstanden hast. Weißt du, wo Maria ist?«
Noch ehe Luke etwas sagen konnte, bekamen sie ihre Antwort vom Wetterhahn: »Kikeriki, Kikerika, die Jungfrau ist in Gefahr!«
Fiete und Luke eilten auf die Veranda und entdeckten Rainald und Maria. Der Maulwurfskobold winkte mit beiden Armen und rief um Hilfe.

Kapitel 40

Auf der Flucht

Maria ging es gar nicht gut. Das Mädchen war schwer verletzt und rang um sein Leben. Die Hütte hatte Maria vorsichtig ergriffen und anschließend auf die Veranda gelegt. Dann sah sie zu, dass sie Land gewann.

Rainald, Fiete und Luke richteten Kaukaus Hexenbett halbwegs her, und dann betteten sie Maria, so angenehm es ging.

Der Trip war wild. Ständig kickte die Hütte Kobolde aus dem Weg, was im Inneren zu erheblichen Schwankungen führte. Ebenso war es keine Hilfe, dass sie des Öfteren mit Pfeilen beschossen wurden. Einmal meinte Fiete sogar, einen Pistolenschuss vernommen zu haben, als die Hütte gerade aus dem völlig zerstörten Südertor stürmte. Sie mussten sich daher vorsichtshalber von den Fenstern fernhalten.

Bald hatten sie jedoch das Schlachtfeld verlassen und waren damit den Kobolden entkommen. Viel angenehmer wurde die Flucht durch den Wald aber auch nicht, da die Hütte hier den Bäumen ausweichen musste. Und so saßen sie bei dem schwer verletzten Mädchen und wussten nicht, was sie tun sollten. Oben auf dem Dach dirigierte der Wetterhahn die Hütte: »Liiiinks, reeechts! Achtung, ein Reh!«

Wohin die Hütte wollte, wusste keiner der Insassen, es kümmerte auch niemanden. Alle Augen waren nur auf Maria gerichtet.

»Wir müssen was tun«, quengelte Luke aufgelöst, »wir müssen was tun! Mund-zu-Mund-Massage oder so!«

»Knutschen hilft hier gar nicht. Sie atmet noch«, stellte Fiete fest und fühlte den Puls. »Herzschlag ist auch da!«

Weitere gute Nachrichten gab es allerdings nicht. Marias Atem ging schwer und flach. Jeder Atemzug konnte der letzte sein. Ihr Gesicht war kreidebleich. Das Leben entwich. Fiete schaute Luke an und stellte fest, dass dieser Tränen in den Augen hatte. Luke nahm Marias Hand und hielt sie ganz fest. Fiete ging ein paar Schritte zurück und ließ die beiden allein, soweit das in dieser schaukelnden Hexenhütte möglich war.

»Gibt es hier keinen Stein der Weisen oder ein Zauberwässerchen? Schließlich sind wir in einem Zauberland«, fragte er Rainald, der gerade angespannt aus dem Fenster starrte. Der Maulwurfskobold drehte sich um, schaute traurig zu Maria und schüttelte dann den Kopf: »Nein, so etwas gibt es nicht. Nirgendwo. Einen Jungbrunnen soll es irgendwo im Kahlen Land geben, aber der hilft hier nicht.«

Fiete kniff die Lippen zusammen und starrte vor sich hin, ohne wirklich etwas zu sehen. Das war alles so sinnlos. Er machte sich schwere Vorwürfe. Seinetwegen hatte sich Maria in diese Sache hineinziehen lassen. Seinetwegen würde sie sterben. Sie hätten sich davonmachen sollen, als es noch ging. Scham und Angst bemächtigten sich seiner.

»Es tut mir so leid!«, sagte er leise und mit stockender Stimme. Luke schaute kurz hoch, zunächst verständnislos, doch dann versteinerte sein Blick, und er wandte sich wieder Maria zu.

Das waren die letzten Worte, die für viele Minuten in der Hütte gesprochen wurden. Es herrschte düsteres Schweigen, das nur manchmal von Lukes leisem Schluchzen durchbrochen wurde. Die Hütte eilte weiter unbeirrt durch den Wald. Fiete fragte sich, wohin sie wollte, traute sich aber nicht, etwas zu sagen. Er wollte die Stille nicht durchbrechen.

Maria ging es immer schlechter. Als die Hütte endlich anhielt, war kaum noch Leben in ihr. Rainald sprang aufgeregt auf die Terrasse und schaute sich um. Aus irgendeinem Grund fing er an zu lächeln.

»Aussteigen!«, rief er munter und klang dabei wie ein Bahnschaffner. Fiete und Luke schauten ihn irritiert an.

»Kommt schon!«, wiederholte er fröhlich, »und nehmt Maria mit. Noch ist nichts verloren.«

»Was soll das denn bedeuten?«, fragte Luke schniefend.

Fiete zuckte mit den Schultern: »Tun wir, was er sagt, vielleicht hat er eine Idee!«

Als die beiden Maria auf die Veranda trugen, kniete sich das Häuschen fürsorglich nieder, sodass sie die Schwerverletzte ohne Probleme auf die Erde bringen konnten.

Da standen sie nun, mitten im Wald, während die Hütte fröhlich davonhüpfte. Der Wetterhahn krähte fröhlich: »Hoch die Häääände, Wocheneeeende!« Fiete blickte Hütte und Wetterhahn verblüfft einen Moment lang hinterher und schaute sich dann um. Er entdeckte Rainald, der schnurstracks auf einen Hügel zueilte.

»Kommt schon, wir haben keine Zeit zu verlieren!«, rief er. Immer noch nicht begreifend, was das Ganze sollte, folgten die Jungen dem Kobold und trugen Maria vorsichtig in ihrer Mitte. Nach wenigen Metern waren sie am Ziel. Im Hügel befand sich offensichtlich eine Wohnung. Man konnte Fenster und auch eine Tür erkennen. Alles war bezaubernd anzusehen, wenn man davon absah, dass die Tür übel ramponiert wirkte.

Fenster und Tür waren in Dunkelgrün gehalten und mit niedlichen Malereien verziert, aber Fiete und Luke hatten momentan keinen Blick dafür übrig. Rainald betätigte die Klingel. Anstelle eines normalen Klingeltons ertönte Helene Fischers ›Atemlos durch die Nacht‹, und das in einer ohrenbetäubenden Lautstärke. Luke und Fiete schauten einander ratlos an.

Von drinnen hörte man Stimmen.

»Du solltest doch den Klingelton ändern!«

»Hab‘ ich doch! Erst Heino, dann wieder Helene.«

»Oh Mann, gehst du bitte zur Tür?«

»Wie wäre es mit Justin Bieber?«

»DU SOLLST ZUR TÜR GEHEN!«

»Ich gehe nicht, ich bin das Haustier!«, sagte eine dritte Stimme.

»Mit dir hat auch niemand gesprochen!«

»Ich mach’ das schon«, sagte eine tiefe Männerstimme.

Die Tür öffnete sich, und ein älterer Mann erschien. Fiete starrte ihn verblüfft an.

»Opa? Was machst du denn hier?«

Friedhelm wollte antworten, brachte aber kein Wort hervor. Er nahm Fiete einfach nur in die Arme.

Kapitel 41

Der traurige Sieg

Aus der Ferne beobachtete Jupp Lautenberg, der Junge, der einmal ein Kommissar gewesen war, das Geschehen auf der Roten Burg. Die Kleidung an seinem Körper war viel zu groß. Überall hatte er deshalb in seine Klamotten Knoten gemacht, um sich überhaupt halbwegs ordentlich bewegen zu können.

In den letzten Stunden hatten Bitzelbeck, Lina und er einen Gewaltmarsch zurückgelegt, um in die Nähe des Geschehens zu kommen. Aber wie es schien, würden sie zu spät kommen, um noch einzugreifen zu können.

Geistesabwesend strich sich Jupp über das braune Haar. Er musste sich erst daran gewöhnen, Haare zu besitzen. Lina, die danebenstand, bemerkte die Bewegung.

»Schöne Haare, wie wär' es mal mit einem Frisörbesuch?«

Jupp und Lina lachten los. Die Anspannung der letzten Stunden legte sich, ihre Befürchtungen waren wohl unbegründet gewesen. Mit Hilfe Geroburs konnte das Heer der Kobolde zurückgeschlagen werden. Die Burg sah etwas ramponiert aus, der Süderturm stand nicht mehr, und sicherlich gab es viel zu viele Opfer, aber das Schlimmste schien überstanden.

Bitzelbeck wirkte weniger locker. »Psst, seid still«, zischte er warnend und schaute in den Himmel.

»Was ist denn?« fragte Lina, »ist doch alles gut, sieh doch!« Dabei wies sie mit der Hand auf die flüchtenden Koboldtruppen, von denen viele in Panik alle Waffen von sich warfen.

»Nicht so voreilig«, meinte der Hühnerkobold leise und angespannt. Seine Bedenken und seine angespannte Gemütsverfassung übertrugen sich auf Lina und Lautenberg. Allerdings hatten sie keine Ahnung, was er meinte.

»Du meinst, die Kobolde haben noch einen Pfeil im Köcher?«, fragte Lautenberg vorsichtig nach.

Bitzelbeck wirkte bei der Antwort geistesabwesend: »Pfeil? Das ist kein Pfeil, das ist etwas viel Schlimmeres!«

Daraufhin schwiegen die drei und beobachteten, wie Gerobur eine weitere Runde flog. Gerobur war immer noch damit beschäftigt, die Kobolde aus der Burg zu vertreiben. Viele waren nicht mehr übrig, aber er nahm seine Aufgabe sehr ernst. Martha saß weiterhin auf seinem Rücken. Der Flugwind pfiff ihr in den Ohren und zerzauste ihr Haar. Sie schmiegte sich an den Hals des Drachens, um ihm etwas ins Ohr zu flüstern: »Du hast es versprochen. Denk' dran! Du wolltest niemanden töten.«

»Nicht einfach, wirklich nicht einfach«, nuschelte Gerobur, der noch jede Menge Drachenfeuer im Maul hatte, »mit etwas Glück hat es geklappt.«

Martha schaute zweifelnd nach unten. Schwer einzuschätzen, ob der Drache die Kobolde nur vertrieben hatte oder mit seinen gewaltigen Feuerstößen doch den einen oder anderen getötet hatte.

»Noch ein paar Runden, und das müsste dann reichen!«, schrie Martha erneut in das Ohr des Drachen, der gerade eine Wende flog.

»Wir werden nicht mehr viele Runden drehen können!«, erwiderte der Drache und spie weiter Feuer. Er versuchte dabei seine Feuerstöße über die Köpfe der letzten noch verbliebenen Schlammkobolde zu lenken. Das gelang beinahe. Nur ein Kobold mit einem Helm voller buschiger Federn fing Feuer und rannte als kleines Lagerfeuer durch das Gewimmel.

»Wirf den Helm ab!«, rief Martha nach unten, konnte aber nicht mehr erkennen, ob das dem Kobold gelungen war. Da fiel ihr ein, was Gerobur gerade gesagt hatte.

»Wieso haben wir keine Zeit mehr?«

»Der Boss hat vor ein paar Minuten die Silberpfeife benutzt!« Martha erbleichte und schaute sich um.

»Drakolov kommt?«

»Genau«, antwortete Gerobur und spie erneut Feuer.

»Dann lass uns abhauen!«, rief Martha entsetzt, »gegen den hast du keine Chance!«

Gerobur schüttelte unwillig den Kopf.

»Ich setze dich jetzt gleich ab, und dann kämpfe ich!«

»Das kannst du dir aus den Schuppen putzen!«, schimpfte Martha, »ich werde deinen Rücken nicht freiwillig verlassen!«

Sie zog ihren Zauberstab und verschweißte magisch ihre Beine mit dem Rücken des Drachens, der das sehr wohl bemerkt hatte.

»Martha, was tust du?« Geroburs Stimme klang gequält.

»Ich rette uns das Leben, los, ab zu Fips und Fops!«

Der Drache schüttelte erneut unwillig seinen Kopf, wendete allerdings nach einer kurzen Bedenkpause und drehte ab. Dies bemerkten auch Bitzelbeck, Lina und Jupp.

»Sehr vernünftig«, brummte der Hühnerkobold, »hätte ich Gerobur gar nicht zugetraut.«

»Das wird wohl eher Marthas Werk gewesen sein«, meinte Jupp, und Lina nickte lebhaft. Sie beobachteten, wie Gerobur nach Süden flog und sich von der Burg entfernte. Die Schlammkobolde waren weiterhin in Panik, hier war jedwede Ordnung verloren gegangen. Nur am Haupttor, auf dem Dach des Torhauses, stand noch eine kleine Schar, und an ihrer Spitze, auch aus der Ferne gut erkennbar, befand sich der Boss.

Zufrieden nahm dieser zur Kenntnis, dass sich Gerobur zurückzog. Er wusste, dass auch dieser Drache seine Pfeife hören konnte, auch wenn der Zauber nur bei Drakolov wirkte. Und wie er wirkte.

Gerobur kam nicht weit. Zur außerordentlichen Freude des Bosses stieß aus einer tiefhängenden, orange gefärbten Wolke der Schwarze Drache hervor. Mit hoher Geschwindigkeit näherte er sich und griff von hinten an.

Ein entsetzlicher Feuerstoß traf Gerobur und Martha völlig unvorbereitet. Gerobur, schwer getroffen, verlor die Kontrolle. Er geriet ins Trudeln und stürzte Richtung Boden. Martha schrie und drehte sich um.

Mit unbarmherzig glühenden Augen, die seltsam traurig wirkten, attackierte der Schwarze Drache die beiden nun mit seinen gewaltigen Klauen. Martha feuerte einige Zauber ab, alle ohne Erfolg. Dennoch war der Kampf noch nicht entschieden. Schwer verletzt, aber noch nicht geschlagen, gelang es Gerobur im allerletzten Moment, den drohenden Aufprall zu verhindern. Mit einer Linkskurve wandte er sich dem Gegner zu und spie nun seinerseits Feuer. Das Feuer wirkte hellblau bis violett, nicht rot oder orange wie eben noch bei dem Angriff auf die Kobolde.

Drakolov wurde schwer am Kopf getroffen. Orientierungslos überschlug er sich und entwurzelte dabei mehrere große Bäume, die umkippten. Ohne wirklich sehen zu können, wo sich sein Feind befand, stieß er wahllos

Feuerstöße aus. Teile des Waldes begannen zu brennen.

Gerobur erkannte die Gelegenheit zur Flucht: »Mach dir keine Gedanken, Martha, ich bring dich hier raus!«

Von Martha kam keine Antwort.

»Martha!« Der Drache brüllte den Namen mit aller Kraft.

Erneut keine Antwort.

Das Brüllen des Drachens war weit zu hören. Lina zuckte zusammen, als sie Gerobur hörte. Marthas Name dröhnte in dieser entsetzlichen Art und Weise durch die gesamte Höhle. Lina schluchzte und stürzte sich in Jupps Arme. Sie hatten den Kampf aus der Ferne beobachtet. Die Chance, dass Martha dieses Inferno überstanden hatte, war gering. Lautenberg schaute hilfesuchend Bitzelbeck an.

»Können wir Drakolov nicht irgendwie stoppen?«, fragte er mit bebender Stimme. Bitzelbeck nickte. Ihm war eine Idee gekommen. Der Kobold wiegte seinen Körper seltsam hin und her, und dabei murmelte er mit Zauberstimme ein kleines Liedchen.

Einige Kilometer weiter gefiel dem Boss die neue Entwicklung der Lage. Er war sehr zufrieden und blies in seine Pfeife. Der Drache sollte zu ihm kommen, damit er ihm neue Befehle geben konnte. Mit Drakolov würde alles wieder gut. Er würde die Zwerge grillen, und der Sieg wäre gerettet. Plötzlich erschien Kelber auf der Bildfläche.

»Sensationell, Boss!«, keuchte dieser begeistert und schaute gierig auf die Pfeife. Der Boss erwiderte finster den Blick des Menschen. Er wusste genau, was Kelber gerade dachte. Doch darum konnte er sich jetzt nicht kümmern. Wahrscheinlich würde er ihn nachher fressen müssen.

»Warum habt Ihr den Drachen nicht gleich eingesetzt?«, fragte Kelber, der immer noch die Pfeife betrachtete, als wäre sie ein Weihnachtsgeschenk. »Die Trümpfe immer zum Schluss«, antwortete der Boss geistesabwesend.

Es wurde still. Alle warteten auf Drakolov. Man konnte schon die Schwingen des sich nähernden Drachens hören. Da erklang eine kleine, feine Melodie, eine Melodie wie aus einem Kinderlied:

»Ich bin der Bitzelbeck,
der flinke,
ich bitzel alles weg,
bevor ich stinke!«

Einen Kilometer weiter stand Jupp und beobachtete, wie der sich inzwischen im Kreis drehende Bitzelbeck dieses Liedchen sang, das sich magisch über die gesamte Umgebung legte. Der Hühnerkobold bewegte sich beim Singen immer schneller und verschwand plötzlich in einem kleinen Tornado. Eine Sekunde später tauchte er wieder auf. Grimmig lächelnd hielt er eine kleine Silberpfeife in seinen Flügelhänden.

Drakolov spürte sofort, dass sich etwas verändert hatte, etwas ganz Entscheidendes. Der Boss war nicht mehr sein Gebieter, er hatte nun einen neuen Herrn. Nun brachen Hass, aufgestaute Wut und Rachegefühle auf diesen widerlichen Kobold aus ihm heraus. Wie viel Unheil hatte er anrichten müssen? Was hatte er alles zerstören müssen? Wie viele Wesen hatten leiden müssen? Die Hühnerkobolde. Die Maulwurfskobolde, die früher im Kahlen Land gelebt hatten, als es noch nicht kahl gewesen war. Jahrelang hatte er mit dieser düsteren Wolke leben müssen, die immer und ewig in seinem Kopf blieb, egal, wohin er sich wendete. Nun erfasste ihn ein unbändiger Zorn.

Der Drache näherte sich dem Haupttor. Dort stand *er*. Der Boss schaute entsetzt und erbleichend in seine leere

Hand, in der sich bis eben noch die silberne Pfeife befunden hatte.

»Unschön, wirklich unschön«, murmelte er.

Kelber hatte nicht bemerkt, dass seinem Boss die Zauberpfeife entwendet worden war. Er streckte immer und immer wieder seine Arme ekstatisch in die Höhe.

»Ja, ja, ja«, rief er begeistert aus, »da bist du ja. Ich spüre die Macht, die Macht wird mit mir sein! Heute gehört uns die Höhle und morgen die ganze Welt!«

Der Boss schaute gequält nach oben. Angst zerfraß seine Gesichtszüge. Er sah Drakolovs Blick, der sich erbarmungslos auf ihn richtete.

»Ich wollte nur Gutes!«, konnte er noch rufen. Mehr Zeit blieb ihm nicht. Das Maul des Drachen öffnete sich unbarmherzig, und mit einem einzigen riesigen Biss verschlang Drakolov den Boss. Kelber war in diesem Moment auch verschwunden. Alle vermuteten später, dass Drakolov beide mit diesem Biss verschlungen hatte.

Triumphierend richtete sich der Drache auf und schickte einen riesigen Feuerstoß gen Himmel. Die letzten Schlammkobolde flohen, so schnell sie konnten. Einige sprangen einfach die Mauern hinab und platschten in die Marmelade.

Lina, Jupp und Bitzelbeck hatten aus der Ferne das Ende des Bosses beobachtet. Niemand sprach ein Wort. Bitzelbeck hielt in seiner Hand an einer Schnur die kleine Silberpfeife, die sanft hin und her schaukelte. Siegesstimmung kam nicht auf. Alles um sie herum wirkte wie ein nicht enden wollender Albtraum.

In langen Reihen trotteten Schlammkobolde zurück nach Hause. Die ersten erreichten die Gegend, in der sich Lina, Jupp und Bitzelbeck aufhielten. Sie ließen die Köpfe hängen, waren oft verletzt und zerschunden. In der Ferne auf der Roten Burg zeigten sich die ersten Zwerge, die nach und nach aus ihren Verstecken kamen.

Drakolov erhob sich in die Lüfte, drehte eine letzte Runde und flog davon.

Dort, wo eben noch der Boss und Kelber gestanden hatten, lagen nun nur noch ein Taschentuch und Kelbers Pistole. Jemand nahm die Waffe an sich und verschwand.

Kapitel 42

Neue Sorgen

Maria lag auf dem Bett von Fops. Es war viel zu klein, dennoch hatte sie es dort halbwegs bequem. Fips huschte hektisch in der Wohnhöhle herum und suchte verschiedene Sachen zusammen.

»Okay, dann eben Weidenrinde. Nicht optimal, aber man nimmt, was man hat. Bloß nicht Melisse. Noch was für den Blutdruck, okay. Das auch noch. Was ist das hier? Basilikum. Ich mache doch keine Pizza. Aber da, Baldrian. Das ist für mich …«

Luke und Fiete sollten in der Küche warten und mussten tatenlos zusehen, wie die beiden Waschbären versuchten, das Leben ihrer Freundin zu retten. Fops verschwand gerade mit einem Kessel heißen Wassers in Richtung Schlafzimmer. Den Kessel hatte er auf dem Elektroherd erhitzt. Die Lampen waren ebenfalls elektrisch, und im Wohnzimmer stand sogar ein Fernseher.

Fips und Fops hatten unglaublicherweise elektrischen Strom und tatsächlich auch ein Fernsehgerät. Einen Moment lang hatten sich Fiete und Luke gewundert, aber zurzeit gab es schwerwiegendere Probleme. Im Schlafzimmer der beiden Waschbären kämpfte Maria um ihr Leben. Das war wichtig, nicht die Stromversorgung bei Fips und Fops.

Neben Maria lag Frieda, die ebenfalls von den Waschbären umsorgt wurde. Ihr Zustand war eine weitere schlimme Nachricht für Fiete gewesen.

Rainald wartete mit den Jungen in der Küche. Zum wiederholten Male versuchte er sie zu beruhigen.

»Fips und Fops wissen, was sie tun. Sie sind hier im Wald sozusagen das Krankenhaus. Und sobald Frieda aufgewacht ist, kann sie bestimmt auch helfen.«

Fiete, der bemerkte, wie sehr Luke durch Marias Verletzung belastet war, stimmte in Rainalds tröstende Worte ein.

»Mich haben sie auch zusammengeflickt! Maria und meine Oma werden bestimmt bald wieder gesund.«

Luke richtete sich auf und wischte sich mit seinem Arm über die Nase. Seine Augen bekamen etwas Glanz. Er nickte Rainald dankbar zu. Seinen Freund schaute er aber unsicher an.

Fiete dachte an Lukes Blick in der Hexenhütte und wandte sich schuldbewusst ab.

»Hör mal Luke, es …«, fing er unsicher an. Er wusste nicht, wie er sich dafür entschuldigen sollte, dass Marias Leben am seidenen Faden hing. Wie machte man so etwas? Aber Luke unterbrach ihn unwirsch.

»Es war nicht deine Schuld, Alter. Du wolltest das alles gar nicht. Das weiß ich doch. Erst hat dieser fiese Drache dich grillen wollen, dann hat dich der genauso gemeine Zwerg entführt. Und dann hast du getan, was du für richtig gehalten hast. Maria und ich haben uns entschieden, hierzubleiben.«

»Und das war ein Fehler«, erwiderte Fiete, »und ohne mich hättet ihr den nicht begangen.«

»Zieh dir den rein«, blaffte Luke los, »klar war das ein Fehler, so wie es jetzt aussieht. Marias Großmutter haben wir nicht gefunden und meine Schwester auch nicht. Und wenn die Kobolde uns finden, dann machen sie aus uns ein lecker Mittagessen. Aber … richtig war es trotzdem!«

Fiete musste unwillkürlich an die Kobolde denken und an die Marmelade, die diese aus den Burggräben geleckt hatten. Luke kam um den Tisch und schlug Fiete auf die Schulter.

»Alles jut zwischen uns, meen Alder?«

Fiete lächelte und nickte. Auch Luke freute sich. Gemeinsam gingen sie durch den etwas zu niedrigen Flur zum Schlafzimmer der Waschbären. Luke stieß sich den Kopf an der Flurlampe und schaute sich anschließend zum ersten Mal so richtig um.

»Echt der Knaller, die Bude, oder? Das sind Superwaschbären oder so. Eigene Wohnung, sogar Strom, und schau dir mal den Teppich an. Den kriegste bei Ikea auch nich' besser.«

Fips kam gerade mit einigen Handtüchern in den Pfoten aus dem Schlafzimmer. Er hatte den letzten Satz gehört.

»Oh, der *ist* von Ikea. Friedhelm hat ihn uns besorgt. Sieht richtig cool aus, oder?«

Fiete und Luke schauten mit großen Augen auf den Waschbären und warteten. Fips wurde ganz verlegen: »Na ja, ich weiß, Ikea ist etwas billig. Ich finde aber, der sieht gar nicht wie von Ikea aus.«

Fiete wurde ungeduldig. »Fips, der Teppich ist doch jetzt egal. Wie geht es Maria und meiner Oma?«

Fips schlug sich an die Stirn. Dabei purzelten einige Handtücher zu Boden. »Ach, ich Dummerchen, natürlich.«

Dann kratzte er sich am Po, trat ein paar Schritte zurück und öffnete leise die Tür.

Die beiden Jungen lugten vorsichtig in das Zimmer und erblickten Frieda und Maria. Den beiden ging es offensichtlich besser. Maria war sogar bei Bewusstsein. Ihr Kopf verschwand fast ganz unter einem sehr dicken Verband. Sie lächelte müde und winkte ein wenig mit ihrer linken Hand.

Luke winkte aufgeregt zurück und strahlte wie ein Honigkuchenpferd. Er wollte gleich zu ihr, aber Fips hielt ihn auf und schob ihn sanft zurück. »Sie braucht noch Ruhe. Sie ist sehr schwach, aber sie wird es schaffen.«

»Ganz … sicher?«, stotterte Luke.

»Ganz, ganz sicher! Sie wird wieder gesund«, beteuerte Fips.

»Ganz gesund?«

»Aber ja, ganz gesund!«

Fiete atmete erleichtert auf. Das war eine richtig gute Nachricht. Und auch seiner Oma ging es offenbar besser. Frieda war unter der Pflege der beiden Waschbären ebenfalls auf dem Weg der Genesung. Sie fühlte sich allerdings gleichfalls noch schwach. Sie schlief gerade. Friedhelm, der völlig verändert wirkte und um Jahre verjüngt erschien, wich nicht von ihrer Seite.

Fiete schaute seine Großeltern an und wurde nachdenklich. Luke hatte recht. Dass Maria verletzt war, war vielleicht wirklich nicht seine Schuld. Aber wenn er Pelle nicht von der Leine genommen hätte, wäre diese Kette von Ereignissen nie in Gang geraten. Auch Oma Frieda wäre nie verletzt worden. Aber wie hätte er das ahnen sollen? Drachen, Zwerge, Hexen? Nein, keine Chance.

Luke machte sich nicht so viele Gedanken. Er zog Grimassen, um Maria ein weiteres Lächeln zu entlocken. Das klappte, und jedes Mal wurde Luke ein bisschen glücklicher und leider auch alberner. Schließlich reichte es Fops, der gerade bei Frieda einige Hornissenstiche behandelte. Er bedeutete seinem Bruder, die Tür zu schließen. Kurz bevor Fips dies tat, warf Maria Luke einen Luftkuss zu.

Kaum war die Tür geschlossen, meldete sich bei Fiete der Hunger.

»Ich muss dringend was essen«, meinte er daher zu Luke, der blöde grinsend noch vor der Schlafzimmertür stand und nicht reagierte. Fiete rollte mit seinen Augen und stieß seinen Freund in die Rippen.

»Aua, was denn?«

»Ich muss was essen, du verliebter Gockel!«, wiederholte Fiete belustigt. Luke zeigte immer noch diesen wenig intelligenten Gesichtsausdruck.

»Oh Mann«, stöhnte Fiete und ging in die Küche. Luke folgte zögernd und stieß sich erneut an der Flurlampe. Dieses Mal machte es ihm gar nichts aus. Ganz im Gegenteil, das brachte ihn ein wenig in das Leben zurück, und er hörte mit dem Grinsen auf.

Die Küche sah nach dem Angriff von Hexe Kaukau und Maximilian immer noch übel aus. Viele Lebensmittel lagen auf dem Boden und waren verschmutzt oder verdorben. Die Jungen kämpften sich durch das Chaos und suchten sich etwas zu essen. Viel war nicht mehr da, am Ende waren sie aber doch erfolgreich.

Wenig später saßen Rainald, Luke und Fiete am angekokelten Tisch und aßen Cornflakes mit Milch und Honig. In der Ecke saß Methusalem, die Schildkröte, die jedoch keinen Salat mit Petersilie vertilgte. Sie war etwas beleidigt, denn niemand hatte an sie gedacht. Nach mehreren Protesten wurde sie schließlich von Fiete versorgt. Nun blieben alle still und aßen.

Etwas Schweres knallte gegen das Fenster. Luke und Fiete zuckten zusammen und blickten hinaus. An der Fensterscheibe rutschte mit einem quietschenden Geräusch eine Krähe herab, die offensichtlich mit voller Geschwindigkeit gegen das Glas geflogen war.

Fiete öffnete schnell das Fenster und half dem Vogel, der sofort zu schimpfen begann.

»Verdammte Scheibe, warum putzt Fops die auch immer dermaßen gründlich? Die ganze Bude ist zerstört, aber egal, Hauptsache, die Scheibe ist sauber. Der hat doch 'ne Scheibe. Nie weiß ich, ob das Fenster offen ist oder nicht!«

Die Krähe schüttelte sich und richtete ihr ramponiertes Federkleid. Dann schaute sie sich die Jungen an. »Dich kenne ich!«, krächzte sie. »Hexe Kaukau und Maximilian hatten dich entführt!«

Fiete nickte und erinnerte sich dunkel, dass auch eine Krähe an dieser seltsamen Befreiung beteiligt gewesen war. Er überlegte gerade, ob er sich bedanken sollte, aber er kam nicht dazu. Die Krähe plapperte schon wieder weiter: »Hab' gehört, du hast groß Karriere gemacht. Kaiser und so! Respekt!«

Fiete verzog das Gesicht.

»Nicht wirklich, die Schlammkobolde haben die Rote Burg erobert!«, brummte er frustriert.

Die Krähe flatterte aufgeregt hin und her und landete prompt in der Cornflakes-Schüssel.

»Krächz! Das gibt es doch nicht. Du kennst die neuesten News noch nicht? Haben sich nicht lange darüber freuen können. Diese schlammigen Kobolde sind erledigt. Gerobur hat sie gegrillt.«

Luke und Fiete schauten einander überrascht an. Sie hatten keine Ahnung, wer dieser Gerobur war, aber sie mochten ihn. Wenn die Info stimmte.

»Das müssen wir uns ansehen!«, meinte Fiete entschlossen. Luke wirkte unschlüssig und schaute in Richtung des Schlafzimmers.

Aber Fiete ließ nicht locker. »Komm schon, wir müssen los. Maria wird wieder gesund. Hat Fips gesagt. Alberich ist tot, die Zwerge brauchen mich jetzt, und ich brauche dich! Wir müssen zusehen, dass der Laden wieder läuft.«

Luke schaute noch einmal zum Schlafzimmer, schluckte und war schließlich einverstanden. Hier konnte er wohl sowieso nicht wirklich helfen.

»Icke lass' dir nich' hängen!«

»Du berlinerst!«, tadelte Fiete seinen Freund, der ihn aber nur angrinste.

Fiete grinste zurück: »Aber wie kommen wir jetzt am schnellsten zur Burg?«

Da mischte sich die Krähe wieder ein: »Krächz, ich habe euch jemanden mitgebracht. Ich habe sie im Wald eingesammelt.«

Fiete und Luke schauten aus dem Fenster und sahen Hütti, welche gerade zum Zeitvertreib mit einem großem Stück Holz herumkickte.

»Ich liebe das Ding«, entfuhr es Luke, Fiete lächelte nur und nickte dankbar der Krähe zu, welche sehr stolz dreinblickte.

Wenige Minuten später waren sie mit der Hexenhütte unterwegs im Wald. Dieser wirkte plötzlich viel freundlicher. Fiete stand auf der Veranda und atmete tief durch. Luke kramte in der Hütte herum, ließ es aber bald bleiben. Etwas Brauchbares war nicht mehr zu finden. Er gesellte sich zu Fiete und beobachtete genau die Umgebung.

Die Krähe hatte sie begleitet. Aufgeregt tippelte sie auf dem Geländer hin und her.

»Wisst ihr was, ich fliege über euch hin und her. Ich gebe euch Luftunterstützung!«

Und schon war sie unterwegs.

Luke schaute Fiete an: »›Luftunterstützung‹? Echt jetzt? Wie kommt eine Krähe auf solche Wörter?«

Fiete antwortete nicht. Was hätte er auch dazu sagen sollen? Die Hütte lief währenddessen elegant zwischen den Bäumen hindurch. Es wirkte fast so, als ob sie sich freuen würde, wieder unterwegs zu sein.

Im Wald wurde es plötzlich unruhig. Die Vögel sangen merkwürdigerweise nicht mehr ihre üblichen Liedchen, sondern tschilpten, krächzten und pfiffen aufgeregt. Sie tauschten sich über die neuesten Nachrichten aus. Die Krähe verfolgte die Informationen und rief sie immer nach unten zu den Jungen.

»Die Rote Burg ist wieder in Zwergenhand!«, rief die Krähe gerade.

»Yes, we can!«, freute sich Luke und ballte die Faust.

»Drachenkampf vorüber!«, war die nächste Schlagzeile.

Fiete kratzte sich am Kopf. Das ergab jetzt keinen Sinn. Dafür fehlten ein paar Infos. In Lukes verdutztem Gesicht erkannte Fiete, dass sein Freund sich ebenfalls keinen Reim darauf machen konnte.

»Oh nein!«, rief die Krähe jetzt, stieß herunter und setzte sich auf das Geländer der Veranda, wo sie sich trotz der wackeligen Reise gut halten konnte.

»Gerobur ist schwer verletzt abgestürzt, hier in der Nähe!«, krächzte die Krähe aufgeregt. Sie war ganz außer sich.

»Gerobur?«, fragte Luke vorsichtig nach und bemerkte, dass die Hütte bereits eigenständig den Kurs wechselte.

»Mein Freund Gerobur, ein Drache!«

»Drache? Und das ist dein Freund?«, meinte Fiete zögerlich und schaute sich vorsichtig um. Er hatte seine letzte Begegnung mit einem Drachen nicht vergessen.

»Natürlich, warum auch nicht? Wir sind doch beide Beherrscher der Lüfte und haben so viel gemeinsam!«

Luke betrachtete die Krähe und fing an zu grinsen. Das fand die Krähe gar nicht lustig und hackte Luke in die Hand.

»Aua!« Luke starrte auf seine Hand. »Was soll denn das? Schau dir das an, Fiete. Die hat mich gehackt. Ich blute!«

Fiete schaute aber ganz woanders hin. Er hatte den Drachen bereits entdeckt und brachte keinen Ton heraus. Luke drehte sich um und sah ihn nun auch. Eine breite Schneise der Verwüstung führte sie direkt zu dem schwer verletzten Tier, das schwer atmend auf der Seite lag.

Auf dem Rücken des Drachens war ein Mädchen. Aus der Entfernung war es unmöglich zu erkennen, wer das sein könnte. Doch Luke stockte der Atem. Er erkannte das knallrote Halstuch, das das Mädchen trug. Kaum war die Hütte beim Drachen angekommen, kletterte Luke die Leiter hinunter und sprang den letzten Meter. »Lina!«, rief er aufgelöst, »Lina!«

Fiete folgte seinem Freund auf dem Fuß und stand bald neben ihm, als dieser sich um das Mädchen auf dem Rücken des Drachens kümmerte. Er drehte sie um. Sie hatte schwere Brandverletzungen, aber sie lebte noch.

Fiete kniete sich nieder und reinigte dem Mädchen vorsichtig das rußgeschwärzte Gesicht. Luke prüfte Herzschlag und Atmung. Plötzlich hielt er inne.

»Was ist?«, fragte Fiete.

»Das ist nicht Lina«, meinte Luke erleichtert und enttäuscht zugleich, »aber das ist ihr Tuch.«

Kapitel 43

In der Falle

Jupp, Lina und Bitzelbeck wanderten im Eiltempo einen Weg entlang, der sie durch den Wald hindurchführte, ehe sie freies Gelände erreichten. Hier standen nur noch vereinzelt Bäume, dafür gab es etliche Gebüsche und große Wiesen.

Vorhin hatten sie aus sicherer Entfernung auf einer Anhöhe zunächst den Triumph und später die Vernichtung der Kobolde erlebt und hofften, dass nun alles wieder gut werden würde. Danach sah es aber noch gar nicht aus. Immer mehr Kobolde tauchten auf.

Nach der Niederlage bei der Roten Burg strömten die Kobolde zurück ins Kahle Land. In ihrer völligen Verzweiflung wirkten sie sehr gefährlich. Wiederholt stießen sie erbarmungswürdige Laute aus: Stöhnen und Jammern erfüllte die Luft. Einige waren noch bewaffnet. Viele hatten aber alles weggeworfen, was mit Kampf zu tun hatte.

Immer wieder mussten Lina und ihre Freunde Umwege gehen oder sich sogar verstecken. Berge, Anhöhen und freies Gelände mieden sie, sie zogen es vor, in Deckung zu bleiben. Bitzelbeck wurde immer unruhiger.

»Wir sollten von hier verschwinden, aber schnell!«, flüsterte er, als sie sich gerade wieder in ein Gebüsch zurückgezogen hatten.

Jupp nickte und beobachtete, wie sich gerade zwei Kobolde in unmittelbarer Nähe vorbei schleppten. Er konnte sogar ihr Gespräch belauschen.

»Oh je«, stöhnte der eine, dem offensichtlich ein Auge fehlte.

»Du jammern nicht sollst«, erwiderte der zweite, der stark hinkte, »du Auge verloren eins, na und? Schlimmer viel sein, dass Boss Drachenfutter.«

»Mir egal sein, Boss fies gewest. War doofes Kackaloch …!«

»Pssst«, unterbrach ihn sein Gefährte, »du wahnsinnig sein?«

Der Einäugige zuckte nur mit den Schultern, rieb sich an seinem fehlenden Auge und maulte gelangweilt: »Ich nicht Angst vor Mageninhalt von Drachen.« Das Argument schien den Hinkenden zu überzeugen, er nickte müde.

»Aber ich Hunger habe, muss fressen, egal was!«

Der Hinkende war offenbar der gleichen Meinung, da er vor lauter Verzweiflung versuchte, ein Stück seines Armes abzubeißen, was ihm aber nicht gelang.

In dieser miesen Stimmung gingen sie weiter. Bald waren sie außer Sicht. Es kamen aber immer mehr Kobolde aus allen Richtungen. Rasch schienen überall welche zu sein. Bislang hatten Lina und die anderen unverschämtes Glück gehabt, dass sie in ihrem Versteck noch nicht entdeckt worden waren.

Lina hatte Angst, Jupp ebenso. Nur Bitzelbeck erschien relativ entspannt.

»Kannst du uns hier rausholen?«, fragte Lina den Hühnerkobold. Dabei zitterte ihre Stimme nur leicht. Offenbar bemühte sie sich, ruhig zu klingen. Bitzelbeck wiegte den Kopf.

»Na gut, ausnahmsweise. Eine oder einen schaffe ich, aber nicht zwei auf einmal!«

Jupp schaute überrascht auf: »Wie? Du kannst jetzt doch jemanden mitnehmen?«

»Aber nur einen!«, wiederholte Bitzelbeck.

»Warum hast du uns nicht schon längst weggeschafft?«

»Ich bin doch kein Taxi«, maulte der Hühnerkobold.

»Er ist da etwas eigen«, versuchte Lina zu erklären.

»Ist ja auch egal«, knurrte der Junge, »los, schnapp dir Lina, und dann weg hier! Diese Zombies sind gemeingefährlich, ein kleines Mädchen sollte nicht hier sein!«

»Pssst, leise«, warnte Lina, aber es war zu spät. Ein paar Schlammkobolde hatten Jupps Stimme gehört und näherten sich misstrauisch ihrem Versteck.

»Oh, verdammt! Jetzt wird es brenzlig. Los, schaff sie hier raus, Bitzelbeck!«, drängte Lautenberg.

Lina sträubte sich. »Wir lassen dich nicht allein!«

»Ich komme schon klar, ich bin Polizist! Oder war es zumindest mal. Los jetzt, Bitzelbeck!«

Es blieben nur noch Sekunden. Die Schlammkobolde hatten das Versteck fast erreicht. Wütend und hungrig, wie sie waren, kamen sie brüllend und kreischend angerannt, so schnell ihre ramponierten Körper es noch zuließen.

»Mein Gott«, flüsterte Jupp erbleichend, »das ist ja hier wie in ›Walking Dead‹.«

»Wie was?«, fragte Bitzelbeck interessiert nach.

»Egal, los jetzt, schaff sie hier raus«, knurrte Jupp.

»In Ordnung, das werde ich tun. Am besten wird es wohl sein, dass ich versuche, Gerobur zu finden. Da ist sie sicher.«

»Ja, ja, alles gut, nur mach jetzt!«

Jetzt endlich handelte Bitzelbeck. Er kümmerte sich nicht weiter um den Protest von Lina, da er wusste, dass Jupp recht hatte. Er schaute ihn ernst an und klopfte ihm anerkennend auf die Schulter. Jupp nickte. Beide wussten, wie unwahrscheinlich es war, dass sie einander wiedersehen würden. Dann nahm der Kobold Lina bei den Händen, und die beiden verschwanden in einem kleinen Tornado.

Jupp atmete auf und wandte sich den Kobolden zu. Es war höchste Zeit gewesen, dass Lina gerettet wurde. Das Gebüsch war inzwischen umstellt, und die ersten glitschige Hände griffen bereits nach ihm. Jetzt galt es für Jupp, sich zu verteidigen. Er war zwar nun wieder ein Junge, aber verlernt hatte er nichts. Und der störende Bauch war auch nicht mehr da. Mit einem Sprung gelangte er aus dem Gebüsch und schlug den ersten Angreifer nieder.

Ein zweiter Kobold attackierte ihn mit einem Messer. Per Polizeigriff entwaffnete er ihn und schickte auch diesen zu Boden. Inzwischen war er aber von mehr als zwanzig dieser widerlichen Gestalten umringt. Ein sehr unangenehmer Geruch breitete sich aus.

»Oh Mann, ihr stinkt vielleicht!«

Dieser Spruch kam gar nicht gut an. Die Kobolde fletschten die Zähne und machten Anstalten, den Jungen zu zerreißen.

Jupp musste etwas tun. Er musste hier weg. Er entwaffnete einen weiteren Angreifer, ergriff dessen Keule und bahnte sich mit mehreren Schlägen einen Weg durch die Kobolde. Leider musste er feststellen, dass er bei weitem nicht so viel Kraft besaß, wie er als erwachsener Mensch gehabt hatte. Aber sie reichte noch aus, um sich wenigstens ein bisschen zu befreien. Da sich ihm für einige Sekunden niemand in den Weg stellte, rannte er los.

Er rannte um sein Leben. Die Kobolde blieben ihm jedoch auf den Fersen.

Kapitel 44

Freude & Trauer

Luke und Fiete kümmerten sich rührend um das Drachen-Mädchen. Martha war immer noch besinnungslos. Sie war übel zugerichtet worden, aber anscheinend nicht allzu schwer verletzt. Zwar wies sie einige kleinere Brandverletzungen und Schürfwunden auf, schien aber ansonsten in Ordnung zu sein, wenn man davon absah, dass ihre Beine mit dem Körper des Drachen zusammengewachsen waren. Fiete holte Wasser aus einem nahen Bächlein. Vorsichtig wuschen sie ihr Gesicht und ihre Hände. Endlich kam Martha zu sich.

Sie schaute sich um und betrachtete verwundert die Jungen. Ohne ein Wort zu sagen, zog sie zur Verblüffung der beiden einen Zauberstab hervor. Mit Mühe gelang es ihr, eine Zauberformel auszusprechen, und sie rutschte vom Rücken des Drachen hinunter. Luke und Fiete warfen sich einen vielsagenden Blick zu. Ein Mädchen, das zaubern konnte? Das kam ihnen bekannt vor.

»Oh gut, du bist wieder da!«, flüsterte Luke.

»Wieso flüsterst du?«, fragte Fiete flüsternd.

»Du flüsterst doch auch!«

»Aber doch nur, weil du flüsterst!«

»Schon gut, Jungs, ich sterbe nicht!«, meldete sich Martha zu Wort. Sie versuchte ein Lächeln, was ihr aber nicht gut gelang. Mit wackligen Beinen kroch sie auf allen Vieren zum Kopf des Drachens und lauschte seinem Atem. Es war nichts mehr zu hören.

»Nein!«, schluchzte sie und versuchte verzweifelt, Geroburs Augenlider zu öffnen, was nur teilweise gelang. Die Pupillen wirkten stumpf und tot. Martha brach in Tränen aus, lehnte ihren Kopf an den des Drachens und streichelte zärtlich die Schuppen.

»Mein treuer Freund, wie oft hast du mir geholfen, hast mich gerettet, und nun habe ich dir den Tod gebracht!« Das Mädchen war untröstlich. Luke und Fiete standen hilflos daneben und wussten nicht, was sie tun sollten.

»Mach doch was!«, flüsterte Luke.

»Mach du doch was!«, flüsterte Fiete zurück.

»Was denn?«, fragte Luke.

»Weiß ich doch nicht!«, antwortete Fiete.

Martha kümmerte sich nicht um die beiden, sie wollte nur bei ihrem Drachen sein. Minuten vergingen.

Inmitten der Stille und Trauer kam plötzlich ein kleiner Tornado angerauscht und stoppte knallend in der Nähe. Luke und Fiete machten aus dem Stand einen beachtlichen Sprung senkrecht in die Höhe. Vor ihnen stand ein sehr hühnermäßig aussehendes Männchen, und bei ihm war noch ein Mädchen …

»Lina!«, stammelte Luke, völlig von der Rolle. »Lina, bist du das? … Was machst du denn hier? Wie kommst du denn hierher? Wer ist das Huhn?«

Auch Lina wirkte überrascht und ziemlich verwirrt. In ihrem Gesicht wechselten sich verschiedene Ausdrücke im Sekundentakt ab. Als sie ihren Bruder erkannt hatte, strahlte sie über das gesamte Gesicht und machte Anstalten, ihn zu umarmen. Doch dann bemerkte sie hinter ihm den Drachen und Martha.

»Martha, Gerobur!«, schrie sie aufgelöst und rannte an ihrem Bruder vorbei zum Drachen hinüber. Luke stand etwas dumm da, mit ausgebreiteten Armen.

»Was ist mit ihm?«, fragte Lina mit zittriger Stimme. Doch es kam keine Antwort. Lina hockte sich neben den Drachen und streichelte ihn sanft. Beide Mädchen weinten. Auch Bitzelbeck schien erschüttert. Er starrte nur auf den Drachen und konnte es nicht fassen. Was für ein Verlust! Alles kam in ihm hoch, die vielen Toten, die vielen schlimmen Erinnerungen. Ihm fiel ein, wie Gerobur ihn einst vor den Schlammkobolden gerettet hatte.

Plötzlich fiel Lina etwas ein. Mit tränengeröteten Augen schaute sie zu Bitzelbeck hoch: »Bitzelbeck, flieg zurück und hole Jupp da raus, schnell!« Aber der Hühnerkobold schüttelte nur traurig den Kopf.

»Entschuldigung! Ich kann grad nicht. Ein paar Minuten muss ich mich erholen. Passagiere mitzunehmen, strengt echt an, und so, wie ich jetzt drauf bin, lande ich sonst wo. Und ich denke, inzwischen wird es zu spät sein.«

Luke, der inzwischen seine ausgebreiteten Arme sinken ließ, schaute verständnislos Fiete an. Der bemerkte den Blick und fragte nach: »Zu spät? Ist jemand in Gefahr?«

Bitzelbeck blickte etwas verwundert, antwortete dann aber: »Ein Kommi… ein Mensch, ein Junge. Schlammkobolde greifen ihn an!«

»Na denn, nichts wie hin. Wir haben ein Transportmittel!«

Das hatte die Hütte gehört und fand das überhaupt nicht witzig. Sie kam angehoppelt und wollte Fiete einen Tritt versetzen, dem er nur knapp ausweichen konnte.

»Ey, so war das nicht gemeint! Du bist viel mehr als das!«, versuchte Fiete die Hütte zu beschwichtigen. Dann wandte er sich Lina und Luke zu. »Mein Gott, nun drückt euch endlich!«

Lina nahm ihren Bruder in die Arme.

Sie waren glücklich und traurig zugleich. Sie hatten sich zwar wieder, aber sie konnten sich nicht wirklich freuen.

Es war so viel geschehen, so viel war falsch gelaufen. Sie drückten sich lange und weinten. Ihr Schluchzen vermischte sich mit dem von Martha.

Kapitel 45

Der neue Boss

Jupp hetzte einen Hügel hinauf. Er atmete schwer. Außerdem behinderte ihn seine Kleidung, die viel zu groß war. Immer wieder schlotterte seine Hose in die Kniekehlen, sodass er sie festhalten musste. Mit beiden Händen! Die Keule hatte er deswegen schon lange wegwerfen müssen.

Die Schlammkobolde konnten Jupp trotzdem nicht einholen. Er machte größere Schritte. Und er war fit wie schon lange nicht mehr. Seinen Verfolgern steckte die Schlacht in den Knochen, und wahrscheinlich waren sie angesichts ihrer ausgehungerten Körper sowieso nicht die besten Ausdauersportler. Sollte er doch entkommen können?

Auf dem Gipfel des Hügels zerschlugen sich aber sämtliche Hoffnungen. Jupp musste leider feststellen, dass ihm von vorn eine weitere große Gruppe von Schlammkobolden entgegenkam. Diese hatten die Situation schnell erfasst, sie schwärmten aus und schnitten ihm den Weg ab.

Da kam schon der erste. Jupp wich aus und brachte das Bürschchen zu Fall. Blitzschnell nahm er dessen Schwert und stach den zweiten ins Bein. Der jaulte los und brach zusammen. Jupp schnaufte. Er wollte niemanden verletzen, jedoch sah er keine andere Möglichkeit, sich zu verteidigen.

Aber es hatte alles keinen Zweck. Nach einigen Minuten hörte Jupp auf, sich zu wehren. Einige Gegner lagen regungslos oder stöhnend vor ihm auf dem Boden.

Er selbst stand keuchend in der Mitte dieser widerlichen Kreaturen und konnte kaum noch das Schwert anheben, so erschöpft war er. Die Kobolde schauten ihn an, wie man nun einmal einen Festschmaus anschaut. Es wurden bereits die ersten ›Rezepte‹ ausgetauscht.

»Wir können ihn braten, Haxelbeck hat noch brennend Fackel.«

»Nein, roh ist besser. Schneller und saftiger.«

Jupp schaute grimmig und gleichzeitig entsetzt. Er richtete sich auf und aktivierte seine letzten Kraftreserven. Er würde sich teuer verkaufen, so viel stand fest. Doch dazu kam es nicht. Die Schlammkobolde wurden plötzlich aufgehalten.

»Stopp, stopp, stopp!«, kam eine aufgeregte Stimme von hinten. »Grexelbeck das nicht möchte, nicht möchte das! Menschen hilfreich, nicht nur Futter!«

Zu Jupps Überraschung hielt die wütende Meute tatsächlich inne. Ein Schlammkobold quetschte sich durch die Meute, die den Jungen für den finalen Angriff umstellt hatte, und trat in ihre Mitte. Offensichtlich erkannten die anderen den Neuankömmling erst jetzt und brachen in schallendes Gelächter aus. Sie konnten sich gar nicht mehr beruhigen. Einige warfen sich auf den Boden und durchlitten unglaubliche Lachkrämpfe.

Grexelbeck blieb aber ganz ruhig, geradezu lässig. Eine Hand hatte er in die Hosentasche gesteckt und wartete mit einer bemerkenswerten Seelenruhe ab, bis das Lachen und die hämischen Bemerkungen abgeklungen waren.

»Alle hört her!«, rief ein besonders primitiv aussehender Kobold höhnisch in die Menge. »Grexelbeck jetzt hier Befehle gebt, Grexelbeck ist neuer Boss!«

Der angesprochene Grexelbeck, der nicht sonderlich kräftig wirkte, ließ sich nicht provozieren, sondern blieb weiterhin ganz cool.

»So ist es, Grexelbeck jetzt hier der Boss. Und wir fressen Mensch nicht!«

Das grölende Lachen der Koboldbande donnerte bis zur Höhlendecke. Jupp wusste nicht genau, wie sich die Situation weiterentwickeln würde. Eventuell überlebte er diese Geschichte, aber nur dann, wenn sich dieser merkwürdige Grexelbeck durchsetzen würde. Die Chance, dieser riesigen Meute durch Flucht heil zu entkommen, war trotz der allgemeinen Erheiterung und der damit verbundenen Ablenkung gerade gleich Null.

Als der wortführende Schlammkobold wieder Luft bekam, fragte er belustigt: »Und warum du glauben, dass du nun Boss sein?«

»Ich das hier haben«, erwiderte Grexelbeck schlicht und hielt Kelbers Pistole in die Höhe. Er war es nämlich gewesen, der die Waffe kurz nach dem Tod des Bosses an sich genommen hatte.

Alle Kobolde wichen zurück. Die aufgesetzte Heiterkeit verwandelte sich in ehrfurchtsvolles Schweigen. Nur der Fiesling gab sich unbeeindruckt. Man merkte ihm jedoch an, dass er sich durchaus Sorgen machte. Erbleichend, sofern das bei Schlammkobolden überhaupt möglich war, stotterte er: »Oh, der kleine Grexelbeck tut sich stark fühlen. Fühlt sich mächtig. Du Zauberding benutzen kannst überhaupt?«

Grexelbeck lächelte liebenswürdig und gab eine deutliche Antwort. Er schoss dem fiesen Schlammkobold genau zwischen die Augen. Der Kopf zerplatzte wie eine überreife Melone. Der Körper des Toten sackte in sich zusammen und fiel schließlich vornüber.

»Sauber argumentiert«, murmelte Jupp irritiert. Unter den Kobolden jedoch kam Bewegung auf. Alle warfen sich auf den Boden.

Grexelbeck genoss offensichtlich den Anblick und stolzierte durch die Reihen. Jedem Kobold zeigte er dabei die Waffe als Symbol seiner Macht. In seinem Inneren herrschten aber widersprüchliche Gefühle. Triumph stand neben Trauer. Er dachte an seine Familie, an die kommende Not. Wie sollte es weitergehen? Zurück in das Kahle Land mit der sicheren Aussicht auf Verhungern? Oder gar den Krieg weiterführen? Nein, das auf keinen Fall. Da war er sicher.

»Ich werde guter Boss sein. Fresse keine Kobolde, quäle keine Kobolde. Gerechtigkeit und Frieden! Wenn ihr nicht gehorcht, dann Strafe Not tut. Gerechte Strafe. Grausam, aber gerecht.«

Die Schlammkobolde wimmerten um Gnade und huldigten schließlich dem neuen Boss. Sie stimmten einen Singsang an, richteten sich dabei immer wieder auf und priesen die Stärke, Macht und Weisheit des neuen Bosses. Grexelbeck hatte gewonnen und damit Jupp das Leben gerettet.

Jupp und Grexelbeck standen als einzige aufrecht. Der Kobold grinste den Menschen an. Jupp nickte dankbar und blickte auf die Pistole, die er nur zu gut kannte.

Die schöne Silberkugel, dachte er spöttisch, *Kelber wird sich im Grab umdrehen!*

Dann fiel ihm allerdings ein, dass Kelber überhaupt kein Begräbnis bekommen hatte.

Kapitel 46

Waffenstillstand

Die Hexenhütte war wieder unterwegs. Mit an Bord waren Lina, Martha, Bitzelbeck, Luke und Fiete.

Fiete hatte sie alle angetrieben. »Egal, wie die Chancen stehen. Wir versuchen es einfach!«, hatte er gesagt, und er musste die anderen nicht groß davon überzeugen. Den toten Gerobur zurückzulassen, war ihnen, besonders Martha, allerdings nicht leichtgefallen. Mit nassen Augen schaute sie zurück, doch bald waren sie zu weit von der Stelle entfernt, um noch etwas zu sehen. Daher bemerkte niemand, dass sich ein großer Schatten Gerobur näherte.

Bitzelbeck saß auf dem Dach und wies der Hütte den Weg. Der Wetterhahn schmollte beleidigt, da dies ja eigentlich seine Aufgabe war. Er hatte sich weggedreht und krähte leise vor sich hin: »Kikeriki, fies wie nie!«

Fiete stand derweil auf der Veranda und dachte nach. Und es gab eine Menge zum Nachdenken. Jetzt hatte er endlich einmal ein wenig Zeit dazu.

Einen Rettungsplan hatte er nicht. Klar war jedoch, dass sie nur gemeinsam eine Chance hatten, dem unbekannten Jungen zu helfen.

Insgesamt wirkte die Lage unübersichtlich. Die Geschichte, die Lina und dann auch Martha in der Kürze der Zeit erzählt hatten, hörte sich verrückt an, selbst dafür, dass hier unten die meisten Geschichten merkwürdig klangen. Ganz offensichtlich war Martha kein zwölfjähriges Mädchen, sondern die Großmutter von Maria. Luke hatte sich bei dieser Nachricht an seiner Spucke verschluckt und minutenlang daran gewürgt. Und dieser Junge, der jetzt gerettet werden musste, war eigentlich ein Polizist, der nun ebenso wie Martha zum Kind geworden war.

»Wirklich verrückt!«, murmelte Fiete. Auf der anderen Seite hatte Luke tatsächlich seine Schwester gefunden, und das war ein echtes Wunder. Ein Land voller Monster und fieser Gestalten, Krieg, Mord und Totschlag überall, und zwei Geschwister finden wieder zueinander.

Fiete musste bei diesem Gedanken lächeln. In der Ferne sah er die Rote Burg. Offensichtlich waren die Zwerge schon dabei, die Burg provisorisch zu sichern. Viele kleine schwarze Punkte wuselten über die Mauern und arbeiteten an den Toren. Die Krähe hatte er gebeten, den Zwergen auszurichten, dass er bald zu ihnen stoßen würde.

Jetzt noch den Jungen retten, dann würde alles gut werden. Alles gut? Fiete kamen die Schlammkobolde in den Sinn. Wie verzweifelt und ängstlich mussten sie gewesen sein, als sie den Lügen und Verbrechen des Bosses gefolgt waren? Wie verzweifelt und verängstigt mussten sie jetzt sein? Er dachte daran, wie diese halb verhungerten, ausgemergelten Wesen die Marmelade aus dem Burggraben in sich hineingestopft hatten. Unter vollem Beschuss! Hier war noch lange nichts gut. Aber er hatte eine Idee, sehr gewagt, aber auch großartig. Nur klappen musste sie. Und in der Hinsicht war Fiete seiner Sache nicht sicher.

Die Hütte näherte sich dem Ziel. Fiete erkannte einen Hügel, auf dem sich Hunderte, wenn nicht Tausende von Schlammkobolden versammelt hatten. Offensichtlich lagen diese auf dem Boden und machten so eine Art Gymnastik. Auf einem Felsen stand ein einzelner Kobold, der etwas hochhielt. Auch aus der noch beachtlichen Entfernung konnte man die Kobolde einen Namen skandieren hören: »Grexelbeck, Grexelbeck …«

Luke kam aus der Hütte und gesellte sich zu Fiete: »Wat is los, Alter?«

»Mmh, abgesehen von deinem Berlinern? Ich weiß nicht genau. Es sieht so aus, als hätten die Schlammkobolde einen neuen Boss!«

Luke trippelte nervös von einem Bein auf das andere: »Das ist nicht gut, oder?«

»Vielleicht. Vielleicht auch nicht!«

»Und was machen wir jetzt?«

Fiete erkannte, dass neben dem Felsen ein Mensch stand, ein Junge. Das musste der Gesuchte sein. Der Kobold daneben war wohl der neue Anführer.

»Weißt du noch, wozu ich Alberich gebracht habe?«

Luke dachte kurz nach, und als es ihm einfiel, schaute er seinen Freund verdrossen an.

»Fiete, das war damals echt eine ganz andere Nummer! Du kannst nicht in eine Meute von diesen Zombies reiten und dir dann an die Eier fassen lassen.«

In diesem Moment trat Lina vor die Tür. Verlegen drehten sich die Jungen um. Lina hatte Lukes letzte Worte gehört und grinste. Das Grinsen verging ihr aber schnell, als sie sah, wohin sich die Hütte bewegte.

»Was wird das denn?« Linas Stimme bebte vor Angst. Sie kannte die Schlammkobolde nur zu gut. In den vielen Wochen im Kahlen Land war sie ständig mit diesen konfrontiert gewesen.

»Wisst ihr, was das für Ungeheuer sind?«, fragte sie empört. Neben Angst schwang auch Unverständnis in ihrer Stimme mit. »Die sind brutal und gemein. Die fressen uns mit Haut und Haaren. An Ort und Stelle.«

Fiete drehte sich um und schaute Lina an: »Ja, ich weiß, dass die schräg drauf sind.«

»Schräg drauf?«, quiekte Lina. »Meine Stiefmutter ist schräg drauf, aber gegen diese Monster ist sie ein sanftes Lämmchen!«

Fiete wurde bleich, blieb aber gefasst: »Ich kenne deine Stiefmutter nicht, aber du wirst schon recht haben. Trotzdem müssen wir mit den Kobolden verhandeln. Sonst gibt es niemals Frieden!«

»Verhandeln?«, kreischte Lina. »Frag doch mal Bitzelbeck, wie es sich mit diesen Hackfressen verhandeln lässt.«

Die Hütte verlangsamte ihr Tempo, weil sie die Kobolde erreicht hatte. Sie schritt nur noch. Fast schien es, als wäre sie sorgsam darauf bedacht, keinen Kobold zu verletzen. Sie hatte wohl verstanden, was Fiete meinte.

Schließlich blieb die Hütte stehen, direkt vor dem Felsen. Der neue Anführer und Jupp erwarteten ihre Ankunft. Bitzelbeck, der nichts mehr auf dem Dach zu tun hatte, kletterte auf die Veranda herunter. Offensichtlich hatte er Fietes letzte Worte gehört. Sein Gesicht wirkte versteinert.

»Verhandeln?«, fragte er tonlos. »Mit denen da?«

Luke schaute verständnislos, aber Fiete wusste sehr wohl, worum es ging.

»Rainald hat mir gestern Nacht einiges erklärt. Ich weiß, was die Schlammkobolde und der Boss euch angetan haben.«

»Euch?«, fragte Luke nach, der immer noch nichts verstand.

»Sie haben die Hühnerkobolde gejagt und gefressen!« Linas Stimme hatte sich verändert. Das Mädchen kochte vor Zorn.

»Das Gleiche haben sie auch mit den Maulwurfskobolden gemacht«, ergänzte Fiete, »und das ist nicht zu entschuldigen. Aber dieses endlose Morden, Auge um Auge, Zahn um Zahn, das muss ein Ende haben! Und es muss ein Ende haben, dass alle tatenlos zuschauen, wenn ein ganzes Volk langsam verhungert.«

Fietes letzte Worte musste man auch unten verstanden haben. Er sprach ja laut genug, aber niemand reagierte darauf oder antwortete sogar. Niemand auf der Veranda, niemand zu Füßen der Hütte. Die Schlammkobolde schauten nach oben. Oben, auf der Terrasse, schauten alle Bitzelbeck an.

Fiete wirkte auf einmal unentschlossen und zögerlich: »Pass auf, Bitzelbeck, das musst du nicht verstehen, aber ich muss das jetzt tun! Sonst geht das immer so weiter. Das hört nie auf.«

Bitzelbeck blickte Fiete lange an. Dann ging er still in die Hütte.

Luke reichte seinem Freund stumm ein Schwert. Es lagen ja von der Schlacht noch genügend herum, doch Fiete schüttelte nur den Kopf. Dann kletterte er unbewaffnet nach unten.

Grexelbeck beobachtete jede Bewegung dieses kleinen Menschen ganz genau. Er war misstrauisch. Ihm war zu Ohren gekommen, dass jetzt ein Menschenjunge der neue Kaiser sein sollte. Das war er wohl. Seltsame Gestalt. Passte gar nicht zu den wundersamen Geschichten, die man über ihn erzählte. Er sei unverwundbar und ein Meister der Fechtkunst.

Grexelbeck kratzte sich nachdenklich am Bauch und zerdrückte einen Floh, der dort gerade sein Abendessen zu sich nehmen wollte. Nun wurde er sein Abendessen. Der Kobold war sehr nervös und murmelte leise vor sich hin: »Nun muss Grexelbeck schlau sein. Schlau sein. Keinen Unsinn machen darf Grexelbeck. Alles abhängen von Grexelbeck.«

Der Junge war die Leiter der Hexenhütte hinabgestiegen, allein und unbewaffnet. Die Schlammkobolde hatten das sehr wohl bemerkt. Hungrig fletschten sie ihre Zähne. Grexelbeck schaute sich misstrauisch um. Diesen Menschen sollte man besser auch nicht essen. Zumindest nicht jetzt.

»Keine Bewegung, Kobolde, kein Fletschen, kein Beißen!«, fauchte Grexelbeck zu den Seinen und gestikulierte vorsichtshalber mit Kelbers Pistole.

»Was dann, oh großer weiser Boss?«, fragte ein Kobold auf Grexelbecks linker Seite unterwürfig nach. Dabei war sein Blick aber verschlagen und falsch. Grexelbeck bemerkte das wohl, konnte sich jetzt aber nicht darum kümmern. Eine Antwort musste er dennoch geben. Also wiederholte er, was er eben mitgehört hatte.

»Wir verhandeln tun!«

»Wozu das gut sein?«, fragte ein anderer.

Grexelbeck wusste auch nicht so recht, wozu Verhandlungen eigentlich gut sein sollten. Er kannte das Wort kaum. Er hatte noch nie jemanden verhandeln sehen. Feilschen, betrügen, das schon, aber niemals ehrlich verhandeln.

Grexelbeck wusste aber genau, was er nicht mehr wollte: Krieg. Seine ganze Familie war in den letzten Jahren gestorben. Nur sein Sohn hatte bis heute überlebt. Aber eben nur bis heute. Er war vor einigen Stunden an seiner Seite bei den Kämpfen am Haupttor gefallen.

Der neue Koboldboss dachte an seine Söhne, seine Tochter, auch an seine Frau, obwohl er bei dieser nicht ganz so traurig war. Aber Krieg? Nein, es reichte. Genug war genug. In diesem Moment hob Fiete seine Hand. Grexelbeck sah, dass sie zitterte, und er verstand das gut. Seine Hände zitterten auch. Der Junge begann zu sprechen.

»Ihr habt tapfer für eure Sache gekämpft. Aber der Weg war falsch. Mord bleibt Mord, und Krieg bleibt Krieg! Und der Krieg muss jetzt zu Ende sein! Es sind bereits viel zu viele gestorben.«

Unwilliges Murren ging durch die Menge, doch Grexelbeck verstand ihn. Damit stand er aber unter den Schlammkobolden ziemlich allein da.

Luke und Lina beobachteten entsetzt, wie sich der Ring um Fiete immer enger zog. Jupp trat an den Jungen heran.

»Ich weiß ja nicht, was das hier werden soll, Meister. Aber wenn du denen nicht bald was anbietest, dann ist hier Schicht im Schacht.«

Fiete nickte. Der Gedanke war ihm auch schon gekommen.

»Es sind genug gestorben. Es wurde genug gelitten und auch genug gehungert. Lasst uns verhandeln, aber mit leerem Bauch verhandelt es sich nicht gut. Wartet hier, schlagt ein Lager auf, und wir organisieren für euch Proviant. Essen für alle! Alle werden satt.«

Das war eine Botschaft, die ankam. Und alle Schlammkobolde fanden auf einmal, dass Verhandeln eine sehr gute Idee sei.

»Na, das ist doch mal ein Angebot!«, murmelte Jupp, dessen Worte im allgemeinen Jubelgeschrei untergingen.

Kapitel 47

Neubeginn

Die nächsten Tage und Wochen waren anstrengend. Und es gab nicht immer gute Tage. Eine gute Nachricht war aber, dass Frieda, Maria und Martha vollkommen gesund geworden waren.

Die Schlammkobolde hatten, wie von Fiete vorgeschlagen, ihr Lager beim Felsenhügel aufgeschlagen. Langsam entstand dort ein richtiges Dorf, fast schon eine Stadt. Es wurden Wege angelegt, kleine Hütten errichtet, viele mit einem kleinen Garten. Die Kobolde waren begeistert, dass ihr Gemüse hier tatsächlich wuchs und nicht in der Erde verfaulte.

Das Leben im Dorf war viel angenehmer und gemütlicher als auf der Festung Linderhöh. Es war nicht kalt, nicht so dunkel, und vor allem bekamen die Schlammkobolde nun richtig ordentlich zu essen. Zum ersten Mal seit Jahren mussten sie keinen Kohldampf schieben. Immer mehr Kobolde gesellten sich dazu, immer mehr kamen in den Genuss einer gesunden Ernährung. Bald versorgte man auch die Kobolde, die im Kahlen Land zurückgeblieben waren: Schwache, Kinder und Alte.

Viele Kobolde kehrten auch zurück und fingen an, die Festung Linderhöh zu verschönern. Einige errichteten Hütten vor den Mauern der Festung. Sie hofften auf eine neue Zukunft ihrer Heimat.

Und es wurde besser, jeden Tag. Die Schlammkobolde sahen inzwischen viel ansehnlicher aus, überhaupt nicht mehr so schlammig. Seitdem sie sich nicht mehr von Kröten, Blutegeln oder Aas ernähren mussten, normalisierte sich ihre Hautfarbe. Und waschen konnten sie sich nun auch, da es im Bunten Land genug Wasser gab. Sie sahen dadurch nicht mehr so eklig verkrustet aus, sie rochen auch besser.

Frieda und Friedhelm hatten im oberirdischen Schloss Marthas Job übernommen. Es setzte nach und nach ein reger Handel mit der Oberwelt ein. Diamanten, Gold, auch Schmuck, alles wurde gegen Nahrungsmittel getauscht. Ein neues Rezept für Kopfschmerzmittel wurde an Bayer verkauft, die das Patent gut gebrauchen konnten.

Bald halfen auch die Zwerge beim Wiederaufbau des Kahlen Landes mit. Die besten Ingenieure der Zwerge arbeiteten gemeinsam mit den Kobolden an einem riesigen Bauprojekt. Es wurden Dämme und Kanäle gebaut.

Das Kahle Land sollte grüner und bunter werden, damit die Schlammkobolde gemeinsam mit den überlebenden Maulwurfskobolden und Hühnerkobolden ordentlich dort leben konnten. Es sollte wieder eine Heimat für alle werden. Dazu brauchte es vor allem sauberes Wasser. Es zeigte sich, dass es viel mehr überlebende Hühner- und Maulwurfskobolde gab, als man zunächst angenommen hatte.

Mit von der Partie war dabei Jupp. Wie es sich herausstellte, war er gelernter Wasserbauer. Polizist war sein zweiter Beruf geworden, nachdem man ihn vor vielen Jahren bei der Kanaldirektion Potsdam entlassen hatte.

Er kannte sich daher sehr gut mit Kanälen sowie Bewässerungsanlagen aus, und er liebte es. Die Polizeiarbeit hatte ihn schon lange angeödet. Nun konnte er etwas Handfestes tun und das Leben hier unten besser machen, ja, nicht nur einfach besser, sondern sogar richtig gut.

Jupp stürzte sich also mit Feuereifer in die Arbeit und war überall. Er plante und besprach alles mit den Zwergeningenieuren. Er teilte Arbeiter und alles weitere ein, was diese benötigten. Werkzeug und Materialien lagerten zuhauf in den Werkstätten der Zwerge: Rohre, Balken, Pfähle, Schaufeln, Spaten, Hacken. Alles war da. Es gab sogar einen Bagger, der mit Onkakraft angetrieben wurde. Und mit jedem Tag fühlte sich Jupp zufriedener. Er spürte, dass der Frieden möglich war. Echter Frieden, nicht so wie in Bosnien.

Aber es war ein weiter Weg für die Zwerge und Kobolde. Das bekam besonders Fiete zu spüren. Rainald und Bitzelbeck bedachten ihn immer mit einem bösen Blick, wenn er sie traf. Fiete blieb jedoch bei seiner Meinung. Der Krieg musste ein Ende finden, und der Weg dorthin hieß Versöhnung.

Und es gab durchaus ermutigende Anzeichen. Bislang hatte kein Kobold einen Zwerg gefressen, was die Zwerge angenehm überraschte. Alle arbeiteten zusammen und lernten sich jeden Tag ein bisschen besser kennen.

Luke, Maria und Fiete sahen einander tagsüber kaum noch. Sie waren sehr beschäftigt. Luke kurvte mit der Hexenhütte durch das Kahle Land und koordinierte die Bauarbeiten. Maria, die wieder fit war, half dabei, die Zerstörungen in und an der Roten Burg zu beseitigen. Mit Zauberei ging alles leichter. Und Fiete musste ständig zwischen Kobolden, Zwergen und Tieren vermitteln.

Nur manchmal schafften es die Freunde, sich zu treffen.

An einem dieser seltenen Tage saßen die drei auf der Mauer der Roten Burg, in der Nähe des Haupttores. Sie ließen ihre Beine baumeln und verspeisten einen üppigen Salat, den die Burgküche meisterhaft zubereitet hatte. Luke schlang gerade seine zweite Portion hinunter und bekleckerte sich mit dem Dressing.

Maria und Fiete lächelten sich an. Schließlich nahm Maria ein sauberes Taschentuch und wischte Luke den Mund ab. »Na, mein kleiner Dreckspatz, hast du dich mal wieder eingesaut? Soll ich dir das Schnütchen putzen?«

Luke stöhnte etwas Unverständliches, ließ es sich aber gern gefallen. Noch besser gefiel es ihm, dass er anschließend einen Kuss bekam und Maria ihm durch die grünen Haare wuselte.

Fiete überlegte gerade, ob er sich verdrücken sollte, da räusperte sich jemand hinter ihm. Er drehte sich um und entdeckte zu seiner Überraschung Bitzelbeck und Rainald. Maria und Luke hatten inzwischen eine intensive Knutscherei begonnen, sodass Fiete die Störung gerade recht kam. Er stand auf und ging zu den beiden Kobolden.

»Können wir Euer Majestät kurz persönlich sprechen? Unter vier Augen? Das wäre sehr liebenswürzig«, bat Rainald, höflich wie immer. Gleichzeitig wirkten Ansprache und Benehmen aber genauso distanziert wie schon in den letzten Wochen. Bitzelbeck sagte nichts, er nickte aber, um zu zeigen, dass er dasselbe Ansinnen hatte.

Fiete überlegte kurz und nickte. »Gehen wir in die Haupttorkammer, da sind wir ungestört!«

Luke löste sich nur mühsam von Maria, als er bemerkte, dass Fiete mit den beiden mitgehen wollte. Er wusste natürlich von den Spannungen. Einige Maulwurfs- und Hühnerkobolde waren nicht wirklich begeistert von

Fietes Friedensplan. Besonders Bitzelbeck und Rainald hatten wenig Grund zur Freude darüber. Luke nahm Maria bei der Hand und folgte Fiete.

»Hey, Alter, warte doch mal. Du wirst doch nicht mit den beiden irgendwo hingehen?«

»Doch«, meinte Fiete, der stehen geblieben war, »sie wollen mich unter vier Augen sprechen. Eigentlich ja sechs, aber natürlich gehe ich mit, nach allem, was sie für uns getan haben.«

»Nimm dir ein paar Leibwächterzwerge mit, möglichst von den dünnen, die pupsen nicht so viel.«

Doch Fiete schüttelte nur den Kopf und ging davon. Erst jetzt fiel Luke wieder ein, dass sein Freund unverwundbar war. Er vergaß das ständig. Nervös war er trotzdem. Und er war damit nicht allein, Maria war es auch. Sie schaute Luke mit besorgtem Blick an.

Nach einigen Minuten kam Fiete allein zurück. Er setzte sich wieder zu seinen Freunden, sagte aber nichts.

»Und? Was wollten sie?«, fragte Luke ungeduldig.

Fiete wirkte unsicher, was er erzählen sollte und durfte. »Das war ein seltsames Gespräch«, sagte er schließlich, »sie haben eine merkwürdige Idee. Könnte klappen, aber vielleicht auch nicht. Und sie haben mir erzählt, wie ich mein Schwert zurückbekomme.«

»Stimmt«, meinte Luke, »das hast du ja immer noch nicht zurück. Dass das keiner gefunden hat, ist schon komisch. Mein Krönchen hatte ich einen Tag später wieder.« Maria wirkte misstrauisch. »Was für eine Idee haben sie?«

»Ich erzähle euch später davon. Erst muss ich was klären. Luke, ich brauche die Hütte, du bekommst sie heute Abend zurück.«

Und noch bevor die anderen beiden etwas sagen konnten, war Fiete zur Hütte geeilt, die sich ihre Zeit mit Steine-Wegkicken vertrieben hatte. Er kletterte hinauf und war kurz darauf mit ihr im nahen Wald verschwunden.

Nachdenklich schaute Maria Fiete hinterher. Hatte er nicht etwas in der Hand gehabt? Was es war, hatte sie nicht erkennen können. Luke war nicht weniger verblüfft, allerdings kam ihm ein anderer Gedanke.

»Wollen wir weiter knutschen?«

Maria antwortete nicht. Sie überlegte, was Fiete wohl vorhaben mochte. Luke hatte keine Antwort abgewartet und schlabberte inzwischen an ihrem Ohr herum.

»Ih, was soll das denn?«

Luke wurde rot: »Äh, na ja, ich dachte …«

Maria musste lachen: »Halt besser den Mund!«

Maria drückte sich an Luke und küsste ihn nun ihrerseits. Der Nachmittag verging wie im Flug.

Kapitel 48

Ein besonderer Ausflug

Die Hütte trabte gemütlich durch den Wald. Fiete war nicht wohl bei dem Gedanken, sein Vorhaben allein umzusetzen. Er wusste aber ziemlich genau, was Maria und Luke gesagt hätten, wenn er ihnen offenbart hätte, was er vorhatte.

›Das ist viel zu gefährlich‹, hätte Maria gesagt. ›Lass uns wenigstens mitkommen.‹ Und: ›Alter, spinnst du? Lebensmüde, oder was?‹ Er konnte Luke regelrecht hören.

Maria hätte ihn auf jeden Fall begleitet, Luke dann wohl auch. Aber das konnte er nicht verantworten. Seine Freunde konnte er nicht schon wieder in Gefahr bringen. Er war unverwundbar, Luke und Maria waren es nicht.

Fiete öffnete seine Hand und betrachtete ehrfurchtsvoll, was darin lag: die silberne Pfeife! Er spürte die Macht, die von diesem Zaubergegenstand ausging. Ihm schoss durch den Kopf, was er mit dieser Macht alles anstellen könnte. Dieser Gedanke behagte ihm gar nicht.

Die Hütte hielt an. Sie waren an der Stelle angekommen, wo Gerobur abgestürzt war. Der Leichnam des Drachens war nicht mehr da. Warum, das war Fiete nicht klar.

Martha hatte die Zwerge gebeten, sich darum zu kümmern. Mehr wusste er nicht. Es war ihr wohl zu viel gewesen, den geliebten Drachen noch einmal zu sehen. Fiete verstand das.

Wie auch immer, er hatte etwas anderes vor. Aber vorher war es bestimmt eine gute Idee, sein Schwert zurückzuholen. Rainald hatte ihm den Trick erklärt, gerade eben. Er brauchte ein paar Sekunden, um sich an den Spruch zu erinnern, den ihm der Kobold genannt hatte. Der Junge streckte seinen rechten Arm aus, öffnete die Hand und rief dreimal: »Tyrfing, kum tsu mir!«

Nichts passierte. Fiete wiederholte den Spruch dreimal, jedes Mal etwas theatralischer. Immer noch geschah nichts. Er kam sich total doof vor, wie er hier im Wald stand.

»Wenn mich Luke jetzt sehen würde«, murmelte Fiete leise vor sich hin. Der Berliner würde sich vor Lachen zu Boden werfen. Fiete sah aus wie so ein von Tauben bekacktes Denkmal im Stadtpark.

Eine Blaumeise setzte sich auf einen nahen Zweig und beobachtete interessiert das Geschehen. Aber es geschah nichts. Gerade wollte Fiete seinen Arm wieder sinken lassen, da rauschte etwas durch die Luft. Mit Mühe und Not gelang es ihm, das Schwert aufzufangen. Durch die Wucht des Aufpralls drehte er sich einmal um sich selbst.

Tyrfing war richtig aufgeregt. Das Schwert freute sich offensichtlich, wieder bei ihm zu sein. Es stupste ihn immer wieder zärtlich an.

Toll, dachte Fiete, *Luke knutscht, und ich kuschele mit einem Schwert.* Aber auch er freute sich, dass er Tyrfing wiederhatte. Er fühlte sich nun deutlich sicherer.

Fiete holte tief Luft und schickte sich an, in die Pfeife zu blasen. Einen Moment lang hielt er inne. War das wirklich die richtige Entscheidung? Das könnte echt schief gehen. Doch dann tat er es.

Ein heller, kaum wahrnehmbarer Ton erklang, als Fiete pustete. Es hätte ihn nicht verwundert, wenn die kleine Blaumeise den Ton nicht vernommen hätte. Fiete spürte aber, dass der Schwarze Drache ihn gehört haben musste. Und richtig, nach einigen Minuten donnerten die schweren Flügelschläge bedrohlich durch die Lüfte. Drakolov landete direkt vor der Hütte und beäugte den Jungen misstrauisch.

»Ich begrüße den Kaiser im Drachenberg und erkenne ihn als meinen Herrn an.«

Drakolovs Stimme wirkte belegt. Er war enttäuscht. Er hatte gehofft, dass niemand wieder diese Pfeife benutzen würde. Doch er hatte sich geirrt. Diese Pfeife war das Unglück seines Lebens. Kaukau hatte sie einst gefertigt und sie später teuer an den Koboldboss verkauft. Nahm dieser Wahnsinn denn nie ein Ende?

Drakolov wartete. Fiete tat nichts. War er starr vor Angst?

»Ich erwarte Eure Befehle!«

Fiete nickte und setzte sich auf das Verandageländer der Hütte.

»In zwei Wochen ist das große Friedensfest«, fing er zögernd an, »alle werden kommen. Hoffentlich. Und niemand wird einem anderen ein Leid antun. Es wäre schön, wenn auch du dabei sein könntest.«

Drakolov verstand nicht. Was sollte das? Eine Einladung zu einer Party?

»Ich soll zu eurem Fest kommen?«

Fiete nickte. Der Drache lachte höhnisch auf.

»Ich, der böse Schwarze Drache, der Zerstörer und große Fresser? Bekomme ich einen Ehrenplatz oder einen netten Tisch mit meinen alten Futtertieren?«

Fiete suchte nach den richtigen Worten. »Dieses merkwürdige Land braucht Frieden, und ich hätte eine Idee, wie das geht. Also, eigentlich ist es nicht einmal meine Idee.«

»Ich weiß schon, du willst das Beste für dein Volk, und ich werde nach deiner Pfeife tanzen. Buchstäblich.«

Voller Verzweiflung hatte Drakolov die letzten Worte herausgebrüllt. Ein Feuerstoß folgte.

Fiete lächelte. »Mach dir keine Gedanken, Drakolov. Ich habe nur einen Befehl für dich. Dann gebe ich dir die Pfeife, und du bist frei.«

Zweifelnd beäugte Drakolov den schmächtig wirkenden Jungen. »Ich bin an keine Befehle mehr gebunden, sobald ich die Pfeife habe. Überleg dir gut, kleiner Kaiser, was du tust! Kannst du Drakolov vertrauen? Selbst Drakolov weiß nicht, ob man Drakolov vertrauen kann.«

Fiete stutzte. Das hatte er nicht bedacht. Dennoch wagte er den Versuch.

»Vielleicht befolgst du diesen Befehl ja freiwillig. Wache über den Frieden im Drachenberg, im Kahlen Land wie im Bunten Land, und beschütze alle vor Unrecht und Verfolgung! Das wäre der Befehl. Fühlst du dich diesem auf alle Zeiten verpflichtet, und schwörst du, diesen Befehl nie zu missbrauchen?«

Drakolov dachte einige Minuten nach. Schließlich antwortete er:

»Aber nur unter einer Bedingung.«

Kapitel 49

Noch ein Fest

Nach harten Wochen fand das Friedensfest im Innenhof der Roten Burg statt. Alle, die laufen konnten, waren eingeladen, und es waren fast alle gekommen. Sogar Methusalem, die Schildkröte, saß in einer Ecke und aß Salat mit Petersilie.

Fiete war besonders die Anwesenheit Grexelbecks wichtig. Schließlich war er der neue Kanzler des Kahlen Landes und ein Freund des Friedens. Und es herrschte Frieden, allerdings ein brüchiger. Luke beobachtete das Treiben an den Festtischen, das jedoch alles andere als harmonisch war, auch wenn sich die Gäste nicht gegenseitig auffraßen. Er wagte keine Vorhersage, ob sie das den ganzen Abend durchhalten würden.

Die Zwerge schauten heute besonders griesgrämig drein und beäugten immer wieder die Schlammkobolde. Die Hühnerkobolde spuckten regelmäßig aus, wenn sie aus Versehen einem Schlammkobold zu nahe kamen. Ähnlich verhielten sich die Maulwurfskobolde.

Die Schlammkobolde ihrerseits achteten sorgsam darauf, nur neben Schlammkobolden zu sitzen, was die Sitzordnung etwas schwierig gestaltete.

Nur wenige Gäste machten einen glücklichen oder fröhlichen Eindruck. Diese Wenigen ließen es aber so richtig krachen.

Fips und Fops zum Beispiel waren völlig unbeschwert. Sie hatten ja auch allen Grund zum Feiern. Alle ihre Freunde hatten es gut überstanden, und ihre Wohnung war frisch renoviert und so hübsch wie eh und je.

Lina plauderte glücklich mit Martha. Sie waren richtig gute Freundinnen geworden. Und das unterschiedliche Alter sah man den beiden nun wirklich nicht an.

Jupp stellte erstaunt fest, dass er kein Bier mehr mochte, und er ärgerte sich nicht wenig darüber. Aber ansonsten ging es ihm gut. Er mochte seine neue Frisur und vermisste den Bauch gar nicht.

Frieda stieß mit Friedhelm an, und einige Kaninchen waren betrunken. Auch Pelle hatte seinen Spaß. Vor ihm stand eine gewaltige Schüssel mit einem riesigen Haufen Fleisch, den er genüsslich verschlang.

Das alles konnte jedoch nicht darüber hinwegtäuschen, dass bei den meisten Gästen die Stimmung sehr gereizt und angespannt war.

»Ob die jemals friedlich zusammenleben werden?«, fragte Luke skeptisch. Er beobachtete einen Zwerg, der gerade einen Schlammkobold mit Champignons bewarf.

Fiete wusste darauf keine Antwort und bemerkte mit säuerlichem Gesichtsausdruck, wie der Schlammkobold mit Möhren zurückwarf. Er teilte Lukes Befürchtung. Auch er hielt es für möglich, dass dieser brüchige Frieden nicht halten würde bzw. nicht würde halten können. Besonders groß war diese Gefahr, sobald er wieder nach Hause fuhr. Das stand ihm bereits am folgenden Tag bevor. Die Ferien waren zu Ende, und die Schule rief. Zurück nach Hamburg, wieder zur Schule. Wie unwirklich das klang. Allerdings schienen seine Eltern ihn noch nicht vermisst zu haben.

»Ich fühle mich nicht wohl bei dem Gedanken, hier wegzugehen«, antwortete Fiete etwas vage auf die Frage von Luke. Dieser fiel aus allen Wolken.

»Was? Wo willst du denn hin? Doch nicht etwa wieder nach Hause? Zu den Fischköppen? In dein getöpfertes Reihenhaus?«

»Kein Reihenhaus, wie du weißt, und das mit den Fischköppen war auch nicht nett, aber ja. Morgen geht es zurück.«

»Aber warum denn? Mensch, hier hast du doch alles! Du bist hier der Boss!«

Einige Kobolde und Zwerge in der Nähe fielen bei dem letzten Wort von der Bank.

»Entschuldigung, war nicht so gemeint!«, rief Luke mit schuldbewusstem Gesicht zu den Leuten hinüber, die es von den Sitzen gehauen hatte.

Fiete warf Luke einen missbilligenden Blick zu, da zupfte ihn jemand am Ärmel. Es war Rainald.

»Es ist Zeit für die Rede, Euer Redseligkeit!«

Fiete schluckte: »Okay, danke. Mal sehen, wie ich das hinbekomme. Ist alles vorbereitet?«

»Ja, Euer Voraussichtigkeit! Die beiden sind wie befohlen da. Sie warten vor den Toren auf Euer Zeichen.«

Luke und Maria schauten verständnislos, aber Fiete wusste wohl, um was es ging. Er stand auf. Rainald erhob seine Stimme.

»Merket auf, merket auf! Seine Kaiserliche Hoheit, der Herr beider Reiche im Drachenberg, möchte etwas mitteilen.«

Schlagartig trat Stille ein. Alle schwiegen. Fiete, der diese Art von Aufmerksamkeit immer noch nicht gewohnt war, fühlte sich sehr unwohl in seiner Haut. Es war sowieso nicht sein Ding, vor anderen zu sprechen. Und diese Rede war extrem wichtig. Er hatte sie zwar richtig gut vorbereitet, aber er hatte keine Ahnung, ob alles klappen würde. Er begann mit einem Räuspern.

Luke hielt sich die Hände vor das Gesicht, er litt mit. Aber Maria nickte Fiete ermunternd zu. Das half.

»Ich weiß, dass diese Feier für viele sehr schwierig zu ertragen ist«, fing er schließlich an. »Nach so einem schweren Krieg, nach so vielen Toten, nach so viel Schmerz und Leid, fällt Versöhnung schwer. Fast jeder von euch hat jemanden verloren, den er liebte, im Kampf oder bereits vorher. Das Unglück begann, als Maximilian befahl, den Schlammkobolden kein Essen mehr zu liefern.«

»Hört, hört!«, riefen die Schlammkobolde. Einige Zwerge schrien hasserfüllt auf und erhoben sich. Einige schüttelten ihre Fäusten. Fiete nahm Tyrfing und schlug auf den Tisch. Der schwere Eichentisch zerbrach in zwei Teile. Alle hielten erschrocken inne. Fiete versuchte cool zu bleiben, obwohl er nicht damit gerechnet hatte, dass sein Schlag den Tisch zerstören würde.

»Dann hat der Boss befohlen, alles im Kahlen Land zu jagen und zu sammeln, was zu jagen und zu sammeln war. Das Kahle Land wurde kahlgefressen und machte seinem Namen traurige Ehre! Hühnerkobolde und Maulwurfskobolde wurden unbarmherzig verfolgt und massakriert.«

»Hört, hört!«, kam es nun aus der Ecke der Hühnerkobolde, und auch die Maulwurfskobolde stimmten zu. Ein besonders kleiner Hühnerkobold sprang auf einen Tisch und krähte »Schweine!« Das provozierte wiederum die Schlammkobolde zu wilden Unmutsäußerungen.

Friedrich schlug erneut mit dem Schwert auf die Reste des Tisches, wobei die Tischplatte erneut brach.

»Fiete, wenn du so weiter machst, dann brauchen wir kein Feuerholz mehr!«, raunte Luke seinem Freund zu, der aber nicht reagierte.

»Dann fiel dem Boss die silberne Pfeife in die Hand, und er kontrollierte seitdem den mächtigen Drachen Drakolov. Er benutzte dessen Kraft und Macht, um die Pforten zur Oberwelt zu öffnen. Er ließ den Schwarzen Drachen die Oberwelt verwüsten, um den Zwergen Schaden zuzufügen. Sie sollten mit den Menschen keinen Handel mehr treiben.«

»Hört, hört!«, riefen nun die Zwerge.

»Lass den Tisch zufrieden!« Luke wollte seinen Freund davon abhalten, noch mehr Schaden anzurichten. Doch Fiete wollte dieses Mal gar nicht zuschlagen.

»Bitzelbeck und Rainald, deren Völker so sehr gelitten haben, schlagen nun vor, dass wir alle den ernsthaften Versuch wagen, Frieden zu schaffen. Dafür müssen wir uns alle versöhnen.«

Das war zu viel für die Anwesenden. Sie tobten und schrien. Die ersten Zwerge begannen Kobolde zu schubsen. Diese schubsten sofort zurück. Hühnerkobolde flatterten auf und hackten einigen Schlammkobolden auf den Kopf. Es drohte eine gewaltige Schlägerei. Ein kleiner, in den letzten Tagen ziemlich dick gewordener Schlammkobold warf mit Fleischklößchen. Allerdings stopfte er sich dabei jedes zweite Klößchen in den Mund. Dennoch schien die Situation zu eskalieren. Fiete fühlte sich hilflos. Er konnte doch nicht noch einen Tisch zerschlagen.

In diesem Moment unterbrach ein gewaltiges Scheppern den Krawall. Dann schepperte es wieder und wieder. Jupp stand auf einem Tisch, inmitten des Chaos, und warf zwei riesige Topfdeckel weg, mit denen er sich Gehör verschafft hatte.

Ruhe kehrte ein. Erstaunt und sprachlos starrten ihn alle an. Jupp hatte sich in den letzten Wochen durch seine Arbeit an den Kanälen viel Hochachtung und Respekt erworben, und darum hörten nun alle zu.

»Hört auf Fiete! Lasst den Quatsch! Ich kenne das alles aus Bosnien. Auch dort tobte ein schrecklicher Krieg, und die Leute dort machten sich gegenseitig das Leben schwer. Ich verstehe, wie ihr euch fühlt. Ist doch klar! Die begangenen Verbrechen kann man nicht vergessen. Soll man auch nicht. Das war in Bosnien nicht anders. Verbrecher sind Verbrecher und müssen bestraft werden. Aber alle anderen müssen einen Weg finden, sich die Hand, die Pfote oder den Flügel zu reichen. Und ihr tut schon so viel füreinander. Macht das nicht kaputt! Die Zwerge zum Beispiel arbeiten hart im Kahlen Land, und es geht gut voran.«

»Hört, hört«, riefen die Zwerge. Einige Schlammkobolde wollten etwas zurückrufen, wurden dann aber von den eigenen Leuten gestoppt.

»Und die Schlammkobolde kehren in ihr Land zurück und haben versprochen, nie wieder einen Krieg anzufangen«, ergänzte Jupp. »Viele von ihnen helfen auch beim Aufbau der Dörfer der Maulwurfs- und Hühnerkobolde.«

Der Kobold mit den Fleischklößchen sprang plötzlich auf: »Na und? Bald gehst du wieder zurück nach oben, zu deinen stinkenden Menschenfreunden. Dann zerfällt wieder alles, und alles geht von vorne los.«

Viele nickten und blickten sorgenvoll zu Jupp. Dieser schaue Fiete an und fasste einen Entschluss.

»Nein, ich bleibe hier. Was soll ich da oben? Hier habe ich eine wichtige Aufgabe, die mir Spaß macht. Hier habe ich Freunde.«

Dabei nickte Jupp einem bedächtigen Zwerg zu, der ihm lächelnd mit einem gewaltigen Bierhumpen zuprostete. Jupp lächelte zurück, bevor er fortfuhr.

»Ich kümmere mich darum, dass die Kanäle fertig werden und in Schuss bleiben. Wir werden Wasser- und Abwasserleitungen verlegen. Das Kahle Land wird wieder grün und wird es bleiben.«

Das saß. Alle standen auf und jubelten Jupp zu. Fast alle. Der Fleischklößchenkobold war immer noch nicht zufrieden.

»Na und? Irgendwann kommt dann doch wieder ein Krieg!«

»Nein!« Das war Fiete. »Das dürfen wir nicht zulassen. Bitzelbeck und Rainald hatten eine Idee. Wir brauchen jemanden, der dafür sorgen kann, dass es nie wieder zu einem Krieg kommt. Jemanden, der ein fairer und ehrlicher Wächter sein könnte, sobald ich in die Oberwelt zurückkehre.«

Luke fand seine Stimme wieder: »Und wer soll das sein?«

Fiete öffnete seine Hand und hielt die silberne Pfeife empor.

Alles starrte ihn an. Luke hatte seine Augen dermaßen weit aufgerissen, dass es den Anschein hatte, sie würden gleich aus den Augenhöhlen kullern.

»Der Hammer, Mann. Woher hast du das Ding? Und wie lange hast du es schon?«

Fiete blickte unsicher zu Maria und Luke hinüber. »Schon eine Weile.«

Maria wirkte enttäuscht und wütend zugleich. »Warum hast du uns das nicht gesagt?«

»Ich wollte, aber ich hatte Angst, dass ihr mich stoppt. Es ist sicher schwer zu verstehen, aber …« Fiete blies hinein.

Maria und Luke schrien wie aus einem Mund: »NEIN!«

Ein Stöhnen ging durch die Menge. Einige wussten und alle ahnten, was gleich passieren würde. Entsetzensrufe waren zu hören. Einige versteckten sich unter den Tischen. Der Fleischklößchenkobold hatte sich vor Schreck verschluckt und würgte. Ein Zwerg klopfte ihm auf den Rücken.

Fiete blieb entspannt an Ort und Stelle stehen, was auf viele sehr beruhigend wirkte. Luke und Maria erschienen allerdings wie erstarrt. Luke formte mit dem Mund die Worte: »Alter, nicht dein Ernst.« Aber nun kam kein Laut mehr von seinen Lippen.

Nach wenigen Minuten konnte man die berüchtigten Flügelschläge vernehmen, vor denen sich alle fürchteten. Noch mehr Zwerge und Kobolde krochen unter die Tische. Martha schaute in die Luft und schüttelte ihre Faust. Sie hatte die letzte Begegnung mit Drakolov nicht vergessen. Niemals würde sie das.

Der Schwarze Drache erschien und landete auf dem Haupttor. Zunächst begrüßte er den Drachenkopf am Tor, dann erst wandte er sich der Bankettgesellschaft zu. Er richtete sich auf, sodass seine mächtige Gestalt besonders gut zur Geltung kam. Zur Begrüßung schickte er einen Feuerstoß in den Himmel.

»Ich grüße Kaiser Friedrich und freue mich, Euch wiederzusehen.« Luke und Maria schnaubten erbost.

»Das Mistvieh hat vielleicht Nerven«, platzte es aus Maria heraus, »das letzte Mal, als er dich gesehen hat, wollte er dich rösten.«

»Das kannst du laut sagen!«, brummte Luke, der jedoch erstaunt feststellen musste, dass Fiete breit lächelte.

»Hey Alter, das kannst du dir nicht gefallen lassen!« Luke stellte sich neben seinen Freund, um ihm beizustehen. »Alles gut, Luke. Drako meint das anders.«

Luke runzelte die Stirn: »Drako? Wieso nennst du ihn Drako? Klingt wie ein Süßwarenladen.«

»Nun, ich habe ihn in den letzten Tagen ein paarmal getroffen.«

»WAS?« Maria und Luke haute es von den Socken. »Und wann wolltest du uns *das* sagen?«

»Wie gesagt, ich hatte Angst, dass ihr mich aufhaltet.«

»Aber nicht doch, wie kommst du denn darauf?«, schimpfte Luke. »Was hätten wir gegen deinen Kuschelkurs mit dem Supermonster sagen sollen?«

Fiete sah schuldbewusst aus. Ihm war klar, dass er einen Vertrauensbruch begangen hatte.

»Drakolov, deine Verbrechen waren nicht deine Schuld. Der Boss hat dich gezwungen, Böses zu tun.

Nun kannst du deinen Beitrag für eine bessere Zukunft leisten.«

Und Fiete wiederholte, was er mit dem Drachen besprochen hatte. »Wache über den Frieden im Drachenberg und beschütze alle vor Unrecht und Verfolgung! Das ist der letzte Befehl an dich!«

Drakolov überlegte nicht lange: »So sei es, aber du kennst meine Bedingung.«

Fiete nickte. »Dein Freund hilft dir dabei!« Für Luke und Maria war es unbegreiflich, aber er strahlte dabei über das ganze Gesicht.

»Freund?«, murmelte Luke grübelnd und schaute Maria an, die den Blick aber nicht erwiderte. Sie hatte sich gerade besorgt Martha zugewandt. Diese wirkte mit der ganzen Entwicklung überhaupt nicht einverstanden. Maria wusste, dass Geroburs Tod Martha tief getroffen hatte. Das hier fand sie gewiss nicht gut, und mit dieser Einschätzung lag Maria richtig. Martha schaute abwechselnd Drakolov und Fiete gleichermaßen hasserfüllt an.

Erneut waren Flügelschläge zu hören. Ein zweiter Drache erschien und setzte sich neben Drakolov. Er war grau, etwas kleiner, aber nicht weniger gewaltig. Kobolde und Zwerge, die sich in der Zwischenzeit unter den Tischen hervorgewagt hatten, verkrochen sich schnell wieder. Ein junger Hühnerkobold sprang panisch in einen Papierkorb, passte aber nur zur Hälfte hinein und kippte mit diesem um.

Ein einsamer Schrei tönte durch die sprachlose Menge. Martha hatte geschrien. Es war ein Schrei voller Freude und absoluter Überraschung.

»Gerobur, du, du … du lebst! Wie ist das möglich?«

Martha eilte die Treppen hinauf, hoch zum Wehrgang, und drückte ihren Drachen ganz fest an sich.

Gerobur lächelte glücklich. »Mein neuer Freund hat mich aufgepäppelt. Drachenmedizin ist mächtig, müsst ihr wissen. Ohne Drakolov wäre ich jetzt tot.«

Alle Anwesenden bemerkten erstaunt, wie Drakolov, der große, gefährliche Drache, sich verlegen abwendete. Wenn er hätte rot werden können, dann wäre er es wohl in diesem Augenblick geworden.

Luke wandte sich Fiete zu und raunte ihm empört ins Ohr: »Hast du davon auch gewusst? Warum hast du Martha nichts gesagt?«

Fiete grinste. »Oh, da bin ich raus, das war Geroburs Idee!«

Doch als er Maria ansah, verging ihm das Grinsen. Daher schaute er lieber woanders hin. Er entdeckte Jupp, der immer noch auf dem Tisch stand. Dieser lächelte, ernst, aber glücklich. Er hatte Tränen in den Augen und nickte, als wollte er sagen: »Gut gemacht, Fiete! Gut gemacht!«

Fiete nickte zurück. Plötzlich kam ihm der Gedanke, wer während seiner Abwesenheit, Kanzler im Bunten Land werden könnte.

Kapitel 50

Der Abschied

Es hatte geregnet im Kyffhäusergebirge. Endlich. Der alte Linienbus quälte sich durch die von Pfützen übersäten Serpentinen. Luke und Maria begleiteten Fiete nach Bad Frankenhausen, von wo aus er weiterreisen wollte, zurück nach Hamburg, zurück nach Hause.

Er konnte sich gar nicht vorstellen, nächste Woche wieder in der Schule zu sein und Frau Engelherz, der dicken Englischlehrerin, zuhören zu müssen. Keine Zwerge, keine Kobolde und keine Drachen. Na gut, seine Englischlehrerin brauchte den Vergleich mit einem Drachen nicht zu scheuen.

Luke und Maria hielten einander an der Hand. Fiete bemerkte es und lächelte. Er freute sich für die beiden. »Na, Luke, du alter Frauenheld?«

Luke lächelte glücklich: »Ich hab's eben drauf. Nicht böse sein!«

Maria schlug Luke leicht und scherzhaft auf den Mund. »Angeber! Und warum sollte er denn böse sein? Wo wir ihm doch wegen seiner Geheimniskrämerei verziehen haben.« Zur Entschädigung für den Klaps bekam Luke sofort einen Kuss.

Von vorn donnerte der altbekannte Busfahrer: »Kein erotisches Techtelmechtel in meinem Bus! Das dulde ich nicht.« Die drei Jugendlichen mussten lachen.

»Was macht jetzt eigentlich Martha?«, fragte Fiete.

»Sie wird wohl im Drachenberg bleiben, bei Gerobur. Ab und zu wird sie es aber nicht lassen können und deine Großeltern im oberirdischen Schloss nerven«, antwortete Maria.

»Und Lina und du?«, fragte Fiete Luke.

Luke lächelte glücklich: »Lina kommt mit mir nach Berlin. Det wird dufte! Kannste glooben!«

»Nicht berlinern!«, tadelten Maria und Fiete gleichzeitig. Sie mussten schon wieder lachen. Das ging die ganze Fahrt so weiter. Die Kichererbsen von der Hinfahrt waren nichts dagegen gewesen.

Das war aber auch kein Wunder. Hinter ihnen lagen bedrückende, zum großen Teil erschreckende Ereignisse. Aber nun, da alles ein gutes Ende gefunden hatte, wollten sie dieses große Abenteuer nicht missen. Und genau das war es gewesen: ein großes Abenteuer.

Gestern hatten sie sich noch lange ausgesprochen. Irgendwann hatten sie eingesehen, dass Fiete sie hatte beschützen wollen und auch selbst unsicher gewesen war, ob er es überhaupt wagen sollte. Richtig gut fanden sie es immer noch nicht, aber die Sache war ausdiskutiert und ausgestanden. Und das machte Fiete glücklich und vielleicht auch ein wenig albern.

Schließlich erreichte der Bus den Busbahnhof in Bad Frankenhausen.

»Los, aussteigen, ich hab' Silvesterkarten!« Mit diesen Worten wies der Fahrer darauf hin, dass sie die Endstation erreicht hatten. Da standen sie nun etwas verloren auf dem Busbahnhof und hatten alle einen Kloß im Hals.

»Sehen wir uns wieder?«, fragte Fiete zaghaft.

Maria nahm Fiete in den Arm und drückte ihn ganz fest. Fiete bekam feuchte Augen. Auch Luke war ganz gerührt und sagte stockend: »Was denkst du denn, Mann? Wir sind doch Freunde!«

Fiete schaute erst Maria, dann Luke in die Augen: »Das sind wir!«

Dann nahm er seinen Koffer und wandte sich zum Gehen, sagte aber noch: »Na denn, bis zum nächsten Sommer!«

Luke plapperte fröhlich: »Det kannste laut sag'n!«

»Luke!«

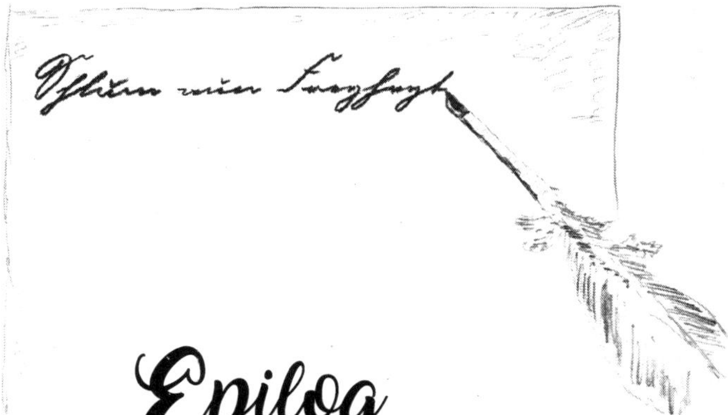

Epilog

Schlagartig öffnet der Schwarze Drache seine Augen. Tiefer Frieden erfüllt ihn. Keine Stimme beherrscht seine Seele, nichts Böses bewegt sein Herz. Alles ist gut.

Beim Aufsteigen in den blauen Himmel blendet die Sonne. An seiner Seite ist Gerobur. Sie genießen den Flug. Unter ihnen liegt friedlich das Kyffhäusergebirge im beginnenden Herbst. Die schwüle Hitze des Sommers ist der klaren Kühle der dritten Jahreszeit gewichen. Am Denkmal wuseln unzählige Menschen wie Ameisen hin und her. Es wird neu errichtet, die Hauptpforte erneut geschlossen.

Die anderen Pforten bleiben jedoch offen. Befehl des Kaisers.

Frieden und Freiheit. Für alle.

DER VERLAG

Lesen ist wie Fernsehen im Kopf!

So lautet ein Slogan, den wir für uns aufgegriffen haben.

Seit fünf Jahren ist es unser Anliegen, Ihnen ein spannendes Programm in diesem "Kopf-Fernsehen" zu bieten, das im Gegensatz zu den schwarzen Zeichen auf weißem Grund in Ihrem Kopf gerne in Farbe und so bunt wie möglich ablaufen darf.

Richtig bunt sollen die Welten also sein, in die wir Sie mit unseren Büchern entführen wollen. Nicht beliebig, nicht von der Stange. Unsere Geschichten sind nicht durch die Marktforschung gegangen, aber kommen von Herzen.

Entdecken Sie unsere Visionen.
Folgen Sie uns in fantastische Welten. In Farbe und Bunt.

Der **Verlag in Farbe und Bunt** bietet Romane, Biografien, Sachbücher, Comics, E-Books, Kinder-, Jugend- und Hörbücher aus allen Bereichen und für jedes Alter.

Marliese Arold

ZM - STRENG GEHEIM!

Endlich Ferien! Heike und Michael sind zuerst wenig begeistert, diese bei ihrem verrückten Onkel Ambrosius in einem kleinen Kuhkaff verbringen zu müssen. Gemeinsam mit dem Nachbarsjungen Thomas kommen sie jedoch schon bald hinter das Geheimnis des alten Professors: In seinem Keller steht eine Zeitmaschine! Der erste Trip durch die Geschichte führt die kleine Gruppe mitten hinein in die Zeit der Dinosaurier ... der zweite ins alte Ägypten!

in Farbe und Bunt
Arschlochpferd 2
Scheiß auf den Halsring
DAS BUCH ZUM BLOG VON
NIKA S. DAVERON
Die Fortsetzung des kultigsten Haustier-Ratgebers aller Zeiten
UNTER REITERN
DAS BUCH ZUM BLOG VON
NIKA S. DAVERON